D1706151

RAUMPATROUILLE
Die phantastischen Abenteuer des Raumschiffes Orion

JOSEF HILGER

RAUMPATROUILLE
Die phantastischen Abenteuer des Raumschiffes Orion

Das Buch zur erfolgreichen Fernsehserie, die von der Bavaria Atelier GmbH

in München-Geiselgasteig hergestellt wurde

Schwarzkopf & Schwarzkopf

Was heute noch wie ein Märchen klingt, kann morgen Wirklichkeit sein. Hier ist ein Märchen von übermorgen. Es gibt keine Nationalstaaten mehr, es gibt nur noch die Menschheit und ihre Kolonien im Weltall. Man siedelt auf fernen Sternen. Der Meeresboden ist als Wohnraum erschlossen.

Mit heute noch unvorstellbaren Geschwindigkeiten durcheilen Raumschiffe unser Milchstraßensystem. Eins dieser Raumschiffe ist die Orion. Winziger Teil eines gigantischen Sicherheitssystems, das die Erde vor Bedrohungen aus dem All schützt. Begleiten wir die Orion und Ihre Besatzung bei ihrem Patrouillendienst am Rande der Unendlichkeit.

INHALTSVERZEICHNIS

Prolog — 6

KAPITEL I – Autoren und Idee der Raumpatrouille

Der Autor — 8
Terra ruft Andromeda — 10
Co-Autor W. G. Larsen — 12

KAPITEL II – Die Welt der ORION

Im Jahr 3000 — 16
Schneller Raumkreuzer ORION VII/VIII — 18
Die Personen — 23

KAPITEL III – Die Folgen der Serie

Die Filme — 35

I. Angriff aus dem All — 36
II. Planet außer Kurs — 40
III. Hüter des Gesetzes — 44
IV. Deserteure — 48
V. Der Kampf um die Sonne — 52
VI. Die Raumfalle — 55
VII. Invasion — 60

Die Ausstrahlung im Fernsehen — 64
Die Fortsetzung der Fernsehfolgen — 66

KAPITEL IV – Die Bavaria und ihr Team

Deutschlands (T)Raumfabrik – Bavaria Atelier GmbH — 72
Der Stab — 76

KAPITEL V – Tricks, Design, Hintergründe

Die Vorarbeiten — 79
Die Dekorationen — 91
Interstellare Objekte — 115
Die Tricks — 127
Die Kostüme — 154
The New Astronautic Sound — 170

KAPITEL VI – Die Dreharbeiten: Technik und Ablauf

Action — 174
Bau- und Drehfolge — 178

KAPITEL VII – Die Reaktionen auf die ORION bis heute

Die Serie in den Augen der Kritiker und Fernsehzuschauer — 200
Merchandising — 203
Die Fans und Fanclubs — 209
Das ORION-Comeback — 214
Raumpatrouille, die Kultserie — 223

ANHANG

I. Die Sendetermine — 225
II. Das Weltraumlexikon — 231
III. Titel der erschienenen ORION-Taschenbücher und -Heftromane — 238
IV. Übersicht der Merchandisingprodukte — 240
V. Erste Stationen der ORIONfilmtour — 243
VI. Alphabetische Aufstellung aller Schauspieler, Kleindarsteller und Komparsen der Fernsehserie Raumpatrouille — 244
Der Autor, Danksagung, Impressum, Bildnachweis — 252

PROLOG

Raumpatrouille (Bavaria-Produktionsnummer 7312 A-G) war die erste deutsche Science-Fiction-Fernsehserie. Für eine Gesamtsumme von 3,4 Millionen Mark realisierte die Bavaria-Atelier GmbH (heute Bavaria Film GmbH) im Jahr 1965 ein siebenteiliges Zukunftsmärchen der Superlative.

Diese utopische Sendereihe wurde dem Fernsehzuschauer ab dem 17.09.1966 in vierzehntägigem Abstand präsentiert. Heute teilweise antiquiert anmutende, für damalige Zeiten jedoch bahnbrechende Tricktechnik, eine Kombination aus schwungvoller und gezackter Formgebung bei der Dekoration, gelungene – auch heute noch ansprechende – Dialoge und eine geschickte Besetzung schufen die Grundvoraussetzung dafür, daß »Die phantastischen Abenteuer des Raumschiffes ORION« zur Kultserie avancierten.

Unverständlicherweise gab es damals kein Begleitbuch, in dem Hintergrund-Informationen veröffentlicht wurden. Für interessierte Fans ein großes Manko, das durch diese Dokumentation abgestellt wird.

1968 verfolgte ich – als kleiner elfjähriger Knabe – die erste Wiederholung der Abenteuer um das Raumschiff ORION. Fortan war ich mit dem chronischen ORION-*Fieber* und einer unheilbaren Sammelleidenschaft, die vor einigen Jahren (16.08.1993) zur Gründung des privaten ORION-Museums Köln und letztlich auch zu diesem Buch führte, infiziert. Lange Jahre bestand das frühe ORION-Museum Köln lediglich aus einem Spielkartenquartett, Handzeichnungen der wichtigsten ORION-Schaltpulte, einigen wenigen Zeitungsartikeln und vier Seiten eines Fotocomics zur Serie. Bei den Zeitungsartikeln handelte es sich größtenteils um die betreffenden Passagen der Fernsehprogrammzeitschriften.

Euphorische Freude und eine außerordentlich wertvolle Bereicherung des ORION-Museums bescherte mir das Programm des WDR III mit der 1973er-Ausstrahlung der *Raumpatrouille* im Rahmen der Reihe »Wunsch der Woche«. Mit einem Kassettenrecorder bewaffnet, der mit den damals erhältlichen C120-Compactcassetten bestückt war, bannte ich die Serie auf Magnetband. Fortan konnte ich die Folgen jederzeit in Form eines Hörspiels genießen. Erschwingliche Heimvideorecorder oder gar Laserdiscplayer waren seinerzeit noch nicht verfügbar. Mit 16 Jahren hätte ich mir diesen Luxus ohnehin nicht leisten können. 1978 gelangte ich dann in den Besitz der ersten S/W-Originalstandfotos.

Um mit der Arbeit an einem fundierten Buch über die *Raumpatrouille* zu beginnen, sind einige besondere Voraussetzungen und Ereignisse vonnöten. Zunächst muß man ein begeisterter und ernsthafter Sammler zum Thema sein. Dazu braucht man genügend Ausdauer, Ideenreichtum, Optimismus, Überredungskunst und Tatendrang. Außerdem erfordert es nächste Angehörige – allen voran die Ehefrau –, die ausreichend begeisterungsfähig oder tolerant sind, um sich mit diesem ungewöhnlichen Hobby arrangieren zu können.

Nach langen Jahren des Sammelns, aber viele Jahre vor der Entstehung dieses Buches, reifte der Gedanke, ein sogenanntes Fanzine herauszugeben, also ein Magazin von Fans für Fans. Damit sollte das inzwischen gesammelte Wissen auch den anderen ORION-Fans zugänglich gemacht werden. Begünstigt wurde diese Idee seinerzeit durch die Tatsache, daß die *Raumpatrouille* zwischen 1976 und 1984 in Form einer Heftromanserie fortgesetzt wurde. Innerhalb dieser wurde mit einer Leserkontaktseite (kurz: LKS), die mit Erscheinen des Band 28 (im Mai 1977) eingerichtet wurde, ein Forum geschaffen, auf dem sich Gleichgesinnte austauschen konnten.

Eine Folge dieser Einrichtung waren spontane ORION-Clubgründungen. Da die Clubs sogleich Fanzines kreierten, habe ich die Idee vom eigenen Fanzine auf Eis gelegt. In dieser Zeit entstand meine Brieffreundschaft mit Jörg Reimann, die inzwischen zu einer dauerhaften Freundschaft führte. Mit der Einstellung der Romanserie (1984) ebbte die Euphorie zum größten Teil wieder ab. Die meisten Clubs lösten sich wieder auf, und man war wieder allein mit seiner Sammlung. Sogar der Briefkontakt mit Jörg Reimann gelangte phasenweise zum Erliegen.

1986 veranstaltete einer der wenigen ORION-Clubs, die sich gehalten hatten, eine ORION-Convention, auf der ich Jörg Reimann persönlich kennenlernte. Wie wir rasch bemerkten, stimmte die Wellenlänge auch – oder vielleicht erst recht – nach dem persönlichen Kontakt. Es folgte die erste der bis heute jährlichen Reisen nach München, die einzig dem Zweck dienten und dienen, das Wissen um die Serie zu erweitern.

Nach Einstellung der Romanserie und Auflösung fast aller ORION-Clubs wurde still weitergesammelt. Science-Fiction-Conventions erlaubten ein sporadisches Zusammentreffen einzelner ORION-Fans. Dort wurden diverse Neuigkeiten ausgetauscht; selten war es mehr. Die Sammlung wuchs, aber noch gab es keinen Gedanken, ein Buch zu schreiben.

Im April 1989 erfolgte die Initialzündung. Während eines Besuchs der ORION-Ausstellung in Hamburg – die dort im April anläßlich des Kinostarts der *Raumpatrouille* präsentiert wurde – fand ein prägendes Gespräch mit Richard Meyer statt, dem Inhaber von »Andere Welten«, *dem* Science-Fiction-Laden Hamburgs. Er berichtete u.a. davon, daß er unzählige Anfragen hinsichtlich eines Begleitbuchs oder einer Dokumentation zur *Raumpatrouille* erhielt. Nachdem er sich über Art und Umfang der Hilger-Reimannschen *Raumpatrouille*-Sammlung informiert hatte, ermunterte er uns, diese Informationen zu verdichten und in der vorliegenden Form herauszugeben. Aber noch war der Startschuß nicht gefallen.

Als die Aachener Popgruppe »XY« im gleichen Jahr ihren Videoclip zum Thema *Raumpatrouille* veröffentlichte, war es soweit! Am 07.07.1989 begann ich – unterstützt von Jörg Reimann – mit den Vorbereitungen zu diesem Buch.

In der Zwischenzeit hatten wir durch Auftritte in der WDR-Sammlersendung »Gesucht – Gefunden« (1990) sowie einer Reihe weiterer Fernseh- und Radiosendungen Gelegenheit, unsere Sammlung der Öffentlichkeit zu präsentieren.

Viele Interviews mit den Machern der Serie führten zu hochinteressanten Einblicken in das Filmgeschäft sowie in die Entwicklungen und Probleme bei der Realisierung der *Raumpatrouille*. Manch einer der Gesprächspartner nahm sich die Zeit und hat die ihn betreffenden Abschnitte des Buchmanuskriptes geprüft, korrigiert und ergänzt.

Bei aller Akribie, mit der nach der Geschichte und den Hintergründen der *Raumpatrouille* geforscht wurde, darf eines nicht vergessen werden: Für alle an der Entstehung der Serie Beteiligten war diese Sendereihe lediglich eine Episode ihres beruflichen Werdeganges. Als 1986 von mir die ersten Gespräche geführt wurden, lag die *Raumpatrouille* bereits 21 Jahre zurück. Stellen Sie sich bitte vor, man würde Sie zu einer Arbeit befragen, die Sie vor 21 Jahren geleistet haben. Obschon die meisten *Raumpatrouille*-Macher sich an erstaunlich viele Details erinnern konnten, ist es mehr als verständlich, wenn die Daten und Fakten den Interviewpartnern an bestimmten Stellen nur noch fragmentarisch gegenwärtig waren. Dennoch ergab das Vergleichen der einzelnen Angaben in Verbindung mit diversen Rückfragen ein rundes Bild.

Bei Ihrer nun folgenden Exkursion ins Jahr 3000 wünsche ich Ihnen mindestens den Spaß, den die Produktion dieses Buches mit sich brachte.

Josef Hilger

Auf dem Weg zur Strafversetzung (v.l.: Ursula Lillig, Wolfgang Völz, Dietmar Schönherr, Friedrich Georg Beckhaus, Claus Holm)

KAPITEL I –
AUTOREN UND IDEE DER RAUMPATROUILLE

DER AUTOR

Der Autor der Fernsehserie *Raumpatrouille*, die einem bisher nicht bestätigten Gerücht zufolge »Utopia« heißen sollte, ist Rolf Honold. Der am 09.07.1919 in München geborene spätere Wahlberliner verstarb am 13.10.1979. Seiner Gattin Renate Honold verdanken wir einen kleinen Einblick in sein Leben:

Er war ein Abiturient, für den von Anfang an feststand, daß er einmal Schauspieler würde. Die Wirren des zweiten Weltkrieges raubten ihm sieben Jahre seines Lebens, da er als Gebirgspionier ›die Knarre durch halb Europa‹

trug – bis zum bitteren Ende. Rolf Honold kehrte 1945 als einer von 3 Überlebenden seines Bataillons (von 600 Mann) aus der Gefangenschaft nach München zurück.

Nach einer kurzen Erholungspause begann er sein Schauspielstudium, das er durch Hilfsarbeiten auf dem Bau finanzierte. Im Anschluß daran tingelte er mit Wanderbühnen durch Deutschland und arbeitete dann mehrere Jahre am Staatstheater in Hof, wo er später zum Regisseur und dann zum Oberspielleiter aufstieg.

In dieser Zeit lernte er den Schauspieler Friedrich Georg Beckhaus kennen, der später eine Rolle (Atan Shubashi) in der *Raumpatrouille* erhalten sollte. Aus dieser Bekanntschaft entwickelte sich eine enge Freundschaft, die bis zu seinem Tod hielt.

Bei einer Ausschreibung des Verlages Kurt Desch in München gewann Rolf Honold den 1. Preis mit seinem sehr populär gewordenen Stück »Geschwader Fledermaus«, das 1954 unter der Regie von Erich Engel – in Fachkreisen seinerzeit bekannt als *der* Regiepapst – verfilmt wurde.

1959 zog Rolf Honold nach Berlin, arbeitete dort u.a. für Arthur »Atze« Brauner (CCC-Film) und schrieb neben vielen anderen Fernsehserien auch »John Klings Abenteuer«, die große Resonanz beim Zuschauer fanden. Sein nebenbei entstandenes Theaterstück »Der Aufstand«, das den Aufstand im Warschauer Ghetto 1943 behandelte und ihm besonders am Herzen lag, da es mit vielen persönlichen Kriegserlebnissen gekoppelt war, wurde leider nie aufgeführt.

Autor Rolf Honold an der Astroscheibe

Anfang 1960, angeregt durch die in Amerika beginnende SF-Welle, kam er dann auf die Idee, für das Fernsehen eine Science-Fiction-Serie zu kreieren. Sein erster Anlauf scheiterte: Die Science-Fiction-Serie »Terra ruft Andromeda« wurde zwar von der Bavaria 1960/61 angekauft, aber nie verfilmt – zu teuer! Eine abgemagerte Version, seine *Raumpatrouille*, fand dann den Weg in die Studios. Die Bavaria griff seine Idee auf und begann mit der Umsetzung der im Jahr 3000 angesiedelten Weltraumabenteuer um den schnellen Raumkreuzer ORION.

Dies hatte Rolf Honold gründlich vorbereitet und sich zwei Jahre lang mit wissenschaftlichen Grundlagen der Raumfahrt, Astronomie, Kybernetik und den artverwandten Randgebieten beschäftigt. Dabei eignete er sich sehr viel Fachwissen an und schuf sich eine kleine Fachbibliothek, um auch Phantastereien glaubhaft schildern zu können. Zwar bezeichnete Rolf Honold sich selbst als technischen Waisenknaben, seine Wortschöpfungen ließen jedoch jedes Technikerherz höher schlagen. Man denke nur an so wunderbar futuristisch klingende Begriffe wie *Astroscheibe*, *Lancet*, *Isotopengeneratoren*, *Hyperspace* und *Montor*.

Auf die erfolgreiche Fernsehserie angesprochen, reagierte Rolf Honold eher bescheiden, als er sagte: »Für mich – und andere Leute – ist SF eine legitime Literaturgattung und ich war bestrebt, dieser Gattung einen Platz beim Fernsehen einzuräumen. Zum Ausgleich der ewigen Krimis. (Nichts gegen Krimis, ich schreibe selbst welche.) *Raumpatrouille* sollte auf andere Weise ›unterhalten‹. Nichts anderes. Nach vielen vergeblichen Versuchen ist es mir dann gelungen, als Erster eine SF-Sendung auf den deutschen Bildschirm zu bringen. Ich hatte jedoch nicht den Ehrgeiz, technisch irgendwie Neuland zu beschreiten. (Ich bin technisch ein Waisenknabe.) So überließ ich selbstverständlich die Technik ganz alleine den Leuten, die dafür zuständig waren – bis auf die Inneneinrichtung des Kommandostandes (Astro-Platte etc.).

Die Geschwindigkeit muß selbstverständlich mehrfache Lichtgeschwindigkeit betragen, das geht aus den Handlungsabläufen hervor. (Und die Bezeichnung ›Isotopengeneratoren‹ – eine willkürliche Erfindung von mir.)

Die ORION selbst wurde nicht getrickt – abgesehen von den Abflügen und den Flügen im Raum – auch nicht die ›Lancet‹, das Beiboot. Natürlich auch nur eine Erfindung von mir.

Ich habe die Drehbücher alleine geschrieben. Da aber *Raumpatrouille* ein 3,5 Millionen-Projekt war und die Bavaria eines Erfolges nicht sicher war – von dem ich überzeugt gewesen bin – hat der Redaktionsstab Hand mit angelegt. Das ist etwas ganz Natürliches. Unter dem ›Co-Autoren Larsen‹ verbirgt sich also Redaktionsstab und Dramaturgie...

Und nochmals – Sie sollten die technischen Daten vergessen. Sie spielten weder für mich noch für den Redaktionsstab irgendeine Rolle. Uns kam es lediglich auf die Optik an, die Wirkung auf den Zuschauer. Wie gesagt, es war eine Unterhaltungssendung.«

(Auszug aus einem Brief an den Verfasser vom 10.11.1978)

Insbesondere der Schlußsatz aus Rolf Honolds Brief sei nochmals den ständigen Nörglern ans Herz gelegt. Es war und ist eine Unterhaltungssendung, bei der man nicht jedes Detail auf die Goldwaage legen sollte. Insbesondere die Entwicklung in der Elektronik hat in den beiden letzten Jahrzehnten eine ständig kürzere Innovationsrate erfahren, so daß man kaum mehr abschätzen kann, wie die Technik im Jahr 3000 aussieht. Hier kann man wohl nur ins Klischeehafte verfallen und die alten SF-Schriftsteller wie Jules Verne heranziehen, die seinerzeit ebenfalls belacht oder stark kritisiert wurden. Inzwischen wurde Jules Verne derart von der Realität eingeholt, daß man beinahe wieder lacht – weil die Geschichten so alltäglich, ja beinahe rückständig erscheinen.

Darum sei hier, auch im Namen von Rolf Honold, einmal eine Lanze für die SF-Schriftsteller und -Freunde gebrochen. Selbst anerkannte Kapazitäten in Wissenschaft und Technik sagen sinngemäß: Alles was sich der menschliche Geist vorstellen kann, wird in Zukunft einmal Realität. Nichts anderes meinte Rolf Honold: »Was heute noch wie ein Märchen klingt, kann morgen Wirklichkeit sein.«

Angriff aus dem All (gezeichnet von Ralf Zeigermann)

TERRA RUFT ANDROMEDA

Bereits vor der *Raumpatrouille* konzipierte Rolf Honold eine SF-Serie. Der Name dieser 1960/1961 geschriebenen, utopischen Abenteuerreihe wurde bereits in der Überschrift zu diesem Abschnitt vorweggenommen: »TERRA ruft Andromeda«.

Es handelte sich um eine sechsteilige Serie in deren Verlauf ein mehrjähriger Raumflug des Raumschiffes TERRA und seiner Besatzung erzählt wird. Die einzelnen Folgen trugen die Titel:

1. Start in den Weltraum; 2. Alarm – Feinde im Weltraum; 3. Das fremde Raumschiff; 4. Planet des Schreckens; 5. Die Raumzentrale; 6. Raumschiff TERRA – Kurs Erde

Daß hier die Wurzeln der *Raumpatrouille* liegen, wird bereits bei einem Vergleich der in beiden Serien verwendeten Terminologie deutlich. Die auffälligsten Parallelen finden sich in der nachfolgenden Übersicht.

Selbst eine ORION findet kurz Erwähnung; und dies bereits auf den ersten Seiten der ersten TERRA-ruft-Andromeda-Folge, Start in den Weltraum!

Bei dieser ORION handelt es sich um einen Stratokreuzer (S.K.) auf Testflug, der im weiteren Verlauf der Geschichte nicht mehr erwähnt wird.

Eine Betrachtung der TERRA-Besatzung ergänzt die interessante Palette der Parallen zur späteren *Raumpatrouille*.

Sie ist bunt durch die Nationalitäten gewürfelt und wesentliche Funktionen der späteren (*Raumpatrouille*-) ORION-Besatzung sind schon hier vertreten.

Die Gleichberechtigung der Frau, die in der *Raumpatrouille* hauptsächlich durch die Damen: Tamara Jagellovsk (Eva Pflug) und General Lydia van Dyke (Charlotte Kerr) verdeutlicht wird, findet sich – in anderer Form – schon bei »TERRA ruft Andromeda«.

Ein Name aus dieser Besatzungsliste hat sich in die *Raumpatrouille* hinübergerettet, Tourenne. Leider ist auf dem Weg von der einen zur anderen Serie aus dem hilfreichen Armeetelepath der TERRA ein unberechenbarer Fiesling geworden, der mit Seinesgleichen ein Dasein auf einem Exilstern (*Mura*) fristen muß.

Ebenfalls in die *Raumpatrouille* transferiert hat sich die Aversion der Raumfahrer gegen Beamte des Sicherheitsdienstes. In »TERRA ruft Andromeda« äußert sie sich in häufigeren Auseinandersetzungen zwischen Commander Farlan und GSB-Leutnant Taylor.

Am Schluß raufen sich – wie in der *Raumpatrouille* – beide doch zusammen um mit vereinten Kräften dem Feind entgegen zu treten.

Da die Drehbücher zu dieser Sendereihe noch vorhanden sind, kann die Frage, wovon »TERRA ruft Andromeda« handelt, durch die kurzen Inhaltsangabe der einzelnen Folgen beantwortet werden.

1. Start in den Weltraum

Das GSB ist alarmiert. Bereits drei Raumschiffe sind spurlos verschwunden. Zuletzt die And-

TERMINOLOGIE

Terra ruft Andromeda	*Raumpatrouille*
Alpha-Order	Alpha-Order
Armbandsprechgerät	Armsprechgerät (ASG)
Astroplatte	Astroscheibe
Energiewerfer	Energiebrandanlage
GSB (Galaktisches Sicherheitsbüro)	GSD (Galaktischer Sicherheitsdienst)
Hydroponische Tanks	Hydroponische Tanks
Hyperspace	Hyperspace
I-Generatoren	IG's
Kältekammern	Kälteschlafkammern
ORB (Oberste Raumbehörde)	ORB (Oberste Raumbehörde)
Photonenantrieb	Photonenantrieb
Übergangsellipse	Übergangsellipse
Vargon X	Vargostrahler
Visiophon	Visiophon

BESATZUNG

Colonel Clifton B. Farlan	Commander der TERRA
Vera Slanskaja	Chefingenieurin (2 Sterne Ing.)
Joe Winter	2. Ingenieur
Major Ito Takajasi	Armierungsoffizier
Raymond Shaara	Chefastrogator
Bertold Lang	Fähnrich zu Schiff
Esther van der Vogt	Kybernetikerin
Maurice Tourenne	Armeetelepath
Alexander Alexejew	Astrophysiker
Antonia Aosta	Biogenetikerin
Dr. Liz Ashman	medizinische Forscherin
Percy Stuart	Interplanetarisches Forschungsbüro
Viersterneleutnant Eric D. Taylor	GSB-Offizier
Leutnant Webbs	GSB-Chef
Margot Mc.Intosh	Verteidigungsministerin

romeda, im Raumsektor 193. Die TERRA soll unter dem Kommando von Colonel Clifton B. Farlan diesen Vorgängen auf den Grund gehen. Begleitet wird die Mission zusätzlich von einem Vertreter des GSB, Viersterneleutnant Eric D. Taylor. Die Missionsdauer ist auf fünf Jahre (!) geplant.

Die TERRA ist ein sogenanntes Superkampfraumschiff und bildet, mit Atombrennern, Energiewerfern und Magnetbarriere ausgestattet eine schlagkräftige Waffe gegen eventuelle Agressoren. Sie verfügt über einen leistungsfähigen Photonenantrieb und ist daher für interstellare Raumflüge geeignet.

Bereits nach dem Start stellt die Besatzung eine Manipulation des zentralen, koordinierenden Elektronenrechners, genannt SEAC, fest. Die Kurs-Koordinaten wurden manipuliert.

Dank Esther van der Vogts schneller Reparatur kann der Flug bald weitergehen.

Die Besatzung ist gewarnt: Man hat einen Verräter an Bord!

Beim Versuch, planmäßig die anzufliegende Asteroidenstation LUNA II zu erreichen, bekommt man keine Verbindung mit dieser Erdaußenstation.

2. Alarm – Feinde im Weltraum

Nach der Landung auf LUNA II findet man neben der zerstörten Sendeanlage weitere durch Gewalteinwirkung entstandene Schäden innerhalb der Station. Von der Besatzung fehlt jedoch jede Spur. Commander Farlan befiehlt, die Erde per Bild-Ton-Rakete zu informieren; was auch geschieht. Die TERRA startet wieder und kurz danach stellt die Mannschaft eine erneute Sabotage fest. Diesmal sind die hydroponischen Tanks beschädigt worden. Rechtzeitig kann der Schaden behoben werden. Im Verlauf des Weiterfluges fängt die TERRA eine Nachrichtenrakete der CEPHEUS auf. Die CEPHEUS, ein Erzfrachter, gehört zu den vermißten Raumschiffen und ist seit 3 Jahren überfällig. Die darin gespeicherte Nachricht warnt die Crew vor menschenähnlichen Monstern, die die Erde bedrohen.

3. Das fremde Raumschiff

Die TERRA befindet sich bereits in der 6. Woche im Weltenraum und auf Kurs Raumsektor 193, in dem das Sonnensystem LALANDE liegt.

Auf dem Weg dorthin begegnet ihr ein fremdes, unbekanntes Raumschiff. In dessen Kältekammern finden die TERRA-Astronauten neun eingefrorene, fremde – menschenähnliche – Wesen. Offenbar handelt es sich um speziell gezüchtete Mutanten.

Eine Berechnung des Fremdraumschiffkurses führt zu dem Ergebnis, daß dieses den Raumsektor BX23 ansteuert.

Man nimmt die neun grünhäutigen Mutanten an Bord und dann geht die TERRA auf Kurs nach BX23.

4. Planet des Schreckens

Das fremde Raumschiff der neun Grünhäutigen wird eliminiert. Im Sternsystem LALANDE angekommen, empfängt die TERRA unbekannte Radiosignale vom Planeten LALANDE 21185.

Ein zweiköpfiges Erkundungsteam, bestehend aus Esther van der Vogt und Percy Stuart, startet mit einem SPY, dem zweisitzigen Beiboot der TERRA: Sie landen auf einem unbekannten »Begleiter« der Planeten und errichten dort eine provisorische Meßstation. Die TERRA steuert derweil LALANDE 21185 an und versucht dort zu landen. Es ist geplant, Esther van der Vogt und Percy Stuart später wieder abzuholen.

Nach der Landung des SPY offenbart Percy Stuart sich als siriusianischer Spion und entführt Esther zu einer Raumstation auf BX23. Die Besatzung der TERRA erkundet in der Zwischenzeit LALANDE 21185. Man findet eine merkwürdige Art Schlingpflanzen vor, die zunächst vor den Menschen zurückweicht. Als die Besatzungsmitglieder sich bereits weit vorgearbeitet haben, ändert sich das Verhalten der Pflanzen. Antonia Aosta wird als erste von den Schlingpflanzen angegriffen. Dann kesseln die Pflanzen die TERRA-Crew ein und nähern sich bedrohlich. Es gibt keine Möglichkeit des Entkommens.

Glücklicherweise befindet sich Eric B. Taylor als Bordwache auf der TERRA. Mit Hilfe des Armeetelepathen Tourenne gelingt es Taylor die TERRA zu starten und die Besatzung zu retten.

Die TERRA nimmt die Crew auf und startet nach BX23.

Anmerkung: Die Sonne Lalande 21185 existiert tatsächlich und gehört zu den Sternen, die der Erde am nächsten sind. Im Juni 1995 präsentierte der Astronom George Gatewood auf einem Astronomie-Kongreß seine Beobachtungen, die er zu Lalande 21185 gemacht hatte. Demzufolge soll dieser Stern ein System aus 3 Planeten besitzen.

---

5. Die Raumzentrale

Die TERRA landet auf BX23 und findet die außerirdische Raumzentrale. Man stellt fest, daß es sich um eine Invasionsbasis der Siriusianer handelt, von der aus der 3. Galaktische Krieg initiiert werden soll.

Ein zufällig gefundenes, angeschmolzenes Teil eines Armbandsprechgerätes offenbart der TERRA-Crew die schreckliche Wahrheit. Die Andromeda-Besatzung wurde regelrecht eingeschmolzen.

Unter der neuen Bezeichnung 6HA15 und mit einer siriusianischen Besatzung versehen soll das Raumschiff Andromeda gegen die Erde eingesetzt werden.

Commander Farlan beschließt die fremde Raumzentrale anzugreifen.

Die Vorhut, gebildet aus Antonia Aosta und Fähnrich Lang, betritt als erste die Zentrale. Antonia wird Opfer eine neuartigen Waffe und verliert ihr Gedächtnis.

Dann greift die gesamte TERRA-Crew an. Es kommt zum schweren Kampf mit den Siriusbewohnern, in dessen Verlauf Percy Stuart, der siriusianische Spion, den Tod findet.

Esther van der Vogt, die Geisel, kann lebend befreit werden.

Ohne Verluste kann die TERRA-Besatzung die Rückreise antreten.

Der Plan der Bennister-Regierung, auf deren Befehl hin die Siriusianer die Erde unterjochen wollten, ist gescheitert.

6. Raumschiff Terra – Kurs Erde

Auf der Rückreise wird bei der medizinischen Behandlung von Antonia ungewollt die Kühlanlage der Kältekammer abgeschaltet.

Antonia erhält ihr Gedächtnis wieder und gilt damit als geheilt.

Inzwischen sind die in den Kältekammern eingefrorenen Siriusianer aufgetaut und greifen die TERRA-Astronauten an.

Abermals müssen die Leute um ihr Leben kämpfen und können letztlich auch diesen Angriff erfolgreich abwehren.

Nach der Landung werden die TERRA-Piloten von der Verteidigungsministerin Margot Mc.Intosh persönlich ausgezeichnet.

Ein dritter galaktischer Krieg wurde dank des erfolgreichen Eingreifens der TERRA-Besatzung verhindert.

CO-AUTOR W. G. LARSEN

Sofern man den Abspann der Fernsehserie *Raumpatrouille* aufmerksam verfolgt, liest man neben dem Namen Rolf Honold noch den Namen W. G. Larsen. Wie oben zu lesen war, verbirgt sich hinter diesem Pseudonym eine regelrechte Autorenmannschaft der Bavaria Atelier GmbH. Für die *Raumpatrouille* waren dies: Dr. Michael Braun, Hans Gottschalk, Dr. Helmut Krapp, Theo Mezger und Oliver Storz.

Hans Gottschalk erfand für dieses Team die Bezeichnung W. G. Larsen, die auch bei späteren Produktionen immer dann Verwendung fand, wenn mehrere Leute am Drehbuch bastelten. Die Zusammensetzung dieses Larsen-Teams war unterschiedlich. In einem Interview mit dem damaligen Produktionsleiter Michael Bittins, welches 1987 in der Hamburger Rundschau erschien, sagte er u.a.: »...Damals hatte die Bavaria eine große redaktionelle Abteilung mit einigen inzwischen namhaften Autoren, angeführt von Hans Gottschalk. Da Honold mit dem Filmischen wenig vertraut war, haben diese zusammen mit den beiden Regisseuren, Michael Braun (3 Filme) und Theo Mezger (4 Filme) am Drehbuch mitgearbeitet – das jedoch nicht so recht zu ihrer Zufriedenheit. Sie haben sich alle irgendwie geschämt und dann ein Pseudonym erfunden. Den zweiten Mann nach Rolf Honold, W. G. Larsen, gibt es nicht. Keiner wollte, ob redaktionell oder als Producer, wie man das heute beim Fernsehen nennt, so recht Farbe bekennen...«

Science-Fiction in dieser Form war etwas völlig Neues, Ungewohntes im deutschen Fernsehen.

Dies bestreitet der Regisseur und Mitautor Dr. Michael Braun. In einem Gespräch mit dem Verfasser dementierte er Bittins Angaben: »Natürlich stehe ich nach wie vor zu meiner damaligen Arbeit. Es hatte mich ja niemand dazu gezwungen. Aber überlegen Sie mal, wenn wir nicht W. G. Larsen geschrieben hätten, dann hätten im Abspann statt zwei gleich 6 Autoren gestanden... Das Ganze war eine große Teamarbeit, und es wäre hinterher unmöglich zu sagen, das und das ist mir eingefallen...«

Nach dieser klaren Aussage bleiben wir gleich bei:

Dr. Michael Braun

Geboren wurde er am 05.09.1930 in Kalkberge bei Berlin. Sein Studium an der Universität München, an der er die Studienfächer Publizistik, Literatur, Anthropologie und Psychologie belegte, schloß er als Dr. phil. ab. Er promovierte mit einer Arbeit über den Publikumsgeschmack.

Die ersten Arbeiten als Regisseur machte Dr. Michael Braun bei amerikanischen Produktio-

Regisseur (Folge 1, 5 und 7) Michael Braun

nen. Vor ORION stellte er sein Können in mehreren, teilweise sehr spannenden Serien wie: »Funkstreife Isar 12«, »Inspektor Wanninger«, »Graf Yoster gibt sich die Ehre«, »Kommissar Freitag« usw. unter Beweis. Er sagt:

»Serien drehen ist mein Metier; das habe ich in Amerika gelernt. Diese Arbeit ist nicht jedermanns Sache, da man unkontinuierlich drehen muß. Bei *Raumpatrouille* war das nicht anders. An manchen Tagen kam es vor, daß, nachdem ich meine Szenen im Kommandostand abgedreht hatte und ging, in der gleichen Dekoration Theo Mezger weiterdrehte oder umgekehrt. Die Dekoration und die Schauspieler blieben; der Drehstab wechselte.«

Dr. Braun ist nach wie vor aktiv und drehte zuletzt »Rußige Zeiten«, eine Serie, die 1993 ausgestrahlt wurde. Außerdem führte er Regie bei verschiedenen Folgen der Serien »Der Kommissar«, »Derrick«, »Salto Mortale«, »Praxis Bülowbogen«, »Moselbrück« »Polizeiinspektion 1« und »Der Alte« (um nur einige wenige zu nennen). Erwähnenswert ist, daß sein Engagement als Mitautor (wie bei der *Raumpatrouille*) kein Sonderfall ist, sondern daß er sich neben der Aufgabe als Regisseur oft als (Mit-)Autor betätigt.

Warum es nie eine Fortsetzung der ORIONabenteuer gab, erklärt er unter anderem so: »Die Bavaria war niemals – damals nicht und heute erst recht nicht – im Zugzwang; das heißt, man war dort nie in der Verlegenheit, die Hallen nun unbedingt voll zu bekommen.

Aber: Die Auftraggeber, der WDR und SDR hatten kein Interesse an einer Fortsetzung. Zudem war das Autorenteam von der »Schwerstgeburt« erschöpft. Das wäre heute anders: Ein großer Publikumserfolg provoziert selbstverständlich Fortsetzungen. Damals verhielt es sich so, daß nach ORION etwas Neues kam. Ähnlich wie beim ›Grafen Yoster‹, dem der ›Inspektor Wanninger‹ folgte usw. Man machte keine Langzeitserien, da man zu dieser Zeit noch der Meinung war, daß es relativ einfach wäre, sich immer wieder etwas Neues einfallen lassen zu können. Heute weiß man, wie schwierig das ist, und reizt eine Serie so lange aus, wie das Publikum mitmacht und den Autoren etwas einfällt. Also, damals standen Endlosserien wie, sag' ich jetzt mal: ›Polizeiinspektion 1‹, ›Derrick‹ oder der ›Alte‹ nicht zur Debatte. Zum Beispiel ›Isar 12‹. Wir haben, glaube ich, 39 Stück gemacht und da sagte der Gottschalk: ›So jetzt ist Schluß, jetzt laßt euch mal was Neues einfallen.‹ Haben wir uns also den Wanninger einfallen lassen.

Es war so, daß man noch der Meinung war, es gibt unendlich viele Dinge, die einem einfallen könnten. Heute ist man froh, wenn man eine Serie hat, die funktioniert, und versucht dann, diese so lange zu machen, wie das Publikum mitmacht und den Autoren etwas einfällt.

Wir waren damals so sehr am Anfang und auch noch nicht so überschüttet mit amerikanischen Serien.«

Schmunzelnd setzt er hinzu: »Diese Tendenz zur Serie kommt mir persönlich natürlich sehr gelegen, da dies genau das ist, was ich gelernt habe und kann.«

(Auszug aus einem Gespräch vom 14.04.1991)

In Bezug auf die *Raumpatrouille* gab es noch einen weiteren, speziellen Umstand, der Fortsetzungen verhinderte. Im Fortgang des Buches kommt Michael Braun hierzu und in Bezug auf einige andere Dinge noch öfter zu Wort. Er stand gern für ein ausführliches Interview zur Verfügung.

Hans Gottschalk
Hans Gottschalk, geboren am 31.07.1926 in Stuttgart, studierte 5 Jahre Germanistik, Philosophie und Kunstgeschichte an den Universitäten Tübingen und Mainz. Die vollständige Beschreibung seiner bemerkenswerten Karriere, die 1970 durch die Verleihung der beiden höchsten Fernsehpreise (Adolf-Grimme- und DAG-Preis) gekrönt wurde, ist in diesem Rahmen kaum möglich.

Hier die wichtigsten Stationen: 1949 bis 1953 war er Dramaturg, Autor und Redakteur beim SDR (Hörfunk). Zwischenzeitlich betätigte er sich auch als Regieassistent an den großen deutschen Bühnen (u.a. an den Württembergischen Staatstheatern in Stuttgart) und leitete zuletzt ein Experimentalstudio.

Zwischen 1953 und 1959 arbeitete er als ›Hauptabteilungsleiter Fernsehspiel‹ beim SDR, in dessen Verlauf er etwa 150 Produktionen durchführte.

In seiner Zeit als Produktionschef der Bavaria (1959 bis 1973) trug er die künstlerische, organisatorische und finanzielle Gesamtverantwortung für ca. 1.500 Produktionen mit einem Gesamtvolumen um 400 Mio. DM.

Für einzelne besonders wichtige Produktionen betätigte er sich auch als Producer, so u.a. für: »Die Seelenwanderung«, »Orden für die Wunderkinder«, »Der Drache« und »Hamlet«. Auch Fernsehserien wie die *Raumpatrouille* (hier speziell die Folgen *Deserteure* und *Invasion*, die er selbst bearbeitete) oder »Das blaue Palais« gehören zu den Projekten, die er seinerzeit als Producer mitverantwortete. 1975 schied Gottschalk auf eigenen Wunsch aus der Bavaria aus, um fortan als freier Produzent (u.a. auch für die Bavaria) tätig zu sein.

1977 gründete er (zusammen mit Jochen Graubner) die Galaxy Film Production GmbH & Co. KG, die neben der erfolgreichen Fernsehserie »Ein Fall für Zwei« an großen internationalen TV-Produktionen wie »Mozart«, »Egmont« etc. mitwirkte.

Zum Thema *Raumpatrouille* äußert er heute: »...Auch die Akzeptanz der Serie bei Presse und Publikum war nicht toll. Viele meinten, man hätte die Ausstrahlung auf den Nachmittag verlegen sollen, weil sich das Ganze für Kinder und Jugendliche mehr zu eignen schien. Umso größer meine Genugtuung, daß die Serie 23 Jahre nach der Erstausstrahlung zum Kultfilm geworden ist...«

(Hans Gottschalk am 21.05.1990 in einem Brief an den Verfasser)

Dr. Helmut Krapp

Dr. Helmut Krapp, Dritter im Bunde der Autoren, wurde am 24.11.1929 in Darmstadt geboren. Er belegte während seines Studiums eine ganze Reihe von Fächern: Germanistik, Geschichte, Kunstgeschichte und Philosophie. Nach seinem Staatsexamen und der Promotion war er Dramaturg am Düsseldorfer Schauspielhaus, Dramaturg beim Hessischen Rundfunk und Chefdramaturg bei den Städtischen Bühnen in Frankfurt/M.

Ab 1964 ist er für die Bavaria in München tätig. Seinen Einstieg fand er dort als Leiter der Hauptabteilung Fernsehspiel. 1973 avancierte er zum Programmchef für Fernsehspiel, Serie und Unterhaltung. Zwischenzeitlich veröffentlichte er eine Reihe von Publikationen zu – neben zahlreichen anderen Themen – Avantgardismus und Dramaturgie, Ästhetik sowie zur Thematik des Fernsehens. Seit 1989 ist er als Produzent tätig. In vielen Fällen war er gleichzeitig Drehbuchautor und Produzent.

Als Produzent fungierte er – neben vielen anderen Produktionen – bei »Die Söhne« (1968), »Messe der unerfüllten Wünsche« (1971), »Eltern« (1974), »Lobster« (6 Folgen, 1975), »Die erste Polka« (1978), »Ein Stück Himmel« (8 Folgen, 1980/81), »Rote Erde« (Folgen 1-10, 1983), »Zahn um Zahn« (1985), »Familienschande« (1987), »Das Sahara Projekt« (1992).

Außerdem schrieb er zahlreiche Drehbücher, darunter u.a.: 1960 »Die Friedhöfe«, 1963 »Spiel im Morgengrauen«, »Die Schlinge«, 1965 natürlich die *Raumpatrouille* (als Co-Autor), 1971 »Messe der unerfüllten Wünsche«, 1978 »Die erste Polka«, 1983 »Satan ist auf Gottes Seite« und 1992 »Das Sahara-Projekt« (zusammen mit Horst Vocks).

Als Drehbuchcoautor der *Raumpatrouille* war Dr. Krapp in der Hauptsache für die Mezger-Bücher (Folgen 2, 3, 4 und 6) verantwortlich. Als Dr. Helmut Krapp zur Bavaria kam, war es bereits beschlossene Sache, daß diese Serie produziert wird. Auch die Finanzierung war weitestgehend abgesichert. Passé waren zudem auch die Verhandlungen über eine eventuelle finanzielle Beteiligung der Amerikaner. Seiner Erinnerung zufolge scheiterte die amerikanische Beteiligung an der fehlenden eindeutigen Antwort auf die Frage (der Amerikaner): »Who are the heroes and who are the indians?« Selbstverständlich ist dies unter dem Aspekt eines Augenzwinkerns zu verstehen. Daß die Amerikaner nicht mit einsteigen wollten, lag u.a. daran, daß die Zuschauer dieses Landes damals überwiegend auf Western fixiert waren.

Die interessante Frage, ob und wenn ja, inwieweit die *Raumpatrouille*-Verhandlungen eventuell als Initialzündung für die Star-Trek-Serie (Raumschiff Enterprise) diente, läßt sich sicher nie klären. Sicher ist, daß die Fernsehstarts der beiden Serien zeitlich nicht weit voneinander entfernt lagen. Bedenkt man, daß die *Raumpatrouille* erst mit einem Jahr Verspätung startete, so war die deutsche Serie eindeutig vor »Enterprise« da.

Theo Mezger

Er führte in den vier Folgen *Planet außer Kurs*, *Die Hüter des Gesetzes*, *Deserteure* und *Die Raumfalle* Regie. Trotz mehrmaligen Anschreibens war er bis heute zu keiner Äußerung irgendeiner Art zu bewegen. Dies ist bedauernswert, aber nicht zu ändern.

Hans Gottschalk (1.v.r.), der Kopf von W. G. Larsen

Theo Mezger, verantwortlicher Regisseur für 4 Raumpatrouille-Folgen

Hier ein kurzer Lebenslauf, entnommen der Informationsschrift »Deutsches Fernsehen/ARD« (Nr. 38/83):

Geboren wurde Theo Mezger am 10. August 1933 in Stuttgart. Er begann nach dem 2. Weltkrieg bei den Württembergischen Staatstheatern als Regieassistent. 1958 erfolgte seine Berufung zum Fernsehen durch den damaligen Chefdramaturg Hans Gottschalk. Dort arbeitete Theo Mezger als Regieassistent von Raunhard Wolffhardt und Franz Peter Wirth. 1960 inszenierte er »Kai aus der Kiste« als erste eigenständige Regiearbeit.

Bis heute hat Theo Mezger in über 200 Filmen Regie geführt. Seine wohl bekanntesten Arbeiten sind: ab 1963 »Fernfahrer« (Serie), 1964 »Flug in Gefahr«, »Tatort« (mehrere Folgen der Serie), 1972 »Lawinenpatrouille« (Serie) und 1983 »Gefährliches Spiel« (Fernsehspiel).

Oliver Storz

Last but not least war da noch Oliver Storz, der als Produzent firmierte. Geboren am 30.04.1929, lebt Oliver Storz heute in Bayern und hat eher gemischte Erinnerungen an diese Produktion. Hier seine Begründung:

»Zwar war ich – im damaligen Sprachgebrauch der Bavaria – ›Produzent‹ der Serie, das bedeutete de facto nur, daß ich verantwortlich für Drehbuchentwicklung und Besetzung war und selbst vier Folgen schrieb, weil mit dem ursprünglich dafür vorgesehenen Autor keine Einigung über die Bücher zu erreichen war. So mußte ich in meiner damaligen Eigenschaft als fest angestellter Dramaturg selbst einspringen, was mich sauer ankam, da ich keinerlei persönlichen Bezug zu Science-Fiction besaß und als Autor vollkommen andere Ambitionen hatte. Die Sache bedeutete für mich also ein Stück Handwerk, und ich war froh, als ich es auf anständige Manier hinter mich gebracht hatte.«

(Auszug aus einem Brief an den Verfasser vom 12.04.1990)

In Gesprächen mit ehemaligen Drehstabmitgliedern wurde die bedeutende Rolle, die Oliver Storz bei der Drehbuchentwicklung innehatte, stets betont. Insbesondere Hans Gottschalk, Michael Braun und Dr. Krapp lobten dessen Verdienste um die Drehbuchentwicklung. Ein kurzes Zitat von Regisseur Braun soll dies verdeutlichen, in dem er sich anerkennend zum Einführungstext der *Raumpatrouille* äußert: »Allein der Satz: Am Rande der Unendlichkeit... – das war Storz. Viel besser als wenn man nur gesagt hätte: In der Unendlichkeit o.ä.«

Dieser (ORION-) W. G. Larsen war doch eine bunt schillernde, vielseitige Persönlichkeit, die es verdient, hier in angemessener Form Erwähnung zu finden. Allein diese Crew aus erfahrenen, erfolgreichen und mit dem nötigen Feeling ausgestatteten Fernsehmachern hätte von jedem als Garant für das Gelingen der Raumpatrouille angesehen werden müssen. Warum das 1965 nicht so war und die Chefetage der Bavaria sehr große Probleme hatte, die Verantwortlichen der Auftragssender für die Raumpatrouille zu begeistern und damit die nötigen Gelder zu sichern, muß an der damaligen Zeit gelegen haben, in der es Science Fiction im Fernsehen noch nicht gab.

Oliver Storz

KAPITEL II –
DIE WELT DER ORION

IM JAHR 3000

Die Geschichten um den schnellen Raumkreuzer ORION spielen in einer fernen Zukunft. Die Produktionsunterlagen weisen das Jahr 3000 aus. Man geht in dieser Serie davon aus, daß sich die Menschheit bis zu diesem Zeitpunkt endlich besonnen hat und friedlich vereint zusammenlebt. Es gibt keine Nationalstaaten mehr. Nur der Name gibt einen Hinweis auf die frühere Nationalität der jeweiligen Vorfahren. Als Währung verwendet man sogenannte *Credite*. Die Erdbevölkerung wird von einer allgemein anerkannten Regierung – unterstützt von einem gigantischen Elektronengehirn-Trust – geführt.

Die Eroberung des Mondes gehört der Vergangenheit an. Eine Reise zu den Planeten unseres Sonnensystems ist so alltäglich wie heutzutage eine Dampferfahrt über den Starnberger See. Aufgrund des ständig verringerten Lebensraumes auf der Erdoberfläche wurde vor über 20 Jahren (also um das Jahr 2980) der Unterwasserwohnungsbau eingeführt, d.h. der Meeresboden als Wohnraum erschlossen. Hier findet man auch das *Starlight-Casino*, in dem sich die Raumfahrer vor oder nach ihren Einsätzen entspannen. Das Casino liegt in unmittelbarer Nähe der *Basis 104*, auf der die ORION für die Zeit ihrer Strafversetzung zu den *Terrestrischen Raumverbänden* (*TRAV*) stationiert ist. Auch die Startbasen für die Raumflotte sind unterseeisch angelegt.

Zusätzliche Lebensmöglichkeiten fanden die Erdbewohner auf Planeten innerhalb ihres Einflußbereiches, die von freiwilligen Siedlern kolonialisiert wurden. Dieser Einflußbereich erstreckt sich über einen gigantischen kugelförmigen Raum im Umkreis unseres Sonnensystems. Eine ansehnliche Zahl von Raumstationen, Radarwarnkreisen und Lichtbatterien schützt diese *Kugel* vor möglichen Aggressoren aus den Tiefen des unerforschten Weltraumes, kontrolliert und koordiniert alle Raumschiffbewegungen. Die Besatzungen der Stationen werden in unseren Abenteuern mehr und mehr durch Roboter des Typs *Gamma 7* ersetzt.

Drei dieser Stationen – *MZ 4*, *M8/8-12* und *Gordon E1* – spielen eine Schlüsselrolle bei Commander Shanes, pardon, McLanes Einsätzen.

Die Frage der Rohstoffversorgung gilt als gelöst. Die erschlossenen Planeten oder Planetoiden bieten ein unerschöpfliches Reservoir. Spezielle Siedlertrupps bauen diese Stoffe ab, unterstützt von maschinellen Verbündeten, den *C-Robotern*, die vornehmlich dem Typ *Alpha*

Amüsement im Starlight-Casino
(v.l.: Eva Pflug, Erwin Linder)

Ce-Fe (mittelschwere Arbeits- oder Kampfmaschinen) angehören. Mit Raumfrachtern transportiert man das Erz zur Erde. Ein solcher Erzlieferant ist der Planetoid *Pallas*.

Das Problem der künstlichen Schwerkraftbildung existiert nicht mehr. Auf allen Himmelskörpern, und seien sie auch noch so klein, kann man erdähnliche Gravitationsverhältnisse erzeugen.

Die Gefängnisse und Zuchthäuser unserer Tage kennt man nur aus dem Bereich der präatomaren Geschichte. Es gibt keine Exekutionen mehr. Im Jahr 3000 werden die extremsten Gesetzesbrecher lebenslang von der Erde verbannt. Man bringt sie auf einen Exilstern und stellt, durch den regelmäßigen Anflug von Versorgungsschiffen, die Belieferung mit allen lebensnotwendigen Materialien sicher. Die dort lebenden Menschen haben die Möglichkeit, eine Art Regierung oder Selbstverwaltung zu bilden, dürfen den Planeten aber nie wieder verlassen. Einer dieser Strafplaneten ist *Mura*.

Die Kommunikation innerhalb dieses für heutige Maßstäbe unvorstellbar großen Gebietes erfolgt über Relaisstationen und Funksatelliten, die sich der Technik des *Lichtspruches* bedienen. Erst durch die sogenannte Lichtspruchanlage war es möglich, über Entfernungen in der Größenordnung von Lichtjahren Nachrichten – mit kaum feststellbaren Laufzeitverzögerungen – zu übertragen.

Leitfunksatelliten sorgen für eine sichere Navigation und Orientierung im Weltraum.

Man empfängt seit Jahrhunderten Signale fremder Welten, aber bis jetzt kam es zu keiner Kontaktaufnahme – noch nicht ...

Außerdem gibt es noch die *Raumflotte*, bestehend aus 5.619 Raumschiffen. Diese Raumschiffe, u.a. versehen mit einem *Photonentriebwerk*, durcheilen mit Überlichtgeschwindigkeit (*Hyperspace*) die Distanzen zwischen den Sternen. Durch ihre Bewaffnung mit Antimateriebomben, Energiebrandanlagen und Lichtwerfern bilden sie einen weiteren wirksamen Garant zum Schutz der Erde und deren Kolonien. Mit der Erfindung von *Overkill* gibt es eine Waffe, die ganze Planetoiden eliminieren kann.

900 Raumkreuzer sind fest auf den Außenbasen stationiert. Die Startbasen auf der Erde liegen, geschützt vor eventuellen Angreifern, 300 m unter dem Meeresspiegel. Befehligt und koordiniert werden die Raumschiffbewegungen durch drei militärisch organisierte Institutionen: GSD, TRAV und ORB. Die Abkürzungen stehen für *Galaktischer Sicherheitsdienst* (GSD), *Terrestrische Raumaufklärungsverbände* (TRAV) und *Oberste Raumbehörde* (ORB). Allein den *TRAV* sind 1.690 Raumschiffe unterstellt.

Der ORION-Kommandant legt beim Einbau von Overkill selbst Hand mit an (v.l.: D. Schönherr, F. G. Beckhaus)

Die Flotte wurde im Laufe ihrer Geschichte in zwei furchtbare galaktische Kriege verwickelt, von denen einer um das Jahr 2500 und ein weiterer kurz vor Anbruch des Jahres 3000 stattfand. Ausgelöst wurden die Kampfhandlungen durch revoltierende Kolonien auf besiedelten Planeten. Die aufständischen Kolonisten wurden nach Beendigung der Kampfhandlungen offiziell alle zur Erde zurückgesiedelt. Wirklich alle?

Bei all den Gefahren und der technischen Weiterentwicklung glauben die Autoren, daß sich der Mensch bis zum Jahr 3000 nicht wesentlich verändern wird. Ein Steak und ein guter Whisky werden in tausend Jahren ebenso geschätzt werden wie heute. Auch Liebe und Freundschaft werden sicher alle Jahrhundertstürme überdauern.

Auch Haustiere sind nach wie vor vorhanden – wenn auch als Luxus. Ein Beispiel hierfür ist 264, einer der letzten 376 Pudel, die es im Jahr 3000 noch gibt. 264 gehört Atan Shubashi, dem Astrogator des Schnellen Raumkreuzers ORION.

SCHNELLER RAUMKREUZER ORION VII/VIII

Da sich ein Großteil der Geschichten innerhalb des Raumschiffes ORION abspielt, hier die wichtigen technischen Angaben zum schnellsten Raumschiff, über das die Erde im Jahr 3000 verfügt.

Wenn die Überschrift die Wahl zwischen einer ORION 7 und ORION 8 offen läßt, so deshalb, weil im Laufe des zweiten Abenteuers (*Planet außer Kurs*) die ORION VII zerstört wird. Ab Folge 3 (*Die Hüter des Gesetzes*) tritt die baugleiche ORION VIII an ihre Stelle.

Raumschiff-Form: Diskus
Typ: Alpha III mit intergalaktischer Sonderausrüstung
Durchmesser: 170 m
Höhe: 32 m
ausfahrbare Höhe des Landeliftes: 38 m

---

*Anmerkung: Der Einstieg in die **ORION** erfolgt durch ein an der Unterseite ausfahrbares dreistufiges Teleskop, den Landelift oder Landeschacht.*

Antrieb: Photonenstrahltriebwerk, Landeantrieb
Anzahl der Haupttriebwerke: 8 Antriebsblöcke

Anmerkung: Dem Antrieb können eine sog. Schlafende Energiereserve und für kurze Zeit ein Motor zur Leistungserhöhung zugeschaltet werden. Ein Antriebsblock besteht aus je einem Generator, Wandler, Photonenstrahlerzeuger, -beschleuniger, -reflektor und einer Energiespeicherbank.

Bewaffnung:
Antimateriebomben, Energiebrandanlage, Lichtwerfer und OVERKILL
Defensiveinrichtungen:
Magnetschutzschirm, Hitzeabsorber, Energieabsorber, Möglichkeit zur elektronischen Verriegelung einzelner oder aller Raumschiffkomplexe
Außensensoren:
Impulsatoren, Astroradar, Such- und Suchbildstrahl, Visiokameras
Kommunikationseinrichtungen:
bordintern: **BSA** (**B**ord**S**prech**A**nlage) und Visiophon; *zur Außenkommunikation:* Außenvisiophon, Subraumfunk und Lichtspruchanlage
Besatzungsmitglieder:
5 Personen

Anzahl der Hauptdecks:
4 plus Maschinen- und Frachtraumdeck
Anzahl der Kabinen:
5 für die Besatzung und 10 weitere für Gäste

Anmerkung: Zu jeder Kabine gehört eine Kälteschlafkammer

Technische Zentralräume:
Kommandostand, Kampfstand, Maschinenraum und Lancet-Abschußkammern
Atemluftversorgung:
erdangepaßtes Sauerstoffgasgemisch aus Sauerstofftanks; eine Hydroponikanlage kontrolliert den Verbrauch, regeneriert verbrauchte und ersetzt verlorene Gasmengen
Anzahl und Typ der Beiboote:
4 Kleinstraumschiffe vom Typ **LANCET**
Besatzung der Lancets:
normal 2, in Notsituationen 3 Personen
Anzahl der (Lancet-)Abschußkammern:
8, davon dienen 4 zur Aufnahme der eigenen, 4 zur Aufnahme von eventuellen Fremdlancets

Rechts: Mario de Monti (Wolfgang Völz) auf M 8/8-12, beim Einbau von Overkill
Unten: Hasso Sigbjörnson (Claus Holm) prüft die Dekoration im Starlight-Casino

Zusätzliche Angaben

Die Abschirmung gegen kosmische oder andere schädliche Strahlung erfolgt neben dem Einsatz von Absorbern auf natürliche Art und Weise. Zu diesem Zweck wurden die riesigen Tankräume so in die Raumschiffkonstruktion integriert, daß sie rund um die Räumlichkeiten des Kreuzers herum angeordnet sind.

Während des Fluges herrschen an Bord normale Gravitationsverhältnisse. Den Andruck beim beschleunigten Flug kompensieren spezielle elektromagnetische Andruckabsorbierungsvorrichtungen.

Bei einer vorgesehenen Landung wird ein Magnetkissen geflutet. Auf diesem Magnetpolster ruht das Raumschiff nach der Landung. Beim Landevorgang unterstützt es einen exakt kontrollierten, antriebslosen Anflug bis hin zur endgültigen Landeposition.

Die Vorgänge während eines Einsatzes werden auf elektronischen Bändern und Bordfilmen festgehalten. Zusätzlich besteht die Möglichkeit, Vorgänge besonderer Dringlichkeit verbal auf das Bordbuch zu sprechen.

Alle technischen Abläufe an Bord sind weitestgehend automatisiert. Über allem wacht ein hypermodernes Rechengehirn.

Der Kommandostand der ORION

Er bildet das Nervenzentrum des Raumkreuzers, in dem alle Informationen und Impulse zusammenlaufen. Der Hauptcomputer findet hier seinen Platz ebenso wie die Raumüberwachungs- und Astrogationseinrichtungen.

Armierungsoffizier und Ingenieur haben je ein zusätzliches Schaltpult im Kommandostand, über das sie die wichtigsten Kontrolldaten aus

Der Kommandant der ORION,
Major Cliff Allister McLane (Dietmar Schönherr)

dem Kampfstand bzw. Maschinenraum ablesen können.

Am *Leitstand* wacht der Kommandant. Über die integrierte *Astroscheibe*, die sozusagen das Bullauge zur Außenwelt repräsentiert, kann der Bediener per Umschaltsystem Entfernungen von Lichtjahren bis zu einem Ausschnitt von ca. 150 Quadratmetern Größe sichtbar machen. Der Energiefluß und die Antriebsleistung werden über eine Anzeigewand vor dem *Leitstand* überwacht.

Mit 28 m Außen- und 10 m Innendurchmesser ist die Zentrale trotz ihrer immensen Bedeutung nur eine kleine Insel innerhalb der ORION.

Der Kampfstand

Die direkte Kontrolle der Armierungsenergie, Waffensysteme sowie der Lancestarts und -landungen erfolgt dort. Er ist oberhalb des Kommandostandes zu finden. Die Bedienung der lebenswichtigen Luftschleusen kann sowohl vom Kommandostand als auch vom Kampfstand aus erfolgen.

Der Maschinenraum

Hier hat der Raumschiffingenieur seinen Stammplatz und sitzt meist innerhalb des Maschinenleitstandes, von dem aus er die gewaltigen Antriebsblöcke regiert. In direkter Nähe zu den *Wandlern* hat er so – ergänzend zu den elektronisch angezeigten Meßwerten – eine ständige optische Kontrolle über die Herzstücke des Antriebs.

Die letzte offene Frage dieses Abschnittes: Wieso nannte der Autor der *Raumpatrouille* seinen schnellen Raumkreuzer gerade ORION?

Oben: Die ORION VIII von feindlichen Flugobjekten verfolgt
Unten: »Bitte lächeln!« Ein reines Promotion-Foto
(v.l.: W. Völz, D. Schönherr, E. Pflug, C. Holm)

Auf diese Frage antwortete Renate Honold stellvertretend für ihren verstorbenen Mann:

»Der ORION ist ein großes Sternbild auf der nördlichen Halbkugel des Winterhimmels und stellt, mit viel Phantasie vervollständigt, einen großen Mann mit einem Gürtel und einem Schwert dar – den Himmelsjäger. Der in diesem Sternbild integrierte *Orionnebel* ist nach Ansicht der Wissenschaftler und Astronomen die Geburtsstätte neuer Sterne. Da all dies meinem Mann so gut gefiel, mußte sein Raumschiff ORION heißen!«

(Renate Honold am 16.08.1989
in einem Brief an den Verfasser)

Eine wichtige technische Angabe fehlt noch: Wie schnell fliegt die ORION eigentlich?

Hierzu antwortete Rolf Honold, wie im Abschnitt *Der Autor* bereits zu lesen war:

»Die Geschwindigkeit muß selbstverständlich mehrfache Lichtgeschwindigkeit betragen, das geht aus den Handlungsabläufen hervor... Und noch einmal – Sie sollten die technischen Daten vergessen...«

(Auszug aus einem Brief an
den Verfasser vom 10.11.1978)

Denjenigen, die trotzdem wissen wollen, wie schnell die ORION ist, hilft folgende Überlegung weiter:

Aus der Fernsehserie (Folge 4: *Deserteure*) weiß man, daß die Raumstation *M8/8-12* am Rand des irdischen Einflußbereiches zu finden ist und die ORION 36 Tage bis dorthin benötigt. Aus der Bezeichnung vorgenannter Station kann man ableiten, daß sich selbige im Bereich des Lagunennebels befindet, der auch unter der astronomischen Bezeichnung M8 bekannt ist. Dieses Objekt befindet sich in einer Entfernung von etwa 5000 Lichtjahren von der Erde. Umgerechnet kommt man also auf eine Geschwindigkeit von 5,8 Lichtjahren pro Stunde. Das bedeutet, die ORION schießt mit fast *50000-facher Lichtgeschwindigkeit* durch den Kosmos und legt in der Sekunde ca. 15 Milliarden km zurück. In voller Fahrt braucht das Schiff also nur 0,01 Sekunde von der Erde bis zur Sonne. Es ist davon auszugehen, daß die ORION bei *Hyperspace* plus *Schlafender* und *Montor* für kurze Zeit eine Geschwindigkeit von 10,8 Lichtjahren pro Stunde erreichen kann.

Neben der ORION konfrontiert die Serie den Zuschauer mit weiteren Raumschiffen, und

Hasso (Claus Holm) meistert eine kritische Situation im Maschinenraum der ORION VII

zwar mit *Arion, Argus, Challenger, Hydra, Irida 8, Laura, Lupus 12, Sikh 12, Tau, Xerxes* und *Zephier*. Zu Gesicht bekam man aber nur die Schiffe *Challenger* (1. Folge) und *Hydra* (2., 4. und 7. Folge).

DIE PERSONEN

Wenn zuvor zu lesen war, daß Rolf Honold seine Abenteuer um das Raumschiff ORION schrieb, so ist dies nur teilweise korrekt. Die ORION ist Hauptschauplatz der geschilderten Handlungen. Im Mittelpunkt stehen natürlich die Helden des Jahres 3000.

An dieser Stelle sei – chronologisch verfrüht, aber zur Vermeidung von Mißverständnissen – eine scheinbare Ungereimtheit erklärt:

Ursprünglich hieß Rolf Honolds Hauptfigur Commander Shane, quasi als Hommage an den Helden aus dem amerikanischen Western »Mein großer Freund Shane«, der ihm gut gefallen hatte. Kurz vor den Dreharbeiten ist aber ein Mitglied des Drehstabes (wer, ließ sich heute – trotz einer großangelegten Recherche – nicht mehr feststellen) auf die Idee gekommen, daß McLane doch viel imposanter klänge als Shane und man einen SF-Helden wohl kaum wie einen Westernhelden nennen könne. Also taufte man den Commander der ORION mittels eines offiziellen, Bavaria-internen Rundschreibens (vom 15.03.1965) kurzerhand um. Im Weiteren ist ausschließlich von McLane die Rede. Zurück zu unseren Hauptpersonen: Zunächst ist da die Besatzung des schnellen Raumkreuzers ORION:

Die jeweiligen Darsteller sind entsprechend der im Drehplan aufgelisteten Rollennummer angegeben.

Die ORION-Besatzung (v.l.: F. G. Beckhaus, Claus Holm, Wolfgang Völz, Dietmar Schönherr, Ursula Lillig)

Unter dem Rollennamen finden man den jeweiligen Darsteller.

1. Major Cliff Allister McLane, Commander

Dietmar Schönherr • Nationalität der Vorfahren: Amerikaner • Alter: 39 Jahre • geboren am 17.05.2961

Major McLane ist der Kommandant der ORION, dem militärische und bürokratische Vorschriften herzlich gleichgültig sind. Er ist ein erfahrener, schnelle Entscheidungen treffender Kommandant, dem das Schicksal seiner Crew sehr am Herzen liegt. Wenn er es für richtig hält, handelt er auf eigene Faust und eigene Verantwortung.

Einer seiner eigenwilligen Aktionen, die ihn mitunter bis an die Grenze der Insubordination führen, verdankt er auch seine dreijährige

Strafversetzung zur TRAV (*Terrestrische Raumaufklärungsverbände*). Seine Mannschaft liebt ihn und folgt ihm bedingungslos, die Schreibtisch-Offiziere fürchten seine respektlose Art, die Dinge beim Namen zu nennen.

2. Leutnant Mario de Monti, Armierungsoffizier
Wolfgang Völz • Nationalität der Vorfahren: Italien • Alter: 35 Jahre • geboren am 16.08.2965
Er ist der Komiker in der Crew und als Armierungsoffizier für die Bewaffnung zuständig. In seinen Händen liegen weltenzerstörende Gewalten in Form des OVERKILL, der mächtigsten Waffe, die die Menschheit je erfand. Außerdienstlich ist er beharrlich dem schönen Geschlecht zugetan. Dabei hält er sich für den letzten, echten Casanova der Menschheit und steht immer wieder fassungslos vor den Körben, die er erhält.

3. Leutnant Hasso Sigbjörnson, Ingenieur
Claus Holm, † 1996 • Nationalität der Vorfahren: Schweden • Alter: 47 Jahre • geboren am 04.08.2953
Hasso ist der Senior der Mannschaft und der Ruhepol der »verrückten Fünf«. An Bord ist er verantwortlich für Antrieb und Maschinen und hat noch jeden Husten im ORION-Antrieb geheilt.
Als einziger Familienvater der Besatzung liegt er in ständigem Gewissenskonflikt zwischen seinem Faible für McLane und die ORION einerseits und den Bitten seiner Frau Ingrid, das abenteuerliche Raumfahrerleben doch aufzugeben. In einer Ausgabe der Zeitschrift Hör Zu (Nr. 23/65) konnte man lesen, daß Claus Holm der Darsteller des Commanders McLane sei. Da diese Meldung in keiner weiteren Veröffentlichung bestätigt wurde, ist davon auszugehen, daß es sich um einen Irrtum handelt.

4. Leutnant Atan Shubashi, Astrogator
Friedrich Georg Beckhaus • Nationalität der Vorfahren: Japan • Alter: 37 Jahre • geboren am 11.12.2962
Ein kleiner kauziger Bursche, der, wie die anderen, seinem Kommandanten ergeben ist. Atan ist stolzer Besitzer von »264«, einem der letzten 376 Pudel, die es noch auf der Erde gibt. Der Astrogator sorgt für die Orientierung im All, indem er sowohl die korrekte Navigation sicherstellt als auch alle Vorgänge im All beobachtet und aufzeichnet. Dabei steht ihm, wie auch den übrigen Besatzungsmitgliedern, die phantastische Technik des Raumkreuzers zur Seite.
Renate Honold verriet uns zu dieser Person, daß ihr Mann diese Rolle seinem Freund Friedrich Georg Beckhaus auf den Leib geschrieben hatte. Somit wurde dessen wahre Natur in die Rolle integriert.

5. Leutnant Helga Legrelle, Raumüberwacherin
Ursula Lillig • Nationalität der Vorfahren: Frankreich • Alter: 27 Jahre • geboren: 2973
Die charmante Französin ist das einzige weibliche Mitglied der Stammbesatzung und übernimmt die Raumüberwachung während der

»Duell« der ORION-Damen: Ein Deserteur wird gesucht (im Vordergrund v.l.: Eva Pflug, Ursula Lillig)

Ausflüge durch die Weiten des Universums. Helga hat sich längst an den mitunter rauhen Umgangston der männlichen Kollegen gewöhnt und steht genauso ihren »Mann/Frau« wie der Rest der Crew.

Einige Anzeichen sprechen dafür, daß sie ebenso permanent wie hoffnungslos in ihren Kommandanten verliebt ist (heimlich natürlich). Dabei entwickelt sie zeitweise eine von Eifersucht geprägte Rivalität zu der neu an Bord kommenden Tamara Jagellovsk.

6. Leutnant Tamara Jagellovsk, GSD-Offizier

Eva Pflug • Nationalität der Vorfahren: Rußland • Alter: 35 Jahre • geboren am 12.06.2965

Zum vorstehend charakterisierten Quintett gesellt sich noch eine Frau, Tamara. Als Angehörige des unbeliebten *GSD (Galaktischer Sicherheitsdienst)* wurde sie abkommandiert, um Befehlsüberschreitungen, Verstöße gegen die Raumdienstvorschriften und Verletzungen der Flottengesetze disziplinarisch zu unterbinden bzw. zur Meldung zu bringen. Zu McLanes Pech können Beamte des *GSD*, also auch Tamara, *Alphaorder* erteilen und ihm so die Befehlsgewalt an Bord entziehen.

Wie man sich denken kann, ist dies kein einfaches Amt. Zunächst steht die Crew wie ein Mann gegen diese »Gouvernante«, aber von Einsatz zu Einsatz bessert sich das Verhältnis, und auch die junge Tamara ändert ihr anfangs streng-distanziertes Verhalten und lernt dazu. Schon auf ihrem ersten Flug macht sie durch ihr bestimmtes, intelligentes Auftreten einen solchen Eindruck auf die Mannschaft, daß Hasso Sigbjörnson zu McLane sagt: »Eines ist sicher,

Die Chefs von ORB und GSD: Sir Arthur, General Wamsler, Oberst Villa, Kublai-Krim und Ordonnanzleutnant Spring-Brauner (v.l.: Franz Schafheitlin, Benno Sterzenbach, Friedrich Joloff, Hans Cossy, Thomas Reiner)

die macht keine drei Jahre Sicherheitsdienst bei uns. Entweder ist sie nach den ersten drei Einsätzen irrenhausreif – oder sie ist Kommandant.« Außerdem gibt es da noch McLanes Vorgesetzte:

7. General Lydia van Dyke

Charlotte Kerr • Nationalität der Vorfahren: Holland

Auch das gibt es im Jahr 3000: eine Frau als Kommandeur der Schnellen Raumverbände, einem Geschwader von Kampfraumschiffen. Bis zur Strafversetzung Cliff McLanes war General van Dyke dessen direkte Vorgesetzte, und so setzt sie sich in manche seiner Auseinandersetzungen mit den Schreibtisch-Offizieren für ihn ein.

8. General Winston Woodrov Wamsler

Benno Sterzenbach, † 1984 • Nationalität der Vorfahren: Deutschland • Alter: 49 Jahre • geboren am 03.03.2951

General Wamsler ist der Chef der *TRAV*, der *Terrestrischen Raumaufklärungsverbände*, zu denen die ORION-Mannschaft für 3 Jahre strafversetzt wurde. Wamsler verdankt McLane so manchen Gallenanfall, andererseits weiß er aber auch, was er an ihm hat. Nicht zuletzt deswegen bezeichnet er ihn, allerdings nur in dessen Abwesenheit, als »seinen besten Mann«.

9. Oberst Villa, GSD-Chef

Friedrich Joloff, † 1988 • Nationalität der Vorfahren: Österreich • Alter: 57 Jahre • geboren: 2943

Als Leiter des *GSD*, des Galaktischen Sicherheitsdienstes, ist er Tamaras direkter Vorgesetzter. Niemand kennt diesen geheimnisvollen, intelligenten Mann genau. Mannigfach sind seine Beziehungen, ungeahnt seine Möglichkeiten. Keiner weiß sicher, welche Fäden in seiner Hand zusammenlaufen. In den strategischen Beratungen ist er der ruhige, überlegte Gegenpol zu den aufbrausenden Generalen, die lieber nach dem Motto verfahren würden: Erst schießen, dann fragen.

10. Sir Arthur
Franz Schafheitlin, † 1980 • *Nationalität der Vorfahren: England*
Er ist Chef des Führungsstabes und Vorsitzender der *ORB* (Oberste RaumBehörde). In seiner Zuständigkeit liegt der Oberbefehl über die gesamte Raumflotte.

11. General Kublai Krim
Hans Cossy, † 1972 • *Nationalität der Vorfahren: Rußland* • *Alter: 53 Jahre* • *geboren am 04.10.2946*
Nicht zuletzt General Krim verdankt McLane seine Strafversetzung zu den *TRAV*. Der General kommandiert alle Kampfverbände der Erde und ist somit auch der Chef von General Lydia van Dyke.

12. Ingrid Sigbjörnson
Liselotte Quilling
Hasso Sigbjörnsons Ehefrau.

13. Spring-Brauner, Wamslers Ordonnanzleutnant
Thomas Reiner • *Nationalität der Vorfahren: Deutschland*

General Lydia van Dyke (Charlotte Kerr)
in der zerstörten Hydra-Kommandokanzel

Wamslers Ordonnanz und quasi McLanes Erzfeind. Ständig spielen sich zwischen diesen beiden Männern verbale (Macht-) Kämpfe ab, bei denen Spring-Brauner überwiegend den Kürzeren zieht.

14. Weiblicher Kadett (W I)
Ursula Herwig, † 1997 • Vorzimmerdame von General Wamsler.

15. Kybernetiker Rott
Alfons Höckmann • Nationalität der Vorfahren: England
Als Kybernetik- und Elektronikspezialist ist er neben der Aus- und Weiterbildung noch auf dem Gebiet der Waffen- und Roboterelektronik tätig.

16. Commodore Ruyther
Helmut Brasch, † 1987 • Nationalität der Vorfahren: England
Der Commodore ist der Kommandant der *Sikh 12*, eines Raumfrachters, der zeitweilig für Erztransporte eingesetzt wird. Ruyther war einer von McLanes früheren Vorgesetzten, als dieser noch Offiziersanwärter war und als Fähnrich unter dem Commodore gedient hat.

17. Richard Hall
Herwig Walter • Nationalität der Vorfahren: England
Er ist der Leiter des Erzbergwerks auf dem Planetoiden *Pallas* und hat somit die Verantwortung für 70 dort lebende Kolonisten und die 21 eingesetzten Arbeitsroboter.

18. Sprengmeister auf Pallas, 1.Siedler
Hans Wengefeld • Anm.: Geplant als 1. Siedler war zunächst Wolf-Dieter Euba

19. Raumlotse Hyperion 29
Raumlotse Erdaußenstation IV • Siegfried Fetscher

20. Raumlotse Jupiteraußenstelle 1
Christine Isensee

21. Abschnittsleiter der TRAV
Kunibert Gensichen, † 1991

22. von Wennerstein, Staatssekretär
Emil Stöhr • Nationalität der Vorfahren: Deutschland
Verbindungsmann zur Regierung, d.h. er vermittelt zwischen den oft kontroversen Ansichten der Militärs und der Regierung.
(Anm.: Emil Stöhr wurde nach den Dreharbeiten aus unerfindlichen Gründen von einem ihm fremden Schauspieler nachsynchronisiert. Da dies ohne sein Einverständnis erfolgte, ist er heute nicht mehr zu Äußerungen über die Raumpatrouille bereit.)

23. Hydra-Astrogator I
deutsche Fassung: Gerhard Jentsch • französische Fassung: Jaques Riberolles

24. Hydra-Raumüberwacher
Norbert Gastell

»Für SIE immer noch Commander!« (v.l.: Thomas Reiner, Benno Sterzenbach, Dietmar Schönherr)

25. Junge, 6 1/2 Jahre alt
H. Günther Zinkl

26. Mädchen, 8 Jahre alt
Angelika Kreuzeder

27. 1. GSD-Beamter, Bungalow McLane
Buch C • Günter Becker
1. Mann • Buch G • Folge: Invasion

28. Beamter des Amtes für Raumrüstung
Buch C • Heinz Beck, †

29. Dr. Schiller
Herbert Fleischmann, † • Nationalität der Vorfahren: Deutschland
Ein führender Wissenschaftler auf dem Gebiet der Solarforschung und Astronomie. In seiner Eigenschaft als Experte auf den vorgenannten Gebieten arbeitet er oft als Regierungs- und Militärberater.

30. Dr. Regwart
Konrad Georg, †
Wie Professor Sherkoff (Rolle 49) ist auch Dr. Regwart Psychologe. Er ist seit langen Jahren ein guter Bekannter und Ratgeber Cliff McLanes.

(Anm.: Diese Rolle war in der Urfassung der Raumpatrouille-Drehbücher nicht vorgesehen. Sie entstand aus Terminproblemen des Schauspielers Erwin Linder, der Professor Sherkoff – Rolle 50 – in den Folgen 4 und 7 verkörpern sollte. Sein Terminplan erlaubte es ihm jedoch nicht, den Professor in den beiden Folgen zu spielen. Seine Zeit reichte nur, bis die Folge Deserteure abgedreht war. Also rief man ersatzweise einen Dr. Regwart ins Leben; Änderung vom 31.03.1965.)

31. Dr. Stass
Sigfrit Steiner, † 1988 • Nationalität der Vorfahren: Deutschland
Dr. Stass ist Mitarbeiter des Amtes für interplanetare Biokontrolle und beschäftigt sich insbesondere mit Gesteinsanalysen. In der 5. Folge *Der Kampf um die Sonne* macht er McLane

Oben: Bange Sekunden im Bergwerksstollen
(v.l.: E. Pflug, D. Schönherr, W. Völz, C. Holm, H. Wengefeld)
Unten links: Raumlotse Hyperion (Siegfried Fetscher)
Unten rechts: »Onkel Cliff, darf ich unser Raumschiff holen?« (v.l.: Angelika Kreuzeder, Hans G. Zinkl)

auf die solare Materie im N-Planetoidengürtel aufmerksam und gibt so den Anstoß zur Lösung des Problems.

32. SIE I
deutsche Fassung: Margot Trooger, † 27.04. 1994 • Nationalität: Chroma • Alter: 39 Jahre • geboren am 02.07.2961
SIE II, französische Fassung: Christina Minazolli
Bei dieser Dame handelt es sich um die – den Reizen des Commanders McLane nicht ablehnend gegenüberstehende Regierungsvorsitzende des Planeten Chroma in der 5. Folge.

33. 1. Dame auf Chroma I
deutsche Fassung: Vivi Bach
(Anm.: Vivi Bach wurde durch Heidi Treutler nachsynchronisiert.)
1. Dame auf Chroma II, französische Fassung: (Eliane d'Almeida)

34. 2. Empfangsdame auf Chroma
Rosemarie von Schach
(Anm.: Rosemarie von Schach wurde durch Rosemarie Kirstein nachsynchronisiert.)

35. 1. Fremder, Valan
Walter K. Gnilka

36. 2. Fremder
Wilfried van Aacken

Von oben links nach unten rechts:
- SIE verhandelt mit McLane – etwas privater (Margot Trooger und Dietmar Schönherr)
- Auf Freiersfüßen (Dietmar Schönherr und Vivi Bach)
- Rosemarie von Schach spielte die zweite Empfangsdame auf CHROMA
- Pieter Paul Ibsen (Reinhard Glemnitz), ein Science-Fiction-Autor

37. 1. Wissenschaftler
Alexander Hegarth, † 1984
(Anm.: Die Rolle des 1. Wissenschaftlers entstand aus ähnlichen Gründen wie die des Dr. Regwart. In diesem Fall ersetzte sie Rolle 29 – Dr. Schiller; Änderung vom 31.03.65.)

38. 2. Wissenschaftler
Hans Kern

39. Pieter Paul Ibsen
Reinhard Glemnitz • Nationalität der Vorfahren: Deutschland

Man könnte meinen, Rolf Honold hätte sich mit der Person des SF-Schriftstellers selbst ein wenig ad absurdum führen wollen. Ibsen ist ein gewitzter Kopf, der die Mannschaft der ORION, allerdings ungewollt, in ein gefährliches Abenteuer verwickelt.

40. Minister für interplanetare Angelegenheiten
Hans Epskamp
Er ist der Schwiegervater in spe des Zukunftsdichters Pieter Paul Ibsen und ermöglicht so dessen Reise mit der ORION (Rolle 39).

41. Maurice Tourenne
Wolfgang Büttner, † 1990 • Nationalität der Vorfahren: Frankreich
Tourenne war als genialer Wissenschaftler einmal eine Berühmtheit, bis er mit seinen gefährlichen Versuchen mit »Lähmungsstrahlen« das Leben von vielen Menschen rücksichtslos aufs Spiel setzte. Aus diesem Grund verbannte man ihn lebenslang von der Erde, und er mußte auf *Mura*, einem Strafplaneten, sein weiteres Dasein gemeinsam mit anderen Verurteilten fristen.

42. Solo-Wächter auf Mura
Zellengang • Sigurd Fitzek

Von oben links nach unten rechts:

- Der Minister für interplanetare Angelegenheiten (Hans Epskamp)
- Besprechung einer Szene aus »Die Raumfalle« (v.l.: Wolfgang Büttner, Theo Mezger, Günther Richardt, Dietmar Schönherr)
- Die »Mädchen« von der ORION VIII brechen aus ihrem Gefängnis aus (v.l.: Eva Pflug, Ursula Lillig, Sigurd Fitzek)

43. 1. Techniker
Albert Steiger

44. 2. Techniker
Erwin Dietzel

45. 3. Techniker, Joe
Klaus Krüger

46. Weiblicher Kadett
Starlight-Casino, Buch G; Carola Règnier

47. GSD-Stabschef
Nino Korda

48. Commander Alonzo Pietro
Wolf Petersen, † 1980 • Nationalität der Vorfahren: Spanien
Kommandant der *Xerxes*, eines Raumkreuzers der ORION-Klasse, der Opfer eines exoterrestrischen Anschlages wird und folglich auf der Erde unangenehmen Verhören unterzogen wurde. Pietro ist ein alter Bekannter von Cliff McLane. Alonzo Pietro übernahm das Kommando der *Xerxes* von Commander Stein.

49. Leutnant (Fähnrich) Becker
Hans-Dieter Asner

50. Professor Sherkoff
Erwin Linder, † 1968 • Alter: 62 Jahre • geboren: 2938
Ein genialer Psychologe mit ausreichendem Weitblick, der auch in kritischen Situationen seinen scharfen, analytischen Verstand behält und unter Beweis stellt.

51. Visiostimme (Chroma)
Christine Isensee
(Anm.: Siehe auch Rolle 20, Jupiteraußenstelle I. Geplant als Chromastimme war zunächst Ellen Umlauf.)

52. Oberst Mulligan
Wolf Rathjen • Nationalität der Vorfahren: Amerika • Alter: 42 Jahre • geboren: 2958
Als Chef der Startbasenüberwachung ist er für den reibungslosen Ablauf auf den unterseeischen Raumschiffstartbasen verantwortlich. Nach 10 Jahren Dienst wird er vom *GSD* völlig unvermittelt abgesetzt (7. Folge).

53. 1. GSD-Mitarbeiter
Paul Glawion

54. 2. GSD-Mitarbeiter
Erich Fritze

55. Chefingenieur Kranz I,
deutsche Fassung: Maurice Teynac • Chefingenieur Kranz II, französische Fassung: Wolf Harnisch, † • Nationalität der Vorfahren: Deutschland
Er war bis zu seiner Umprogrammierung durch die *Frogs* (7. Folge) ein führender Experte auf dem Gebiet der künstlichen Schwerkraftbildung.

56. Commander Lindley
Albert Hehn, † 1983 • Nationalität der Vorfahren: England
Lindley war der Kommandant der »Tau«, einem *GSD*-Kreuzer. Nach einem exoterrestrischen Anschlag verschwand er und kam vermutlich auf *Gordon E1*, einer vorgeschobenen Außenbasis, ums Leben (7. Folge).

57. Tau-Astrogator
Willi Schäfer

Oben: Cliff erläutert Professor Sherkoff technische Einzelheiten (v.l.: Dietmar Schönherr, Erwin Linder)
Unten: Chefingenieur Kranz (Maurice Teynac) arbeitet für die Frogs

58. GSD-Beamter im Visio
Buch G • Rolf v. Nauckhoff, † 1968

Hier endete die Rollen-/Darstellerliste im Drehplan. Die übrigen Rollen nebst deren Darsteller, Kleindarsteller und Komparsen sind nachfolgend in loser Reihenfolge aufgelistet und durchnummeriert:

59. **2. GSD-Beamter, Bungalow McLane (Buch C)**
    Ernst Greilich
60. **GSD-Beamter im Visio (Buch B)**
    Günther Richardt (Anm.: Der Regie-Assistent von Theo Mezger)
61. **Weiblicher Ordonnanzoffizier, Kybernetikinstitut (Buch B)**
    Gertraud Reger
62. **Visiostimme im GSD Hauptquartier (Buch G)**
    Michael Bittins
63. **3. GSD-Mitarbeiter**
    Baumgartner
64. **Regierungssprecher im ORB-Großvisio (Buch D)**
    Siegfried von Cosel (Anm.: Siegfried von Cosel war der damalige Bavaria-Exportchef)
65. **Sicherheitsbeamtin, Chroma-Zelle**
    Arlette Pilemann
66. **Sicherheitsbeamter, Chroma-Zelle**
    Leu
67. **Clarence, 1. Mann, tote Besatzung MZ4**
    Wiese
68. **2. Mann, tote Besatzung MZ4**
    Frank
69. **3. Mann, tote Besatzung MZ4**
    Herrmann
70. **4. Mann, tote Besatzung MZ4**
    Dyson (Anm.: Diese Rolle wurde offenbar wieder gestrichen. In der ersten Folge sah man nur 3 Opfer auf MZ4.)

Zivile männliche Gäste im Starlight-Casino
71. **1.Gast**
    Jost
72. **2.Gast**
    Alois Eggenhofer
73. **3.Gast**
    Albrecht
74. **4.Gast**
    Baumgartner (Anm.: Siehe auch Rolle 63, 3. GSD-Mitarbeiter)
75. **5.Gast**
    Piegeler
76. **6.Gast**
    Kalkowski
77. **7.Gast**
    Saxinger

Männliche Casino-Gäste in Uniform:
78. **1.Gast, Wamsler-Typ**
    Fritz Bucher
79. **2.Gast, Wamsler-Typ**
    Cramer
80. **3. Gast, Raumfahrer-Typ**
    Georg Strauss (Anm.: Georg Strauss war an 32 Drehtagen Dietmar Schönherrs Lichtdouble. Abgelöst hat ihn in dieser Aufgabe Michael Czischka; für 23 weitere Tage.)

Zivile weibliche Gäste im Starlight-Casino:
81. **1.Gast**
    Irene Mangold
82. **2.Gast**
    Ursel Horn
83. **3.Gast**
    Honneg
84. **4.Gast**
    Dangschat
85. **5.Gast**
    Boelke
86. **6.Gast**
    Roswitha Völz (Anm.: Die Namensgleichheit ist kein Zufall. Es handelt sich tatsächlich um die Gattin von Wolfgang Völz.)
87. **7.Gast**
    Doris Cosiol
88. **8.Gast**
    Baumgartner
89. **9.Gast**
    Kaltenegger
90. **10.Gast**
    Gröschel

Weibliche Casino-Gäste in Uniform:
91. **1. Kadett**
    Stegmüller
92. **2. Kadett**
    v. Haaken

Siedler auf Pallas:
93. **1. Siedler**
    A. Musil
94. **2. Siedler**
    Horst Aktum
95. **3. Siedler**
    Gottlieb Gruza
96. **4. Siedler**
    Hopf
97. **5.Siedler**
    Willi Nordhorst
98. **6.Siedler**
    Dohar
99. **7.Siedler**
    Robert Meyer
100. **8.Siedler**
    Sonnenschein
101. **9. Siedler**
    Alois Eggenhofer (Anm.: Siehe auch Rolle 72, ziviler 2. Gast im Starlight-Casino!)
102. **10.Siedler**
    Josè Escola
103. **11.Siedler**
    Walter Scheuer
104. **12.Siedler**
    Alb. Göse
105. **13.Siedler**
    Raschlik
106. **14.Siedler**
    Sadettzian
107. **15. Siedler**
    Otto Kiesel
108. **16. Siedler**
    Wilh. Stephan
109. **17. Siedler**
    Jos. Weingartner
110. **18. Siedler**
    Franz Schimmel
111. **19. Siedler**
    Ise
112. **20. Siedler**
    Maurerern

Strafgefangene / Wächter auf Mura:
113. **1. Wächter**
    Schönfelder
114. **2. Wächter**
    Klinke
115. **3. Wächter**
    Dändler
116. **4. Wächter**
    Ronekamp
117. **5. Wächter**
    Thalmeyer
118. **6. Wächter**
    Amerseder (In den Besetzungslisten werden diese meuternden Strafgefangenen als Wächter bezeichnet, weil sie die ORION-Crew gefangen nehmen und bewachen.)
119. **1. GSD-Mitarbeiterin**
    Eichmüller
120. **2. GSD-Mitarbeiterin**
    unbekannt
121. **1. Gärtner auf Chroma**
    Rolf Honold, Oliver Storz; ein netter Einfall à la Hitchcock....
122. **2. Gärtner auf Chroma**
    Joh. Budzalski
123. **Adjudant, Büro Wamsler (Buch G)**
    Fritz Bucher (Anm.: Siehe auch Rolle 78, 1. männlicher Gast in Uniform)
124. **Adjudant, Büro Wamsler (Buch G)**
    Georg Strauss (Anm.: Siehe auch Rolle 80, 3. männlicher Gast in Uniform)
125. **1. Raumfahrer (Verhaftung Villa, Buch G)**
    Kleindarsteller
126. **2. Raumfahrer (Verhaftung Villa, Buch G)**
    Kleindarsteller
127. **1. Roboter**
    H. Titel oder H. Kruth oder H. Böck
128. **2. Roboter**
    H. Titel, H. Kruth

Ballett
Zur glaubhaften Darstellung der Tänze verpflichtete man vier echte Tanzpaare.
129. **1. Tänzer**
    Hans Lobitz
130. **2. Tänzer**
    Ernst Craemer
131. **3. Tänzer**
    Werner Braun
132. **4. Tänzer**
    Hannes Weich
133. **1. Tänzerin**
    Irene Mangold (Anm.: Siehe auch Rolle 81, 1. ziviler weiblicher Gast)
134. **2. Tänzerin**
    Ursel Horn (Anm.: Siehe auch Rolle 82, 2. ziviler weiblicher Gast)
135. **3. Tänzerin**
    Roswitha Völz (Anm.: Siehe auch Rolle 86, 6. ziviler weiblicher Gast)
136. **4. Tänzerin**
    Doris Cosiol (Anm.: Siehe auch Rolle 87, 7. ziviler weiblicher Gast)

Atan (F. G. Beckhaus, Mitte) und Hasso (Claus Holm, rechts) sind entsetzt. Ihr Freund Clarence ist tot.

Diese Liste widerlegt eindeutig das hartnäckige – u.a. durch entsprechende Presseveröffentlichungen der Bavaria initiierte – Gerücht, es wären 300 Komparsen für die *Raumpatrouille* verpflichtet worden.

Laut Drehplan waren 58 Rollen zu besetzen. Die kleinen Rollen und Komparsenauftritte übernahmen fallweise Leute aus dem Drehstab. Dies kam insbesondere bei den sogenannten Wurzn, sehr kleinen Rollen, zum Tragen. In einigen wenigen Fällen setzte man für verschiedene Komparsenfunktionen ein und dieselbe Komparsin bzw. den gleichen Komparsen ein. Die entsprechenden Fälle sind in der vorstehenden Liste durch Anmerkungen markiert.

Leider war Atan Shubashis Pudel »264« nie zu sehen, obwohl es problemlos gewesen wäre, einen solchen einzubauen, da man ihn quasi vor Ort hatte. Eva Pflug besaß zu dieser Zeit zwei Pudel. Es gibt sogar ein passendes Standfoto von ihr, auf dem sie in ihrer Rolle als Tamara Jagellovsk mit einem ihrer Hunde auf dem Arm zu sehen ist.

Von oben links nach unten:

- Die PALLAS-Siedler
  (Kleindarsteller und Komparsen)

- Hahn im Korb
  (v.l.: Roswitha Völz, Dietmar Schönherr, Doris Kosiol)

- Gruppenbild mit Schönherr
  (von links: Rosemarie von Schach, Vivi Bach, Margot Trooger, Elaine d'Almeida, Christina Minazolli; im Vordergrund: Dietmar Schönherr)

KAPITEL III –
DIE FOLGEN DER SERIE

DIE FILME

Sieben Abenteuer hatten Commander McLane und seine Crew im Jahr 3000 zu überstehen. Doch vor diesen verfilmten Geschichten gab es eine Vielzahl weiterer Science-Fiction-Vorschläge. Die ersten schriftlich fixierten Ideen von Rolf Honold stammen aus dem Jahre 1960. Im Abschnitt *Terra ruft Andromeda* wurde eine dieser Ideen bereits analysiert. Nachfolgend sind die auf die *Raumpatrouille* bezogenen Exposés und/oder Manuskripte, die teilweise nur noch dem Titel nach greifbar waren, aufgelistet. Einige der endgültigen (Fernseh-)Folgen waren bereits in den frühen Entwürfen vorhanden, selbige sind fett gedruckt:

Raumsektor 19 Sperrgebiet
(Die rettenden Steine)
Das einsame Raumschiff
Hüter des Gesetzes
Planet außer Kurs
SOW – Save our world
Alarm
Die zerstörte Illusion
Das Geheimnis der sterbenden Sonne
Gluthölle Merkur
Invasion (Angriff aus der Galaxis)
MZ 4 meldet sich nicht
Todeszonen
Deserteure
Der Spezialist
Kampf um die Sonne
Sonderkommando
Unternehmen Skorpion

Aus dieser Vielzahl von Stories kristallisierten sich zunächst acht heraus, die zur Realisierung geeignet erschienen; eine davon war als Reservefolge konzipiert (Stand: 25.09.1962):

1. Rettende Steine; 2. **Planet außer Kurs**; 3. **Das Geheimnis des sterbenden Sonne**; 4. **Der Spezialist**; 5. **Deserteure**; 6. Todeszonen; 7. Unternehmen Skorpion; 8. **Hüter des Gesetzes**

Wie man sieht, sollte die Folge *Hüter des Gesetzes* ursprünglich als Reservefolge fungieren. Der Grund hierfür war, daß man in der Realisierung der Roboter-Problematik mit Abstand die meisten technischen Schwierigkeiten erwartete. Aber es kam dann doch anders.

Drei der produzierten Folgen erhielten erst kurzfristig den endgültigen, durch die Ausstrahlung bekanntgewordenen Titel. Ursprünglich war die vorgesehene Sendereihenfolge eine andere.

Die folgende Aufstellung gibt einen Überblick über die geplante und die endgültig gesendete Fassung. Die oben stehenden Titel sind die Originaltitel – später von der Bavaria umbezeichnet in Arbeitstitel. Darunter stehen die Titel der Ausstrahlung. Die Zahlen in Klammern zeigen die endgültige Sendefolge der *Raumpatrouille*-Folgen, die mit Beginn der Realisierungsphase (bavariaintern) unter der Produktionsnummer 7312 (A-G) liefen.

Die folgenden Beschreibungen der Folgen orientieren sich an den endgültigen Sendetiteln und der tatsächlichen Folge der Ausstrahlungen, was unnötiges Umdenken und eventuelle

Buch A:	MZ4 antwortet nicht
	Angriff aus dem All
	(1); Länge: 59 min
Buch B:	Die Hüter des Gesetzes
	Hüter des Gesetzes
	(3); Länge: 61 min
Buch C:	Planet außer Kurs
	Planet außer Kurs
	(2); Länge: 56 min
Buch D:	Das Geheimnis der sterbenden Sonne
	Kampf um die Sonne
	(5); Länge: 58 min
Buch E:	Der Spezialist
	Die Raumfalle
	(6); Länge: 61 min
Buch F:	Deserteure
	Deserteure
	(4); Länge: 57 min
Buch G:	Angriff aus der Galaxis
	Invasion (7); Länge: 59 min

Irritationen vermeiden hilft. In den Inhaltsangaben sind neben einem Kommentar die Titel (= Vor- und Nachspann) der Folgen aufgelistet. Dadurch wird leicht erkennbar, wer in welcher Folge mitgewirkt hat und welche Person(en) in welcher Funktion dem Drehstab angehörten. Eine Gesamtübersicht aller Rollen und deren Darsteller wurde bereits im Abschnitt *Die Personen* gegeben. Der gesamte Drehstab ist im Abschnitt *Der Stab* aufgeführt.

FOLGE 1: ANGRIFF AUS DEM ALL

Cliff Allister McLane:	Dietmar Schönherr	Atan Shubashi:	F. G. Beckhaus	sowie:	Franz Schafheitlin,
Tamara Jagellovsk:	Eva Pflug	Helga Legrelle:	Ursula Lillig		Hans Cossy,
Mario de Monti:	Wolfgang Völz	General Wamsler:	Benno Sterzenbach		Charlotte Kerr,
Hasso Sigbjörnson:	Claus Holm	Oberst Villa:	Friedrich Joloff		Lieselotte Quilling,
					Thomas Reiner
				Bauten:	Rolf Zehetbauer
					Werner Achmann
				Kostüme:	Margit Bárdy,
					Vera Otto
				Schnitt:	Johannes Nikel
				Ton:	Werner Seth
				Musik:	Peter Thomas
				Tricks:	Theodor Nischwitz
					Werner Hierl
					Vinzenz Sandner
					Jörg Kunsdorff
					Götz Weidner
				Kamera:	Kurt Hasse
					W. P. Hassenstein
				Regie-Assistenz:	Brigitte Liphardt
				Aufnahmeleitung:	Manfred Kercher
				Produktionsleitung:	Michael Bittins
				Regie:	Michael Braun

Eine Produktion der Bavaria Atelier GmbH
Hergestellt im Auftrag des WDR
Die phantastischen Abenteuer des Raumschiffes ORION: I. Angriff aus dem All – von Rolf Honold und W. G. Larsen – (Buch A: MZ4 meldet sich nicht)

Feuchtfröhliche Siegesfeier (v.l.: Reinhard Glemnitz, Claus Holm, Ursula Lillig, Friedrich Georg Beckhaus, Eva Pflug, Wolfgang Völz, Dietmar Schönherr)

Major McLane, der Kommandant der ORION VII bei den Schnellen Raumverbänden, ist in der Vergangenheit mehrfach wegen befehlswidriger Aktionen disziplinarisch belangt worden. Er verstößt sogar gegen eine Alphaorder und landet auf dem Planetoiden *Rhea*, dem man in Raumfahrerkreisen nachsagt, daß man nicht auf ihm landen könne. McLane wird mitsamt seiner Besatzung zu General Winston Woodrov Wamsler, dem Chef der *Terrestrischen Raumaufklärungsverbände* (TRAV), zitiert.

Ungeachtet der Tatsache, daß McLanes Landung eine raumfahrttechnische Sensation darstellt, wird er mit Mannschaft und Schiff für 3 Jahre zum *Raumpatrouille*ndienst strafversetzt. Als zusätzliche »Bestrafung« stellt man ihm noch eine Aufpasserin in Person der frostigen Schönheit Tamara Jagellovsk zur Seite. Diese *GSD*-Beamtin – mit Sondervollmachten ausgestattet – soll die ORION-Crew an weiteren Eskapaden hindern. Die wenig begeisterte Mannschaft begießt die Strafversetzung im *Starlight-Casino* mit Cognac, besonders Hasso Sigbjörnson, der seiner Frau versprochen hatte, diesmal endlich zu Hause zu bleiben. Als diese ihren angetrunkenen Mann aus dem Casino holt, ahnt sie schon: Ihr Mann wird wieder fliegen.

Am nächsten Tag startet die ORION zu ihrem ersten Routineeinsatz bei der *Raumpatrouille*. Sie soll die Bewegungen in einem Raumsektor überwachen, ein Auftrag für Raumkadetten, wie McLane meint. Schon bald kommt es zwischen McLane und Tamara Jagellovsk zu einem soliden Krach:

Die vorgeschobene Außenbasis *MZ4* meldet sich nicht. Statt dessen empfängt man auf der ORION verschlüsselte, merkwürdige Codezeichen. McLane, neugierig geworden und besorgt um die Besatzung von *MZ4*, will sich die Raumstation aus der Nähe ansehen. Tamara verbietet es und befiehlt Beibehaltung des alten Kurses. Nach einem heftigen Zusammenstoß setzt sich McLane unter Zuhilfenahme einer List durch.

Eine *Lancet*, ein Beiboot, besetzt mit Sigbjörnson und Shubashi, landet auf der Außenbasis. Die Basis liegt im Dunkeln, es gibt keinen Sauerstoff mehr. Die beiden Raumfahrer machen eine unheimliche Entdeckung: Die Besatzung der Station ist auf rätselhafte Weise umgekommen, sie ist in der Bewegung erstarrt. In den unterirdischen Gängen und Kontrollräumen tauchen nie gesehene außerirdische Lebewesen auf, schemenhafte, glitzernde Lichtwesen. Die Strahlwaffen der beiden Astronauten sind gegen die Fremden wirkungslos.

Im selben Augenblick wird die ORION von fremdartigen Raumschiffen angegriffen. Sieben

Tamaras erster Einsatz auf der ORION VII (v.l.: Eva Pflug, Dietmar Schönherr, Wolfgang Völz, Ursula Lillig)

fremde Schiffe nähern sich mit enormer Geschwindigkeit. Damit ist es offensichtlich: Hier ist eine Aktion einer außerirdischen Macht im Gange, die sich in den Besitz der irdischen Außenbasis gebracht hat. Die ORION versucht mit einem Alarmstart Boden zu gewinnen und gerät in eine Art Schwerkraftfeld, das die fremden Schiffe erzeugen. Die Elektronik des Schiffes wird in Mitleidenschaft gezogen, der Computer fällt aus. Es gibt keinen Zweifel: Die Fremden sind ihnen technisch überlegen. In dieser Situation erinnert Tamara Jagellovsk den Commander an seine Raumvorschriften: Er muß die Außenbasis *MZ4* zerstören, damit sie nicht in den Händen der Fremden bleibt. Das bedeutet aber auch, Hasso Sigbjörnson und Atan Shubashi zu töten. Leutnant Jagellovsk erteilt McLane Alphaorder. Schweren Herzens richtet McLane die Energiewerfer auf *MZ4*, will schießen, kann sich aber nicht überwinden. Dann stellt sich heraus, er konnte auch gar nicht schießen, denn die Energie wurde von den Fremden blockiert. Als die fremden Raumschiffe abdrehen und Kurs auf *MZ4* nehmen, befiehlt McLane den Rücksturz zur Erde, um die Raumbehörden zu warnen.

In der Zwischenzeit auf *MZ4* haben Sigbjörnson und Shubashi versucht, mit der *Lancet* zu entkommen. Aber auch die Eletronik der *Lancet* wurde ausgeschaltet. Hilflos müssen die beiden sehen, wie sich die sieben Raumschiffe der Fremden der Station nähern. Da hat Sigbjörnson die rettende Idee: Die Fremden haben den Sauerstoff aus der Station entfernt, weil sie ihn nicht vertragen. Als die beiden versuchen, die Hydro-Tanks der Station zu öffnen, sind diese leer. Sie eilen zur *Lancet*, aber auch den Oxygentank der *Lancet* haben die Fremden zerstört. Was tun? Die Zeit rennt den beiden davon, denn die Fremden sind mittlerweile gelandet. Es gibt nur noch eine Sauerstoffquelle, die Raumanzüge der beiden, jeder mit Vorräten an Atemluft für 90 Tage. Das ist die Lösung: Als die »Exoterristen« in der Station sind, bringen die beiden eine Sauerstoffpatrone zum Platzen. Die Fremden sind alle tot.

Auf der Erde tagt der alarmierte Generalstab. Die Generäle wollen sofort eine Flotte nach *MZ4* schicken, die Fremden angreifen und die Station eliminieren. Aber der Sicherheitschef, Oberst Villa, verhindert dies. Man müsse erst wissen, wer die Fremden seien, was sie wollen und was sie können, bevor man einen Krieg gegen Unbekannt beginnt.

Gleichzeitig ist die ORION auf dem Weg zurück zur Erde. McLane und die anderen an Bord glauben, Sigbjörnson und Shubashi seien tot oder würden es jedenfalls bald sein, denn der Laborkreuzer *Challenger* fliegt mit direkten Kurs auf *MZ4* zu. Es ist ein vollautomatisch gesteuertes Schiff vollgeladen mit radioaktiven Zerfallsstoffen. Es soll von *MZ4* neue Kurskoordinaten erhalten. Weil aber *MZ4* schweigt, wird es direkt auf der Station wie eine Bombe einschlagen.

Sigbjörnson und Shubashi versuchen fieberhaft, die Funkanlage der Station wieder in Gang zu setzen. Die Fremden haben alles umprogrammiert, die beiden Raumfahrer sind verzweifelt. Kaum haben sie den Kampf mit den Fremden überlebt, da fällt ihnen ein Laborkreuzer der Erde auf den Kopf.

Es hilft nichts: Die *Challenger* rast auf *MZ4* zu und explodiert.

Atan und Hasso auf MZ4 (v.l.: F. G. Beckhaus und Claus Holm)

Einige Tage später im Büro des *GSD*-Chefs. Die Mannschaft ist vollzählig zum Bericht erschienen, alles ist noch einmal gut gegangen: Die Fremden, von Hasso und Atan in Ermangelung besseren Wissens *Frogs* getauft, hatten einen Magnetschirm um *MZ4* errichtet, den die *Challenger* nicht durchschlagen konnte. Die wieder aufbrechenden Meinungsverschiedenheiten zwischen McLane und Tamara Jagellovsk werden nun andernorts ausgetragen, bei einem Whisky im *Starlight-Casino*. Als Hasso Sigbjörnson fragt: »Das Ganze war doch nur ein böser Traum?«, antwortet Atan Shubashi: »Viel schlimmer, es war Science-Fiction.«

Zusatzinformationen/Kommentare:
Der Planetoid *Rhea*, dessen unwiderstehlicher Reiz die Ursache für McLanes Strafversetzung war, ist einer (der 5.) von 10 Satelliten des Planeten Saturn. G. D. Cassini entdeckte dieses etwa 800 km durchmessende Himmelsobjekt bereits 1672. Seine mittlere Entfernung zur Erde beträgt ca. 1,5 Milliarden km (ca. 79 Lichtminuten). Der Beginn dieser Episode spielte sich demnach eindeutig innerhalb unseres Sonnensystems ab.

Darüber, wo die Außenbasis *MZ4* liegt, findet sich nirgendwo ein Hinweis. Ausgenommen vielleicht die gut klingende, jedoch nicht sehr präzise Formulierung des ORION-Commanders: »...äußerste Basis am Rande des Niemandsraumes...« Im Verlauf der oben angedeuteten Auseinandersetzung zwischen Cliff McLane und Tamara Jagellovsk erfährt man, daß die Währung im Jahr 3000 den Namen *Credite* trägt. Außer der ORION werden dem Zuschauer einige weitere intergalaktische Fahrzeuge präsentiert. Neben dem Funksatelliten des Typs *SKY 77* kann man eine *Lancet*, 7 Frogräumschiffe und den Laborkreuzer *Challenger* bewundern.

Bemerkenswert an dieser Folge ist die Tatsache, daß man die *Frogs*, die feindlichen Exoterristen, quasi in persona zu Gesicht bekommt. In diesen Genuß gelangt man nur noch einmal in der 2. Folge *Planet außer Kurs*.

Links unten: Die ORION-Besatzung berichtet dem GSD
Rechts: De Monti, McLane und Legrelle
beobachten einen Funksatelliten
(v.l.: W. Völz, D. Schönherr, U. Lillig)

II. PLANET AUSSER KURS

Cliff Allister McLane:	Dietmar Schönherr	General Wamsler:	Benno Sterzenbach	Emil Stöhr, Heinz
Tamara Jagellovsk:	Eva Pflug	Oberst Villa:	Friedrich Joloff	Beck, Gerhard
Mario de Monti:	Wolfgang Völz	sowie:	Franz Schafheitlin,	Jentsch; Norbert
Hasso Sigbjörnson:	Claus Holm		Hans Cossy,	Gastell
Atan Shubashi:	F. G. Beckhaus		Charlotte Kerr, Herbert Fleischmann;	
Helga Legrelle:	Ursula Lillig			

Bauten: Rolf Zehetbauer, Werner Achmann
Kostüme: Margit Bárdy, Vera Otto
Schnitt: Anneliese Schönnenbeck
Ton: Werner Seth
Musik: Peter Thomas
Tricks: Theodor Nischwitz, Werner Hierl, Vinzenz Sandner, Jörg Kunsdorff, Götz Weidner
Kamera: Kurt Hasse, W. P. Hassenstein
Regie-Assistenz: Günther Richardt
Aufnahmeleitung: Manfred Kercher
Produktionsleitung: Michael Bittins
Regie: Theo Mezger

Eine Produktion der Bavaria Atelier GmbH
Hergestellt im Auftrag des SDR
Die phantastischen Abenteuer des Raumschiffes ORION: II. Planet außer Kurs – von Rolf Honold und W. G. Larsen – (Buch C: Planet außer Kurs)

Der Raumkreuzer *Hydra* unter General Lydia van Dyke ist in einen Magnetsturm geraten, die Steuerung ist blockiert, das Schiff navigationsunfähig. Die Besatzung hat eine Supernova ent-

Rettung der Hydra-Besatzung
(Ursula Lillig und Gerhard Jentsch)

deckt, einen durch gewaltige Eruptionen entstandenen glühenden Stern. Diese Nova mit den Eigenschaften einer Sonne rast mit einer Geschwindigkeit von 146.000 km pro Sekunde in einer Spiralbahn auf die Erde zu. Zufällig gerät die *Hydra* auf Impulswellen bisher unbekannter Form und unbekannten Ursprungs. Auf General van Dykes Bildschirm erscheinen ein Bauwerk der *Frogs* und die Innenansicht eines Leitstandes. Es ist klar zu erkennen: Die *Frogs* steuern die offenbar künstlich erzeugte Nova auf die Erde zu, um diese zu vernichten. Der *Hydra*-Besatzung gelingt es noch, ihre Aufzeichnungen mit einem Notruf zur Erde zu schicken, aber das Raumschiff wird von dem Magnetsturm stark beschädigt, die Sauerstoffvorräte reichen nur noch 72 Stunden.

McLane genießt gerade seine Freizeit in seinem Unterwasser-Bungalow, als er von zwei *GSD*-Beamten unter strenger Geheimhaltung zum Hauptquartier des Sicherheitsdienstes abgeholt wird. Oberst Villa eröffnet ihm und Leutnant Jagellovsk die Lage. In einer anschließenden Beratung des Generalstabes kochen die Emotionen hoch. Eine Katastrophe scheint unabwendbar. Die Generäle sind ratlos und empfehlen die Evakuierung der Erde. Der *GSD*-Chef ist dagegen, weil man nur einen Bruchteil der Erdbevölkerung evakuieren kann und dabei eine Panik befürchten muß. Letztlich entschließt man sich, 200 Raumkreuzer auf die Suche nach der Leitstelle der *Frogs* zu schicken, um diese auszuschalten. Vielleicht rast ja dann die Supernova an der Erde vorbei.

McLane macht sich große Sorgen um seine ehemalige Vorgesetzte, Lydia van Dyke. Da er über das schnellste Raumschiff verfügt, wird er sofort losgeschickt. Nach einem Alarmstart nimmt die ORION Kurs auf die letzten Koordinaten der *Hydra*. Als sich die ORION der *Hydra* nähert, wird sie von den *Frogs* geortet, empfängt aber auch die fremden Signale. Per Sprechfunk gelingt die Kontaktaufnahme mit der angeschlagenen, strahlengeschädigten *Hydra*. Deren Bordsysteme sind ausgefallen, der Sauerstoffvorrat geht zur Neige. General Lydia van Dyke konnte die Koordinaten der Leitstation der Fremden ermitteln, diese befindet sich auf einem Planetoiden der *VESTA*-Gruppe. Die Generalin gibt McLane die Daten durch und befiehlt ihm, die Leitstation zu vernichten. McLane aber verliert die Nerven, er will erst Kurs auf die *Hydra* nehmen, die Mannschaft retten. Da zieht Tamara Jagellovsk ihre Strahlenwaffe und droht, den *Leitstand* der ORION einzuschmelzen, wenn er nicht unverzüglich die *Frogs* angreift. Es gelingt ihr, ihn zu überzeugen, daß es wichtiger ist, die Erde zu retten, als die *Hydra*, denn ohne die Erde seien sie alle so gut wie tot.

Die ORION kann die Leitstation der *Frogs* ausmachen und zerstört sie mit den Energiewerfern, aber es nützt wenig, die Supernova bleibt auf Kurs und nähert sich weiter der Erde.

**Das gibt's schon heute: Sprühverband à la 3000
(v.l.: Eva Pflug, Wolfgang Völz, Claus Hom)**

Auf der Erde jagt eine ergebnislose Krisensitzung die nächste, die Generäle streiten sich immer noch über die Frage der Evakuierung. Es gibt keine Lösung und auch keine Nachricht von der ORION, dabei bleiben nur noch vier Tage bis zur Katastrophe. Da kann nur noch ein Wunder helfen. General Wamsler meint: »Wenn es ein Wunder gibt, dann heißt es McLane.«

Der aber hat eine Idee, und die ist für die ORION-Crew lebensgefährlich: Die ORION steuert mit Höchstgeschwindigkeit in die Flugbahn der Supernova, um in ihrem Weg 15 Antimateriebomben zu zünden. Diese sollen die Nova aus ihrer Bahn werfen. In der Nähe der Supernova steigt die Hitze ins Unerträgliche, an den Armaturen verbrennt man sich die Hände, die Elektronik brennt durch, das Schiff taumelt, aber es war umsonst. Die Antimateriebomben explodieren zu spät, die Supernova zieht weiter ihre Bahn.

Im Generalstab auf der Erde ist man verzweifelt, erwägt sogar die Idee eines Militärputsches, um endlich die Evakuierung einzuleiten, aber Oberst Villa kann die Wogen noch einmal glätten. Eine Evakuierung sei sinnlos, die Panik unabwendbar, und wer wolle denn entscheiden, wer überleben dürfe und wer nicht?

Da greift McLane zum letzten Mittel: Er befiehlt, die ORION mit kontraterrener Energie aufzuladen und steuert das Schiff direkt in die Nova. In letzter Sekunde steigt die Besatzung in zwei *Lancets* um. Die ORION explodiert in der Supernova, diese wird auseinandergerissen.

Als die Nachricht von der Explosion der Supernova im Generalstab eintrifft, herrscht dort große Freude und Erleichterung. Nur General Wamsler kann sich nicht freuen. Er trauert. Alle wissen, die Explosion kann nur McLane verursacht haben, und alle glauben, er sei tot, das könne die Crew nicht überlebt haben. Die ORION und die *Hydra* werden abgeschrieben.

Die *Lancets* mit der Besatzung der ORION aber haben die wie tot im All treibende *Hydra* erreicht. Weil niemand auf die Rufe der ORION antwortet und so auch die Landeautomatik der Lancetschächte außer Betrieb ist, können die *Lancets* nicht andocken. Hasso muß im Raumanzug in den freien Raum hinaus und auf die *Hydra* umsteigen. An Bord gelangt, kann er die Landeautomatik einschalten, dann wird er durch die dort herrschende enorme Hitze ohnmächtig. McLane gelingt es gerade noch, die Luftschleusen zu schließen und die Kältepressluft in die *Hydra* zu fluten, dann kippt auch er um, aber die Landung ist gelungen. Die ORION-Crew kam im letzten Augenlick, um die Hydrabesatzung, die sich in die Kälteschlafkammern zurückgezogen hatte, vor dem Erstickungstod zu retten. In gelöster Stimmung, wenn auch mit einem lädierten Schiff, machen sie sich auf den Rückflug zur Erde.

Links: Nachwuchsastronauten bergen ihr Raumschiff
(v.l.: Angelika Kreuzeder, Günter Zinkl)
Rechte Seite: Die Hydra-Besatzung muß feststellen, daß es keine Rettung vor dem Lichtsturm gibt
(v.l.: Ch. Kerr, N. Gastell, J. Riberolles)

Später, man feiert im *Starlight-Casino* mit gutem Whisky den Erfolg, holt McLane die Wirklichkeit ein: Er muß die Verlustmeldung der ORION VII für das Amt für Raumrüstung unterzeichnen, und zwar in zehnfacher Ausführung – der Amtsschimmel lebt auch noch im Jahr 3000.

Zusatzinformationen/Kommentare:
Auch diese Folge präsentiert einen weiteren Flugkörper, das Flagg(raum)schiff der Schnellen Raumverbände, die *Hydra*.

Das Raumschiffmodell der *Challenger* sieht man auch wieder; diesmal sogar etwas präziser. Als ferngesteuertes Spielzeugraumschiff saust es – an einem unsichtbaren Faden befestigt und an einem Tonarmgalgen hängend – durch McLanes Unterwasserbungalow.

Läßt man schwarze Löcher außer Acht, hat man sich in dieser Folge einer unvorstellbaren Bedrohung zu stellen, einer künstlich erzeugten und gelenkten Supernova. Dieser explodierende Fixstern, der – wie man im Verlauf der Handlung erfährt – aus dem Sternbild der Jagdhunde kommt, rast auf einem spiralförmigen Kurs gen Erde, und dies mit einer Anfangsgeschwindigkeit von 146.000 km/s, was etwa der halben Lichtgeschwindigkeit entspricht.

Außer auf die *Frogs* selbst gestattet der Handlungsverlauf auch einen Blick auf die futuristische, fremdartige Technik dieser Exoterristen. Ermöglicht wird dies durch einen Blick in die Leitstelle, von der aus die *Frogs* den Schnelläufer kontrollieren. Einige wenige Szenen dieser Serienfolge wurden mit dem französischen Darsteller Jaques Riberolles noch einmal gedreht. Zu sehen war Jaques Riberolles in der Rolle des *Hydra*-Astrogators. Da diese Sequenzen ausschließlich für die französische Version gedreht wurden, sind sie nur in Frankreich zu sehen. In der deutschen Variante wurde Gerhard Jentsch für diese Rolle verpflichtet.

III. HÜTER DES GESETZES

Cliff Allister McLane:	Dietmar Schönherr	Atan Shubashi:	F. G. Beckhaus	sowie:	Thomas Reiner, Alfons Höckmann, Helmut Brasch, Nino Korda, Herwig Walter, Hans Wengefeld, Kunibert Gensichen, Siegfried Fetscher, Christine Isensee
Tamara Jagellovsk:	Eva Pflug	Helga Legrelle:	Ursula Lillig		
Mario de Monti:	Wolfgang Völz	General Wamsler:	Benno Sterzenbach		
Hasso Sigbjörnson:	Claus Holm	Oberst Villa:	Friedrich Joloff		

Bauten:	Rolf Zehetbauer, Werner Achmann
Kostüm:e	Margit Bárdy, Vera Otto
Schnitt:	Anneliese Schönnenbeck
Ton:	Werner Seth
Musik:	Peter Thomas
Tricks:	Theodor Nischwitz, Werner Hierl, Vinzenz Sandner, Jörg Kunsdorff, Götz Weidner
Kamera:	Kurt Hasse, W. P. Hassenstein
Regie-Assistenz:	Günther Richardt
Aufnahmeleitung:	Manfred Kercher
Produktionsleitung:	Michael Bittins
Regie:	Theo Mezger

Eine Produktion der Bavaria Atelier GmbH Hergestellt im Auftrag des WDR. Die phantastischen Abenteuer des Raumschiffes ORION: III. Hüter des Gesetzes – von Rolf Honold und W. G. Larsen – (Buch B: Die Hüter des Gestzes)

Abwärts! Auf der Suche nach den verschollenen Siedlern (v.l.: C. Holm, E. Pflug, W. Völz, D. Schönherr)

Die Besatzung der ORION wurde auf einen astronautischen Fortbildungskurs abkommandiert. Ein Roboterspezialist unterrichtet die Astronauten über neue mittels Spracherkennung gesteuerte Arbeits- und Kampfroboter und die drei »Robotergesetze«. Mitten in der beeindruckenden Demonstration einer kybernetischen »Roboterneurose« wird die ORION-Crew zur TRAV befohlen. Sie erhalten die dringende Order, im Raumsektor 12M8 die astrophysikalischen Ergebnisse von 16 Raumsonden abzurufen und diese auf die Erde zu bringen; ein Auftrag für Raumkadetten und Hilfsschüler, wie McLane kommentiert.

Die ORION erreicht ihr Zielgebiet, Atan Shubashi und Helga Legrelle steigen in die *Lancet* um. Um die Ergebnisse der Raumsonden abzurufen, muß Atan in den freien Raum aussteigen und von der *Lancet* zu den einzelnen Sonden schweben, für die erfahrenen Raumfahrer eine Routinearbeit.

Unten: Rettung in letzter Sekunde
(v.l.: C. Holm, W. Völz, F. G. Beckhaus, D. Schönherr)
Rechts: Rebellierende Roboter auf Pallas
(v.l.: W. Völz, C. Holm, D. Schönherr, E. Pflug)

Währenddessen meldet sich auf der ORION der Kommandant des Raumfrachters *Sikh 12*, Commodore Ruyther. Er ist ein alter Bekannter McLanes und erzählt, daß auf der Bergwerkskolonie auf dem Planetoiden *Pallas* etwas nicht stimmt. Da sein Frachter dort nicht landen kann, fängt er Transportraketen der Kolonie, die mit dem Erz Germanicum gefüllt sind, auf und koppelt diese per Magneten an seinen Frachter. Die Raketen kommen zwar weiterhin pünktlich und exakt, aber die Kolonisten antworten nicht mehr auf seine Rufe, außerdem enthielten die Raketen beim letzten Transport nur noch Abraumschutt. McLane beschließt so-

fort, nach dem Rechten zu sehen. Weil er dafür keine Erlaubnis hat, greift er zu einem alten Raumfahrertrick: »Laurin läßt grüßen«. Die *Lancet* erzeugt ein Energiefeld von der Größe der ORION und täuscht so die Sensoren der Raumüberwachung. Den beiden in der *Lancet* sagt der Commander, in zwölf Stunden sei die ORION zurück. Aber daraus wird nichts. Als der Raumkreuzer *Pallas* umfliegt, schweigt die Kolonie. McLane landet und geht mit seiner ganzen Crew auf die Suche nach den Einstieg in die unterirdische Kolonie. Dabei kommt es erneut zu einem Krach mit Tamara Jagellovsk. Sie erinnert McLane daran, daß die ORION nicht ohne Wache zurückbleiben darf, aber er kann sie überreden. Ein fataler Fehler, wie sich später zeigt.

Die Räume der Kolonisten sind menschenleer, alle Systeme laufen. Sie steigen in einen vollautomatischen Lift und fahren in die Bergwerksstollen. Dort erleben sie eine böse Überraschung. Sie werden von bewaffneten Arbeitsrobotern des Typs *Alpha Ce-Fe* empfangen, die ihre Strahler auf die Raumfahrer richten und diese entwaffnen. Sie sind Gefangene. In den Stollen treffen sie auch auf die Kolonisten, die von den Robotern zur Arbeit im Bergwerk gezwungen werden. Die Rollen sind vertauscht, die Roboter haben die Herrschaft übernommen.

In der Zwischenzeit haben Atan und Helga ihre Arbeiten abgeschlossen. In der *Lancet* warten sie auf die ORION, aber die kommt nicht und meldet sich auch nicht. Langsam gehen die Energiereserven zur Neige.

Gleichzeitig wird Commodore Ruyther auf der Erde vom *GSD* verhört. Man glaubt, er habe die Erzladung verschoben, da wieder nur Abraum in den Transportraketen war. General Wamsler, der Vorgesetzte des Commodores, will diesen in Schutz nehmen, aber Oberst Villa glaubt der Hypothese von Commodore Ruyther nicht, daß auf *Pallas* die Roboter spinnen. Wamsler und Villa streiten sich, wer zuverlässiger sei, Mensch oder Roboter. Villa meint: »Ein Mensch kann versagen, ein Roboter niemals.«

Die *TRAV* versucht indessen, Kontakt zu ORION aufzunehmen, aber diese meldet sich nicht, obwohl man sie einwandfrei orten kann.

Bange Minuten! Hat die Umprogrammierung der Roboter funktioniert? (v.l.: H. Wengefeld, W. Völz, D. Schönherr, C. Holm, E. Pflug)

Schließlich wird sogar der 18. Übungsflotte, die in der Nähe operiert, Kurs auf den Raumkreuzer befohlen. Auf *Pallas* zerbrechen sich die Leute der ORION und die Siedler verzweifelt den Kopf, um einen Ausweg aus der Falle zu finden. Tamara, die in dem kybernetischen Lehrgang besser aufgepaßt hat als McLane, analysiert die Lage und erkennt das Problem. Die Arbeitsroboter, die normalerweise exakt die ihnen programmierten Befehle ausführen, »leiden« an einer »Neurose«, ihre Programmierung hat sich umgepolt. Schuld daran sind die Kolonisten selbst. Weil ein Teil der Siedler Drogen in die Kolonie gebracht hat und die Arbeit verweigerte, kam es zu einem bewaffneten Kampf zwischen den Menschen. Alle Meuterer wurden getötet. Die Arbeitsroboter standen in dieser Auseinandersetzung in einem fatalen Konflikt. Ihr erstes Robotergesetz lautet: »Ein Roboter darf nie menschliches Leben verletzen«. Um aber die Menschen zu schützen, mußten sie diese verletzen. Die zwei gegensätzlichen Impulse haben ihre Relais überladen und die auf Magnetbändern gespeicherte Programmierung verändert. Die Roboter haben die Menschen entwaffnet und die Situation auf den Kopf gestellt. Wie aber an die bewaffneten Roboter herankommen, um sie umzuprogrammieren? Die Siedler locken zwei Maschinen in einen engen Stollen und sprengen Gestein auf sie. Jetzt können sie an die bewegungsunfähigen Roboter heran. Mit den erbeuteten Strahlenwaffen schalten sie die anderen Arbeitsroboter aus. Die ORION nimmt wieder Kurs auf die *Lancet*.

In der *Lancet* aber ist die Situation immer kritischer geworden. Die Energiereserven sind erschöpft. Helga wollte ja Kurs auf *Pallas* nehmen, aber Atan setzt sich durch, gemäß dem Befehl McLanes zu bleiben und das Laurin-Energiefeld aufrecht zu erhalten. Jetzt ist es zu spät, und da jetzt sogar die Energie für das Absorberfeld fehlt, wird es in der *Lancet* immer wärmer.

Als die ORION eintrifft und die *Lancet* an Bord holt, war das gerade noch rechtzeitig. Atan war schon halb erstickt, und Helga in der Hitze ohnmächtig geworden. McLane muß seinen Leichtsinn eingestehen. Er hatte auf *Pallas* keine Wache an Bord der ORION gelassen, also konnte keiner die Hilferufe der *Lancet* hören.

Die Crew nimmt erst einmal einen Schluck Whisky und antwortet auf die Rufe der Raumüberwachung. Es stellt sich heraus: Die ORION hatte eine falsche Order. Nicht sie, sondern der Kadettenkreuzer *Arion* sollte zu den Raumsonden fliegen.

Zurück im *Starlight*-Casino erhalten sie ihren neuen Auftrag. Ausgerechnet die ORION soll einen Transport übernehmen: 40 Arbeitsroboter. Als McLane protestieren will, erinnert General Wamsler ihn: »Laurin läßt grüßen«. Und jetzt übernimmt McLane den neuen Auftrag gerne.

Zusatzinformationen/Kommentare:
Dieses Abenteuer führt die ORION nicht aus dem irdischen Sonnensystem heraus. Der Handlungsort ist *Pallas*, ein ca. 480 km durchmessender Asteroid im Asteroidengürtel zwischen Mars und Jupiter.

Ein weiteres Indiz dafür, daß der Schauplatz innerhalb unseres Sonnensystems liegt, ist der Lichtspruchkontakt, den der Zuschauer verfolgen kann. Zum einen kommunizieren die *TRAV* mit der Außenstation *Hyperion 29* (Hyperion ist der 7. Saturnmond); zum anderen wird man Zeuge eines kurzen Informationsaustausches zwischen der Jupiteraußenstelle I und dem Marsrelais A1.

Diese Folge greift auf ein klassisches Szenario der Science-Fiction zurück, nämlich den Fall, daß sich die Schöpfung gegen ihren Erbauer wendet. Der bekannte SF-Autor Isaac Asimov hat die Angst vor einem solchen Desaster als den »Frankenstein-Komplex« bezeichnet. Zugleich wird der Zuschauer – wenn auch fragmentarisch – mit weiteren Ideen von Isaac Asimov konfrontiert, und zwar mit den drei Robotergesetzen, die dieser bereits im Oktober 1941 in seiner 4. Robotergeschichte (»Runaround« / »Der Herumtreiber«) formulierte. Isaac Asimov war zu der Zeit gerade 21 Jahre jung.

Die drei Robotergesetze lauten in ihrer vollständigen Form:

1.) Ein Roboter darf keinen Menschen verletzen oder durch Untätigkeit zu Schaden kommen lassen.

2.) Ein Roboter muß den Befehlen eines Menschen gehorchen, es sei denn, solche Befehle stehen im Widerspruch zum ersten Gesetz.

3.) Ein Roboter muß seine eigene Existenz schützen, solange dieser Schutz nicht dem ersten oder zweiten Gesetz widerspricht.

In dieser *Raumpatrouille*-Folge ist nur das erste Robotergesetz (allerdings in Kurzform) zu hören: »Ein Roboter darf nie menschliches Leben verletzen.«

In dieser Folge wird auch erstmals eine außerirdische Landschaft – nämlich *Pallas* – gezeigt und durch die ORION-Besatzung betreten. Aufgenommen wurden diese Einstellung auf der Abraumhalde des damaligen Kohlenbergwerkes in Peißenberg zwischen Mittwoch, dem 07., und Samstag, dem 10.07.1965. Der 10.07.1965 war – bezogen auf die Realfilmaufnahmen – der letzte *Raumpatrouille*-Drehtag überhaupt.

IV. DESERTEURE

Cliff Allister McLane: Dietmar Schönherr
Tamara Jagellovsk: Eva Pflug
Mario de Monti: Wolfgang Völz
Hasso Sigbjörnson: Claus Holm
Atan Shubashi: F. G. Beckhaus
Helga Legrelle: Ursula Lillig
General Wamsler: Benno Sterzenbach
Oberst Villa: Friedrich Joloff
sowie: Franz Schafheitlin, Hans Cossy, Charlotte Kerr, Erwin Linder, Thomas Reiner, Alfons Höckmann, Gerhard Jentsch, Norbert Gastell, Nino Korda, Wolf Petersen, Hans-Dieter Asner

Bauten: Rolf Zehetbauer, Werner Achmann
Kostüme: Margit Bárdy, Vera Otto
Schnitt: Anneliese Schönnenbeck
Ton: Werner Seth
Musik: Peter Thomas
Tricks: Theodor Nischwitz, Werner Hierl, Vinzenz Sandner, Jörg Kunsdorff, Götz Weidner
Kamera: Kurt Hasse, W. P. Hassenstein
Regie-Assistenz: Günther Richardt
Aufnahmeleitung: Manfred Kercher
Produktionsleitung: Michael Bittins
Regie: Theo Mezger

Eine Produktion der Bavaria Atelier GmbH
Hergestellt im Auftrag des WDR
Die phantastischen Abenteuer des Raumschiffes ORION: IV. Deserteure – von Rolf Honold und W. G. Larsen – (Buch F: Deserteure)

Helga bietet Tamara die Stirn
(v.l.: Eva Pflug, Wolfgang Völz, Ursula Lillig)

Professor Sherkoff rettet die Situation
(v.l.: W. Völz, U. Lillig, E. Linder, F. G. Beckhaus, D. Schönherr)

Die neue ORION VIII unternimmt das »Experiment *Overkill*«. Als Test sprengen sie mit der neuentwickelten Waffe *Overkill* einen riesigen Krater in den Mond. Es ist die gefährlichste Waffe der Erde, entwickelt, um den außerirdischen *Frogs* etwas entgegensetzen zu können. Wie man erfährt, haben die *Frogs* neue Lichtabwehrschirme gegen die Werfer der Erdraumschiffe, da soll nun *Overkill* die Erde schützen.

Im Generalstab diskutiert man ein erschreckendes Ereignis:

Zum ersten Mal in der Geschichte der Raumfahrt hat ein Kommandant eines Raumschiffes versucht zu desertieren, also sein Schiff ins Operationsgebiet der *Frogs* im Raum *AC 1000* zu steuern. Im letzten Augenblick konnte der Raumkreuzer *Xerxes* unter Commander Alonzo Pietro abgefangen werden. Alle Untersuchungen des unbegreiflichen Phänomens bleiben ohne Resultat. Commander Pietro erinnert sich nicht, ist aber den Untersuchungen zufolge bei klarem Verstand. Man steht vor einem Rätsel. Hinzu kommt: Die *Xerxes* war im *VESTA*-Abschnitt unterwegs, und gerade dort hat es unter den Mannschaften der Lichtwerferbatterien Fälle von Raumkoller gegeben. Die Lichtwerferbatterien sind der äußere Schutz des Erdraumes gegen die *Frogs*. Deshalb wurden diese Besatzungen durch zuverlässige Roboter der Klasse *Gamma 7* ersetzt.

Die ORION erhält den Befehl, in den *VESTA*-Abschnitt zu fliegen und auf den Lichtwerferbatterien die neue Waffe *Overkill* zu installieren. Im *Starlight*-Casino unterhält sich McLane mit General Lydia van Dyke über die Lage. Er kann nicht glauben, daß Commander Pietro ein Verräter und Deserteur sein soll. Tamara Jagellovsk ist ebenfalls dort, in Begleitung eines jungen Offiziers. Beide, McLane und Tamara, reagieren eifersüchtig, offensichtlich bahnt sich eine Beziehung an. Lydia van Dyke genießt die Situation und gießt schnell noch Öl ins Feuer.

Am nächsten Tag startet die ORION mit einem Gast an Bord. Der Arzt und Gehirnspezialist Professor Sherkoff begleitet sie mit dem Auftrag, den Rätseln auf den Grund zu gehen. Als der Kreuzer die Raumstation *M8/8-12* erreicht, schweigt diese, dann wird der Landestrahl durch die Roboter zu spät eingeschaltet. Etwas stimmt mit den modernen *Gamma 7*-Robotern nicht, sie reagieren träge oder gar nicht. Auf einmal greift ein Roboter McLane an. Offensichtlich haben sie eine »Roboterneurose«. Auch die beiden anderen Erdaußenstationen H5 und Olaf 1 melden sich nicht. Während die Mannschaft *Overkill* montiert, beobachtet Professor Sherkoff die Arbeiten, und Hasso Sigbjörnson bleibt als Wache auf der ORION.

Die Montagearbeiten dauern 12 Stunden. Hasso beobachtet in der Zeit die Instrumente, dann schläft er ein, auch mit ihm scheint etwas nicht zu stimmen. Er erhält den Auftrag, den neuen Kurs zu K 16, einer Lichtwerferbatterie, auf der ebenfalls *Overkill* montiert werden soll, zu programmieren. Er geht zum Computer und gibt einen Kurs ein, steht dabei aber unter einer eigenartigen Spannung.

Als die ORION zu K 16 starten will, kontrolliert McLane den Kurs. Er traut seinen Augen nicht, gibt sofort Sicherheitsalarm: Jemand hat den Kurs auf *AC 1000*, der Frogbasis, gesetzt. Tamara Jagellovsk als *GSD*-Beamtin übernimmt das Kommando und die Untersuchung. Sie verdächtigt Hasso, ein Verräter zu sein, denn nur er könne den Kurs eingegeben haben. Für sie ist die Lage klar, sie will ihren Weisungen gemäß den Verräter »paralysieren«. Da geht Helga dazwischen und stellt sich vor Hasso. Während sich die Frauen streiten, gibt auf einmal Mario, der am Computer steht, einen Kurs ein, wieder auf *AC 1000*. Und auch er kann sich nicht daran erinnern. Da greift Professor Sherkoff ein und bittet Tamara, sich vor den Computer zu stellen. Auch sie setzt, gegen ihren Wil-

len, den Kurs zu den *Frogs*. Professor Sherkoffs Theorie hat sich bestätigt: Durch »Telenose-Strahlen« können die *Frogs* die Gehirnströme der Menschen steuern. Der Feind schleicht sich mit Hilfe dieser unheimlichen Waffe in die Gehirne der Astronauten, die dadurch zu willenlosen Werkzeugen der *Frogs* werden.

Jetzt aber beschließt McLane, den außerirdischen Befehlen zu gehorchen: Die *Frogs* wollen die ORION, also spielt er zum Schein mit, um so den feindlichen Stützpunkt zu finden und mit *Overkill* zu zerstören. Es ist ein riskanter Plan, zumal die Raumüberwachung die Bewegungen der ORION verfolgt und diese sofort als vermeintliche Verräter die eigene Flotte am Hals haben werden. Aber McLane und seine Crew gehen das Risiko ein.

Die oberste Raumbehörde ist entsetzt über den »Verrat« McLanes und befiehlt, die ORION abzufangen und zu eliminieren. Nur der schnelle Raumkreuzer *Hydra* unter Lydia van Dyke kann die ORION noch erreichen. Ein mörderisches Wettrennen setzt ein: Wer ist schneller, McLane oder die *Hydra*? Für General van Dyke ist das »der widerwärtigste Auftrag meines Lebens«. Als die *Hydra* sich der ORION nähert, wird sie von zehn Frog-Raumschiffen abgefangen, die ihr waffentechnisch weit überlegen sind. General van Dyke befiehlt den Rücksturz zur Erde.

Die ORION nimmt unterdessen den programmierten Kurs auf *AC 1000*. Dabei wird sie von immer mehr Frog-Raumschiffen eskortiert. Der Plan geht auf: Die ORION kann die Basis der Fremden ausmachen, dann zerstört sie diese mit *Overkill*. Die Telenose-Strahlen sind verschwunden. Die ORION wird sofort von den Frog-Schiffen beschossen, kann aber auch diese mit *Overkill* ausschalten.

Später feiert die Mannschaft ihren Sieg im *Starlight*-Casino. Helga ist eifersüchtig auf Tamara, denn das Interesse McLanes an seinem

Sicherheitsoffizier ist nicht zu übersehen. Als aber Tamara mit Professor Sherkoff tanzt, ist es McLane, der die Hörner aufhat.

Zusatzinformationen/Kommentare:
Das erfolgreiche *Overkill*-Experiment verwandelt den Mondkrater *Harpalus* (5300 m tief) in einen neuen, etwa 50 mal so großen Vertreter seiner Art. Mit dieser Waffe ausgerüstet, ist die irdische Raumflotte in der Lage, ganze Planetoiden zu eliminieren.

Wie in der vorigen Folge spielen die Roboter und deren Gesetze eine nicht unbedeutende Rolle. Commander McLane wird auf der Raumstation *M8/8-12* sogar von einem hochentwickelten Exemplar des Typs *Gamma 7* angegriffen. Wie Professor Sherkoff später korrekt wiedergibt, stellt dies einen Verstoß gegen das erste Robotergesetz dar, das da lautet: Ein Roboter darf keinen Menschen verletzen oder durch Untätigkeit zu Schaden kommen lassen. Man erkennt wieder den Bezug zu den Asimovschen Robotergesetzen, der bereits in den Kommentaren zur 3. Folge (*Die Hüter des Gesetzes*) erörtert wurde.

Einer frühen Drehbuchversion war zu entnehmen, daß man die Telenose-Strahlen anfangs auf eine andere Art neutralisieren wollte, als sie dem Zuschauer in der gesendeten Version präsentiert wird. Ursprünglich war vorgesehen, die schädlichen Auswirkungen der Telenose-Strahlen mit einem geheimnisvollen Medikament (*Sinus 787*) zu neutralisieren.

Wie bereits in der 2. Folge (*Planet außer Kurs*) fanden auch für einzelne Einstellungen dieser Folge Paralleldrehs mit französischen Darstellern statt. Wieder wurde die Rolle des französischen *Hydra*-Astrogators von Jaques Riberolles übernommen.

Auf M8/8-12 soll die neue Waffe »Overkill« eingebaut werden (v.l.: D. Schönherr, U. Lillig, W. Völz, E. Linder)

V. DER KAMPF UM DIE SONNE

Cliff Allister McLane:	Dietmar Schönherr	Helga Legrelle:	Ursula Lillig		Fleischmann, Alexander Hegarth, Alfons Höckmann, Sigfrit Steiner, Vivi Bach, Rosemarie von Schach, Walter Gnilka, Wilfried van Aacken und SIE: Margot Trooger
Tamara Jagellovsk:	Eva Pflug	General Wamsler:	Benno Sterzenbach		
Mario de Monti:	Wolfgang Völz	Oberst Villa:	Friedrich Joloff		
Hasso Sigbjörnson:	Claus Holm	sowie:	Franz Schafheitlin, Hans Cossy, Herbert		
Atan Shubashi:	F. G. Beckhaus				

Bauten: Rolf Zehetbauer, Werner Achmann
Kostüme: Margit Bárdy, Vera Otto
Schnitt: Johannes Nikel
Ton: Werner Seth
Musik: Peter Thomas
Tricks: Theodor Nischwitz, Werner Hierl, Vinzenz Sandner, Jörg Kunsdorff, Götz Weidner
Kamera: Kurt Hasse, W. P. Hassenstein
Regie-Assistenz: Brigitte Liphardt
Aufnahmeleitung: Manfred Kercher
Produktionsleitung: Michael Bittins
Regie: Michael Braun

Eine Produktion der Bavaria Atelier GmbH
Hergestellt im Auftrag des NDR
Die phantastischen Abenteuer des Raumschiffes ORION: V. Der Kampf um die Sonne – von Rolf Honold und W. G. Larsen – (Buch D: Das Geheimnis der sterbenden Sonne)

Commander McLane (D. Schönherr) in der Chroma-Wartezone (r.: Rosemarie von Schach)

Die ORION VIII landet weit draußen im All auf dem Planetoiden N 116a. Dort findet die Crew eine unerwartete Temperatur und Luftzusammensetzung vor. Auf dem bisher unfruchtbaren, felsigen Himmelskörper gibt es niedere Vegetation und organisches Leben. Die Besatzung sammelt Gesteins- und Pflanzenkörper und schickt sie mit einer Transportrakete zur Erde.

Dort macht man seit Monaten merkwürdige Beobachtungen, das interplanetarische Amt für Biokontrolle hat schwere Sorgen: Veränderungen im Sonnenenergiehaushalt zeichnen sich ab. Die Sonnenstrahlung hat in übernatürlicher Weise zugenommen. Die Temperaturen auf der Erde steigen deshalb an, die Meere erwärmen sich, die Eiskappen der Pole und auch die Gletscher der Gebirge schmelzen, Überschwemmungen drohen. Danach wird die Erde versteppen. Es besteht der Verdacht, daß die Sonne künstlich angeheizt wird, wer aber soll davon profitieren?

Die ORION erhält den Auftrag, den gesamten N-Planetoidengürtel zu untersuchen. Dabei stoßen Hasso Sigbjörnson und Atan Shubashi auf eine fremdartige *Lancet*, ein Modell, das sie noch nie gesehen haben. Atan schleicht sich heran und wird dabei von zwei Fremden mit Strahlenwaffen gefangen genommen. Hasso ruft die anderen Männer der ORION zu Hilfe. Als diese eintreffen, können sie gerade noch den Start der fremden *Lancet* mit Atan an Bord verhindern. Die zwei Fremden, die sich als Wissenschaftler bezeichnen, werden an Bord der ORION gebracht.

Als sie auf der Erde verhört werden, wird einiges klar: Auf *Chroma*, einem fernen Planeten mit erdähnlichen Bedingungen, wohnt eine menschliche Rasse, Nachkommen von Kolonisten, die sich während der beiden stellaren Kriege auf die Seite der Rebellen geschlagen haben. Danach haben sie sich versteckt und eine von der Erde unabhängige Gesellschaft errichtet, mit eigenen Gesetzen und eigener Wissenschaft. Sie sind in der Lage, die Sonneneruptionen künstlich zu intensivieren. Sie müssen das tun, um ihre Lebensbedingungen aufrecht zu erhalten, weil ihre eigene Sonne erkaltet.

Das Leben auf der Erde aber wird dadurch gefährdet. Auf einer Krisensitzung der Regierung mit dem Generalstab schlagen die Generäle einen Präventivschlag gegen Chroma vor. Aus Sicht der Erdregierung sitzen auf *Chroma* Verbrecher, mit denen man nicht verhandeln könne. Eine militärische Auseinandersetzung scheint unausweichlich.

Indessen wird McLane in seinem Unterwasser-Bungalow von einem Wissenschaftler angerufen und erfährt, daß die Gesteinsproben, die er vom N-Planetoidengürtel mitgebracht hat, solare Materie enthalten. Das heißt, man kann sie eventuell als Energiequelle nutzen und die Planetoiden zu Sonnen umgestalten. Er verschafft sich sofort über Tamara Jagellovsk einen Termin bei Oberst Villa. Diesen bittet er um die Genehmigung, nach *Chroma* fliegen zu dürfen mit den beiden fremden Wissenschaftlern und den Gesteinsproben an Bord, um Verhandlungen aufzunehmen. Villa erteilt den Geheimauftrag, aber es geschieht ausdrücklich auf McLanes eigenes Risiko. Im Himalaya ist ein Staudamm geplatzt. Durch diese Katastrophe wächst der Druck auf die Regierung. Es ist fraglich, wieviel Zeit für Verhandlungen noch bleibt.

Als der Raumkreuzer sich *Chroma* nähert, wird er von vier fremden Raumschiffen empfangen. Die ORION landet auf Weisung der Raumüberwachung von *Chroma* mitten in einem großen prächtigen Park. McLane startet auf Befehl der *Chroma*-Kolonisten mit einer der fremden Wissenschaftler in einer *Lancet*. Die restliche Besatzung bleibt auf der ORION, um die ein Magnetschirm errichtet wurde.

In einem Kreuzgang in einem schönen Garten wird McLane von zwei Damen höflich empfangen und bewirtet. Er erfährt, daß auf *Chroma* die Frauen ein Matriarchat errichtet haben. Männer verrichten eher die niederen Arbeiten, sind Gärtner, Techniker bzw. Wissenschaftler, sind Denker und Tüftler, auch sonst ganz nützlich, aber alle Entscheidungen, für die Vernunft nötig ist, werden von Frauen getroffen. Als McLane verlangt, unbedingt den Obersten, den Chef, den Boss zu sprechen, wird er vorgelassen: SIE, die Regentin von *Chroma*, hört sich seinen Bericht über die Katastrophen der Erde an und ist bereit, die Gesteinsproben prüfen zu lassen, die Sonnenversuche jedoch will sie erst einstellen, wenn die Untersuchungsergebnisse vorliegen. Die Versuche mit der Sonnenenergie seien für *Chroma* existentiell wichtig, man könne keine Zeit verlieren. Als McLane, dem die Zeit im Nacken sitzt, sie anbrüllt und sich über ihren »Amazonenzirkus« lustig macht, erklärt sie ihm ihre Sicht auf die Erde, wo es immer noch Generäle, Raumflotten und Umweltzerstörung gibt, sich in den letzten 500 Jahren offensichtlich nicht viel geändert habe.

Als McLane sich beruhigt, kommen sich die beiden näher. Er warnt SIE vor einem Militärschlag der Erde, sie jedoch hat das schon einkalkuliert und ist bereit, ein hohes Risiko einzugehen. McLane muß eingestehen: »Frauen wie Sie gibt es bei uns nicht, noch nicht.« Sie antwortet: »Und Männer wie Sie gibt es bei uns nicht mehr.«

Unterdessen gab es eine neue Flutkatastrophe auf der Erde, der Befehl zum Präventivschlag wird erteilt. Oberst Villa gibt eine verschlüsselte Warnung an Tamara Jagellovsk durch, es bleiben nur noch 6 Stunden. Tamara, die sich große Sorgen um McLane macht, entschließt sich zu einem gefährlichen Schritt. Mit dem zweiten *Chroma*-Wissenschaftler steigt sie in eine *Lancet* und startet gegen die Weisung der *Chroma*-

53

Behörden. Dann dringt sie in das Regierungsgebäude ein, die Waffe in der Hand. Sie wird entwaffnet und festgenommen, erreicht aber ihr Ziel, sie darf zu McLane und unterrichtet ihm von dem bevorstehenden Präventivschlag. In dem Glauben, es seien ihre letzten Minuten, bevor sie alle vernichtet werden, gesteht sie ihm ihre Liebe, und sie küssen sich zum ersten Mal.

Da tritt SIE auf und teilt mit: *Chroma* stellt die Sonnenversuche ein. Ein Lichtspruch wurde zur Erde gesandt, der Präventivschlag ist abgewendet. Die ORION mit (fast) ihrer ganzen Besatzung darf zurück zur Erde, nur einer muß bleiben. McLane wird die nächsten Monate auf *Chroma* als Verbindungsoffizier die langwierigen Verhandlungen führen, Schulungen abhalten und sicher auch seine sonstigen Qualitäten unter Beweis stellen. SIE zu McLane: »Männer wie Sie können vielleicht die Einseitigkeit unserer Entwicklung etwas korrigieren.« Später, im *Starlight-Casino*, wird darüber herzlich gelacht, nur die beiden Frauen der ORION sind weniger begeistert.

Zusatzinformationen/Kommentare:
Dieser Auftrag führt die ORION eindeutig aus unserem Sonnensystem heraus; und zwar in das System der Sonne *XUN 1*, um die der Planet *Chroma* kreist. Diese Sonne ist – dies geht aus der Handlung eindeutig hervor – nicht identisch mit unserer Sonne.

Die Raumschiff-Freunde gelangen in dieser Folge wieder auf ihre Kosten. Neben einer *Chroma-Lancet* (eine geschickt kaschierte ORION-*Lancet*) sind vier *Chroma*-Raumschiffe zu sehen. Im Verlauf dieser Folge erfährt man u.a. die Telefon-, pardon, Visiophonnummern von Commander McLane, Tamara Jagellovsk und dem Vorzimmer der *TRAV* (*Terrestrische Raumaufklärungsverbände*). Sie lauten wie folgt:

Cliff Allister McLane: CQ 13/1/A
Tamara Jagellovsk: RQ 15 – 2 D
TRAV, Vorzimmer General Wamsler:
TRAV 172815

Außerdem bekommt man einen Einblick in die Art und Weise, wie der Personentransport unter Wasser von statten geht, nämlich mittels Unterwassertaxis, genannt: »Submarines« (zu deutsch: Unterseeboote). Zu Beginn dieses Abenteuers kann man wieder fremdartige Landschaften beobachten. Die ORION-Crew spaziert auf dem Boden der Planetoiden *N108* und *N 116a*. Wie in der 3. Folge (*Die Hüter des Gesetzes*) sind es wieder die Abraumhalden von Peißenberg, die man als extraterrestrische Planetenoberfläche zweckentfremdete. Als Hintergrund für die idyllisch wirkende *Chroma*-Landebasis, die die ORION angewiesen bekommt, wählte man den Golfplatz in Feldafing. Die Wartezone auf *Chroma* als auch das Büro der Regentin des Planeten (Margot Trooger) sind Räume des wunderschönen bayerischen Schlosses Höhenried.

Durch die vertraglichen Vereinbarungen mit dem Co-Produzenten O.R.T.F. (das französische Staatsfernsehen) mußten einige Rollen mit französischen Darstellern noch einmal besetzt und gedreht werden. Während sich dieser Vorgang bei den Folgen 2, 4 und 7 auf kleine Rollen beschränkte, wurde in dieser Folge eine Hauptrolle parallel besetzt.

Margot Troogers Part der SIE spielte die Französin Christiane Minazolli in der französischen Variante. Auch eine kleine Rolle wurde parallel besetzt, die 2. Empfangsdame. Während Rosemarie von Schach diese »Wurzn« in der deutschen Variante spielte, kam Eliane d'Almeida bei der französischen Version zum Einsatz. Da die französischen Versionen ausschließlich für Frankreich vorgesehen sind, werden diese dem deutschen Publikum wohl immer vorenthalten bleiben. Erwähnenswert ist der Umstand, daß der damalige Bavaria-Exportchef, Siegfried von Cosel, für eine weitere »Wurzn« verpflichtet wurde. In zwei kurzen Szenen spricht er zu den Vertretern von *ORB* (*Oberste Raumbehörde*) und *GSD* (*Galaktischer Sicherheitsdienst*) über den überdimensionalen Rundbildschirm des großen Sitzungssaals. Er spielt dabei eine Art Regierungssprecher.

Oben: SIE verhandelt mit Commander McLane (D. Schönherr, Margot Trooger)
Unten: Leutnant Jagellovsk, etwas privater (Eva Pflug)

VI. DIE RAUMFALLE

Cliff Allister McLane:	Dietmar Schönherr
Tamara Jagellovsk:	Eva Pflug
Mario de Monti:	Wolfgang Völz
Hasso Sigbjörnson:	Claus Holm
Atan Shubashi:	F. G. Beckhaus
Helga Legrelle:	Ursula Lillig
General Wamsler:	Benno Sterzenbach
Minister:	Hans Epskamp
sowie:	Thomas Reiner, Erich Fritze, Sigurd Fitzek, Wolfgang Büttner, Ibsen: Reinhard Glemnitz
Bauten:	Rolf Zehetbauer Werner Achmann
Kostüme:	Margit Bárdy Vera Otto
Schnitt:	Anneliese Schönnenbeck
Ton:	Werner Seth
Musik:	Peter Thomas
Tricks:	Theodor Nischwitz Werner Hierl Vinzenz Sandner Jörg Kunsdorff Götz Weidner
Kamera:	Kurt Hasse W. P. Hassenstein
Regie-Assistenz:	Günther Richardt
Aufnahmeleitung:	Manfred Kercher
Produktionsleitung:	Michael Bittins
Regie:	Theo Mezger

Eine Produktion der Bavaria Atelier GmbH
Hergestellt im Auftrag des NDR und des SWF
Die phantastischen Abenteuer des Raumschiffes ORION von Rolf Honold und W. G. Larsen:
VI. Die Raumfalle – (Buch E: Der Spezialist)

Einsatzbesprechung im Büro Wamsler: Man hat bei 2 von insgesamt 12 Einsätzen »Lichtdrucksporen« gesucht. Diese bestätigten scheinbar die Panspermie-Theorie, nach der das Leben von außen auf die Erde getragen wurde. Die ORION bekommt den Auftrag, Spuren sowie Staubteile zu suchen und zu sammeln. Außerdem bittet General Wamsler McLane um einen Gefallen. Der künftige Schwiegersohn des Ministers für interplanetarische Angelegenheiten möchte diesen Einsatz begleiten. Peter Paul Ibsen, ein weltberühmter Schriftsteller, Autor von Science-Fiction-Romanen, möchte selbst einmal im All Erfahrungen sammeln sowie Stoff für seine Romane. Für McLane sind diese Romane – er hat immerhin zwei gelesen – blühender Unsinn, aber er willigt ein, den »Spinner« mitzunehmen.

Die ORION-Besatzung ist wütend und beschließt, dem Greenhorn das Leben sauer zu machen. Der allerdings hat sich auf den Einsatz lange vorbereitet, alle Berichte und die Pläne der ORION studiert, sogar einen *Lancet*-Fluglehrgang besucht. »PiPo«, wie er genannt wird, brennt vor Tatendrang. Die Männer der ORION-Crew lehnen dennoch den »arroganten Schnösel« ab, umso mehr, als ihn die beiden Damen an Bord intelligent und reizend finden. Eifersüchtig verbannt McLane die Damen von der Brücke.

Im Zielgebiet nahe *Umbriel* angekommen, beginnen sie damit, Materiestaub mittels Magneten aufzusaugen. Dabei hat Ibsen die Idee, einen Gesteinsbrocken von einem Asteroiden mitzunehmen, das würde ihnen die tagelange Arbeit des Staubsaugens sparen. Dies leuchtet dem Commander ein. Als er loslegen will, bittet ihn Ibsen um einen großen Gefallen: Er möchte einmal eine *Lancet* im freien Raum fliegen. McLane läßt sich überreden und verletzt darauf hin wieder einmal die Sicherheitsbestimmungen. Ibsen startet allein mit der *Lancet*, wird dann allerdings übermütig. Er schaltet den automatischen Leitstrahl der ORION ab, verliert die Kontrolle über den Kurs wie auch den Funkkontakt zum Schiff. Ungewollt muß er auf einem Planetoiden landen. Auch seine Startversuche bleiben wirkungslos. Die Anziehungskraft ist zu groß. Als er aussteigt, wird er von bewaffneten Männern entführt.

Auf der Erde ist man unterdessen beunruhigt, man hat den Lichtfunkkontakt zur ORION verloren. Der Minister macht sich Sorgen um seinen angehenden Schwiegersohn. Was soll er denn seiner Tochter sagen?

Ibsen ist wirklich in großer Gefahr: Er ist auf *Mura* gelandet, einem Exilplaneten, auf den zu lebenslanger Verbannung verurteilte Straftäter gebracht werden. Sie können sich dort frei bewegen und haben eine Art Selbstverwaltung.

Tourenne erpresst McLane
(v.l.: W. Büttner, D. Schönherr)

Diese Gefangenen aber haben sich durch Bestechung Waffen besorgt. In einer großen Halle wird Ibsen zwischen zwei auf seinen Kopf gerichtete Omikron-Strahler gesetzt und verhört. Die Aufrührer zwingen ihn, die ORION zu rufen und nach *Mura* zu locken.

Die ORION, die ihre *Lancet* nicht mehr orten kann, hat inzwischen schon Kurs auf den Umbrielmond genommen. Als Ibsens Lichtspruch kommt, berät sich McLane mit Tamara Jagellovsk. Er würde ja liebend gerne Ibsen auf *Mura* sitzen lassen, bis ihn ein Versorgungsschiff mitnimmt, aber sie rät ihm, die Strafkolonie anzufliegen.

Auf *Mura* gelandet, wird die Mannschaft der ORION gefangen genommen. Sie werden getrennt und eingesperrt, McLane wird verhört. Dabei erkennt der Commander den Anführer der Strafgefangenen. Es ist Tourenne, ein Wissenschaftler, der vor vielen Jahren Versuche mit Lähmungsstrahlen unternommen und so das Leben von tausenden Menschen gefährdet hat. Jetzt wollen die Verbannten mit der ORION zu den *Frogs* überlaufen und denen ihre Lähmungsstrahlen anbieten. Tourenne will die ORION-Crew eliminieren, aber McLane blufft und erklärt, die Meuterer könnten so ein modernes Schiff ohne ihre Hilfe nicht fliegen. Als McLane den selbstgefälligen Tourenne beleidigt, will dieser den Commander mit seinen Omikronstrahlen exekutieren.

Gerade noch rechtzeitig greifen die beiden Frauen zu weiblicher List. Sie locken einen Bewacher in ihre Zelle, entwaffnen ihn, befreien ihre drei Raumfahrerkollegen und besetzen die ORION. Mit der Drohung, die ORION, sich selbst sowie ganz *Mura* in die Luft zu sprengen, erzwingen sie die Freigabe von McLane und Ibsen. Aber der Start mißlingt. Ein riesiges elektromagnetisches Kraftfeld hält den Raumkreuzer fest und saugt seine Energie ab. Sie sitzen in einer Raumfalle.

Jetzt meldet sich Tourenne. Er schlägt ein Geschäft vor: Sie sollen den Meuterern die Technik der ORION erklären, im Gegenzug würde er ihnen das Leben schenken. Zum Schein geht McLane darauf ein. Die bewaffneten Strafgefangenen kommen an Bord.

Wieder einmal hat McLane die rettende Idee. Er fragt scheinbar beiläufig Tourenne nach den Ausmaßen der Kuppel und befiehlt Atan, den Anflugswinkel-Scheitelpunkt zu berechnen. Seine eingespielte Crew versteht seinen Plan. Als McLane den Countdown zum Start gibt, schießen sie erst eine *Lancet* hoch, die am Scheitelpunkt des Magnetfelds explodiert und ein Gegenfeld erzeugt. Die ORION kommt frei, wird heftig durchgeschüttelt, im Faustkampf

Kampf um die ORION VIII

werden die Meuterer überwältigt. Als die Meuterer in den Kälteschlafkammern stecken, feiert die ORION-Besatzung den Sieg, bis Ibsen betrunken umfällt. Auf der Erde ist der Minister sehr ungehalten, weil die ORION sich schon 7 Tage lang nicht gemeldet hat. Wieso General Wamsler denn seinen Schwiegersohn ausgerechnet dem unberechenbaren McLane anvertraut habe, man höre, der würde gerne mal über den Durst trinken. Da meldet sich die ORION. Alles sei in bester Ordnung, den Schwiegersohn allerdings könne der Minister nicht sprechen, der liegt in seiner Kabine und ist stockbetrunken.

Zusatzinformationen/Kommentare:
Entsprechend den Angaben aus den Texten der Folge handelt diese wieder innerhalb unseres Sonnensystems. Zwar bleibt unklar, wo sich *Mura* befindet, auf dem die Haupthandlung spielt, aber es fällt der Name *Umbriel*. Dies ist einer der 6 Uranus-Monde. Er hat einen Durch-

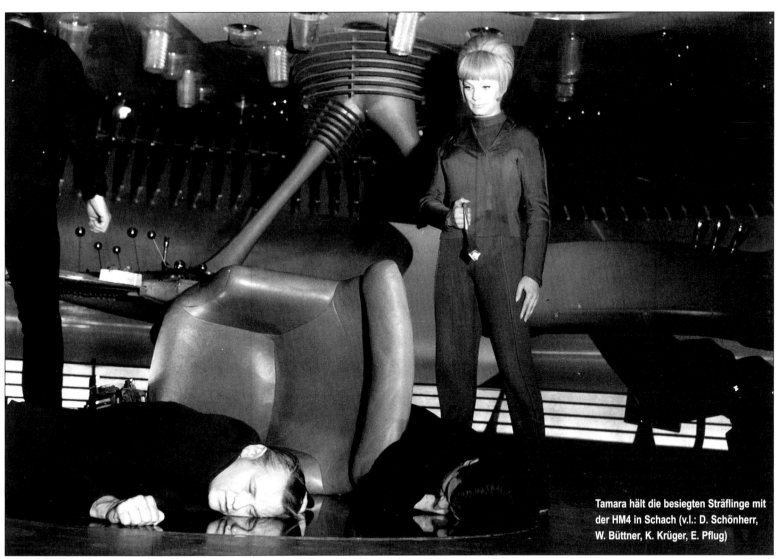

Tamara hält die besiegten Sträflinge mit der HM4 in Schach (v.l.: D. Schönherr, W. Büttner, K. Krüger, E. Pflug)

messer von 500 km und umkreist den Uranus in einer mittleren Entfernung von 267.000 km. *Mura* muß sich infolge der Handlung in nicht allzuweiter Entfernung vom *Umbriel* befinden. Der Handlungsort dieses Abenteuers befindet sich also etwa 2700 Millionen km von der Erde entfernt.

Die Oberfläche von *Mura* wird kurz gezeigt. Wieder wurde auf den Peißenberger Abraumhalden gedreht. Damit die Landschaft der verschiedenen Planetoiden nicht immer gleich wirkt, wechselte man beim Filmen von einem zum anderen fremden Himmelskörper auf der Halde einfach die Himmelsrichtung. Ein Übriges tat der Hintergrund, den die Trickabteilung hineinkopierte. Kurioserweise wurde von den Autoren für diese Folge auf zwei reale Sachverhalte zurückgegriffen wird. Es sind dies der Name des Schriftstellers Ibsen und die Panspermie-Theorie.

Der bekannte norwegische Autor Henrik Ibsen lebte 1828 bis 1906 und wurde vor allem bekannt durch seine Dramen »Nora oder Ein Puppenheim« und »Gespenster«. Mit hoher Wahrscheinlichkeit nannte Rolf Honold seine Figur Pieter Paul Ibsen als eine Hommage an Henrik Ibsen.

Wenn man berücksichtigt, daß er etwas Ähnliches bereits mit Friedrich Georg Beckhaus unternommen hatte, dem er die Rolle des Atan Shubashi buchstäblich auf den Leib schrieb, ist die vorstehende Annahme sicher zutreffend.

Die Panspermie-Theorie vertritt die Auffassung, daß das Leben nicht auf der Erde entstanden sei, sondern durch Sporen von anderen Himmelskörpern zu uns gelangt ist.

Vorbereitungen für die Außenaufnahmen auf Peißenberg

Pieter Paul Ibsen wird auf Mura gefangen genommen (Mitte: Reinhard Glemnitz)

VII. INVASION

Cliff Allister McLane:	Dietmar Schönherr
Tamara Jagellovsk:	Eva Pflug
Mario de Monti:	Wolfgang Völz
Hasso Sigbjörnson:	Claus Holm
Atan Shubashi:	F. G. Beckhaus
Helga Legrelle:	Ursula Lillig
General Wamsler:	Benno Sterzenbach
Oberst Villa:	Friedrich Joloff
sowie:	Franz Schafheitlin, Hans Cossy, Charlotte Kerr, Konrad Georg, Thomas Reiner, Maurice Teynac, Alexander Hegarth, Emil Stöhr, Wolf Rathjen, Gerhard Jentsch, Erich Fritze, Albert Hehn, Paul Glawion, Willy Schäfer
Bauten:	Rolf Zehetbauer Werner Achmann
Kostüme:	Margit Bárdy Vera Otto
Schnitt:	Johannes Nikel
Ton:	Werner Seth
Musik:	Peter Thomas
Tricks:	Theodor Nischwitz Werner Hierl Vinzenz Sandner Jörg Kunsdorff Götz Weidner
Kamera:	Kurt Hasse W. P. Hassenstein
Regie-Assistenz:	Brigitte Liphardt
Aufnahmeleitung:	Manfred Kercher
Produktionsleitung:	Michael Bittins
Regie:	Michael Braun

Eine Produktion der Bavaria Atelier GmbH. Hergestellt im Auftrag des SDR
Die phantastischen Abenteuer des Raumschiffes ORION: VII. Invasion – von Rolf Honold und W. G. Larsen – (Buch G: Angriff aus der Galaxis)

McLane ist frustriert, er beschwert sich bei General Wamsler. Seit zweieinhalb Jahren ist er strafversetzt bei der *Raumpatrouille*, und ständig bekommt er so banale Aufträge wie Materiestaub einsammeln oder Raumsonden warten. Da könne er doch gleich den Dienst quittieren. Auch diesmal hat General Wamsler einen derartigen Auftrag. Die ORION soll Satelliten im *VESTA*-Abschnitt überprüfen. Mitten im Gespräch wird ein Notruf in Wamslers Büro geschaltet: Der *GSD*-Raumkreuzer *Tau* unter Commander Lindley ist in einen Lichtsturm geraten. Der Kreuzer treibt hilflos im Sturm, Steuerung und Energie sind blockiert. An Bord befinden sich Oberst Villa und wichtige Männer aus dem Stab des *GSD*. Die Besatzung des beschädigten Raumkreuzers steigt in die *Lancets* um und versucht Gorden E1 zu erreichen. Villa sieht die Lage anders als Lindley: Es handele sich nicht um einen normalen Lichtsturm, sondern um schnell wechselnde gravitionelle Felder, so wie damals bei dem Angriff der *Frogs* auf die ORION bei MZ4. Villa vermutet einen exoterrestrischen Angriff. Dies kann er gerade noch an die Erde durchgeben, dann bricht die Verbindung ab.

Im *Starlight-Casino* unterhält sich McLane darüber mit Tamara. Die weiß allerdings auch nicht, in welcher geheimen Mission Villa mit seinem Stab unterwegs war. Da kommt eine Meldung von der *TRAV*: Villa befindet sich an Bord der *Zephier*, seine *Lancet* hat es als einzige nach Gordon E1 geschafft. McLane soll in eine Sitzung des *ORB* kommen.

In der Sitzung sind Wamsler und McLane etwas verwundert. Oberst Villa will nichts mehr von den gravitionellen Feldern wissen, er hätte damals die Nerven verloren und Gespenster gesehen, es sei ein normaler, heftiger Lichtsturm gewesen, von *Frogs* keine Spur. McLane bleibt sehr skeptisch, aber seine Fragen werden von den Generälen abgewürgt.

Der Commander bittet nun General Wamsler um die Genehmigung für den Flug nach *Gordon E1*, will sich dort umsehen, doch Wamsler verbietet das. Wieder im *Starlight-Casino*, wartet eine neue Überraschung auf McLane. Er bekommt *GSD*-Order, sein Start wird untersagt. Der *GSD* übernehme den Auftrag an der Grenze zum Operationsgebiet der *Frogs*. Dann setzt sich der betrunkene Oberst Mulligan neben McLane und Tamara. Er ist wütend. Seit 10 Jahren hat er zuverlässig seinen Dienst auf den Startbasen für Großraumschiffe verrichtet. Jetzt wurde er über Nacht grundlos abgesetzt. Der *GSD* übernimmt die Kontrolle über die Startbasen für Kampfschiffe. McLane sieht seinen Verdacht bestätigt: Villa erscheint wie umgekrempelt, etwas stimmt nicht. Es sieht aus, als würde ein Putsch vorbereitet. Er bittet Tamara, ihm einen Termin bei Villa zu besorgen. Er will eine Sonderstarterlaubnis nach *Gordon E1* und auch testen, wie Villa auf seine Bitte reagiert.

Aufregung in der Obersten Raumbehörde

Außerdem solle sie sich doch mal im *GSD*-Zentralamt etwas umsehen.

Oberst Villa ist zu Tamara ausgesprochen höflich. Er sagt ihr den Termin mit McLane zu. Als sie dann heimlich Zugriff auf *GSD*-Datenbanken nehmen will, wird sie von Villa überrascht. Er hat schon damit gerechnet. Tamara wird abgeführt. Inzwischen berät sich McLane mit dem Psychologen Dr. Regwart. Er erkundigt sich, ob man einen Menschen geistig total »umdrehen« kann. Grundsätzlich sei eine solche Umprogrammierung eines menschlichen Gehirns möglich, meint der Doktor, jedoch sehr aufwendig und langwierig. Außerdem, wenn Villa umgedreht worden sei, dann müssten ja auf *Gordon E1* die *Frogs* sitzen, aber die Erdaußenstation würde sich normal melden. Der Arzt glaubt McLane nicht.

Dann wird McLane ins *GSD*-Zentralamt zu Oberst Villa gerufen. Er erhält ohne Probleme seine *GSD*-Sonderstarterlaubnis nach *Gordon E1*. Zusätzlich werde die ORION VIII für diesen Auftrag mit einem neuentwickelten Schwerkraftfeld ausgestattet als Schutz gegen die *Frogs*. Ein Spezialist für Schwerkraftbildung, Chefingenieur Kranz, werde sie begleiten. Allerdings könne Tamara Jagellovsk nicht mitkommen, sie sei auf einem Sonderkursus, da ihre Beförderung anstehe. Kaum ist McLane gegangen, befiehlt Oberst Villa den Countdown für die Invasion der *Frogs*. Alle Warn- und Sicherheitsmaßnahmen werden durch Sabotage der Umgedrehten außer Kraft gesetzt, ohne daß die Regierung etwas ahnt. Dazu plant Villa vier Schritte: 1. Die Lichtaußenverbindungen von *TRAV* unterbrechen, 2. die Blockade der Startbasen der Großkampfschiffe, 3. die Radarwarnkreise unwirksam machen, 4. Rücksturz-Befehl an alle Raumschiffe zur Erde.

Als die ORION den Raum von *Gordon E1* erreicht, wird McLanes Vermutung Gewissheit: Die Crew entdeckt die anfliegende Invasionsflotte der Exoterristen. Sofort wird der *GSD*-Mann Kranz entwaffnet und eine Meldung zur Erde geschickt. Doch McLane kann nur noch *GSD* erreichen. Erst versucht man ihn zu beschwichtigen, dann aber greift Villa ins Gespräch ein. Er droht, Tamara Jagellovsk zu töten, wenn McLane nicht das Kommando an Kranz übergibt. McLane gibt nach, Kranz entwaffnet die ORION-Besatzung und übernimmt das Kommando. Er setzt Kurs auf *Gordon E1*. Jetzt wird auch der Grund für die Starterlaubnis klar: Die *Frogs* wollen die ORION mitsamt *Overkill*. Die Mannschaft greift zu Sabotage. Hasso Sigbjörnson meldet angebliche Fehlfunktionen der *Wandler*, das Schiff könne jetzt nur halbe Geschwindigkeit fliegen, und Kranz, der sich nicht auskennt, muß dies hinnehmen. So gewinnt man Zeit.

Die Invasionsflotte nähert sich schnell der Erde. Villas Leute sprengen die Druckkammern der Unterwasser-Startbasen, die laufen voll Wasser.

Im GSD-Hauptquartier
(am Schreibtisch: Friedrich Joloff als Oberst Villa)

Tamara, im Büro von Oberst Villa, kann heimlich die Außensprechanlage einschalten. Im Büro Wamsler kann man alles mithören. Generalität und Regierung sind jetzt gewarnt. Sie ergreifen sofort Gegenmaßnahmen und besetzen das *GSD*-Hauptquartier. Der größte Teil der Großkampfschiffe aber steckt in den Startbasen und kann nicht starten. Und die Lichtwerferbatterien schaffen es nicht, die *Frogs* aufzuhalten.

Es gibt jedoch eine Schwachstelle der Angreifer: Ihre Energie reicht nicht für den langen Anflug. Von *Gordon E1* werden sie in einem »Invasionskorridor« auf einen Leitstrahl gesetzt und zur Erde geleitet. *Gordon E1* muß zerstört werden, doch alle Schiffe sind auf Rücksturz zur Erde – bis auf die ORION. Wie aber Kranz ausschalten? Da hat Tamara die rettende Idee: Die *Hydra* unter General van Dyke soll zum Schein die ORION angreifen. Der Plan gelingt. Die *Hydra* greift an, Kranz ist irritiert, passt nicht auf und wird entwaffnet.

Die ORION jagt nach *Gordon E1*, ihre *Overkill*-Anlage leistet ganze Arbeit. Die Erde ist gerettet.

Auf einer Sitzung der obersten Raumbehörde werden die Ereignisse ausgewertet. Alles bleibt streng geheim, und die Ärzte bemühen sich, die Umprogrammierung bei Villa und seinen Leuten rückgängig zu machen. Nach der Sitzung behält General Wamsler die ORION-Crew da: Es sei klare Insubordination gewesen, gegen seinen ausdrücklichen Befehl nach *Gordon E1* zu starten. Aber Ende gut, alles gut: Major McLane ist ab sofort Oberst, die Strafversetzung wird beendet, die Besatzung bekommt drei Monate Sonderurlaub.

Tamara und McLane bleiben allein zurück: Ihre gemeinsame Zeit auf der ORION ist nun vorbei – nicht ganz. Sie fasst sich ein Herz, und die beiden werden endlich ein Paar.

Die ORION VIII in der Gewalt der Frog-Agenten
(v.l.: W. Harnisch, D. Schönherr, U. Lillig, F. G. Beckhaus)

Zusatzinformationen/Kommentare:

Auch in dieser letzten Folge haben wir es mit dem Fakt der Paralleldrehs zu tun. Der böse Ingenieur Kranz wird in der deutschen Fassung von Monsieur Maurice Teynac gespielt. Für die Franzosen war Wolf Harnisch McLanes Widersacher. Trotzdem die Paralleldrehs mit Herrn Harnisch stattgefunden haben – dies belegen eindeutig die zugehörigen Tagesberichte und diverse Standfotos – war Monsieur Teynac auch in Frankreich als Kranz zu sehen.

Die Begründung für das ersatzlose canceln von Herrn Harnisch konnte nicht in Erfahrung gebracht werden. Selbst Herrn Dr. Braun, dem zuständige Regisseur fiel der Grund dafür nicht mehr ein. Als Kuriosum wirkt die Tatsache, dass Monsieur Jaques Riberolles auf dem Raumschiff *Hydra* als Raumüberwacher fungiert. Offensichtlich hat er Norbert Gastell abgelöst, der diese Funktion in den Folgen 2 und 4 innehatte. Herr Gastell meldet sich in dieser Folge kurz aus dem Maschinenraum; ist somit zum Bordingenieur der *Hydra* avanciert. Insofern ist die Aussage von Seite 42 relativiert. Zwar wird es dem deutschen Zuschauer wohl kaum jemals vergönnt sein, die französischen Versionen der Raumpatrouille zu genießen aber zumindest kann man einen der französischen Darsteller kurz sehen. Michael Braun, der Regisseur dieser Episode hat sich – sicher ohne sein Wissen – selbst in der Invasion verewigt. In einer Einstellung im *GSD*-Hauptquartier spiegelt er sich in einer der futuristischen Schaltwände der Lichtspruchanlage.

Und noch jemand aus dem Drehstab ist kurz zu sehen; diesmal gewollt. Es handelt sich um den Produktionsleiter Michael Bittins, der via Visio eine kurze Meldung in das Hauptquartier des *GSD* durchgibt. In alten Drehplänen (vorläufige 1., 2. und 3. Fassung) tauchen im Zusammenhang mit dieser Folge Rollen auf, die letztlich keine Berücksichtigung fanden oder – wie bei Shane geschehen, den man in McLane umtaufte – umbenannt wurden. Es waren dies: A. Ross, Santer, Steiner und TCCK301. Steiner und TCCK301 sollten sogar Kabinen in der ORION zugeteilt werden, in denen entsprechende Drehs geplant waren.

Zu den Rollen Steiner und A. Ross sollten außerdem deren Bungalows gezeigt werden.

Weiterhin war für die Rolle des Santer ein Visiozimmer zu kreieren.

Da bis heute leider kein Rückgriff auf die Urversionen der Drehbücher genommen werden konnte, sind keine weiteren Details zu den vorstehenden Personen bekannt. Eventuell wurden einfach die Namen geändert, so dass aus Santer der General Wamsler wurde o. ä. Steiner und TCCK301 könnten somit die ursprünglichen Namen für Ibsen und Tamara gewesen sein.

DIE AUSSTRAHLUNG IM FERNSEHEN

Die Erstausstrahlung der *Raumpatrouille* erfolgte im Programm der ARD zu den nachfolgend angegebenen Terminen:

Angriff aus dem All:
WDR, Sa., 17.09.1966 um 20^{15} Uhr
Planet außer Kurs:
SDR, Sa., 01.10.1966 um 20^{15} Uhr
Hüter des Gesetzes:
WDR, Sa., 15.10.1966 um 20^{15} Uhr
Deserteure:
WDR, Sa., 29.10.1966 um 20^{15} Uhr
Der Kampf um die Sonne:
NDR, Sa., 12.11.1966 um 20^{15} Uhr
Die Raumfalle:
NDR/SWF, Sa., 26.11.1966 um 20^{15} Uhr
Invasion:
SDR, Sa., 10.12.1966 um 20^{15} Uhr

Im Jahre 1968 wurde die Serie auf vielfachen Zuschauerwunsch an Sonntagnachmittagen – in Konkurrenz zu der sehr populären Westernserie »Bonanza« – wiederholt. Es folgten weitere Wiederholungen in den Regionalprogrammen sowie der ARD und SAT1 (bisher und inklusive der 1999er Wiederholungen in den Programmen WDR III und B1 20 an der Zahl; Stand: 24.08.1999).

Die genauen Termine sind dem Anhang zu entnehmen.

Die bei den einzelnen Folgen angegebenen Sender waren die Auftragssender für diese Episoden. Rolf Honold hatte die Raumpatrouille aus eigenem Antrieb geschrieben und dann der Bavaria angeboten. Da die Finanzierung einer derartigen Serie von keinem Sender allein getragen werden konnte, machte man aus den Abenteuern der ORION eine Gemeinschaftsproduktion, bei der von vornherein die Beteiligung eines ausländischen TV-Senders vorgesehen war. Nach Abschluß der Dreharbeiten mußten – aus rechtlichen Gründen – die einzelnen Folgen auf die finanzierenden Sender aufgeteilt werden. Man einigte sich auf die obenstehende Zuordnung.

Warum dem französischen Staatsfernsehen (ORTF) kein ORION-Abenteuer zugeordnet wurde, konnte nicht in Erfahrung gebracht werden. Betrachtet man diese Frage unter dem Gesichtspunkt der französischen Parallelbesetzungen und Paralleldrehs, so haben die Franzosen gleich drei Folgen, die einzig ihnen zuzuordnen sind.

Auch das Ausland kaufte diese Serie. Beim Auslandsverkauf wird jedoch – bezogen auf die zuvor angesprochenen französischen Versionen – stets die deutsche Version angeboten.

Nach Informationen der Bavaria wurde die *Raumpatrouille* bereits in folgenden Ländern ausgestrahlt:

Die Augen geradeaus! (v.l.: Doris Kosiol, Roswitha Völz, Dietmar Schönherr)

Frankreich
(ORTF, 1965 als »Commando spatial«)

Holland
(AFRO, Mai 1965, als »Ruimteschip ORION«)

Schweden
(Oktober 1966)

Österreich
(ORF, Mai und September 1967)

Belgien
(BRT, März 1967)

Jugoslawien
(August 1968)

Schweiz
(SRG, Juni 1970)

Italien
(RAI, Mai 1974)

Portugal
(Mai 1976)

Ungarn
(06/1967 und 03/1980, als »ORION ürhajó«)

Republik Südafrika
(September 1973)

Afrika
(Marokko, Zaire usw.) und

Asien
(Singapur, Thailand etc.)

(Anm.: Die Angaben in Klammern bezeichnen den Sender – soweit bekannt – und das Datum des Vertragsabschlusses.)

Zusätzlich verkaufte man die Folgen an die Firma Trans-Tel zur Ausstrahlung in den Entwicklungsländern.

In diesem Zusammenhang sind auch die oben beschriebenen Ausstrahlungen in Afrika und Asien zu sehen. Die entsprechenden Verträge sind datiert auf Januar 1965 und Oktober 1969.

DIE FORTSETZUNGEN DER FERNSEHFOLGEN

Nach der überaus erfolgreichen Ausstrahlung und ersten Wiederholung der *Raumpatrouille* wurde der Ruf nach Fortsetzungen immer lauter. Waschkörbeweise gingen beispielsweise bei der Fernsehzeitschrift HÖR ZU positive Zuschauerreaktionen und Anfragen nach etwaigen Wiederholungen ein. In diesem Punkt reagierten die Fernsehgewaltigen leider nicht und verkannten die Zeichen der Zeit. »Für meinen Mann wäre es ein Leichtes gewesen, die ORION-Serie fortzusetzen!« verriet Renate Honold. »Phantasie hatte er genug.«

Vermutlich angeregt durch mehrere Presseveröffentlichungen bezüglich eventueller Fortsetzungen der *Raumpatrouille* kam um 1968 das bis heute immer wiederkehrende Gerücht auf, die Bavaria habe sieben weitere Folgen abgedreht, die nie gesendet wurden. Alle Nachforschungen führten zu dem Ergebnis, daß hier wohl der Wunsch der Vater des Gedankens war. Die Fernsehfortsetzungen gab es leider nie.

Bezüglich der geplanten Fortsetzungen konnte die Frau des Autors Klarheit verschaffen: Rolf Honold hatte der Bavaria 1960/61 eine siebenteilige SF-Serie verkauft, die jedoch in den Schubladen landete, weil ihre Produktion zu teuer geworden wäre. Eine abgemagerte Version, die *Raumpatrouille*, wurde angenommen und verfilmt (siehe Abschnitt: Der Autor). Rolf Honolds Erstvorschlag war aber so gestaltet, daß man die Geschichten leicht auf die *Raumpatrouille* hätte umschreiben können. Und genau das sind die sieben Fortsetzungen, die laut der Medien bereits fertig in der Schublade lagen.

Was diese Fortsetzungen geboten hätten, darüber gibt einzig der BILD-Artikel »Baby-Alarm, Rücksturz zur Erde« vom 15.06.1968 kurz Auskunft:

»Commander McLane kommt wieder zu den ›Schnellen Raumverbänden‹; Tamara macht Karriere beim Galaktischen Sicherheitsdienst – um Ehemann McLane besser überwachen zu können.

Es soll ›vor Erotik knistern‹; die ›Frogs‹ sollen die Möglichkeit bekommen, sich in richtige Menschen zu verwandeln – und sich in die ›ewigen Jagdgründe‹ (des Alls) zurückziehen; Uraniden heißen die neuen Feinde der Menschen. Es handelt sich dabei um eiförmige Lebewesen, die den ›Raumzeitsprung‹ beherrschen, sich somit in jede beliebige Zeit versetzen können.«

Die neuen Folgen sollten zudem in Farbe gedreht werden.

Rolf Honold bestätigt, daß er um 1968 herum fünf *Raumpatrouille*-Fortsetzungen für die Illustrierte PRALINE und 1975 acht für das Magazin FREITAG geschrieben hatte. Jedoch meinte er zu diesen Kurzgeschichten:

»...Ich möchte Sie aber warnen: Diese Stories sind ›hopp-hopp‹, mit ›der linken Hand‹ geschrieben, da ich zu dieser Zeit bereits an einer anderen Serie arbeitete (Sie waren nie für eine Fortsetzung der Fernsehreihe gedacht)...« (Auszug aus einem Brief an den Verfasser vom 02.11.1978)

Glücklicherweise gelang es, diese Abenteuer der ORION auszugraben. Wie erwähnt brachte das Magazin FREITAG acht ORION-Stories, die Illustrierte PRALINE fünf. Hier sind die Titel der Folgen mit kurzer Inhaltsangabe in der Reihenfolge ihrer Veröffentlichung:

Der Führungsstab tagt in Permanenz
(v.l.: B. Sterzenbach, H. Cossy, F. Joloff)

PRALINE

1. Orkan im Kosmos (Heft 9/68 vom 25.02.1968)

Auf einem winzigen Trabanten von Proxima Centauri war man auf außerirdische Lebewesen mit einem spinnenförmigen Äußeren gestoßen. Die ORION-Leute bringen diese zur Erde. Plötzlich »überfällt« ein Photonensturm die ORION, der wie ein Blitz aus heiterem Himmel hinter dem Pluto hervorbricht. Atan wird durch die Folgen des Sturms schwer verletzt und kann keine Positionsbestimmung mehr vornehmen. Ausgerechnet jetzt können sich die »Außerirdischen« befreien und dringen in die Kommandokanzel ein. Inga T. Carter, eine Telepathin, die von einem Pluto-Trabanten an Bord der ORION kam, kann Kontakt mit den Wesen aufnehmen und stellt fest, daß diese keineswegs feindselig, sondern lediglich verängstigt sind.

Glücklicherweise kann sie zudem noch Atan, der bewußtlos ist, auf mentaler Ebene kontaktieren und die Position der ORION bei Ausbruch des Photonensturms erfragen.

2. Flucht zu einem fernen Planeten (Heft 10/68 vom 04.03.1968)

Die Erzfeinde der Erde, die *Frogs*, greifen wieder an. Fatalerweise sind auf der Erde die Reserven an »Schwingolanquarz« erschöpft. Dadurch gewinnen die *Frogs* einen enormen taktischen Vorsprung, da deren Feuerleitgeräte denen der Erde, die ohne den besagten Quarz auskommen müssen, weit überlegen sind.

McLane erhält den Auftrag, die auf Lupus in einer hervorragend abgesicherten Raumstation lagernden Quarze abzuholen. Allerdings gibt es keine Unterlagen, die den Weg durch die zahlreichen Sperren weisen. Alles ging im ersten galaktischen Krieg verloren. Sämtliche Versuche scheitern. Cliff gerät in das mörderische Netz der Abwehrmechanismen, aus denen es kein Entrinnen gibt. Buchstäblich im letzten Moment kommt er auf die rettende Idee.

3. Höllenfahrt durchs All (Heft 11/68 vom 11.03.1968)

Die Weltraumpolizei ist hinter Cliff A. McLane her. Er hat »Laash« (eine Droge) geschmuggelt. Tatsächlich ist dies nur eine Tarnung, um die wirklichen Rauschgiftschmuggler zu enttarnen.

An Bord der *ATAIR XII* unter Commander Shiner gelangt McLane auf einen Planetoiden im Asteroidengürtel. Dort entlarvt er die Verbrecher und kann mit Hilfe von Manuela Villa, einer *GSD*-Beamtin, die Ganoven dingfest machen.

4. Tod im Sternbild Reta 4 (Heft 12/68 vom 18.03.1968)

In dieser Episode kommt es zum entscheidenden Kampf mit der *Frogs*. Handstreichartig haben diese alle Außenkontrollstellen zwischen *ZA 18000* und *YD 99* außer Gefecht gesetzt. Zur gleichen Zeit versucht man, die seit 29 Tagen verschollene *224. Eskadra*, den größten Aufklärungsverband der Erde, zu finden.

Die Besatzungen der ORION und der *Hydra* werden fündig und stellen fest, daß die gesamte Flotte in einen übermächtigen Quasar gestürzt ist. Der ORION-Kommandant faßt den Entschluß, die gesamte Flotte der *Frogs* in das Anziehungsfeld dieses als *4 C 188* bekannten Quasars zu locken, um somit den definitiven Sieg über die Feinde der Erde zu erringen.

Der Plan gelingt, und McLane bekommt zur Belohnung ein Kaninchen geschenkt.

5. ORION VIII verschollen (Heft 13/68 vom 25.03.1968)

Bei dem Versuch, eine rätselhafte Selbstmordserie auf *CM 116* aufzuklären, findet die ORION-Crew zwei Zeitmaschinen. Eine davon wird von dem ebenso genialen wie verbrecherischen Dr. Henry Marlow gestohlen, der mit dieser Maschine in die Zeit flieht. Die ORION-Besatzung wird beauftragt, Dr. Marlow mit Hilfe der zweiten Zeitmaschine zu verfolgen, festzunehmen und ins 4. Jahrtausend zurückzubringen. Auf der Jagd durch Zeit und Raum wird Marlows Zeitmaschine durch einen Computerfehler zerstört. Cliffs Leuten gelingt es, den Wissenschaftler im 20. Jahrhundert aufzustöbern. Noch bevor dieser in Hamburg-Fuhlsbüttel ein Taxi besteigen kann, nehmen sie ihn fest. Bei der Rückkehr in ihre Zeit wird auch die zweite Zeitmaschine – durch eine sehr unsanfte Landung – zerstört. Bemerkenswert an den PRALINE-Stories war deren Illustration. Für diesen »Fünfteiler« wurden sogar farbige Zeichnungen angefertigt, die sich sehr stark am TV-Original orientierten. Der Zeichner dieser Bilder war Michael Mau.

FREITAG

1. Tödlicher Schutz (Heft 44/75)

McLane und seine Leute werden auf Orchad, einem kolonialisierten, erdähnlichen Planeten, mit einem bekannten Problem konfrontiert.

Die Diener der Menschheit, die Roboter, haben eine Art eigenes Bewußtsein und gleichzeitig eine regelrechte Schutzpsychose entwickelt. Sie haben die Menschen aller Dinge beraubt, mit denen diese sich verletzen könnten.

Nachdem der Kontakt zwischen der Erde und Orchad abgerissen ist, schickt man die ORION dorthin. McLane und seine Crew werden entwaffnet und auf dem Planeten festgehalten.

Ausgerechnet ein Roboter, den Atan mit an Bord brachte, rettet die Situation.

2. Duell am Hitzepol (Heft 45/75 vom 31.10.1975)

Der verrückte Bio-Ingenieur Henri Lacron will am Hitzepol des Merkurs eine Magma-Bombe

Die Invasion verläuft planmäßig
(am Schreibtisch: Friedrich Joloff)

deponieren, um aus dem Planeten zwei neue Kleinsonnen herauszusprengen. Die Leute der ORION sollen das verhindern.

Sie jagen Henri, finden ihn – kurz bevor er seinen Plan umsetzen kann – und stellen fest, daß es sich bei dem vermeintlichen Attentäter um einen Androiden handelt. Dieser wird stehenden Fußes vernichtet.

3. Bomben auf Saturn (Heft 46/75)

Ein neuer Weltraumfeind greift die Erde mit tausenden von Schiffen an. So sehr man sich auch bemüht, so viele Schiffe des Gegners auch vernichtet werden, es tauchen umgehend neue auf. Cliff hat eine Theorie. Er findet und vernichtet das Basisschiff, welches, versteckt in der Cassinischen-Trennung der Saturnringe, ständig Nachschub an Feindraum produziert.

Die Besatzung der ORION VIII stellt erschrocken fest, daß sie mit ihrem Raumschiff in einer Falle sitzt (v.l.: C. Holm, E. Pflug, R. Glemnitz, D. Schönherr, U. Lillig, F. G. Beckhaus)

4. Das Geheimnis der Rattenzwerge (Heft 47/75)

Dieses Abenteuer handelt von einer merkwürdigen Symbiose zwischen einer skurrilen Baumart und intelligenten, rattenartigen Lebewesen auf *Medusa*, einer irdischen Kolonie.

McLane soll in Erfahrung bringen, warum die Kolonisten vom *Eridani* diesen Stützpunkt aufgaben. Man erfährt, daß die *Eridani* Jagd auf die Rattenmänner gemacht haben und deshalb ihrerseits von deren Verbündeten, den Bäumen, gejagt wurden.

5. Meuterei im All (Heft 48/75)

Im *BETA-CENTAURI*-Sektor wurde mehrfach ein unbekanntes Flugobjekt beobachtet. Die ORION-Besatzung soll der Sache auf den Grund gehen. Als man auf das fremde Schiff stößt, stellt man völlig verblüfft fest, daß es sich um die seit drei Jahren im All verschollene *Luino* handelt. An Bord befindet sich ein alter Bekannter von Cliff McLane, »Chippi« Harris. Er hat die *Luino* zu einer fliegenden Villa mit Garten und künstlichen Sonnen umgebaut.

Cliff beschließt, Harris in seinem persönlichen Paradies zurückzulassen. Die *Luino* gilt weiter als verschollen.

6. Sabotage auf Stern XA/12 (Heft 49/75)

Eine Katastrophe hat sich auf *XA/12* ereignet. 7.671 Menschen kamen ums Leben, weil die Anlage für künstliche Schwerkraft und Sauerstoff spurlos verschwunden ist.

Die ORION-Crew stellt fest, daß auf *XA/12* eine außerirdische Macht vorhanden ist, die in Form eines Robotduplikates ihr Unwesen treibt. Helga enttarnt das Duplikat. Die Fremden haben bei der Herstellung desselben die Fingernägel vergessen.

7. Absturz in alle Ewigkeit (Heft 50/75)

Ein Lichtsturm, der die ORION unvorbereitet überfällt, zerstört alle Geräte zur Navigation. Keine Hoffnung mehr, jemals wieder die Position bestimmen zu können. Selbst Atan ist ratlos.

Da faßt der Kommandant einen schweren Entschluß. Gegen den Willen der Besatzung aktiviert er die Vorrichtung, die einen »Raum-Zeitsprung« ermöglicht.

Nach 23 Tagen und dem 41. Sprung haben sie es geschafft. Sie treffen auf ein Relikt aus unserer Zeit, *PIONEER 10*. Dadurch können die Orionauten ihre Position und den Erdkurs berechnen.

8. PSI und das Mädchen aus Metall (Heft 51/75)

GOLEM II/R 2 schweigt, die modernste Computerstation der Erdenbewohner gibt keinen Laut mehr von sich. Zusammen mit einem hochqualifizierten Computerfachmann – Helen Stein, ein bildschöner Android – steuert die ORION-Crew diese Station an.

Während des Fluges bemerkt Atan, daß der Kurscomputer der ORION manipuliert wurde. Die ORION sollte *GOLEM* verfehlen und in den *ANDROMEDA*-Nebel fliegen. Nachdem Atan die Besatzung alarmierte, meldet sich Arsa Hoesch, ein Kybernetiker der *Eridani*.

Er erläutert seinen Plan, die Daten des Computerzentrums zu rauben, um die Vorherrschaft der Erde zu brechen.

Helen »teleportiert« sich nach *GOLEM* und schaltet Arsa Hoesch aus.

Ruft man sich die möglichen Titel zu den ORION-Abenteuern ins Gedächtnis, die im vorhergehenden Abschnitt aufgelistet stehen, so kann man sich gut vorstellen, daß es sich bei einigen Kurzgeschichten um überarbeitete Exposés der ehemals zur Verfilmung vorgeschlagenen Abenteuer handeln könnte.

Insbesondere die Geschichte: »Duell am Hitzepol« drängt einem gerade die Vermutung auf, das sie auf dem Exposé zu »Gluthölle Merkur« basiert.

Zwischen 1966 und 1967, also noch bevor Rolf Honold seine erste Fortsetzungsstaffel zur Raumpatrouille schrieb, gab es bereits eine Art Folgegeschichte zu den Abenteuern der ORION-Crew. Zu dieser Zeit machte nämlich die »Familie Leitmüller« – angeführt von der Schauspielerin Ingrid Ohlenschläger als Mutter Leitmüller – die bundesdeutschen Bildschirme unsicher. Im Rahmen dieser Serie, die Martin Morlock erdacht hatte, wurde unter anderem die Raumpatrouille persifliert.

Unter dem Titel »Raum-Bredullje« nahm das 1. Programm am 04.01.1967 um 2200 Uhr in amüsanter Art und Weise die ORION aufs Korn. In dieser Folge »kämpften« die Leitmüllers (zu diesem Zweck in die Zukunft versetzt) als Familie »Leadmiller« unter den nachfolgenden Pseudonymen mit Tauchsiedern gegen die *Frogs*:

Major Cliff-Dietmar Leadmiller	
Kurt Rackelmann	
Oberleutnant Wanja Swerdlowsk	
Ingrid Ohlenschläger	
Secondeleutnant John Leadmiller	
Wolfgang Jansen	
Raumwebel Iwan Leadmiller	
Martin Lüttge	
Sergeant Liz Leadmiller	
Dagmar Laurens	
Stabsarzt Irma Ladouce	
Rita Roswag	
Kommentator	
Alois Maria Giani	
Generaloberst Buderus	
Horst-Werner Loos	
Generalraummarschall Kublai-Don	
Richard Haller	
Sir Archibald	
Heiner Schmidt	

KAPITEL IV –
DIE BAVARIA UND IHR TEAM

**DEUTSCHLANDS (T)RAUMFABRIK
BAVARIA ATELIER GMBH**

Die Institution, die McLanes Abenteuer auf Film bannte, hieß Bavaria Atelier GmbH (heute Bavaria Film GmbH) und entstand aus einem Filmatelier, das der Münchner Peter Ostermayer im Herzen von München gründete, also nicht in Geiselgasteig, dem späteren, endgültigen Bavaria Film-Standort. Bereits zwei Jahre später schuf er unter Mitwirkung seiner Brüder Franz und Ottmar die Münchner Kunstfilm GmbH. Im Jahre 1918 wurde daraus die »Münchner Lichtspielkunst« (MLK; auch EMELKA genannt). 1919 wurde das erste Gebäude auf dem heutigen Gelände der Bavaria Film errichtet, ein großes Glasatelier. Nach einem rasanten Aufstieg und dem Zusammenschluss mit 12 Filmproduktionen drehten bei der EMELKA, wie dieser Konzern mittlerweile hieß, international bekannte Regisseure wie beispielsweise Alfred Hitchcock.

1932 trieben Investitionen die EMELKA derart in die roten Zahlen, dass der Konkurs drohte.

Der Mehrheitseigner, Kommerzienrat Krauss strukturierte die EMELKA um und gab ihr gleichzeitig einen neuen Namen, Bavaria Film AG. Unter der Leitung von Krauss gesundete die Bavaria. Aber 1938 musste mit staatlicher Hilfe erneut eine Pleite abgewendet werden und das Unternehmen wurde in die Bavaria Filmkunst GmbH umgewandelt.

Von den Wirren des zweiten Weltkrieges blieb auch die Bavaria Filmkunst nicht verschont. Mitte 1945 wurden die Studios geschlossen. Fritz Thiery gelang aber bereits 1946 die Neueröffnung. Bald drehten Stars von Heinz Rühmann bis Hildegard Knef wieder auf dem Gelände in Geiselgasteig. 1956 wurde das Unternehmen reprivatisiert und zur Bavaria Filmkunst AG. Das Ende dieser Firma kam 1959. Nur die Beteiligung der Werbetöchter großer deutscher Rundfunkanstalten wie SDR und WDR konnte Überlebenshilfe geben. Die Bavaria Atelier GmbH wurde am 1. August 1959 gegründet.

Nach letzten Änderungen lautet der Name der Gesellschaft nunmehr Bavaria Film GmbH.

Heute ist die Bavaria Film Gruppe, zu der 18 Tochter- und Beteiligungsunternehmen gehören, eine der größten Film- und Fernsehproduktionsfirmen Europas.

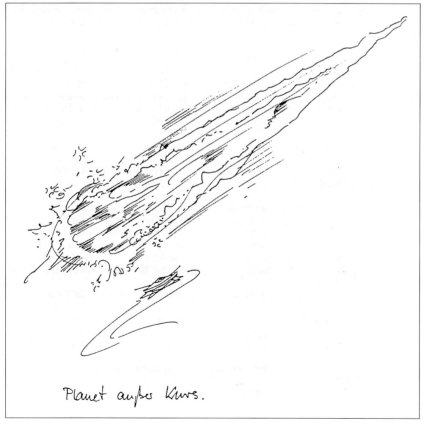

Die ORION VII greift die Supernova an (gezeichnet von Ralf Zeigermann)

Allein in Geiselgasteig stehen 356 000 m² Grundfläche, davon 160 000 m² Freigelände zur Verfügung. Auf den 196 000 m² Nutzfläche findet man u.a. die Kulissen des »Marienhof« und des Kinofilms »Asterix und Obelix« sowie 12 Hallen, die bis zu 3000 m² Grundfläche aufweisen. An dieser Stelle muss, ergänzend etwas eingeschoben werden.

Als die Raumpatrouille gedreht wurde, gab es nur 7 Hallen. Die z. Zt. größte Halle (Halle 12) war seinerzeit noch nicht vorhanden.

Zusätzlich gab es seinerzeit ein 2000 m² großes Wasserbecken mit angrenzender 700 m² Horizontwand (14m x 50 m). Beide Einrichtungen existieren heute nicht mehr.

BAVARIA ATELIER GESELLSCHAFT MBH
8022 Geiselgasteig, Bavaria-Film-Platz 7

1	Vorbauhalle	48	Materiallager
4	Bürogebäude	49	Bürogebäude
5	Haupteingang Pförtner	55	Schneideräume 3-6, 16-23
6	Bürogebäude/Villa	56	Tonabteilung, Schneideräume 24-31
7	Kopierstudios A-D, Schneideräume 1, 2, 7-15	72	Halle 4/5
		73	Damenkostümfundus
8	Kopierwerk	74	Herrenkostümfundus
12	Trickabteilung	81	Baubüro
20	Verwaltungsgebäude	92	Halle 6
22	Schneideräume 32-44, Bild- und Tonarchiv	93	Halle 7
		94	
23	Produktionsbüros	97	Halle 2
27	Personalbüro, Schneideräume 45-49	98	Halle 3
		99	Kantine
30	Halle 1	100	Filmarchiv
31	Halle 10	101	Tankstelle, Kfz-Werkstatt
38	Requisitenhaus, Lichtpause		
		104	Studio E, Schneideräume 52-54
44	Halle 9, Fotolabor		
45	Halle 8	109	Kopierwerk 2
46	Feuerwache	122	Erste Hilfe Station

Außerdem gab es zahlreiche Verwaltungsgebäude, Kostümfundi (heute unter der Verwaltung der FTA), eine sogenannte Vorbauhalle, Requisitenhäuser (ebenfalls unter FTA-Verwaltung), eine Schlosserei, die Kantine, die »Kunststofffabrik«, Außendekorationen, das Trickstudio (heute u.a. Videozentrum), Lagerhallen usw. (Hinweis: FTA = Film- und Theaterausstattung GmbH). Die untenstehende Übersicht des Geländes, entspricht in etwa dem Zustand während der Dreharbeiten zur Raumpatrouille (1965). Bis auf 6 Tage Außendreh, wurden die gesamten Dreharbeiten innerhalb der Bavaria-Film-Hallen abgewickelt und zwar in den Hallen 2 und 4/5.

Welche (Raumpatrouille-) Dekoration wo zu finden war, ist im Abschnitt *Die Dekorationen* nachzulesen. Getrickst hat man in den Hallen 8 und 10. Die Außenfassade der »4/5« mit aufgepflanztem Stahlförderturm diente später un-

Die Bavaria aus der Vogelperspektive

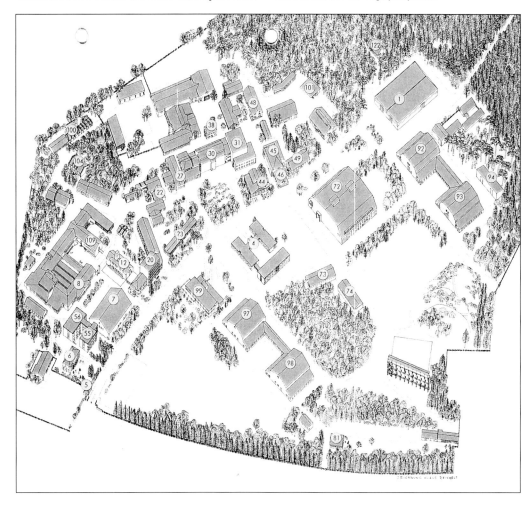

A. REALFILMTEAM

Architekten:	**Rolf Zehetbauer**
	Werner Achmann
Atelier-Sekretärin:	Anneliese M. Sandow
Aufnahmeleiter:	**Manfred Kercher**
Autor:	**Rolf Honold** (†, 1979)
Bearbeiter der französischen Version:	Renè Barjavel
Choreographie:	William Millie (†, 1987)
Co-Autor:	Hans Gottschalk, Oliver Storz, Dr. Helmut Krapp, Dr. Michael Braun, Theo Mezger (= **W. G. Larsen**)
Cutter (Folgen 1, 5, 7):	**Hans Nikel**
Cutter Assistentinnen:	(Folgen 1, 5, 7) Gertrud Neumann, Beate Escher
Cutter-Assistentin (spez: Electronic Cam):	Annerose Schleining
Cutter(in) (Folgen 2, 3, 4, 6):	**Anneliese Schönnenbeck**
Cutter-Assistentinnen (Folg. 2, 3, 4, 6):	Eva Gschilm, Monika Auel
Dekorationsbau:	Johann Nothof
Garderobier:	Siegfried Haubold
Garderobiere:	Elisabeth Hofstetter
Herstellungsleiter:	Lutz Hengst
Kamera-Assistent:	Udo B. Drebelow
Kamera-Schwenker:	**W. P. Hassenstein**
Kameramann:	**Kurt Hasse** (†, 1999)
Komponist:	**Peter Thomas**
Kostüm-Assistentin:	**Vera Otto** (Elisabeth Müller)
Kostümbildnerin:	**Margit Bárdy**
Malerei:	Frost, Franz Haller
Maskenbildner:	Hans-Peter Knöpfle
Maskenbildnerin:	Anni Fürkötter-Revel
Material-Assistent:	Peter Grundmann
Produktionsleiter:	**Michael Bittins**
Produktionssekretärin:	Eva Richter-Sack
Produzent:	Oliver Storz
Regie-Assistent (Folgen 2, 3, 4, 6):	Günther Richardt
Regie-Assistentin (Folgen 1, 5, 7):	**Brigitte Liphardt**
Regisseur Folge (Folgen 1, 5, 7):	**Dr. Michael Braun**
Regisseur Folge (Folgen 2, 3, 4, 6):	**Theo Mezger**
Requisiteure:	Max Linde, Hans-Joachim Ulrich
Requistenhilfe:	Bertha Pletschacher
Schlosserei und Kunststoff:	Rudolf Braun, Richard Simon
Schreiner (ORION- und Roboterminiatur):	Wanke
Stand-Fotograf:	Lars Looschen (†)
Tonmeister:	**Werner Seth,** Rudolf Wohlschläger
Tonmeister (Musikaufnahmen):	Richter, Hans Endurlat
Wissenschaftliche Beratung:	Dr. Ernst Jung

B. SPECIAL-EFFEKTE-TEAM

Eine Übersicht des Trickdrehstabes zu erhalten gestaltete sich ungleich schwieriger als bei der für die Realfilmaufnahmen. Dies hat verschiedene Gründe. Zum einen wurde die Trickabteilung zeitweise eigens für die *Raumpatrouille* personell aufgestockt. Zum anderen ist zu berücksichtigen, daß die gesamten Trickdreharbeiten inklusive der erforderlichen Nachbearbeitungen etwa 1 ½ Jahre dauerten. Auch die regulären Mitarbeiter der Trickabteilung waren während dieser langen Drehzeit nicht kontinuierlich mit der *Raumpatrouille* beschäftigt, sondern zusätzlich mit anderen Aufgaben und Filmen. Wenn es dennoch gelang, den größten Teil der beteiligten Personen in Erfahrung zu bringen, so ist dies Jörg-Michael Kunsdorff, Theo Nischwitz, Gustav Witter und – allen voran – Werner Hierl zu verdanken.

Wie man der nachfolgenden Auflistung entnehmen kann, waren einzelne Mitarbeiter in verschiedenen Bereichen eingesetzt. Dadurch findet man einzelne Namen in unterschiedlichen Sparten gleichzeitig.

Beleuchtung/Elektrik:	Gerkewitz (†), Schlammer, Max Schmid, Franz Stefflmeier
Bühne/Bau:	Hans Höll, Andreas Schlammerl
Dekoration/Malerei:	Hans Frost, **Werner Hierl**, Florian »Floh« Fux, von Nordhoff (†), Rudolf Römmelt, **Götz Weidner,** Franz Haller
(Schlosser):	Richard Simon
Mechanik/Technik:	Eichinger, Peter Hilpert (†), Johann Nothof, **Götz Weidner**
Modellbau (Tiefzieherei):	Anton Egger, Speckbacher
(Schreinerei) Wanke:	**Götz Weidner,** Fritz Werling, Hans Wiesenberger
Optische Nachbearbeitung:	Gisela Dietzler, **Jörg-Michael Kunsdorff** (†, 1991), Karin Moderegger, Rosa Osiander, Waltraud von Primavesi (heute: Lilo Römmelt), Bernd Schlichting, Gustav Witter
Trickanimation:	**Werner Hierl,** Peter Hilpert (†), Robert Salvagnac, **Vinzenz Sandner**

Trickkamera:	Peter Harrer*), Peter Hilpert (†), (nur Trickpilot) Dieter Liphart, (nur Trickpilot) Georg Kramer, **Jörg-Michael Kunsdorff** (†, 1991), **Vinzenz Sandner**, Klaus Schuhmann (†)
Trickregie:	**Theo Nischwitz** (†, 1994), **Werner Hierl**, Waltraud von Primavesi (heute: Lilo Römmelt)
Feuerwehrmann (Trickabteilung):	Hartl

Als weitere fleißige Helfer/innen der Trickabteilung wirkten (in alphabetischer Reihenfolge) außerdem noch folgende Personen mit: Einwang, Franzevics, Griessbacher, Lesniac, Rhode, Marlies Richter, Karl-Ludwig Ruppel (… 1993), Saupe, Speckbacher, Volkmann, Walais und Dr. Werndl (Chemiker). *Die vollständigen Namen konnten nicht immer ermittelt werden. – d.A.*

*) Peter Harrer ist der Sohn des berühmten Bergsteigers Harrer.

Rechts: Eine Zeitreise: Aus dem Jahr 3000 ging es 1000 Jahre in die Vergangenheit
Unten: Auf dem Weg zum Dreh

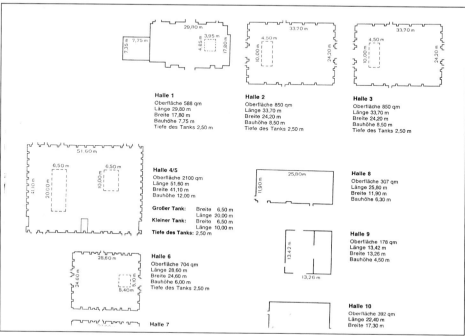

ter anderem als Hintergrunddekoration für die Fernsehserie »Rote Erde«. Außerdem wurde darin eine wichtige Dekoration für den 2. Teil der »Unendlichen Geschichte« aufgebaut.

Dem Bild auf Seite 73 können der Grundriss und die genauen Abmessungen der angesprochenen Hallen entnommen werden.

Halle 4/5 hatte lange Zeit einen »Dauergast«, nämlich die Blue-Screen-Wand (4,5 x 6 m), vor der damals die ORION hing oder die Lancet stand. Als weitere Besonderheit findet man dort ein »Wackelpodest« und eine versenkbare Bodenplatte (beides wurde in der Raumpatrouille nicht verwendet).

DER STAB

Da man die Produktion der *Raumpatrouille* auf zwei Regisseure verteilte, wurden bei den Dreharbeiten zwei unterschiedliche Stäbe tätig. Einen Teil der beteiligten Personen kann man bereits im Abschnitt *Die Filme* den dort aufgelisteten Abspanntiteln entnehmen.

Die Übersicht auf Seite 74 gibt alle Personen an, die – in diversen Gesprächen mit Drehstabmitgliedern – noch ermittelt werden konnten. Die in den Titeln des Abspanns genannten Namen wurden fett markiert. Das Zeichen (†) steht bei den Namen der leider bereits verstorbenen Personen. Die Auflistung ist unterteilt in die beiden Sparten A. Realfilm- und B. Spezial-Effekte-(Trick-)Team. Die angegebenen Folgen beziehen sich auf die Reihenfolge bei der Fernsehausstrahlung.

Oben: Unterschriften der Hauptdarsteller(innen) und der Dehstabmitglieder
Unten: Die Heimathallen (2 und 4/5) der Raumpatrouille

Von oben links
nach unten rechts:

- **Drehpause in der Kommandokanzel der ORION (v.l.: Peter Grundmann, D. Schönherr, Kurt Hasse, W. P. Hassenstein, Theo Mezger)**

- **Dietmar Schönher und Kameramann Kurt Hasse (rechts)**

- **Regisseur Michael Braun (links) und Schauspieler Benno Sterzenbach**

- **Eine letzte gemeinsame Kontrolle anhand des Drehbuchs (v.l.: D. Schönherr, Regisseur Mezger)**

Bei den Außenaufnahmen (hier bei Peißenberg) war sowohl die Anwesenheit des Realfilm- als auch die des Trickfilmteams vonnöten.

KAPITEL V –
TRICKS, DESIGN, HINTERGRÜNDE

DIE VORARBEITEN

Wo fing alles an? Mit der um 1960 in Amerika beginnenden Science-Fiction-Welle!

In welchem Zusammenhang steht das mit der *Raumpatrouille*? Der Berliner Autor Rolf Honold begann...

Natürlich geht es nun nicht zurück zum Anfang des Buches, wohl aber zum Beginn aller Aktivitäten, die dem Ziel dienten, der *Raumpatrouille* Leben einzuhauchen.

Um 1962 sprach ein junger Autor namens Rolf Honold im Büro von Hans Gottschalk, dem Chefdramaturgen der Bavaria, vor. Rolf Honold wollte ihm das Konzept einer utopischen Fernsehserie vorstellen.

Hans Gottschalk schilderte in einem persönlichen Gespräch (am 18.09.1991) die Entstehungsgeschichte der sieben Fernsehfolgen aus seiner Sicht. Dabei konnte er sich – trotz der 25 verstrichenen Jahre – an erstaunlich viele Details erinnern: »Damals war Science-Fiction kein Thema für den Film, auch für mich nicht.

Nun, ich kannte Honold, da er zuvor ein sehr bekanntes Theaterstück geschrieben hatte – ›Geschwader Fledermaus‹. Da mir Honolds Vorschlag unangenehm war, wimmelte ich ihn an Oliver Storz ab.

Dennoch gelang es ihm, nach Oliver Storz auch mich für dieses Science-Fiction-Märchen zu gewinnen, denn Honold war ein Mensch, der jemandem die Dinge mit sehr viel Pathos, Begeisterung und blumigen Worten nahebringen konnte.

Er sprach von einem Raumschiff, seinem widerspenstigen Kommandanten und Bedrohungen aus dem All.

Zusammen mit Dr. Jedele (Anm.: der damalige Generaldirektor der Bavaria Atelier GmbH) sprach ich bei den vier Fernsehsendern WDR, NDR, SWF und SDR vor, gewann die dortigen Verantwortlichen für die Idee und sicherte somit – vorläufig – die Finanzierung der *Raumpatrouille*. Rolf Honold bekam den Auftrag, die Drehbücher für die Fernsehserie zu schreiben.

Als es an die Realisierung der Fernsehfolgen ging, stellte man erschrocken fest, daß sich die Bücher von Rolf Honold nicht zur Verfilmung eigneten... Außerdem war das Ganze den Finanziers viel zu politisch: ›Das sind alles Diktaturen.‹

Ich beschloß, selbst einzugreifen, und kreierte das Team W. G. Larsen. Das ist auch heute noch so: Wenn etwas nicht klappt, lege ich selbst Hand mit an. Oliver Storz schrieb vier Bücher, ich selbst zwei und Michael Braun zeichnete für das *Chroma*-Abenteuer verantwortlich.

Ich erinnere mich an einen Tip, den mir Herr Jedecke, der Fernsehdirektor des Südwestfunk

**Lancet I auf dem Weg nach MZ4
(gezeichnet von Ralf Zeigermann)**

Stuttgart gab: ›Ihr müßt das Ganze auf eine Ebene bringen, mit der sich der Zuschauer identifizieren kann, also mit gängigen Genres verknüpfen. Das gilt insbesondere auch für die Personen, die Menschen mit alltäglichen Fehlern und Schwächen sein müssen.‹

In der vierten und der letzten Folge habe ich Elemente des Krimis einfließen lassen. Da, wo sie (Tamara) dann selbst falsch programmiert, oder in der letzten, in der gerade der Geheimdienstchef der Verräter war – ein Einfall von mir – machte die Geschichte ungeheuer spannend; wie die erst langsam dahinter kommen, daß die *Frogs* auf der Erde jemanden haben, der sie unterstützt. Das war Krimi!

Das Team arbeitete bis wenige Stunden vor Drehbeginn und stand unter einem ungeheuren Druck. Noch zwei Tage vor Drehbeginn versuchte der NDR aus dem Unternehmen auszusteigen, weil ihm die Bücher nicht gefielen und er das Ganze für Quatsch hielt. Man warf uns BILD-Zeitungs-Dialoge vor und ließ an der Besetzung kein gutes Haar. Im Münchner Königshof kam es am Rosenmontag 1965 zu einer lautstarken Aussprache mit den Vertretern des NDR...

Nachher ist der NDR dann doch mit einem kleinen Anteil in der Finanzierung geblieben.«

In einer der ersten Aktennotizen (vom 26.08.63), in denen die *Raumpatrouille* erwähnt wird, ist das Ergebnis einer Vorbesprechung zwischen Bavaria-Vertretern und dem WDR belegt. In diesen Besprechungen war noch die Rede von 6 bis 8 Folgen *Raumpatrouille*. Eine Notiz der Bavaria-Unterlagen weist aus, daß die konkrete Projektplanung zur *Raumpatrouille* etwa 1964 begann.

Der nachfolgende Terminplan dokumentiert erste Eckdaten zu den Vorarbeiten:

Der Beleuchter liest Fontane – unter ihm das Jahr 3000

Terminplan für die Vorbereitungen der Serie RAUMPATROUILLE (21.09.1964) – (Produktionsleiter Michael Bittins)

22.09.1964: 16.30 Uhr
Erstes Besetzungsgespräch
20.10.1964
Ablieferung der ersten Fassungen
(der Folgen VII und VIII durch Herrn Honold.
Folge VII : *Todeszone*
Folge VIII: *Sonderkommando*)
01.11.1964
Ablieferung der endgültigen Manuskripte
der Folgen I – III
15.11.1964
Ablieferung der endgültigen Manuskripte
der Folgen IV – VII

Endredaktion der Manuskripte
An der Endredaktion nehmen folgende Herren teil: Herr Dr. Krapp, Herr Storz, Herr Gottschalk, Herr Dr. Braun (als Regisseur) und ein noch zu bestimmender Regisseur.
Ab 15.10.1964 stehen Herr Dr. Braun für die Regie-Vorbereitungen und ab 01.12.1964 Herr Zehetbauer für die Bau-Vorbereitungen zur Verfügung.

Über eine Beobachtung in der heutigen Zeit berichtet Regisseur Michael Braun:
»Ich war kürzlich wegen einer Produktion für längere Zeit in Italien und habe mir auch das dortige Fernsehprogramm angesehen. Es besteht zu einem großen Teil aus Science-Fiction-Filmen, die jedoch völlig verkommen und verludert sind.

Es ist erschütternd, wie brutal diese Filme sind – zum größten Teil sind die gezeichnet, denn so brutal können Sie mit Menschen gar nicht umgehen, es sei denn sie benutzen nur noch Stuntleute. Was da herumgeballert wird – minutenlang – und reihenweise fallen die Leute tot um. Ich kann die Toten gar nicht mehr zählen, die in so einem Science-Fiction-Ding vorkamen.

Hauptzweck dieser Geschichten ist, vorzuführen, wie man einen Massenkill unter Menschen veranstaltet.

Ich finde es grauenhaft und gräßlich, und diese Filme sind Kindern und Jugendlichen zugänglich. Das gucken sich die Kinder an und dann sehen sie, daß ›killen‹ eigentlich die selbstverständlichste Sache der Welt ist. Da sind wir bei ORION ganz anders an die Sache herangegangen.

Wir versuchten, sinnvolle Geschichten oder Abenteuer zu erzählen, legten dabei großen Wert auf die Ausarbeitung der Charaktere, Personen und Dialoge – die sich heute noch hören lassen können. Wir schrieben damals etliche Versionen, insbesondere um die Dialoge optimal auszufeilen, auf die wir uns gemeinsam einigten. Szenenfolgen, die ursprünglich vorgesehen waren, verfilmt und dann nicht verwendet wurden, gab es nicht.«

(Michael Braun in einem Gespräch mit dem Verfasser am 18.04.1990)

Bitte! (Regisseur Michael Braun)

Die Dekorationen sowie das optische Erscheinungsbild der Raumkreuzer, Roboter, der Raumstationen und (deren Inneres), McLanes Bungalow, des *Starlight-Casinos* usw., all das mußte der Filmarchitekt Rolf Zehetbauer zusammen mit Werner Achmann sowie dem Team von Malern, Bildhauern, Schlossern, den Autoren und den Regisseuren in monatelanger, schweißtreibender Arbeit und etlichen Diskussionen gestalten. »Wir saßen viele Tage und Nächte zusammen um zu klären, wie die Modelle und Dekorationen aussehen sollten.«

(Michael Braun in einem Gespräch mit dem Verfasser am 18.04.1990)

Die folgenden Bilder vermitteln – im Vergleich zu den Sujets, die letztlich in den Folgen gezeigt wurden – einen Eindruck, welche Ideen ent-

standen, zum Teil verwendet und teilweise verworfen wurden.

Die abgebildeten Gemälde, die Frieder Thaler, ein langjähriger Mitarbeiter von Rolf Zehetbauer, nach den Skizzen seines Chefs anfertigte, wurden leider alle vernichtet.

Den Kommandostand sowie die Raumstation(en) baute man zunächst als Modell auf (siehe Abschnitt *Interstellare Objekte*). Man gewann so einen besseren Gesamteindruck der fertigen Dekorationen. Außerdem erlaubte diese Vorgehensweise eine leichte Umsetzung von Variationen und Änderungen bei gleichzeitiger Möglichkeit, diese im Vorfeld zu begutachten. Den letzten Schliff erhielten die Bauten vor Ort, d.h. nachdem sie in voller Größe entstanden waren. Die alltäglichen Haushalts- und Sanitärgegenstände, die in den Raumkreuzer und die Raumstationen eingebaut wurden, suchte man sich aus Industriekatalogen heraus: »Wir haben damals geschaut, was irgendwie futuristisch aussieht, und die Sachen angekreuzt und bestellt«, verriet Rolf Zehetbauer (der Filmarchitekt) in einem persönlichen Gespräch.

ORION-Entwurf (gezeichnet von Frieder Thaler, nach Vorgaben des Filmarchitekten Rolf Zehetbauer)

Die Tricks wollte die Bavaria-Geschäftsleitung ursprünglich von einer in England ansässigen Firma herstellen lassen.

Um die Leistungsfähigkeit der hauseigenen Trickabteilung unter Beweis zu stellen, beauftragte Theo Nischwitz, Trickregisseur bei der *Raumpatrouille*, seinen Mitarbeiter Werner Hierl, einen sogenannten Trickpiloten zu drehen. Anhand der Qualität dieses Piloten sollte die endgültige Entscheidung gefällt werden, ob die Tricks wie geplant in England oder in der Bavaria herzustellen seien.

Werner Hierl, assistiert von Georg Kramer und Hans Wiesenberger, baute zu diesem Zweck Raketen, Modellandschaften und – den Weltraum. Die Raketen entstammten Modellbausätzen und spien von Gasfeuerzeugpatronen genährtes Feuer. Die Modellandschaften jagte das Team eindrucksvoll in die Luft, und die Darstellung des Weltraums gelang überzeugend. Das Universum und die bizarren Planetenlandschaften basierten auf Zeichnungen von Werner Hierl und solchen, die Büchern wie »Die Welt in der wir leben« entliehen waren.

Werner Hierls Arbeit belegte die fachliche Kompetenz der Bavaria-Trickabteilung ausreichend, der Auftrag ging nicht nach England.

Der damalige Leiter der Trickabteilung, Theodor Nischwitz, schrieb zu den dann beginnenden Vorarbeiten:

»...in zahlreichen Regiesitzungen unter Teilnahme aller am Film beschäftigten Sparten wurden die Drehbücher nach Folgen durchgesprochen, wobei jeder Sparte die entsprechenden Aufgaben zugeteilt wurden.

Das war für mich die Möglichkeit, für meine Sparte einen Mitarbeiterstab aufzustellen.

Ein Teil dieser Mitarbeiter war während der langen Drehzeit zusätzlich mit anderen Aufgaben und Filmen beschäftigt...«

Ein weiterer Schritt war die Motivsuche. Daran kann sich Michael Braun, einer der beiden Regisseure, gut erinnern:

»...Warum war die Basis unter Wasser?

Unsere Überlegung war einfach die, daß wir keinen Schauplatz finden konnten, der futuristisch ist und glaubwürdig Millionen Menschen beherbergt.

Also, unsere Außenaufnahmen waren überirdisch nicht zu realisieren und auch finanziell nicht zu schaffen. Deswegen haben wir – schlauerweise – den Lebensraum der Menschen in die See versetzt; und Sie wissen ja, die ORION startet aus dem Wasser.

Stellen Sie sich mal vor: Ich habe jetzt gerade mit einer neuen Serie hier in München an-

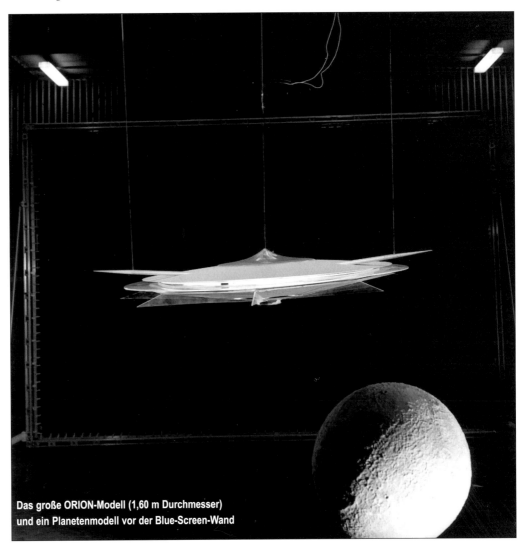

Das große ORION-Modell (1,60 m Durchmesser) und ein Planetenmodell vor der Blue-Screen-Wand

gefangen. Wir haben tagelang Motivsuchen gehabt. Jetzt machen Sie mal eine Motivsuche für Raumschiff ORION. Wo wohnen die Menschen?

Nun gehen Sie in die Vorstädte von München. Da finden Sie Häuser von heute – und wir behaupten ja, wer weiß in welch' einer Zeit zu leben. Es gäbe absolut kein Außenmotiv...

Wir waren auf die Hilfe von Nischwitz angewiesen, der dann durch große Glasfenster mit enorm vergrößerten Fischen eine Unterwasseratmosphäre gefunden hat. Die Menschen lebten also nicht mehr im Sonnenlicht, sondern unterseeisch...

Wie es auf den Sternen aussieht, das war nun wieder leicht...«

(Michael Braun am 14.04.1991 in einem Gespräch mit dem Verfasser)

Für die außerirdischen Planetenlandschaften, wählte man zunächst das fremdartige Landschaftsbild Islands. Hier sollten die ORION-Astronauten die Oberfläche von *Pallas*, *N 108*, *N 116a* und *Mura* erleben.

Die Schauspieler waren über diesen Plan hoch erfreut. Da diese Sequenzen als letzte im Drehplan standen (siehe Abschnitt *Action),* wollten man einen kurzen Urlaub anhängen. Wie enttäuscht müssen sie gewesen sein, als man Island aus Kostengründen kurzfristig gegen die Abraumhalden von Peißenberg (ein kleiner Ort in der Nähe von Weilheim) eintauschte.

Manfred Kercher, der Aufnahmeleiter, berichtet hierzu: »Ich hatte bereits eine Drehgenehmigung erwirkt und die Flüge nach Reykjavik herausgesucht...«

Die Idee, Island gegen Peißenberg einzutauschen, stammte – nach eigenen Angaben – von Michael Bittins, dem Produktionsleiter. Neben den bereits besprochenen Außenschauplätzen

Oben: Ein frühes ORION-Modell (ca. 30 cm Durchmesser)
Unten: Damit man – aus tricktechnischen Gründen – von oben herab filmen konnte, bedurfte es eines beachtlichen Aufwandes

mußte man noch einen Drehort für die Wiesen und Gärten von *Chroma* finden.

Man nutzte dann das Schloß Höhenried, das auf dem Gelände der Landesversicherungsanstalt Oberbayern an der Westseite des Starnberger Sees steht. Eine weitere Szene forderte, die Landung der ORION inmitten einer gepflegten Parklandschaft des Planeten *Chroma* darzustellen. Der gesamte Landevorgang war selbstverständlich ein Trick. Lediglich der idyllische Hintergrund war real. Als Landeplatz wurde der Golfplatz in Feldafing (bei München) gefilmt. »Der Landeplatz auf *Chroma* ist der Golfplatz Feldafing – ich habe das Glück, dort Mitglied zu sein, deshalb habe ich den gewählt. Er hat den Preis für den schönsten Golfplatz Deutschlands bekommen.

Also, der Landeplatz des Raumschiffes war der Golfclub...«

(Michael Braun in einem Gespräch mit dem Verfasser am 14.04.91)

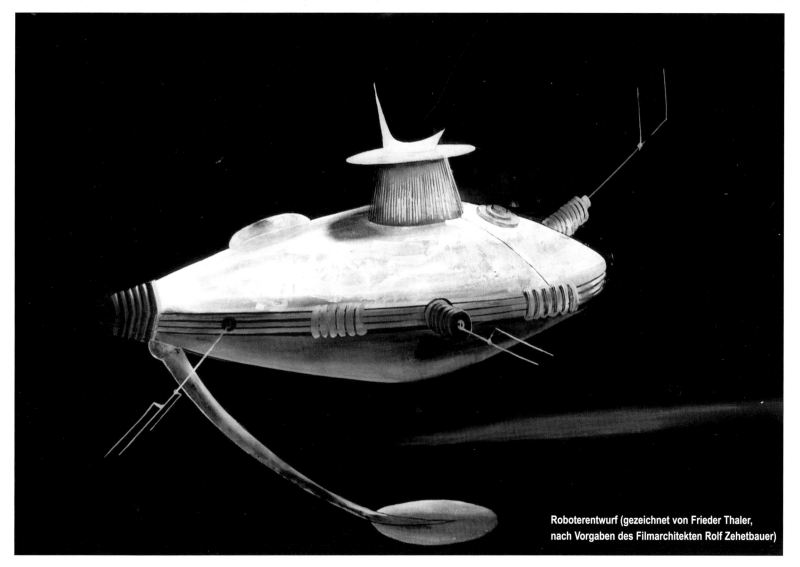

Roboterentwurf (gezeichnet von Frieder Thaler, nach Vorgaben des Filmarchitekten Rolf Zehetbauer)

Die Besetzung mußte natürlich ebenso im Rahmen der Vorarbeiten geklärt werden. Hierzu erinnerte sich Michael Braun, daß eine Zeit lang der Schauspieler Hellmut Lange als Commander im Gespräch war. (Daß er die Rolle nicht übernahm, scheiterte wohl an seinen damaligen terminlichen Verpflichtungen.)

Regisseur Braun erzählte auch eine Begebenheit im Zusammenhang mit der Besetzung Schönherrs für die Kommandantenrolle: »Ich weiß noch, wie Schönherr, den ich nicht kannte, mein Büro betrat.

Ich wußte nur, daß der Schauspieler für die Kommandantenrolle sehr viel technischen Text so sprechen mußte, als wäre es seine normale Umgangsprache. Das kann nicht jeder. Es hätte auch nichts gebracht, wenn jemand, dem das abgeht, sich mühsam damit beschäftigen muß. Das würde angelernt wirken und irgendwie merkt man das immer.

Also, Schönherr kam herein und ich sagte ihm eben dies. Dann gab ich ihm einen Zettel, den ich vorbereitet hatte und auf dem ein mit technischen Begriffen gespickter Satz stand. Ich bat ihn, sich den Text einmal leise für sich selbst und im Anschluß laut vorzulesen.

Schönherr las kurz und sprach den Text dann fehlerfrei und wie selbstverständlich.

Damit stand für uns fest, daß er die Rolle hatte!«

An den »New Astronautic Sound« und die damit verbundenen Tänze erinnert sich Michael Braun wie folgt:

»Sie können sich vorstellen, daß wir natürlich auch sehr, sehr lange über Musik gesprochen haben – welche Musik da angemessen ist. Damit in Zusammenhang natürlich die Art: Wie tanzen die miteinander?

Heute guckt man sich an, wenn man tanzt. Mit Milliè haben wir damals gesagt: Wir müssen etwas machen, was ...

Über das Angucken sind die Leute ja heute schon weitgehend hinweg. Da tanzt jeder selbstvergessen für sich und die Menschen schleudern sich voneinander weg.

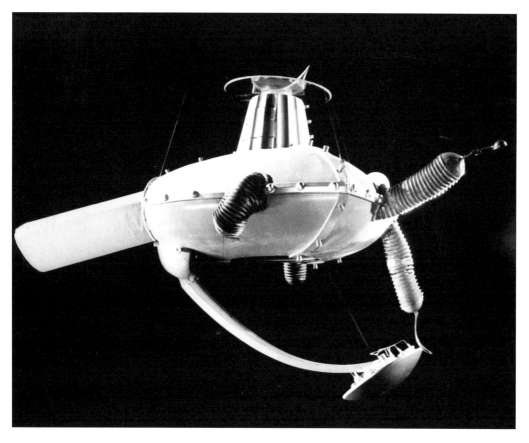

Oben: Frograumschiffentwurf (gezeichnet von Frieder Thaler, nach Vorgaben des Filmarchitekten Rolf Zehetbauer)
Links: Ein lebensgroßes Robotermodell

Wir sind dann noch weitergegangen und haben sie zum Teil Rücken an Rücken tanzen lassen.

Die Tänzer waren ja größtenteils wirklich Tänzer, so daß eine Choreographie gemacht werden konnte. Eine der Haupttänzerinnen ist die Frau von Wolfgang Völz gewesen – Roswitha.«

Zum Abschluß dieses Abschnittes soll noch ein Blick auf den kaufmännische Aspekt geworfen werden. Die Kardinalfrage in diesem Bereich lautet stets: Was kostet wieviel?

Die *Raumpatrouille* kostete den Presseveröffentlichungen zufolge 3,4 Millionen DM. Genaueren Aufschluß hierüber erlaubt die Vorkalkulation (vom 27.04.1965), die Michael Bittins, der Produktionsleiter, aufgestellt hatte. Veranschlagt war die Serie mit exakt 3.192.181,- DM, die sich wie folgt aufteilten:

Entwurf für Commander McLanes Unterwasserbungalow (gezeichnet von Frieder Thaler, nach Vorgaben des Filmarchitekten Rolf Zehetbauer)

Man kommt sich näher beim tête-a-tête in McLanes Unterwasserbungalow (Eva Pflug und Dietmar Schönherr)

Vivi Bach und Dietmar Schönherr in einer Drehpause am Außendrehort »Höhenried«

Raumpatrouille-Designentwürfe (gezeichnet von Frieder Thaler, nach Vorgaben des Filmarchitekten Rolf Zehetbauer)

Kostenart	Summe
Buch und Rechte	138.000,- DM
Stab-/Darstellergagen und Nebenkosten	741.800,- DM
Reisekosten und Diäten	57.000,- DM
Fremdleistungen	412.695,- DM
Atelierleistungen	845.700,- DM
Bearbeitung Kopierwerk (auch Tricks)	467.285,- DM
Material – eigen (Kauf)	244.325,- DM
Fernsehtechnik	2.000,- DM
Produktionsgemeinkosten	218.161,- DM
Umsatzsteuer	65.215,- DM
Gesamtkosten:	**3.192.181,- DM**

Ein Fünftel dieser Summe (840.000,- Francs) entfiel auf das französische Staatsfernsehen (ORTF), welches sich bekanntlich an den Kosten beteiligte. Der entsprechende Vertrag mit dem ORTF ist datiert vom 03.09.1965. Einen nicht unbedeutenden Part bei der Zusammenarbeit mit dem französischen Fernsehen spielte Sigfried Trichter, der die Interessen der Bavaria bis 1991 in Frankreich vertrat und mittlerweile pensioniert ist. Er knüpfte die nötigen Kontakte und koordinierte die erforderlichen Verhandlungen vor und nach der Produktion.

DIE DEKORATIONEN

Das Design der *Raumpatrouille* ist untrennbar mit dem Mann verbunden, unter dessen Federführung es entwickelt wurde: Rolf Zehetbauer, einem der bekanntesten Filmarchitekten Deutschlands.

Seine steile, von unzähligen Preisen und Auszeichnungen begleitete Karriere zu beschreiben erweist sich als schwieriges Unterfangen. Freundlicherweise hat er hier selbst mit einem kurzen Lebenslauf ausgeholfen.

Rolf Zehetbauer
wurde geboren am 13.02.1929.

1946 – 1947	Schule für angewandte Kunst
ab 1.12.1947	Architektur-Assistent in den Bavaria-Studios
ab 1952	Selbständiger Filmausstatter (ca. 80 Spielfilme)
ab 1968	Beratender Architekt der Bavaria Film GmbH

Wie man sieht, war Rolf Zehetbauer bei der Produktion der *Raumpatrouille* längst kein Neuling mehr. Er sagt schmunzelnd: »Als die *Raumpatrouille* gedreht wurde, war ich schon ein ›alter Hund‹ in dem Geschäft.«

ab 1970	Chefarchitekt der Bavaria Film GmbH
ab 1970	Geschäftsführer der Film- und Theaterausstattungs GmbH
1977-1990	Leiter des Geschäftsbereichs Studios der Bavaria Film GmbH und des Bavaria Design Centers R.Z.
ab 1990	Geschäftsführender Gesellschafter der Bavaria Design Rolf Zehetbauer GmbH
Zur Zeit	Filmarchitekt bei der Firma Phantasy and Partners

Die wichtigsten Auszeichnungen waren:

1958	Bundesfilmpreis in Gold für »Nachts wenn der Teufel kam«
1972	OSCAR für »Cabaret«
1972	Englischer Film- und Television Award für »Cabaret«
1978	Bundesfilmpreis in Gold für »Dispair«
1982	Nominell EMMY (Amerikanischer Television Award) für »Inside the Third Reich«
1984	Verdienstkreuz 1. Klasse des Verdienstordens der Bundesrepublik Deutschland
1985	Bundesfilmpreis in Gold für »Die unendliche Geschichte«
1988	Bayerischer Verdienstorden
1989	Verleihung der Medaille »München leuchtet«

Rolf Zehetbauer ist Mitglied in der Amerikanischen Filmakademie, der Fernsehakademie, Narhalla und Chaine de Rottisseur.

Tiefgezogener Kunststoff
Jeder Filmfreund oder Cineast weiß, daß heutzutage 30 – 50 % der Dekorationen aus diversen Kunststoffen bestehen. Bei der *Raumpatrouille* war das nicht anders. Der damalige Production-Designer Rolf Zehetbauer meint sogar: »Ohne Kunststoff und das Tiefziehverfahren wären wir bei ORION aufgeschmissen gewesen. Hätte man das alles mit herkömmlichen Materialien bauen müssen, die *Raumpatrouille* gäbe es wahrscheinlich nicht; abgesehen davon gab es damals auch kaum Material, mit dem man so utopische Dekorationen hätte bauen können ...«

1965, als der Bau der Dekorationen begann, handelte es sich beim Tiefziehen um ein recht neues Verfahren. Hierbei wird Kunststoff, welcher auf dicken, breiten Rollen geliefert wird, in einen Metallrahmen gespannt. Anschließend fährt man Heizwendel heran und erhitzt den Kunststoff, bis er eine ausreichende Schmiegsamkeit erhält. Dann zieht man die Heizwendel zurück, drückt von unten die abzubildende

Mutterform gegen die erhitzte Fläche und saugt die eingeschlossene Luft ab. Nach dem Abkühlen wird wieder Luft zwischen die Mutterform und den sog. Abzug gepresst, so daß sich die evtl. aneinander haftenden Teile leicht voneinander lösen.

Das Bild auf Seite 92 zeigt die Tiefziehanlage, auf der alle ORION-Kunststoffformteile entstanden. Sie war noch bis 1991 bei der Bavaria in Betrieb. Auf der Anlage liegt die Matrize für modern gestylte Wandteile (siehe auch Seite 95) die, mehrfach kombiniert und zusammengesetzt in der *Raumpatrouille* zu sehen sind. Die Einsatzmöglichkeiten des Tiefziehverfahrens sind beinahe unbegrenzt. Man kann alles optisch täuschend formen: von Heizkörpern über Dachziegel, griechische Tempelsäulen, Häuserwände bis hin zu Modellen menschlicher Organe oder futuristischen Schaltpulten. Mit dem beschriebenen Verfahren kann man jedes gewünschte Objekt in beliebiger Anzahl reproduzieren. Der verwendete Kunststoff läßt sich zur Stabilitätserhöhung ausschäumen, anstreichen, lackieren, kleben und – leicht reparieren. Daher ist Filmen ohne Tiefziehverfahren heutzutage beinahe undenkbar.

Der sichtbare Teil des ORION-Kommandostandes bestand überwiegend aus tiefgezogenen Teilen. Alle Schaltpulte waren verschweißte, mit Holzplatten verschraubte Eisenrohrgerippe, die mit tiefgezogenem (4 mm starkem) Kunststoff verkleidet wurden.

Als man aber mit der Herstellung der tiefgezogenen Bauteile begonnen hatte, stellte sich heraus, daß man zwar – wie beschrieben – sehr flexibel war, was die Herstellung beliebiger Formen betraf, das Material sich aber unter der Hitze der Scheinwerfer schnell verzog und leicht Risse bekam.

Johann Nothof, der Mit-Erbauer des ORION-Kommandostandes, stöhnt heute noch in Erinnerung an seine damalige Arbeit: »Das war sehr schwierig! Bis das alles endlich mal gepaßt hat ...«

Bleistiftspitzer, Bügeleisen und Bananenstecker
Johann Nothof könnte die obige Überschrift als Antwort auf folgende Frage gegeben haben: »Herr Nothof, was fällt Ihnen spontan ein, wenn man Sie nach der Arbeit zur Fernsehserie *Raumpatrouille* befragt?«

Wie käme er zu so einer kuriosen Aussage?

Ganz einfach: Der ORION-Kommandostand war mit 22 Feinminenspitzern, die ursprüngliche Computerversion mit einer kaum schätzbaren Anzahl Büschelsteckern (eine Variante der Bananenstecker) bestückt.

Die *Overkill*-Anlage auf *M8/8-12* bestand beinahe nur aus Bananensteckern, an die stellenweise starre, rot ummantelte Kabelstücke geschraubt waren. Hinzu kamen gestapelte, tiefgezogene Wandteile bzw. an der Decke aufgehängte, verchromte Kugeln, die z.T. durch Druckluftschläuche verbunden waren, sowie zahllose Nähgarnrollenbehälter.

Für die Gestaltung der Projektoren für die unheimlichem Omikronstrahler wurden ebenfalls Büschelstecker eingesetzt, deren Spitze man sternförmig aufgebogen hatte.

»Nach der ORION konnte ich die Dinger nicht mehr sehen. So viele Bananenstecker habe ich nie wieder in eine Filmdekoration ein-

Die Tiefziehanlage
(mit der Form für die moderne Wandgliederung)

gebaut«, blickt Johann Nothof schmunzelnd zurück.

Das vieldiskutierte Bügeleisen fand seinen Platz auf dem Verstärkerblock des Maschinenleitstandes, nachdem es zuvor als elektromagnetische Sonde zur Justage der *Overkill*-Anlage (auf *M8/8-12*) benutzt worden war.

Bei diesem Haushaltsgegenstand wurde ein brillant kaschierter Bügeleisengriff – also nicht das ganze Gerät, wie seit jeher publiziert wird – geschickt in die ORION-Technik integriert, nach Meinung des dafür verantwortlichen Filmarchitekten aber nicht geschickt genug: »So etwas wie mit dem Bügeleisen würde ich in der Form nicht wieder machen. Was meinen Sie, wie ich seinerzeit gerade deswegen von den Kollegen angegriffen wurde...«

*(Rolf Zehetbauer, 1987,
in einem Gespräch mit dem Verfasser)*

Außer den bisher angesprochenen Gegenständen fanden Rechenschieber, Zollstöcke, Diktiergeräte, transparente Knöpfe, Glasperlen, Wasserwaagen und Wasserhähne eine neue Verwendung.

Eine Frage bleibt offen: Wer ist Johann Nothof? Der Abspann gibt jedenfalls keinen Hinweis auf diesen nicht minder wichtigen Mann.

Die von Rolf Zehetbauer und Werner Achmann entworfenen Dekorationen mußte irgendjemand auch bauen. Dieser Irgendjemand war Johann Nothof, im Team mit Schlossern, Elektrikern und Schreinern. Er fertigte in seiner Schlosserei die Kleinrequisiten (siehe Abschnitt *Die Kostüme*) und Modelle; schweißte, hämmerte, schraubte viele Stunden mit seinen Mitarbeitern (Das Bild auf Seite 95 zeigt ihn bei der Arbeit an der *Astroscheibe*) und baute u.a. auch mit am Kommandostand.

Die Raketen aus dem Film »Das Ultimatum«, »Das Boot« usw. all das geht auf sein Konto. Er gehörte zu dem unverzichtbaren, eingespielten Team, ohne das sich die Phantasien von Deutschlands begehrtestem Production-Designer kaum realisieren ließen.

Laut Johann Nothof weiß Rolf Zehetbauer dies seit jeher zu würdigen. Davon zeugt unter

**Ein Element zum Bau eines
Schaltpultes wird tiefgezogen**

anderem ein Foto von Zehetbauers OSCAR-Verleihung, das in seiner Werkstatt hing und mit folgender persönlichen Widmung versehen war: »Ein Teil davon gehört auch Ihnen, einem meiner besten Mitarbeiter.«

38 Illusionen

Für der Fernsehserie *Raumpatrouille* wurden 38 Dekorationen aufgebaut, als da waren (in der beim Dreh verwendeten Reihenfolge):

Halle 2
Bungalow McLane, Bungalow Pallas, Starlight Casino, Büro Wamsler und Nebenraum, Amt für Kybernetik (hier: Hörsaal und Gang), Oberste Raumbehörde, Galaktischer Sicherheitsdienst

Halle 4/5

MZ4:	Landeschacht, Gang, Funkraum, Kontrollraum, Nebenraum, Laserstation M8/8-12, ORION-, Hydra, Tau-Kommandokanzel
Pallas:	1. Stollengang, 2. Stollengang, Kreuzung, 3. Felsenhalle, 4. Fahrstuhl, 5. Stollen, 6. Seitenstollen
Mura:	1. Kahler Raum, 2. Gänge, 3. Gefängniszelle
ORION-Kabine:	für McLane, Tamara, Ibsen Lancetabschußkammer, Satellitenfeld, Lancet (auch innen), ORION-Kampfstand, Abschußbasis 104, ORION-Maschinenraum, Erdaußen- und Jupiteraußenstation
Chroma:	1. Büro von IHR (außen, nicht Halle 4/5), 2. Privatraum, 3. Korridor, 4. Dienstzimmer, 5. Gefängniszelle, Außen: ORION-Landeschacht

Die ORION-Kabinen werden bei der vorstehenden Betrachtung nur einmal gezählt, ebenso die Kommandokanzeln von ORION, *Hydra* und Tau, da es sich um dieselbe Dekoration handelt.

Wie in jedem guten Unternehmen üblich versuchte man ständig, die immensen Produktionskosten zu reduzieren. Die verwirrende Vielfalt und das unbekannte Design der Einzeldekorationen ermöglichen in diesem Bereich – wie im Folgenden erkennbar – ein einfaches, beim Film etabliertes Verfahren kostenmini-

Tamara übernimmt das Kommando der ORION VIII
(v.l.: Eva Pflug, Erwin Linder, Dietmar Schönherr)

mierender Manipulation. Diese Manipulation bestand darin, eine bestehende Dekoration so zu verfremden, daß man sie in anderer Funktion erneut einsetzen kann. Gemerkt hat es kaum jemand, da der Zuschauer sich einfach nicht alle Details dieser nie gesehenen, bizarren Welt merken konnte.

Die vorstehenden Ausführungen zum Tiefziehverfahren und der Methodik, mittels Haushaltsgegenständen einen Teil futuristischer Technik zu imitieren, sollen aber keineswegs über die hohe Qualität der Dekorationen hinwegtäuschen. Insbesondere beim Zubehör sparte die Bavaria-Ausstattungsabteilung keine Kosten. Für die Einrichtung (Stühle, Tische, Sessel, Liegen und Trinkgläser) verwendete man ausnahmslos hochwertige Designerexemplare.

So liest sich denn auch die Aufstellung der wichtigsten Möbel aus Commander McLanes Bungalow beinahe wie ein Katalog eines luxuriösen Einrichtungshauses:

Art	Bezeichnung (Entwicklungszeit)	Designer
Liege	Model 258 (1930)	Ludwig Mies van der Rohe (BRD, 1886-1969)
Sessel	Diamond (1950-52)	Harry Bertoia (USA, 1915-1978)
Stuhl	Aluminium group Nr. EA105 (1958)	Charles Eames (USA, 1907-78)
Stuhl	Tulpe (1955-1957)	Eero Saarinen (USA, 1910-1961)
Tisch	Tulpe (1955-1957)	Eero Saarinen (USA, 1910-1961)
Glas	Smoke (1964)	Joe Colombo (Italien, 1930-1971)

Der feine transparente Sessel, auf dem Commander McLane in der zweiten Folge relaxt, ist ein Produkt der Bavaria-Werkstätten. Hier hat man den legendären Lounge-chair (Modell Nr. 670), ein weiteres Möbelstück der Luxusklasse, aus Plexiglas nachempfunden. Die Vorlage wurde 1956 von Charles Eames als Geschenk für seinen Freund, den Regisseur Billy Wilder, entworfen.

Nachdem die erforderlichen Aufnahmen in McLanes Bungalow – mit wirklich riesigen Dimensionen (etwa 15 m Durchmesser) – durchgeführt worden waren, zerstückelte man ihn zunächst. Mit einem kleinen Teil der ursprünglichen Dekoration schuf die Bavaria einen Teil des *Pallas*-Bungalows.

Anschließend wurde der ganze Bungalow – durch Verfremdungen und Ergänzungen – in das *Starlight-Casino* verwandelt. Dabei verschwand McLanes Visiowand; seine Schlafecke gestaltete man, an anderer Stelle aufgebaut, zu

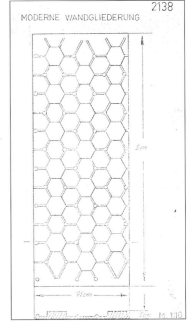

Links:
Johann Nothof beim Bau der Astroscheibe
Rechts:
Auszug aus dem Bavaria (Tiefzieh-) Formenkatalog

einer Art Separee um. Hinzu kamen eine Vielzahl von Tischen und Stühlen sowie eine eigens installierte Theke. Eine geschickte Anordnung der Casino-Einrichtung ließ dabei Platz für die benötigte Tanzfläche. Als Mobiliar des *Starlight-Casinos* verwendete man die Designermöbel der Tulip-(Tulpen-)Serie des amerikanischen Designers Eero Saarinen.

Zu den Tulpenstühlen stellte man noch jene der Alloy-(Aluminium-)group »Modell Nr. EA 105« des Amerikaners Charles Eames. Zur Verfremdung des *Starlight-Casinos* wurden viele tiefgezogene Kunststoffteile verwendet. Der Zuschauer wurde außerdem durch die Handlung im Casino – in erster Linie die utopischen Tänze – abgelenkt. Eine geschickte Schnittfolge tat ihr übriges.

Erkennbar wird diese Verwandlung des Bungalows in das *Starlight-Casino* lediglich durch die verräterischen Lichtleisten und den bereits bei McLanes Bungalow verwendeten Fischtrick (siehe Abschnitt *Die Tricks*), der ebenfalls die Aufmerksamkeit der Zuschauer auf sich zog. .

Nachdem die *Starlight-Casino*-Sequenzen abgedreht waren, fungierte dieselbe Dekoration mit weiteren, aufwendigeren Veränderungen als Wamsler-Büro (mit Nebenraum), Amt für Kybernetik (Hörsaal und Gang), Sitzungssaal der *ORB* und letztlich als Zentralbüro des *GSD*.

Kurzum, alle in Halle 2 aufgebauten Dekorationen waren Abwandlungen des McLane-Bungalows, in dessen Mittelpunkt (bis auf den *Pallas*-Bungalow) stets die geschwungene, von Rolf Zehetbauer entworfene Wand-/Deckenkonstruktion mit den 4 tropfenförmigen Deckenaussparungen stand.

Die gleiche Methode verwandelte (in Halle 4/5) die Raumstation *MZ4* in die Lichtbatterie *M8/8-12* und anschließend in das Bergwerk auf *Pallas*.

Um die unterirdische Lage des Bergwerkes auf *Pallas* zu verdeutlichen, wurde eine ca. 20 m lange Rampe gebaut, auf die einige der großen runden Teilstücke montiert wurden, welche die Hauptverbindungsgänge in den Raumstationen darstellten.

Oben: Atan Shubashi (F. G. Beckhaus) in der Dekoration M 8/8-12 beim Einbau von Overkill
Unten: Das GSD-Hauptquartier wird zum Nervenzentrum des Verrats (am Schreibtisch sitzend: Friedrich Joloff als Oberst Villa)

Gibt es eine Rettung vor dem heranstürzenden Robotkreuzer ? (v.l.: F. G. Beckhaus, C. Holm)

So konnte die ORION-Crew den Abstieg, der im *Pallas*-Verteilraum endete, beginnen.

Diesen Abstieg drehte man gleich zweimal hintereinander: Zunächst kommt die Mannschaft über den Gang in einen Verteilraum, von dem rechts ein weiterer (runder) Hauptgang abzweigt. In diesen sieht man die Leute hineingehen und – da es ein gebogener Gang ist – verschwinden.

Die nächste Einstellung zeigt die Personen, wie sie oben an der Rampe (Hauptverbindungsgang) von links ins Bild kommen. Wieder gehen sie den (gleichen) schrägen Gang herunter, der im (leicht umgebauten) Verteilraum endet.

Die 3 m hohen, weiterführenden, unterirdischen Stollengänge entlieh man – mit den üblichen Kaschierungen – ebenfalls *MZ4* ...

Linke Seite: Filmarchitekt Rolf Zehetbauer (links), Regisseur Theo Mezger (Mitte) und Kameramann Kurt Hasse in einer Raumstation
Unten: Eine Ansammlung Neugieriger hinter der Landeschachtatrappe (Drehort: bei Peißenberg)
Rechts: Alles klar zur Evakuierung der ORION VII (v.l.: F. G. Beckhaus, W. Völz)

Von links oben nach rechts unten:

- Bürokratismus im Jahr 3000 – Die Verlustmeldung der ORION VII muß zehnfach unterschrieben werden (v.l.: Heinz Beck, Dietmar Schönherr, Benno Sterzenbach)

- Cliff A. McLane (Dietmar Schönherr) in seinem Plexiglassessel

- Dekoration Starlight-Casino

- Der Stolleneingang von PALLAS (Außenansicht)

Rechte Seite:

- Der Zugangsstollen zum Bergwerk auf Pallas (v.l.: C. Holm, W. Völz, D. Schönherr, E. Pflug)

Stollenbiegung auf Pallas (v.l.: C. Holm, E. Pflug, W. Völz, D. Schönherr)

Es waren die Bauelemente, mit denen auch der Gang auf der Rampe realisiert wurde.

Vom Chefkameramann Kurt Hasse stammte die Idee, die von außen beleuchteten Gangsegmente »auf Widerstand« zu schalten. So erreichte man den interessanten Effekt, daß das Licht mit den sich bewegenden Darstellern wanderte.

Die Kommandokanzel der ORION ist das Prachtstück der Produktion und zugleich die »Hauptdarstellerin« der Dekorationen, mit 2,50 m Höhe (Boden – Decke), aufgebaut auf einer ca. 60 cm hohen, verschweißten Metallrohrkonstruktion (sog. Mannesmannrohre), mit ca. 10 m Innen-, 26 m Außendurchmesser und einer aufwendig an der Hallendecke verankerten, kunststoffverkleideten Holzdecke.

Schon daran kann man erkennen, welche Arbeit im Aufbau des Steuerstandes der ORION steckte. Etwa 10.000 m Kabel und 3.200 Glühbirnen hatten die Elektriker der Bavaria eingearbeitet, um das ständige Blinken und Leuchten hinter den Abdeckungen der Kontrollpulte sowie das Funktionieren der 7 eingesetzten Monitore zu garantieren. Dieses emsige Blinken und Leuchten in den Schaltpulten (in erster Linie der *Astroscheibe*) wurde von einer ca. 40 kg schweren, elektromotorgetriebenen, mehrstöckigen Schaltwalze koordiniert, die Johann Nothof in Handarbeit schuf.

Die aus kunststoffüberzogenen Holzeinzelteilen zusammengeschraubte Decke hatte – neben den 145 kleinen (ca. 20 cm) Löchern – vier ca. 1,6 m durchmessende, kreisrunde Löcher, die

Von oben nach unten rechts:

- **Die Besatzung der Lichtbatterie M8/8-12 besteht aus zwei Robotern des Typs Gamma 7**

- **Gesamtansicht des Büros von Oberst Villa, dem Geheimdienstchef**

- **Der Schreibtisch des GSD-Chefs**

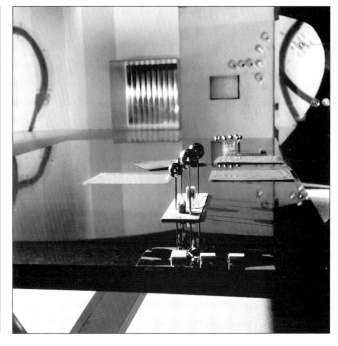

Der Kommandostand des schnellen Raumkreuzers ORION

Der Schlaumeier,
das elektronische Rechengehirn der ORION

aus beleuchtungstechnischen Zwängen nötig waren. Eines dieser Löcher, nämlich das genau über der *Astroscheibe*, hatte eine Zusatzfunktion (siehe Abschnitt *Die Tricks*).

Acht riesige, in Form eines liegenden »V« gearbeitete Kunststoffteile, die auf Gummirädern montiert und dadurch nach Belieben verschiebbar waren, stellten die Kanzelwände dar. Die Stoßstellen dieser Wandteile wurden durch kleine, fest installierte Stücke ähnlichen Profils verdeckt. Große Scheinwerfer und Lichtleisten strahlten die zusätzlich mit weißen Leinentüchern verhangenen Wände an, ließen sie somit scheinbar von innen geheimnisvoll leuchten.

Eine Verpackungsfirma produzierte die Air-Condition-Lamellen, jene geschwungenen Bauteile, die den Übergang von der Decke zu den Wänden bildeten. Als Material hierfür wurde Styropor verwendet.

Der Boden wurde aus großen Holzplatten zusammengesetzt, in denen acht Löcher ausgespart waren, die später mit ca. 2 cm dicken Glasplatten abgedeckt wurden. Darin plazierte man je acht Trichter, deren »Rüssel« kleine Neonröhren enthielten, mit deren Hilfe der Raum zusätzlich von unten erhellt wurde. Die beiden Aufzüge bestanden aus je zwei konzentrisch angeordneten, aufgeschnittenen Metallröhren, von denen die innere drehbar angebracht war. Sie wurden von einem Helfer mittels Muskelkraft oberhalb der Decke geöffnet und geschlossen. Die beiden Computervarianten wurden beinahe vollständig aus Tiefziehfolie gebaut. Die erste Variante, die in den Folgen 1 und 3 eingesetzt war, hatte einen eiförmigen, mit zahllosen Bananensteckern, Glühlampenreflektoren, Kontrollampenabdeckungen und Badezimmerarmaturenteilen verzierten Korpus. Die zweite Ausführung war hingegen ein undurchsichtiges, unverziertes Ei mit nur einer großen, runden Kontrollampe über dem Keyboard.

Rolf Zehetbauer antwortete, nach dem Grund für den Einsatz von zwei Computern befragt:

»Während der Dreharbeiten kam irgendjemand zu der Feststellung: So sieht doch kein Computer aus! Ich selbst habe diesen ersten Computer sowieso immer ›Warzenschwein‹ genannt. Also bauten wir kurzerhand um. Wir dachten, das merkt sowieso keiner.«

Ergänzend hierzu informierte der Kameramann Kurt Hasse darüber, daß während der Dreharbeiten stets die Auffassung vertreten wurde, daß die Technik im Jahr 3000 nicht stehenbleiben dürfe. Vielmehr sollte ab und an diese Weiterentwicklung sichtbar werden: Moderner war gleich geschwungener oder glatter. So wurde dem »Warzenschein« ein glattes Exemplar.

Die Schaltpulte bestanden, wie geschildert, aus Eisenrohrgerippen, an denen vertikal Holzplatten zur Aufnahme etlicher Glüh-

Von links oben nach unten:
- **Alles bereit zur Aufnahme der Verhörszene auf Mura**
- **Der Leitstand der ORION**
- **Die Hydra eilt der ORION VIII hinterher,**
  denn der Erde droht eine Invasion
  (v.l.: Ch. Kerr, J. Riberolles, G. Jentsch)

Lancet I, eines der vier Satellitenboote der ORION

Und vergesst nicht! Bei Unfällen haftet die Firma nicht
(v.l.: D. Schönherr, E. Pflug, C. Holm in der Dekoration Lancet I)

Halle 4/5 während der
Dreharbeiten zu Raumpatrouille

lampenfassungen befestigt waren. Das ganze Gebilde ist dann mit Tiefziehfolie verkleidet worden. Auf diese Folie klebte man wiederum rote Glasperlen, die schon beim Computer eingesetzten Kontrollampenabdeckungen, außerdem Lochkarteinteile, Zollstock- und Rechenschieberstücke sowie Rundpendel teurer Uhren, Knöpfe, Feinminenspitzer, jede Menge Kippschalter und sogar Wasserhähne. Als Tüpfelchen auf dem i verteilte man 17 verchromte Hebel auf die Stationen, von denen 2 an der *Astroscheibe* und 5 an Marios Pult beweglich, der Rest starr angebracht waren.

Für die Bequemlichkeit während der Einsätze sorgten 5 extrem teure, gut gepolsterte Lederdrehsessel finnischen Designs (Designer: Yrjö Kukkapuro), die mit eigens von Johann Nothof angefertigten, verchromten Metallteilen höher gebaut wurden. (Übrigens kann man diese Sessel von Yrjö Kukkapuro, die auf den Namen Karuselli hören, auch heute noch kaufen: Stückpreis ca. 5600,-DM.)

Ein kleines, dreistufiges Treppchen führte aus der Welt des Jahres 1965 – dem Boden der Halle 4/5 – hinein ins Nervenzentrum der ORION, ins Jahr 3000.

Als Kommandokanzeln von *Hydra* und *Tau* setzte man ohne irgendwelche Umbauten den ORION-Steuerstand ein. Lediglich die Innenseiten der beiden Aufzüge wurden weiß eingefärbt. Man konnte sich dies erlauben, da die *Hydra* stets als Schiff der ORION-Klasse deklariert wurde. Bei der »Tau«, dem *GSD*-Kreuzer, setzte man einfach den Analogieschluß der Zuschauer voraus, daß dies ebenfalls ein Schiff der ORION-Klasse sei.

Mura entstand durch die Kombination eines Teils der *MZ4*-Gänge mit neuen Dekorationen, die in der Halle 4/5 unmittelbar neben der Kommandokanzel und der *Lancet* aufgebaut waren.

Die runde(n) ORION-Kabine(n) baute man aus diversen tiefgezogenen Teilen zusammen. Für die Wände verwendete man zusätzlich etwas ganz Besonderes: Abdeckungen für Gartenbeete (sogenannte Frühbeetabdeckungen), die optisch transparentem Wellblech glichen. Aus dem gleichen Material bestand übrigens auch der Satellit aus dem *Satellitenfeld* (siehe Abschnitt *Interstellare Objekte*). Der Aufzug funktionierte nach dem gleichen Prinzip wie im Kommandostand. Ansonsten fand man mehrere Bildschirme (rund oder rechteckig), einen Tisch und zwei der bequemen, nicht umgearbeiteten Karuselli-Sessel. Um die etwas höhere Sitzposition zu erreichen, hat man den Sessel auf eine stabile Holzkiste gestellt, was durch eine entsprechende Kameraführung verheimlicht wurde.

Den Tisch dekorierte ein durchsichtiger Kunststoffquader, in den Bananen-(Büschel-)stecker eingegossen waren. Ein paar Trinkgläser sowie geschickt plazierte, dünne, längliche Notizblöcke, deren Deckblätter ein heller Streifen Isolierband ziert (so sehen Bücher in 1000 Jahren aus!), sorgten für die wohnliche Atmosphäre der Zukunft.

Relativ einfach konzipiert war die *Lancet*-Abschußkammer: Um die *Lancet* herum gab es ei-

Tamaras (Eva Pflug) Kabine in der ORION

Eine Lancetabschußkammer in der ORION VII

ne riesige, längs halbierte Röhre (am unteren Rand mit vielen Rauten verziert), die nach oben gezogen werden konnte, sofern die Crewmitglieder das Beiboot betreten oder verlassen wollten. Vor dem Start fuhr die Röhre wieder herunter.

Rechts und links davon lagen zwei 2 m durchmessende Kunststoffröhren, durch die man zur Abschußkammer gelangte bzw. dieselbe verlassen konnte. (Das Bild auf Seite 112 erlaubt einen Blick in diese Räumlichkeit.)

Das komplette *Satellitenfeld* fand man nur als großformatige Zeichnung in der Trickabteilung wieder. Der Satellit, an dem Atan arbeitet, war entweder in Lebensgröße oder als kleines Modell (siehe Abschnitt: *Interstellare Objekte*) vorhanden.

Von der *Lancet* existierten zwei Miniaturmodelle (siehe Abschnitt: *Interstellare Objekte*) und eine begehbare Ausführung im Maßstab 1:1. Das große Exemplar bestand aus Holz (Unterschiff), Plexiglas (Flugstabilisatoren, Zwischenscheibe), Metallrohren (Tragekonstruktion für den Aufbau) und natürlich Tiefziehfolie (22 Kuppeln und die Abdeckungen dazwischen).

Als Sitzgelegenheit in dieser *Lancet* wurden wiederum die Karuselli-Sessel verwendet. Der Aufbau war so konstruiert, daß man vor den Kontrollpulten einige Kuppeln, einen Teil der Abdeckungen sowie mehrere Tragrohre entfernen und so in die *Lancet* hineinfilmen konnte.

Ausgestattet mit anderen Landefüßen, mit angestrichenen (dadurch undurchsichtig gemachten) Kuppeln, darauf aufgepflanzten schlanken Spitzen sowie einer zusätzlichen Außenverkleidung wurde daraus dann die *Chroma-Lancet*, die bei den Außenaufnahmen in Peißenberg ihr Ende fand.

Die Kabine und Reste des *Lancet*-Innenlebens bildeten die Grundbestandteile für den Kampfstand. Als erstes entfernte man die Inneneinrichtung der Kabine. Danach ordnete man die Kabinenwände anders an und implantierte zusätzliche Monitore und Schalter (Feinminenspitzer). Mitten in diesen »neuen« Raum wurde das Schaltpult aus der *Lancet* eingebaut. Diesem spendierte man eine dritte (rechts vom Paneel angeordnete) Verstärkerplatte und versetzte die Kiste mit den 4 verchromten Hebeln nach links. Fertig war das Reich des Armierungsoffiziers.

Die Zutaten des Zugangs zur unterseeischen Abschußbasis 104 entnahmen die Bavariamitarbeiter dem *Mura*-Verteilgang, der Lancetabschußkammer und dem *Pallas*-Aufzug.

Umfunktioniert zum ORION-Maschinenraum gab der Kommandostand seine letzte Vorstellung. Künstlich mit den Kampfstand-(Kabinen-)wänden verkleinert, trieben die ORION-Erbauer dennoch einen beachtlichen Aufwand, um den Kommandostand nicht wiedererkennbar zu machen, also stark zu verfremden.

Zunächst plazierte man mitten im *Leitstand* einen Sessel genau in die Öffnung, über der bis dahin die *Astroscheibe* lag. Da, wo bisher McLanes Kontrollen (Feinminenspitzer) angeordnet

Atan (F. G. Beckhaus) am Satelliten (daneben die Lancet I)

Chroma-Lancet auf Peißenbergs Abraumhalden

waren, befestigte man eine große Glasscheibe, auf der das schräg abgesägte Hebelwerk des Kampfstandes angeflanscht wurde. Die Glasscheibe nebst Trichtern (im Boden vor der *Astroscheibe*) entfernte man und versenkte in das so entstandene Loch eine der beiden großen Verstärkerscheiben aus dem Kampfstand (*Lancet*). Die beiden anderen Kommandostandpulte fielen einer Amputation zum Opfer. Die Schnittstelle an der Decke verdeckte ein Stück rautenförmig durchlöcherte Tiefziehfolie.

Den Platz des ersatzlos entfallenen Computers besetzte die Kontrollwand (ohne Visios). Dahinter standen drei von innen mit wählbarer Intensität beleuchtbare Röhren, die bereits als Zugangsschächte zur Lancetabschußkammer verwendet worden waren. Senkrecht errichtet symbolisierten sie 3 der 8 *Wandler* des ORION-Antriebes.

Die Decke, durch eine entsprechende Kameraführung kaum sichtbar, verdeckten die runden Holzkonstruktionen (ursprünglich als Auflage für die Lichtstreuscheiben gedacht), die bedarfsweise auf den großen 1,6 m-Löchern in der Kommandokanzeldecke standen. Ein übriges tat der ebenso an der Decke befestigte untere Teil der großen Röhre, die, als Schleuse in der Abschußkammer eingesetzt, vor der *Lancet* hochgezogen werden konnte.

Die Erdaußenstationen, ohnehin nur kurz in der 3. Folge (Buch B) zu sehen, bestanden aus einer Verstärkerplatte (aus den Bauteilen der *Lancet*-Kontrollen), einigen Gartenbeetabdeckungen sowie einer Wand, in die zwei Monitore einpflanzt waren.

Für *Chroma* schöpfte man nochmal aus dem Vollen. 5 gänzlich neue Dekorationen kamen zum Einsatz. Das Büro von »IHR« war ein mit veränderter Einrichtung ausgestatteter Raum von Schloß Höhenried. Die erforderlichen *Chroma*-Außenaufnahmen erfolgten an einem Drehtag auf dem umliegenden Gelände dieses Schlosses an der Westseite des Starnberger Sees.

In Halle 4/5 drehte man die restlichen *Chroma*-Innensequenzen. Man geizte bei der Ausstattung nicht mit flauschigen Teppichen, üppigen Kronleuchtern und Tempelsäulen (hohl und tiefgezogen). Insgesamt wurden hierfür 4 Dekorationen aufgebaut: der Privatraum von »IHR«, ein Korridor (Verhaftung Tamara), ein Dienstzimmer und eine Gefängniszelle. Die 38. Dekoration, der Landeschacht der ORION, war eine ca. 3 m hohe, in Peißenberg aufgebaute Attrappe. Aus dieser traten die Astronauten dann in die fremden Welten hinaus.

Bei dem zahllosen Kleinzubehör seien die Trinkgläser als wichtiges, besonders eigenwillig gestyltes Requisit kurz genauer beleuchtet. Es handelte sich um runde Gläser mit einem ungewöhnlichen und daher zur Serie passenden Design.

Ihre Besonderheit: Der seitlich angebrachte Stiel endet auf einer runden Bodenplatte. Die geschwungene Form paßte hervorragend zu den runden, schwungvollen Bauten des Filmarchitekten Zehetbauer. Produziert wurden diese Gläser durch einen italienischen Betrieb, Arnolfo di Cambio. Sie trugen den vielsagenden Namen »Smoke« und wurden von dem italienischen Designer Joe Colombo (1930-1971) entworfen. In der *Raumpatrouille* fanden Sektflöten sowie Wein- und Cognacgläser dieser Kollektion Verwendung.

Natürlich habe ich Rolf Zehetbauer gefragt, wie er auf die ORION-Dekorationen kam, was ihn inspirierte. Er meinte dazu nur, daß er dies schon sehr oft gefragt worden sei, aber immer nur die gleiche Antwort geben kann: Er habe einfach seine Phantasie und die seines Teams benutzt. »Außerdem gab es damals ja kein entsprechendes Material und wir mußten nehmen was da war. Die Arbeitszeit war 1965 im Vergleich zu den Materialkosten billig.« So wurden in den Bau der Dekorationen weit über 50.000 Arbeitsstunden investiert.

»Wie würde denn eine Kino-ORION aussehen?« wollte ich noch von Rolf Zehetbauer wissen.

»Auf jeden Fall ganz anders als die alte! Aber darüber genau nachzudenken hatte ich bisher noch keine Gelegenheit.«

INTERSTELLARE OBJEKTE

Die Modelle der Raumschiffe, Raumstationen und -sonden sind neben den Schauspielern die Hauptakteure der Serie.

Zu diesen Objekten ein einführendes Wort von Regisseur Michael Braun:

»Wir vertraten damals die Meinung, alle Flugkörper müßten aerodynamisch geformt sein, und hielten von Anfang an bei den irdischen Raumschiffen an der Untertassenform fest, denn: Zu allen Zeiten wurden doch fliegende

Mario de Monti (Wolfgang Völz) im Kampfstand

Untertassen gesichtet. Das war damals so und ist auch heute noch so.

Alle fliegenden Untertassen haben die Diskusform. Deswegen haben wir gesagt: Wenn wir hier von Flugobjekten sprechen, dann ist die Diskusform die naheliegendste und die gemäße, da wir annehmen konnten, daß die meisten Menschen sagen würden: ›Jaha, wenn Außerirdische, dann kommen die in sowas angeflogen.‹

Wenn man sieht, welche ›Städte‹ in den heutigen Science-Fiction-Filmen durch das All fliegen oder dort montiert werden, erkennt man, wie naiv unser damaliges Vorstellungsvermögen war. Unsere Schiffe erhielten einigermaßen überschaubare Abmessungen, von denen wir bereits annahmen, daß diese die Grenze des Machbaren sein würden. So gigantische Schiffe, die in den modernen SF-Filmen wie ›Star Wars‹ o.ä. zu sehen sind, hätte man damals wahrscheinlich für unglaubwürdig gehalten – und wir hätten das selber für unmöglich gehalten.

Auch wenn ich lese, jetzt haben sie wieder ein Ding hochgeschickt, ja, das ist überhaupt nicht aerodynamisch. Das hat zwanzig oder dreißig Meter Auslage; das hätten wir gar nicht gewagt uns vorzustellen.

Nun ja, unsere ORION sah in den meisten Szenen dann ja auch recht gut aus ...«

Zu den Frograumschiffen befragt winkt Michael Braun heftig ab:

»Um Gottes Willen, hören Sie mir mit den Frogschiffen auf. Wenn ich schon sah, wie die in Formation anflogen... Die Dinger sahen ja aus wie Papierflieger, die Kinder in der Schule falten. Für die *Frogs* schäme ich mich. Da ist uns zugegebenermaßen die Phantasie ausgegangen.

Die ORION-Besatzung im Zugangsbereich zur Basis 104 (v.l.: U. Lillig, C. Holm, Komparse, F. G. Beckhaus, D. Schönherr)

Raumlotse Hyperion (Siegfried Fetscher) vor seinen Kontrollen

Genauso schäme ich mich für die Waffen, die die Herrschaften in ihren Haltern hatten. Die konnten als einziges einen kleinen Mechanismus lösen, der dann vorne einen kleinen Dreizack herausschnellen ließ.

Wenn ich heute sehe, was James Bond für Ausrüstungen hat, wie diese Dinge zusammengesetzt werden und das auch akustisch klimpert, klickt und klackt – das ist wirklich *geil*, möchte ich jetzt mal sagen und natürlich eine Kostenfrage.«

(Michael Braun am 14.04.1991 in einem Gespräch mit dem Verfasser)

Die meisten der fliegenden Objekte, Raumstationen und die Roboter kreierte Götz Weidner. Der 1942 geborene Wahlmünchener wollte nach eigenen Angaben immer Filmarchitekt werden. Nach erfolgreichem Abschluß des Gymnasiums begann er eine Ausbildung als Filmarchitekt bei Rolf Zehetbauer. Kurz nach Beginn der Dreharbeiten zur *Raumpatrouille* kam er von Zehetbauers Ausstattungsabteilung als Hilfe zu Theo Nischwitz' Trickbereich, damit diese den immensen Arbeitsaufwand bei der tricktechnischen Bearbeitung der ORION-Serie bewältigen können. Dort arbeitete er u.a. mit dem inzwischen bedauerlicherweise verstorbenen Peter Hilpert, einem guten Freund von ihm, an den Tricks zur *Raumpatrouille*.

Seiner verständnisvollen Haltung und seinem guten Gedächtnis ist es zu verdanken, daß in ausführlichen Gesprächen (am 18.12.89 und 20.09.91) sowohl Anzahl als auch Details der einzelnen Modelle weitestgehend rekonstruiert werden konnten.

Die in der Serie verwendeten Modelle lassen sich in fünf Gruppen aufteilen:

Oben: Aufbau der Landeschachtattrappe in Peißenberg
Unten: Der Raumschiffingenieur (Claus Holm) am Maschinenleitstand

In IHREN Gemächern auf Chroma

Da der Rückstart mit der Lancet misslingt,
will Pieter Paul Ibsen (Reinhard Glemnitz) die Umgebung erkunden

Raumschiffe:
a) 2 ORION-Modelle in Größen zwischen 30 und 160 cm
b) 2 Lancetminiaturmodelle (ca. 5 und 30 cm Durchmesser)
c) 1 Lancet in Originalgröße, d.h. begehbar
d) 1 Frograumschiff
e) etwa 10 kleine Brüder des Frograumschiffs
f) 1 Challenger
g) 1 Hydra und
h) 1 Chromakreuzer

Satelliten:
a) 1 Funksatellit, Typ SKY 77
b) 1 Raumsonde (klein) sowie
c) 1 Raumsonde im Maßstab 1:1

Raumstationen:
a) 1 MZ4-Modell (klein)
b) 1 MZ4-Landeschacht-Modell (groß)
c) 1 Frogstation
d) 1 Raumstation M8/8-12

Roboter:
a) 1 Miniaturroboter (ca. 30 cm hoch)
b) 2 große Brüder der Roboterminiatur im Maßstab 1:1
c) originalgroße Pappkameraden

zahllose Asteroiden, Planeten, Weltraum
a) MZ4-/M8/8-12 -Kugel (hierauf wurden die kleinen Raumstationsmodelle befestigt)
b) die mörderische Supernova
c) Pallas
d) der irdische Mond (*Overkill*-Planet)
e) AC 1000 (kann auch ein Foto gewesen sein)
f) Gordon (kann auch ein Foto gewesen sein)
g) zahlreiche namenlose Asteroiden, Kleinplaneten usw. an denen die ORION vorbeiflog. Hierzu zählt auch der aus kleinen weißen Kugeln nachgebildete Weltraum (Halle 10).

Daneben existierte eine Vielzahl weiterer Modelle, die jedoch wieder verworfen wurden, so z.B. ein anderes *Hydra*-(Raumschiff-)Modell, ein *Frog*-Lebewesen aus Kunststoff, eine Unterwasser-Bungalowsiedlung und eine weitere Raumstation.

ORION

Das größte Modell war im Maßstab 1:100 zur fiktiven, 150 m durchmessenden ORION gebaut worden. Es durchmaß ca. 1,6 m. In seinem Innern befand sich ein Eisenrohrring, an den drei aus Aluminiumvollmaterial gedrehte Stangen geschraubt waren. Deren äußeres Ende – bezogen auf die Position am Raumschiffmodell – war kegelförmig ausgebildet. Die spitzen, schlanken Werkstücke fungierten zeitgleich als Werfer und Aufhängung des Schiffes. In der Mitte des eisernen Ringes wurde mit waghalsigen Schweißdrahtkonstruktionen ein 220V-Motor befestigt, der die Antenne aus verchromter Tiefziehfolie in Rotation versetzte.

Werner Achmann, einer der beiden Filmarchitekten, erinnerte sich, daß es sich bei dem Antennenmotor um einen langsamlaufenden handelte, der gewöhnlich zum Antrieb von kleinen Drehscheiben Verwendung fand.

»Wir haben damals unheimlich viel mit Schweißdraht gearbeitet...«, blickte Götz Weidner zurück. Das ganze Arrangement wurde dann mit der eigentlichen Außenhülle des Raumschiffes verkleidet. Die Hauptflächen, d.h. das flache, kegelstumpfförmige Oberteil und das pyramidenstumpfartige Unterteil, bestanden aus Holz, das mit einer Metallfolie abgeklebt wurde (die Holzstruktur war durch das Zuspachteln allein nicht zu verdecken).

Die Oberschale setzte sich aus drei Teilen zusammen, die man abnehmen konnte, ohne das Raumschiff abhängen zu müssen. Dadurch waren notwendige Wartungsarbeiten des Innenlebens leicht möglich.

Aus filmtechnischen Gründen lackierte man im Verlauf der Trickdreharbeiten die Unterseite gelb, um einen optimalen Kontrast zwischen der Blue-Screen-Wand und dem Raumschiff zu erzielen.

Den ca. 5 cm breiten, lichterfüllten Spalt zwischen den Schalen verwirklichte der Modellbauer mittels 7 konzentrisch übereinander gestapelter Plexiglasscheiben. Diese waren 4 mm stark, teils rund und teils achteckig mit unterschiedlichen Durchmessern. Da die Plexiglaskonstruktion einen deutlich sichtbaren Lamelleneffekt hervorrufen sollte, legte man zwischen den Scheiben kleine Holzquader ein.

Ursprünglich wurde das Modell von innen durch Neonröhren beleuchtet, die kurz darauf gegen Halogenlampen ersetzt wurden. Der Grund: Die Neonröhren bewirkten beim Filmen mit verschiedenen Geschwindigkeiten einen nicht akzeptablen Stroboskopeffekt.

Für eine ausreichende Streuung des Lichtes sorgten zwischen den Lamellen und den Halogenlampen befestigte lichtdurchlässige Matten. Der einzelne Halogenstrahler war somit nicht mehr erkennbar, und das Raumschiff zeigte im Bereich der Lamellen einen hellen Lichtbalken.

Alle sichtbaren Kanten der Plexiglasteile wurden hochglanzpoliert.

Die gewünschte Wirkung, daß speziell die Außenkanten der Plexiglasscheiben lichterfüllt strahlen – ähnlich dem eindrucksvollen Lichterspiel der sogenannten »Licht-Igel« – blieb im fertigen Film jedoch aus.

Über die oben beschriebene, tiefgezogene Antenne stülpten die Tricktechniker eine tiefgezogene, durchsichtige Kappe, die im Film nie erkennbar war, die aber in Verbindung mit den Scheinwerferreflexen auf dem rotierenden, verchromten Teil eine magische Lichtwirkung hervorrief.

Die 8 Ausleger am unteren Schiffsrumpf bestanden ursprünglich aus dem gleichen Material wie die Lamellen des Zwischenringes. Später ersetzte man das Plexiglas durch metallene Exemplare, da das Schiffsmodell oft transportiert wurde und dazwischen nicht immer hing, sondern auf den Auslegern stand.

Die Folge davon war, daß diese Bauteile öfters abbrachen. Durch die Lampen im Modellinneren heizte sich das Schiff sehr stark auf und mußte kontinuierlich durch Ventilatoren (die nicht im Modell untergebracht waren) abgekühlt werden; dies hatte ungewollte Drehpausen zur Folge.

Ob der dreistufige Teleskoplandeschacht aus Pappe oder Messing gefertigt war, ließ sich nicht mehr ermitteln. Nach den Aussagen der befragten Experten bestand er höchstwahrscheinlich aus Pappe. Nachdem das Einfahren des Landeliftes mit aufwendigen, motorbetriebenen Flaschenzugkonstruktionen getestet war, beschloß man, diesen Vorgang im Einzelbildverfahren (Stop-Motion) zu drehen.

Das große Modell wurde bedauerlicherweise zerstört. Götz Weidner war sozusagen Augen- und Ohrenzeuge. Glücklicherweise existiert noch ein gutes Foto der großen ORION (Bild auf Seite 123).

Die kleinere, 30 cm-Variante der ORION entstand in der Zeit, als Werner Hierl den Leiter der Trickabteilung, Theo Nischwitz, der wegen Krankheit ausfiel, vertreten mußte. Bauen ließ er das Modell in der Schreinerei von einem Herrn Wanke. Es bestand zum größten Teil aus Holz und war im Maßstab 1:500 gehalten. Vom Original unterschied es sich lediglich durch die abweichenden Maße.

Lancet

Von den Beibooten des schnellen Raumkreuzers ORION, genannt *Lancets*, existierten zwei kleine Modelle unterschiedlicher Größe. Gebaut wurden diese aus den gleichen Grundmaterialien wie die anderen Raumflugkörper, also aus Kunststoff und Plexiglas. Das größere der beiden (ca. 30 cm Durchmesser) benutzte man zum Drehen der Landung auf der Außenstation *MZ4*, genauer gesagt zur Darstellung des Eintauchens in deren Landeschacht. Das kleinere Exemplar (ca. 5 cm Durchmesser) fand Verwendung, wenn das Ein- oder Austauchen des Satellitenbootes an der ORION filmisch umzusetzen war. Über die *Lancet* im Maßstab 1:1 wurde bereits im Abschnitt *Die Dekorationen* berichtet.

CHALLENGER, HYDRA und CHROMARAUMER

Nur 30 cm durchmaß jedes der drei Raumschiffe, die neben der ORION kurz zu sehen waren.

Als Grundmaterial dienten Holz, Kunststoff und Plexiglas. Die Bilder auf Seite 125 geben diese Modelle wieder.

Gegen Ende der ersten Folge wurde der Laborkreuzer *Challenger* über *MZ4* zerstört. Das Modell, welches in Wirklichkeit unversehrt geblieben war, fand in der 2. Folge einen weiteren Einsatz. An einem Galgen, einer Mikrofonhalterung, simulierte man den Flug eines Spielzeug-Raumschiffes durch Commander McLanes Bungalow.

Frograumschiffe

Ursprünglich baute man Frograumschiffe entsprechend der Zeichnungen von Frieder Thaler (vgl. Bild auf Seite 86), die später durch solche mit einem geänderten Outfit ersetzt wurden. Als Baustoff verwendete man ebenfalls Holz. Zusätzlich setzte Götz Weidner kleine Kunststoffquadrate verschiedener Färbung und einen geschwungenen Kunststoffbügel ein. Ein langer, kunststoffummantelter Metallstab stellte den Werfer dar. Die ca. 10 kleineren Brüder bestanden aus den gleichen Baustoffen, waren aber in der Ausarbeitung der Details wesentlich einfacher gehalten.

Funksatellit und Raumsonde

An diese beiden Modelle konnte Götz Weidner sich noch sehr gut erinnern, da er sie eigenhändig gebaut hatte. Der Funksatellit *SKY 77* aus der 1. Folge war ein kleines Modell, das vorher gefilmt und dann auf die *Astroscheibe* projiziert wurde. (siehe Abschnitt *Die Tricks*) Es hing langsam rotierend vor dem Weltall (mit den weißen Kugeln) und entstand teilweise aus den Einzelteilen eines Modellbausatzes (Gartenzäune und Fenster).

Die Raumsonden aus der Folge *Hüter des Gesetzes* waren wie die *Lancet* als kleine und als 1:1-Modelle vorhanden.

Da auch ein Mensch (Atan Shubashi) bei der Arbeit daran gefilmt werden sollte, baute die Bavariamannschaft eine lebensgroße Version aus gewelltem Kunststoff, der zur damaligen Zeit auf den Markt kam und normalerweise zur Abdeckung von Gartenbeeten vorgesehen war. Diese Bauelemente wurden außerdem in den Raumschiffdekorationen Kabine und Kampfstand als Wandteile (siehe Abschnitt *Die Dekorationen*), innerhalb der begehbaren *Lancet* und der Erdaußenstation *Hyperion 29* als futuristische Schaltpultabeckungen eingesetzt.

Ineinandergesteckt ergaben sich bizarr geformte, utopisch anmutende Körper: die Meßsonden.

Roboter

Die Roboter existierten in 3 Variationen:

1. als kleines, 30 cm hohes Figürchen,
2. in 2 lebensgroßen Exemplaren und
3. als Pappkameraden

Exemplar 1 bestand aus einem Holzkörper, auf den ein Kopf aus bearbeitetem Kunststoffvollmaterial geflanscht wurde. Den Kopf krönte eine kleine Plexiglasscheibe, auf der wiederum ein geschwungenes Stück des gleichen Materi-

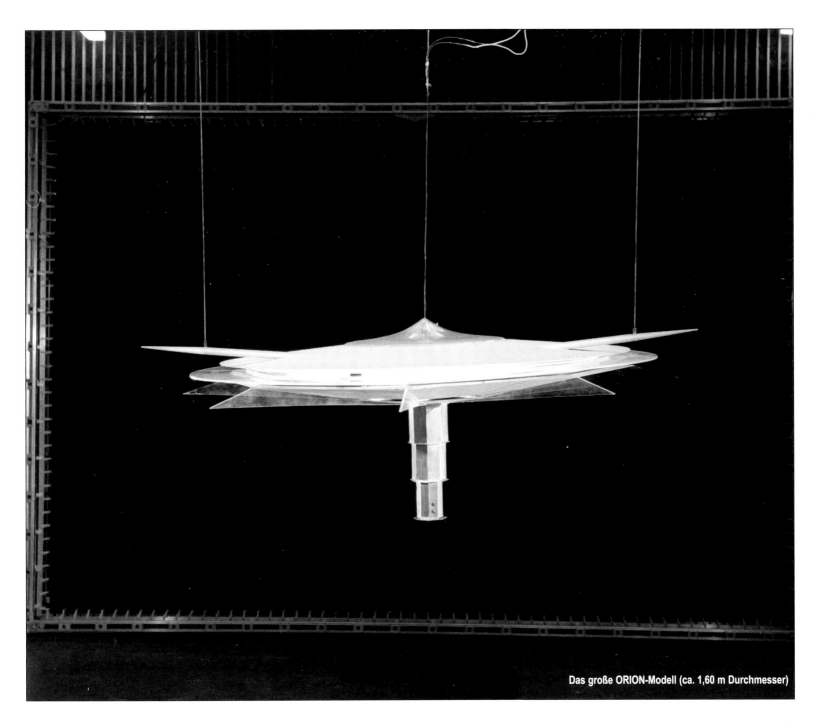

Das große ORION-Modell (ca. 1,60 m Durchmesser)

als (Plexiglas) trohnte. Der gebogene Fuß bestand aus Metall; ein Werk von Johann Nothof, der ihn selbst gefeilt und gedreht hatte. Für die Arme benutzte man ein geripptes, elastisches Material, das aber eine geringere Beweglichkeit als das Armmaterial der originalgroßen Roboter besaß.

Die großen Ausführungen entsprachen optisch dem kleineren Bruder, aber sie waren innen hohl. So konnte ein Komparse von hinten hineinkriechen und die Roboter-Arme bewegen. Durch einen Sehschlitz, den eine gelbliche Halbkugel kaschierte, konnte der Komparse sehen, was er den Roboter tun ließ.

Als Greifwerkzeuge der Großen zweckentfremdete man einen Eis(ball)portionierer (rechter Arm) und die Hälfte einer gynäkologischen Geburtshilfszange (linker Arm). Diese Greifwerkzeuge waren – maßstabsgerecht verkleinert – natürlich auch an dem 30 cm-Modell vorhanden.

Aufgrund der mangelhaften bzw. nicht vorhandenen Standfestigkeit der vorgenannten großen Ausgabe und der Notwendigkeit, bis zu 6 Roboter gleichzeitig in der Totalen (Großaufnahme) zu zeigen, dachte man sich in der Bavaria einen weiteren Geniestreich aus. Auf eine im Maßstab 1:1 aus einer Holzplatte gesägten Schablone, die scherenschnittartig den genauen Umriß eines Roboters wiedergab, klebte man ein entsprechend vergrößertes Foto eines Roboters. Diese Pappkameraden hängte man wahlweise an Tungsram-Drähten (Glühlampendraht) auf oder stellte sie – von hinten für die Kamera nicht sichtbar – abgestützt auf den Hallenboden.

Raumstationen

Alle Raumstationen, irdische (*MZ4* und *M8/8-12*) und extraterrestrische, bestanden im wesentlichen aus einer tiefgezogenen Kuppel.

Die Frogstation setzte Götz Weidner aus Kunststoffstreifen unterschiedlicher Breite, einem Streifen Moosgummi und einer blauen halbkugelförmigen (tiefgezogenen) Kappe zusammen. Die Kunststoffstreifen bog und klebte er zu Kreisen zusammen, die dann konzen-

Erste Szene des ersten Drehtages (v.l.: C. Holm, F. G. Beckhaus in der Dekoration Lancet I)

trisch ineinander gesteckt wurden. Auf den äußersten Ring pflanzte er den Moosgummi.

Das Ganze setzte Götz Weidner dann auf eine geschwungene Grundfläche, auf der noch genügend Platz für die aus Wismut gearbeiteten, spitzen Antennen vorhanden war.

Bevor Bruchstücke aus Glasbaustein für die felsige Asteroidenlandschaft sorgten, kam Götterspeise zum Einsatz.

»Rolf Zehetbauer bestand auf einer glasigen Landschaft. Dafür war die Götterspeise, so glaubten wir jedenfalls, ideal geeignet. Die zerfiel richtig schön und war eben auch glasig. Nur: durch die Scheinwerfer erhitzt schmolz diese bald dahin, wurde flüssig und begann zu stinken...«

*(Götz Weidner am 20.09.1991
in einem Interview mit dem Verfasser)*

Supernova

In der 2. Folge rast eine unglaubliche Gefahr auf die Erde zu, eine Supernova. Um diese zu zeigen stellte sich der Trickmannschaft die Frage: Wie macht man eine glaubwürdige Supernova – einen explodierenden Stern?

Das Rezept der Bavaria-Spezialisten liest sich wie folgt: Man nimmt Brandmasse und schmiert eine große Holzkugel gründlich damit ein. Die so bearbeitete Holzkugel hängt man (1965) in Halle 10 an ein Seil und entzündet sie – fertig ist eine der größten Gefahren, die der Erde im Jahr 3000 drohen.

Vom Außengeländer (der Feuerrettungstreppe) des alten Trickstudios nahm Vinzens Sandner die Ansicht der Supernova auf, die sich dem Zuschauer bot, als die ORION VII in dieselbe hineinstürzte. Die Details hierzu und die Reali-

Oben:
Trickdreharbeiten mit Raumsonden- und Lancetmodell
Unten:
Ein Hydra-Raumschiffmodell (ca. 30 cm Durchmesser)

sation des Feuerschweifs der Supernova sind im Folgeabschnitt *Die Tricks* nachzulesen.

Der Schweif wurde separat aufgenommen und später tricktechnisch der Supernova hinzugefügt.

Asteroiden und Planeten
Ein Chemiker der Bavaria, Dr. Werndl, der gut mit Zweikomponenten-Bauschaum umgehen konnte, baute mit Götz Weidner zusammen den Planeten *Pallas*, den die ORION in der 3. Folge anflog. Götz Weidner weiß noch: »Mit dem Zeug habe ich mir damals das ganze Hemd versaut...« Ein Bauschaum-Asteroid, verpackt in transparente Folie, wirkte nicht besonders überzeugend und blieb unverwendet. Er gehört zu den eingangs erwähnten Modellen, die zwar gebaut, aber nicht eingesetzt wurden. Die übrigen großen Planeten bestanden aus Gips. In eine Attrappe unseres Erdenmondes (auf dem der furchterregende *Overkill* erstmalig getestet wurde), bohrte man ein trichterförmiges, tiefes Loch, welches man mit einer Mischung aus Rosinen, Mehl, Reis und Kaffeebohnen verschloß. (siehe Abschnitt *Die Tricks*)

Sternenhimmel, Weltall
Die Trickgestaltung des Sternenhimmels ist im Folgeabschnitt ausführlich dargestellt. Er sei hier nur erwähnt, weil man zwei Versionen im weitesten Sinne zu den Modellen zählen kann. Eine Version bestand aus gelochten und von hinten beleuchteten, schwarzen Pappwänden. Die zweite stellte man aus kleinen, weißen, vor der Blue-Screen-Wand aufgehängten Kugeln her. Nach tagelangem Aufhängen und Ausrichten brachte eine achtlos über einen Befestigungsdraht geworfene Jacke eines Beleuchters die ganze Konstruktion zum Einsturz. Götz Weidner: »Ich sah nur noch, wie der ganze Sternenhimmel nach einer Seite wegflog und an die Hallenwand schlug...« Also begann das Aufhängen und Ausrichten wieder von vorn.

Im Abschnitt *Die Vorarbeiten* ist beschrieben, daß der Kommandostand und die Raumstation(en) zunächst als Modell gebaut wurden. Das Bild auf Seite 130 zeigt das Modell des Kommandostandes, das bereits erstaunlich viele Merkmale der endgültig gebauten Dekoration aufwies.

Eine komplizierte Aufnahme für die dritte Folge wird vorbereitet (Dekoration: Satellitenfeld und Lancet I)

DIE TRICKS

Die Arbeiten zu den Tricks begannen parallel mit den Dreharbeiten. Allerdings dauerte die tricktechnische Be- und Nachbearbeitung über ein Jahr länger als der offizielle Drehschluß. Das war der Grund dafür, das die Serie erst mit einem Jahr Verspätung startete.

Immerhin bestehen die Serienfolgen zu einem Fünftel aus Special Effects, deren Schnittlänge erst nach Beendigung der Dreharbeiten festgelegt wurde.

Die Herstellung der Filmtricks kostete damals die stolze Summe von 500.000 DM; eine Zahl, die viel zu aussagelos ist, um die in tage- und nächtelanger Arbeit erbrachte Leistung der Bavaria-Trickabteilung ausreichend zu würdigen.

Unter der Leitung von Theo Nischwitz (geboren am 27.04.1913 in Berlin) arbeitete ein 20- 25 köpfiges Team ca. 1 ½ Jahre an der tricktechnischen Realisation der von Drehbuch und Regisseuren geforderten Effekte.

Das komplette noch rekonstruierbare Trickteam um Theodor Nischwitz ist im Abschnitt *Der Stab* aufgeführt.

»Im Drehteam waren drei Gruppen.
1. Atelier Team mit Kamera, Bühnenpersonal und Beleuchtern,
2. Special-Effekt / Optical-Team und
3. Special-Effekt / Feuer, Wasser und Explosion.«

(Theo Nischwitz am 05.11.1990 in einem Brief an den Verfasser)

Mit Jörg Kunsdorff (geboren 1944) und Werner Hierl (geboren 1930) fanden sich besonders engagierte und begeisterte Helfer bei den Recherchen zu den F/X. Der verständnisvollen Haltung dieser beiden ist es zu verdanken, daß erstmals alle Tricks erläutert werden können.

Bis heute wurden zahllose Berichte veröffentlicht, die erklärten, wie das Raumschiff

Oben: Raumstation M 8/8-12 (rechts daneben MZ4)
Unten: Die fremde Leitstelle der Frogs auf einem Asteroiden der VESTA-Gruppe

Letzte Korrekturen vor dem Dreh (Dekoration: Pallas)

Trickregisseur Theo Nischwitz vor der Chroma-Lancet

ORION flog. Einige dieser Veröffentlichungen stützten sich dabei weniger auf Tatsachen denn auf Hypothesen. Manche »Effects« sind bis heute entweder gar nicht oder nur unrichtig erklärt worden. Verständlich, denn Illusionisten, denen die Trickmacher eindeutig zuzurechnen sind, verraten selten ihr Know-how, die Grundlage ihres Erfolgs.

Da die Tricktechnik bis heute durch die Einführung der Computeranimation einen enormen Fortschritt durchlief, man denke nur an die Laserstrahlwaffenspektakel in »Star Wars«, werden hier die Tatsachen alle offengelegt. Das will die damaligen Leistungen nicht schmälern. Im Gegenteil! In diesem Abschnittes wird deutlich, mit welch großartigem Ideenreichtum man die seinerzeit nicht vorhandene Technik zu substituieren wußte. Zu bedenken ist auch, daß es damals noch keine Erfahrungen und kaum Vorbilder bei der tricktechnischen Gestaltung derartiger Weltraumabenteuer gab. Daß die Erfahrungen von damals keineswegs umsonst gemacht wurden, konnte Jörg Kunsdorff aufgrund etlicher Ereignisse bestätigen:

»Heute wird fast alles mit Elektronik gemacht – aber wenn die Elektroniker nicht mehr weiter wissen, kommen sie zu uns. Die wissen ganz genau, daß man bei uns – per Filmtrick auf die herkömmliche Art – noch ganz andere Sachen herstellen kann...«

Im Filmgenre unterscheidet man zwei Arten von Tricks:
a) Die Darstellung natürlicher Vorgänge: Ein Darsteller wird vor einer leeren Wand im Atelier aufgenommen und ist später, im fertigen Film, in den Straßen einer fremden Stadt zu sehen.
b) Übernatürliche oder phantastische Vorgänge: Visionen, Träume, Raumschiffstarts und -landungen.

Bei der *Raumpatrouille* bediente man sich beider Trickarten, wobei der letzteren der Löwenanteil zuzuordnen ist.

Die Tricks werden nachfolgend in der etwaigen Reihenfolge, in der sie im Film zu sehen sind, erläutert.

»Gedreht wurde nicht in Reihenfolge. Bevorzugt mußten die Tricks werden, in denen nochmals Schauspieler im Bild erscheinen, z.B. Travelling-Mattes, Frontprojektionen etc.«
(Theo Nischwitz am 05.11.1990 in einem Brief an den Verfasser)

Um den Rahmen dieser Dokumentation nicht zu sprengen, ist im Folgenden jeweils nur das Grundprinzip der verwendeten Trickverfahren (wie z.B. Blue-Screen, Split-Screen, Stop-Motion, Travelling-Matte) beschrieben. Dem interessierten Leser sei für die detaillierte Beschreibung einzelner Trickverfahren die einschlägige Fachliteratur empfohlen.

»An Trickverfahren wurde ein großes Bündel aller bis dahin bekannten Trickverfahren, z.B. Travelling-Matte, Slow-Motion, Frame by Frame, Opticals, Spiegeltrick (Shüftan) etc. verwendet.

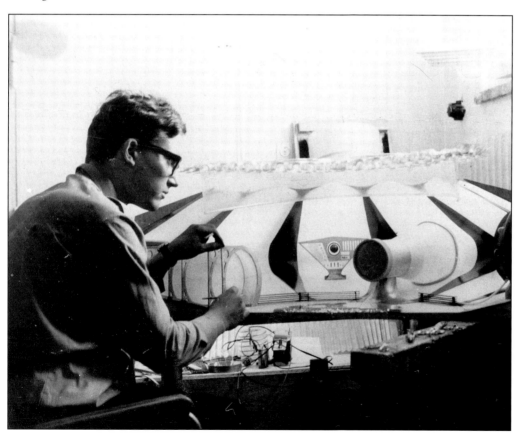

Götz Weidner beim Bau des Kommandostandmodells

Wichtig war die Mischung der verschiedenen Trickmöglichkeiten, die teilweise für eine einzige Szene aus verschiedenen Verfahren zusammengebildet wurde, z.B. man benutzte vom Blue-Screen die Aussparmaske, also nur einen bestimmten Teil, für einen bestimmten Hintergrund, um ihn später mit anderen Verfahren zu kombinieren...«

(Theo Nischwitz am 05.11.1990 in einem Brief an den Verfasser)

Zur Sache:

In der *Raumpatrouille* spielen die optischen Tricks eine große Rolle.

Zunächst ist da das Blue-Screen-Verfahren. Beim diesem wird ein Motiv (z.B. ein Raumschiff) vor einem blauen Hintergrund aufgenommen. Dieser Hintergrund wird elektronisch ausgeblendet und durch den gewünschten Background ersetzt. Da das Ganze nur funktioniert, wenn die Elektronik die Farbe »Blau« erkennen kann, muß bei diesem Verfahren systembedingt mit Farbfilm gearbeitet werden.

Damit ist auch gleich ein weiteres, hartnäckiges Gerücht widerlegt, man habe die wichtigsten Tricks im Hinblick auf eine eventuelle Fortsetzung der Serie von vornherein in Farbe gedreht. Es war – wie beschrieben – eine Forderung des Blue-Screen-Verfahrens, das nicht ohne Farbe funktioniert.

Beim Split-Screen-Trick werden die Teile eines Negatives unterschiedlich belichtet. Zumeist erfolgt dies, indem man eine lichtundurchlässige Blende vor das Kameraobjektiv setzt und das Motiv aufnimmt. Dann verdreht man diese Blende (z.B. um 180 Grad) und lichtet ein zweites Motiv auf das gleiche Negativ ab. Bekanntestes Beispiel für Split-Screen-Aufnahmen sind Filme, in denen ein und derselbe Schauspieler gleichzeitig zweimal im Bild erscheint.

Stop-Motion, auch Einzelbildaufnahme oder Stopptrick genannt, gehört wohl zu den einfachsten als auch wirkungsvollsten optischen Spezialeffekten. Dabei wird nach der Aufnahme eines einzelnen Bildes der Aufbau der Szene wunschgemäß verändert und die neue Situation auf einem neuen Bild festgehalten usw. Wichtig ist dabei, daß die Veränderungen zwischen zwei Aufnahmen so gering sind, daß im fertigen Film, d.h. wenn alle Aufnahmen mit 25 Bildern pro Sekunde hintereinander abgespielt werden, der Eindruck einer fließenden Bewegung entsteht. Auf diese Weise kann man Puppen oder Robotermodelle lebendig werden lassen. Am Beispiel des Daumenkinos kann man sich dieses Prinzip leicht vor Augen führen.

Ungleich komplizierter ist das Travelling-Matte-Verfahren. Zwei oder mehr getrennt aufgenommene Filme können beliebig miteinander kombiniert werden. Es beruht darauf, daß die Negative eines Films in verschiedenen Bereichen mit verschiedenen Motiven belichtet werden. Um zu gewährleisten, daß nur die erforderlichen Bereiche belichtet werden, müssen die nicht zu belichtenden Bereiche eines Negatives bei der Aufnahme mit einer entsprechenden lichtundurchlässigen Schablone, einer Mas-

Pappkameraden (Dekoration: Pallas)

ke (auch Matte oder Cash genannt), abgedeckt werden. Diese Maske kann man mit einer scherenschnittartigen Silhouette des einzukopierenden Objektes vergleichen. Im Gegenzug schützt man beim zweiten (oder dritten ...) Belichtungsvorgang die bereits belichteten Partien durch eine Gegenmaske vor der Doppelbelichtung. Beides, eine Maske und eine Gegenmaske, kann man auf den Bildern auf Seite 142 und 144 sehen.

Bewegen sich die Motive auch noch, so bedeutet dies, daß sich die Abdeck- und deren Gegenmasken auch von Bild zu Bild ändern müssen (to travel = wandern, sich bewegen).

Diese »Wandermasken« erhält man, indem beispielsweise zuerst die ORION vor einer schwarzen Wand aufgenommen wird. Das zugehörige Negativ wird anschließend derart überentwickelt, daß der Hintergrund (auf dem Negativ) völlig verschwindet, d.h. transparent wird und von der ORION nur noch eine schwarze Silhouette erkennbar bleibt. Zur Gegenmaske gelangt man, indem man von dieser Maske ein weitere Aufnahme fertigt. Am Beispiel der ORION, deren Landung in einer realen Landschaft in Szene gesetzt werden soll, kann das Verfahren verdeutlicht werden. Zunächst benötigt man je eine Aufnahme der Landschaft und der ORION.

Es erfolgt ein erster Kopiervorgang, bei dem das neue Negativ genau an den Stellen von der Belichtung ausgenommen bleiben muß, an denen die ORION erscheinen soll. Zu diesem Zweck muß eine Maske in Form der ORION die Stelle des neuen Negatives abdecken, an der die ORION erscheinen soll. Würde man dieses Negativ nun bereits entwickeln, erhielte man eine Landschaftsaufnahme, in der eine schwarze Silhouette der ORION landet.

Nun wird das neue Negativ zum zweiten Mal belichtet; jedoch nur an der bisher ausgesparten, d. h. unbelichteten Stelle. Der bereits belichtete Teil wird entsprechend maskiert. In die freie Stelle, die der ORION-Silhouette entspricht, kopiert man jetzt die Aufnahme der ORION. Wird das Negativ entwickelt, zeigt das fertige Bild die in der Landschaft landende ORION. Maske und Gegenmaske müssen natürlich ganz exakt übereinander passen, da es andernfalls zu Doppelbelichtungen und/oder unbelichteten Stellen auf dem endgültigen Negativ käme. Wie man sich denken kann, ist dies gerade bei Wandermaskenverfahren außerordentlich schwierig zu bewerkstelligen. Von Hand lassen sich diese Kopiervorgänge überhaupt nicht zufriedenstellend bewältigen. Hierfür verfügt die Bavaria über eine hochpräzise und sehr teure Maschine, eine optische Mischbank, der Oxberry-Printer. Das Grundprinzip: Zwei Projektoren projizieren ihr Bild auf ein und denselben Punkt: das Objektiv einer Kamera. Letztgenannte nimmt die beiden Bilder gemeinsam auf, und es entsteht ein Gemisch beider Filme. Enthalten die Zuspielprojektoren bereits unterschiedlich maskierte Filme, kann man den oben beschriebenen Vorgang in einem Schritt absolvieren und in die vorgesehenen Stellen den gewünschten neuen Bildinhalt einfügen. Es entsteht eine Variante der ursprünglichen Aufnahme mit teilweise neuen Inhalten.

Mit der Darstellung der ORION-Unterwasserbasis hat die Bavaria ihr Travelling-Matte-Meisterstück geliefert.

Weltraum

Der erste Trick, den der Zuschauer sah, war das Weltall, dabei lassen wir die Tricks, die während des Vorspanns liefen, zunächst außer acht.
Zur Darstellung desselben benutzte man, je nach Einsatzfall, 3 Verfahren:
a) Einkopierte Observationsaufnahmen, die meist bei Stillstand der Raumschiffe eingesetzt wurden (z.B. als Hintergrund nach der Landung).
b) Drei hintereinander aufgebaute Glasscheiben, auf die Sterne aufgemalt waren und die vor einer schwarzen (Samt-)Wand standen. Für die Sterne zeichnet Werner Hierl verantwortlich, der sie durch das Ausschlagen eines mit weißer Farbe getränkten Pinsels auf die Scheibe brachte. Davor hingen noch einige weiße Holz- und Kunststoffkugeln. Vor diesem Arrangement stand die Kamera. Diese war auf Schienen gebaut und konnte sich auf die Scheiben zu oder davon weg bewegen.
c) Kleine, weiße, vor einer dunklen Wand aufgehängte Holz- und Kunststoffkugeln.

Wenn man das All nach Verfahren b) einsetzte, kann man bei genauem Hinschauen ein gewisses Pumpen in der Bewegung erkennen. Besonders auffällig tritt dieser Effekt im Vor- und Nachspann in Erscheinung.

Jörg Kunsdorff erläuterte, warum das so ist: »Wir haben die ›Bewegung‹ der Glasscheiben einmal gefilmt. Diese Sequenz war aber viel zu kurz (einige Sekunden), um den gesamten Zeitraum des Abspanns auszufüllen.

Also kopierten wir den Film entsprechend oft und setzten die Stücke an der Stelle aneinander, an der eine etwaige Übereinstimmung der Sternpositionen am Ende mit denen am Anfang der Bewegung vorlag. Da dies nicht exakt möglich war, entstand an der Schnittstelle ein kleiner Sprung, der sich als Pumpen bemerkbar macht.«

Raumschiffbewegungen

Man sah die Raumschiffe überwiegend während ihrer Flüge durch das All. Es gab, wie bereits erwähnt (siehe Abschnitt *Interstellare Objekte*), mehrere Raumschiffmodelle: ORION, *Lancet*, *Hydra*, *Chroma*- und *Frog*-Raumschiffe. Manchmal verwendete die Bavaria-Trickabteilung auch nur ein Foto des benötigten Modells. Während der Aufnahmen hingen die Raumschiffe zumeist an sehr dünnen und außerordentlich belastbaren Drähten, sogenannten Tungsram-Drähten, unter der Atelierdecke vor einer der vorstehend beschriebenen Weltraumversionen. Alternativ dazu wurde das Modell fallweise vor einer schwarzen Wand gefilmt und in eine Weltraumversion hineinkopiert. Wie man so etwas macht, wurde zu Beginn dieses Abschnittes beschrieben.

Lediglich das Großmodell der ORION (1,6 m) war – wegen des hohen Gewichtes – an regelrechten Stahltrossen aufgehängt. Die Zugabe des Weltraums erfolgte auf die gleiche Weise wie bei den kleinen Modellen, meistens aber via Blue-Screen. Dazu stand die große Blue-Screen-Wand hinter der 1,6 m-ORION, und der Weltraum bzw. die Planetenlandschaft (z.B. Feldafing) wurde anstelle der blauen Bildanteile einkopiert. Natürlich enthielt die Kamera dann einen Farbnegativfilm.

Die *Lancet*-Landungen auf *MZ4* und *Mura* besorgte das mittelgroße (30cm-) *Lancet*-Modell in Verbindung mit Gipsmodellandschaften. Erwähnenswert ist an dieser Stelle, daß die *Lancet*, an einem dünnen Drahtseil hängend, von Werner Hierl tatsächlich in den *MZ4*-Landeschacht eingefädelt werden sollte. Da das nicht in befriedigender Weise gelang, plazierte das Bavaria-Team das Modell im Landeschacht, und Werner Hierl zog es dann langsam heraus. Dieser Vorgang wurde gefilmt und zeitverkehrt in den fertigen Film einkopiert. So entstand der Eindruck, daß die *Lancet* – wie vorgesehen – von oben in den Landeschacht eintaucht.

Der kosmische Hintergrund gelangte – wie oben ausgeführt – hinzu, indem er einkopiert wurde oder dadurch, daß man den Modellauf-

Trickaufbau für das »bewegte« Weltall (Zeichnung von Werner Hierl)

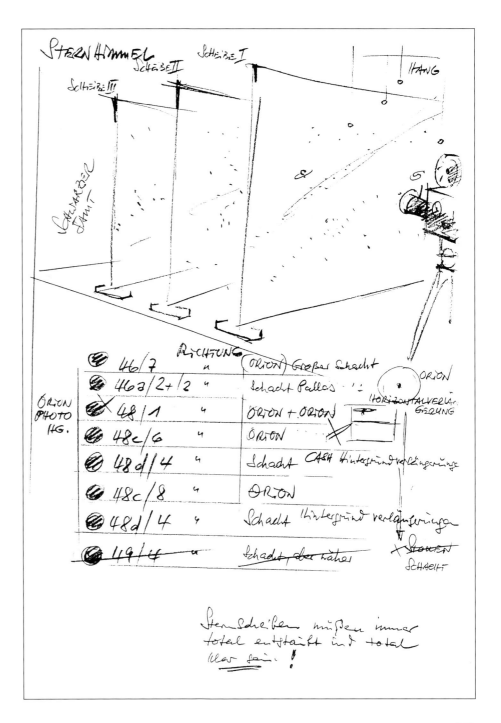

bau direkt vor die zweckmäßigste Weltallversion plazierte.

Die Landung der *Frogs* auf *MZ4* realisierte die Trickabteilung bei den ersten Aufnahmen ähnlich wie bei der Lancetlandung auf *MZ4*, d.h. indem die Frogaumschiff-Modelle auf die Modellandschaft herabgesenkt und diese Vorgänge gefilmt wurden. Für die in der fertigen Fernsehfolge verwendeten Aufnahme wurde der Landevorgang der exoterrestrischen Raumschiffe einfach über das Bild der *MZ4*-Modelllandschaft kopiert. Die Formation der anfliegenden Frog-Invasionsflotte aus der 7. Folge entstand auf die gleiche Weise: Es sind mehrfach in das Bild des Weltraums einkopierte Aufnahmen des Frogaumschiffmodells.

Mancher wird in der 4. Folge (*Deserteure*) über die extraterrestrischen Raumschiffe geschmunzelt haben, die die ORION und die *Hydra* eskortierten und dabei in hektischen, abgehackten Bewegungen ihre Position veränderten.

Das Verfahren, mit dem diese Szene umgesetzt wurde, nennt sich Stop-Motion. Die eingesetzten Frogaumschiffe bestanden aus ausgeschnittenem Papier und wurden auf dem Tricktisch hin und her geschoben.

Sollte nun jemand auf den Gedanken kommen, die Trickabteilung habe hier, bei der Durchführung des Stoptricks, nicht exakt gearbeitet, so muß dem widersprochen werden. Die abrupten Bewegungen der Frogaumschiffe waren bewußt so angelegt, denn sie sollten die Fremdartigkeit der Exoterristen auch durch deren – gemessen an vergleichbaren Aktionen irdischer Flugobjekte – unorthodoxe Flugmanöver verdeutlichen. (Was aber wohl von vielen Zuschauern anders aufgenommen wurde.) Die Stop-Motion-Aufnahmen wurden im letzten Schritt mit dem ORION- bzw. *Hydra*-Modell und den passenden Weltraumaufnahmen zum fertigen Bild kombiniert.

Die ORION bewegte sich nicht nur im freien Raum, sondern auch mehrfach innerhalb von Planetenatmosphären.

Die gezeigte Planetenoberfläche war – bei *Rhea*, *MZ4*, *N 108*, *N116a*, *Pallas* oder *Mura* – stets eine mit der Kamera abgefahrene Modellandschaft oder ein Foto einer Planetenoberfläche. Lediglich bei der Landung auf *Chroma* bediente man sich eines realen Motivs, dem Golfplatz Feldafing.

Das große (1,6 m) ORION-Modell hing – wie beschrieben – bei den Start-, Flug- und Landeszenen an drei (an seinen Werfern) befestigten Stahltrossen, die wiederum auf je eine Winde eines Elektromotors aufgewickelt waren. Die Motoren konnten unabhängig voneinander betrieben werden und ermöglichten so kontrollierte und komplexe Eigenbewegungen des Raumschiffes.

Zusätzlich verlängerte man den Schwenkarm der aufnehmenden Kamera, die auf einem Kugelkopf saß, und versah diesen am Ende der Verlängerung mit einer Kunststoffrolle. Dieser überlange Schwenkarm fuhr eine geschwungene, an der Rollenlauffläche ebenfalls kunststoffbeschichtete Holzkulisse ab (siehe Bild auf Seite 135). Die unregelmäßigen Bewegungen übertrugen sich auf die Kamera und veranlaßten diese zu jederzeit reproduzierbaren

Atan Shubashi (F. G. Beckhaus) im Satellitenfeld

Schwenks. Das war eine bemerkenswert exakte Arbeit, denn diese Technik der exakt reproduzierbaren Kamerafahrt findet heute computerkontrolliert (»motion control« genannt) Anwendung.

»Die Reproduzierbarkeit einer Bewegung ist eine der wichtigsten Forderungen der Tricktechnik!!!«

(Jörg-Michael Kunsdorff in einem Gespräch mit dem Verfasser)

Ein großes Problem bei der Darstellung der ORION-Flüge mit dem großen Modell war das Kaschieren der Aufhängungen, der Stahlseile. Dies ist den damaligen Trick-Fachleuten nicht ganz gelungen.

Im Vorspann wird dieser Fehler jedesmal besonders deutlich: Man erkennt drei der Raumschiffbewegung folgende Schatten. Jörg Kunsdorff lüftete das Geheimnis dieser Schatten:

»Wir brachten blaue Pappstreifen an den Halteseilen an, die wir zusätzlich blau anstrahlten. Leider konnten wir das physikalische Gesetz nicht ausräumen, daß die Lichtstärke mit dem Quadrat zur Entfernung abnimmt. Da die Blue-Screen-Wand ein gehöriges Stück vom Modell und damit von den Seilen entfernt stand, erzeugte die unterschiedliche Lichtstärke einen störenden Schatten im Bereich der Pappstreifen.«

Das Spielzeugraumschiff, das in der 2. Folge durch McLanes Bungalow schwirrt, hing an einem Tungsram-Draht. Hierfür mußte das Modell der *Challenger* herhalten. Die Antriebsgeräusche der interstellaren Fahrzeuge erzeugte eine Mischung von Synthesizersignalen mit künstlich verzerrten Originaltönen.

Für die Aufnahmen im Inneren der *Lancet* stand – wie im Abschnitt *Die Dekorationen* ausgeführt – ein begehbares Exemplar zur Verfügung.

In einigen Szenen war gefordert, daß man vom Innern der *Lancet* und durch deren Beobachtungskuppeln das Geschehen außerhalb verfolgen kann. Dies war immer dann der Fall, wenn man den Startvorgang in der Lancetabschußkammer von einer Planetenoberfläche oder sonstige Vorgänge im Weltraum aus der Sicht der Lancetbesatzung filmen wollte. Hier sei wieder das Stichwort Blue-Screen angeführt. Die *Lancet* respektive die Vorgänge in deren Inneren wurden vor der Blue-Screen-Wand aufgenommen. Alle blauen Flächen, die durch die Lancetkuppeln zu sehen waren, ließen sich damit durch den gewünschten Background ersetzen. Ein schönes Beispiel kann in der 3. Folge (Hüter des Gesetzes) beobachtet werden, als sich die *Lancet* in einem *Satellitenfeld* befindet und Atan Shubashi draußen im Weltall arbeitet. Auch diese Szenen mußten in Farbe gedreht werden.

Astroscheibe und Großbildschirm(e)

Zusammen mit Commander McLane bekam der Zuschauer außer den Landeanflügen der ORION viele andere, seltsame Symbole und Zeichen auf der *Astroscheibe* zu Gesicht.

Die Scheibe war in Wirklichkeit eine leere weiße Platte (Durchmesser: 1,20 m). Über das große, darüberliegende Loch in der Decke spiegelte das Nischwitz-Team zuvor aufgenomme-

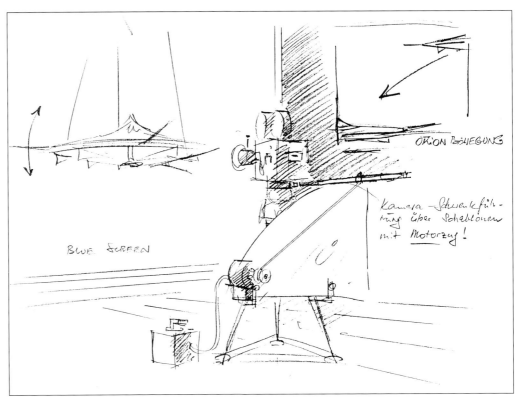

Trickaufbau für die komplizierteren Bewegungen der ORION (Zeichnung von Werner Hierl)

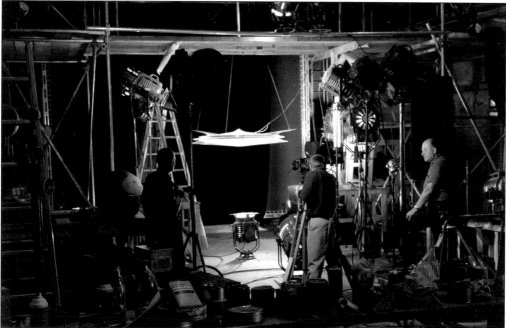

Mitarbeiter der Bavaria Trickabteilung machen den schnellen Raumkreuzer ORION startklar

ne Bilder mit einem Mitchell-Projektor auf die Scheibe. Genau auf diese Sonderfunktion eines der 1,6 m durchmessenden Deckenausschnitte bezog sich die Andeutung im Abschnitt *Die Dekorationen*.

Den sogenannten Hot Spot, ein heller Lichtschein zwischen Objektiv und Projektionsfläche, der mit derartigen Projektionen einhergeht, verhinderte man durch eine auf die Linsenmitte aufgeklebte, sternförmige und lichtundurchlässige Pappschablone.

Aber wer dies weiß und genau hinsieht, glaubt zumindest bei den Kinovorführungen dennoch einen schwachen Lichtschein erkennen zu können.

Ein kleiner »Fauxpas« blieb bei den Dreharbeiten und anschließenden Musterbetrachtungen unentdeckt: In der 6. Folge beugt sich der Kommandant der ORION während der Landung auf *Mura* (dessen Oberfläche auf der *Astroscheibe* zu sehen ist) über die Scheibe, verdeckt damit einen Teil des Projektionsstrahls, und es erscheint kurz der Schatten seines Kopfes anstelle der Landschaft auf der Scheibe.

Nach Drehschluß der Realfilmaufnahmen forderte der Regisseur Theo Mezger, daß auf der *Astroscheibe* mehr von den *Frogs* und den unheimlichen Vorgängen in deren Station zu sehen sein sollte. Da die Dekoration und auch die Schauspieler nicht mehr zur Verfügung standen, war ausschließlich die bavariaeigene Trickabteilung gefordert. So entstanden die exoterrestrischen Vorgänge, die General Lydia van Dyke und ihre Crew in *Planet außer Kurs* auf der *Astroscheibe* beobachten, auf andere Weise: Die Tricktechniker benutzten als Grundelement ein passendes Standbildnegativ, das einen verwendbaren Ausschnitt der *Hydra-Astroscheibe* abbildet. Dieses wurde im Oxberry-Printer (auch optical printer) mit dem gewünschten Frog-Szenario auf einem neuen Negativfilm verschmolzen. Man könnte sagen, es war Travelling-Matte mit einer unveränderlichen Maske, das zum Ergebnis führte.

Erkennbar wird dieser Kunstgriff in der hier behandelten Szene daran, daß – aufgrund des Standbildes – der im Bild sichtbare Arm Lydia van Dykes puppenhaft und völlig unbeweglich im Bild erscheint. Auch vermißt der aufmerksame Zuschauer das gewohnte Blinken der Kontrollen.

Auf die gleiche, oben geschilderte Weise waren ins Bild gesetzt worden:
- die schweren Elektroden der Energiebrandanlage (auf dem runden Bildschirm im Kampfstand)
- die, von Hasso und Atan via Bildschirm des *MZ4*-Kontrollraums beobachtete Landung der Frogramschiffe (beides in der 1. Serienfolge, *Angriff aus dem All*) und
- last but not least der große Rundbildschirm (ca. 4 m Durchmesser) in den Büros von General Wamsler, *GSD*-Oberst Villa sowie dem großen Sitzungssaal der *ORB* (Obersten Raumbehörde).

Fischtrick
Bereits im Vorspann der Serienfolgen erfährt man, daß die Menschen im Jahr 3000 den Meeresboden als Wohnraum erschlossen haben. Das Bild auf Seite 141 zeigt eine Aufnahme von McLanes Unterwasser-Bungalow. Auf diesem Foto kann man durch das transparente Bungalowdach u.a. Fische sehen.

Um diese Sequenz so realistisch wie möglich zu gestalten, filmte man Fische im Aquarium des Berliner Zoos. Diese Aufnahmen wurden dann mittels Blue-Screen-Verfahren in die Glasdecke von McLanes Bungalow bzw. des *Starlight-Casinos* einkopiert. Zu diesem Zweck hängte man Blue-Screen-blau gefärbte Tücher an die Stelle der Bungalow-/Casinodecke, wo später die Fische schwimmen sollten. Ein paar zusätzlich von Gustav Witter einkopierte, helle, runde Kreisausschnitte simulierten Lichtreflexe im Kuppeldach und verstärkten den Eindruck eines gigantischen, gewölbten Glasdachs. Da die glänzenden Bereiche der *Starlight-Casino*-Theke das Blau der Tücher reflektierte, wurde auch an diesen Stellen der neue Hintergrund eingestanzt. Der Effekt: Die Fische spiegelten sich scheinbar auf der Thekenoberfläche. Auch bei diesem Trick filmte man in Farbe.

Start von der Unterwasserbasis
Die Darstellung der Unterwasserbasis, die darin ablaufenden Startvorbereitungen und der Start des schnellen Raumkreuzers ORION gehörten zu den aufwendigsten und schwierigsten Trickeffekten, die das Drehbuch forderte. Er verlief in vier verschiedenen Einstellungen:

Langsam senkt sich die ORION VII auf den Planetoiden Rhea herab

1. ORION-Startbasis I: Der Gang der ORION-Mannschaft vom Aufzug zur Zugangsschleuse der Startbasis
2. ORION-Startbasis II: Die Vorgänge in der Basis bis hin zum Abheben der ORION aus Sicht der weiblichen Startbasenüberwachung
3. Wasserstart I: Die ORION steigt im Wasser nach oben
4. Wasserstart II: Die ORION taucht aus dem Strudel auf und schwebt nach oben ins Weltall

Um zu dem gewünschten, vom Bildschirm bekannten Ergebnis zu gelangen, bediente sich die Bavaria in erster Linie des Travelling-Matte-Verfahrens.

ORION-Startbasis I:
Die ORION-Crew wurde zunächst in der entsprechenden Dekoration (siehe Abschnitt *Die Dekorationen*) aufgenommen. Die Kamera folgte dem Weg der Darsteller zu einer großen Druckschleuse, die sich nach oben öffnet und den Blick auf die Basis und das Raumschiff ORION freigibt. Tatsächlich befand sich hinter der Schleuse – nichts, respektive eine schwarze Wand. Dann kopierten die Trickexperten hinter dem nach oben öffnenden Druckschott die gewünschte Szenerie (Raumschiff und bizarr angestrahlte Wände) der Startbasis ein.

Diese Szenerie entstand im Vorfeld und bildete eine etwas unkompliziertere Variante des nachfolgend beschriebenen Tricks für die ORION-Startbasis. Optisch zu kombinieren waren 5 Aufnahmen, und zwar: der real aufgebauten Zugangsröhre (= Bild-Vordergrund), des Königsplatzes mit den darauf agierenden Komparsen (= Bild-Grund), der bizarr angestrahlten Basiswand (= Background) und der ORION samt ausgefahrenem Teleskoplandeschacht.

ORION-Startbasis II:
Weitaus schwieriger und noch wesentlich aufwendiger war die imposante 2. Einstellung.

Bei dieser blickt man über die Schulter der Dame von der Startüberwachung in die Basis 104. So kann man verfolgen, wie die Mannschaft den Landeschacht betritt und danach das gigantische Raumschiff startet. Als Grundbestandteil für die submarine Basis wählte man – wie auch bei dem oben beschriebenen Trick – den Königsplatz in München, der für die Dauer der Dreharbeiten abgesperrt wurde. Aus einer erhöhten Position, die in etwa dem späteren Blickwinkel des Fernsehzuschauers entsprach, filmte man das Bodenpersonal in der Basis, den kleinen Elektrokarren, der durchs Bild surrte, und die Crew auf ihrem Weg zum

Das Challenger-Raumschiffmodell als futuristisches Spielzeug (im Bild: Dietmar Schönherr)

Rechte Seite:
Die Astroscheibe in Funktion
(v.l: C. Holm, D. Schönherr, E. Pflug, F. G. Beckhaus)

Landeschacht der ORION. Die erhöhte Position wurde dadurch erreicht, daß man die Kamera auf den oberen Stufen der auf dem Königsplatz befindlichen »Staatlichen Antikensammlung« plazierte. »An dem Tag, als wir auf dem Königsplatz die Aufnahmen für die Startbasis machen wollten, hatte es kurz vor unserer Ankunft geregnet. Der Platz war so naß, daß wir nicht filmen konnten, denn die großen Wasserpfützen hätte man sofort auf den Aufnahmen gesehen. Nachdem wir einige Zeit einigermaßen ratlos auf den Platz geschaut hatten, griff ich zum Besen und fegte die Pfützen weg. Dann machten wir die Aufnahmen. Später bekam ich dafür noch einen leichten Rüffel ... ich sei Tricktechniker und nicht zum Fegen der Straße da...«
(Werner Hierl am 18.09.1991 in einem Gespräch mit dem Verfasser)

Mit einer Vielzahl von Kopier- und Maskiervorgängen mischte man schließlich an der optischen Bank (Oxberry-Printer) das Endresultat. Immerhin entstand die Einstellung der ORION-Startbasis durch die Kombination von 5 Aufnahmen, 4 Masken und 4 Gegenmasken. Die fertige Aufnahme der Basis 104 war demnach eine Kombination von 13 (!) Bändern (siehe Bild auf Seite 145).

Die Bänder 1 bis 3 enthielten den Vordergrund des Bildes, die Dame der Startbasenüberwachung, nebst Maske und Gegenmaske.

Auf den Bändern 4 bis 6 war der Hintergrund, die beleuchtete Wand der Basis, inklusive Maske und Gegenmaske festgehalten.

Den sogenannten »Grund« des Bildes (Band 7) – der Boden der Basis und die darauf wandelnden Menschen – bildeten die Realfilmaufnahmen der Vorgänge auf dem Königsplatz.

Die große ORION mitsamt ihren Masken sowie der Landeschacht inklusive Masken waren auf den Bändern 8 bis 13 enthalten.

Zur Verdeutlichung dieses komplizierten Vorgangs dient die Skizze auf Seite 142.

Der ORION-Landeschacht war nur zweimal tatsächlich an der ORION befestigt. Wie oben beschrieben wurde das Ein- und Ausfahren separat gefilmt und nachträglich in die gesamte Startsequenz einkopiert. Lediglich für Pressefotos montierte man den Schacht einmal ans Raumschiff.

Eine weitere Verbindung mit dem Schiff ging das Teleskop für die Szene in Folge 7 ein, in deren Verlauf die Startbasen durch umprogrammierte GSD-Mitarbeiter gesprengt und dadurch überflutet werden. Während des Was-

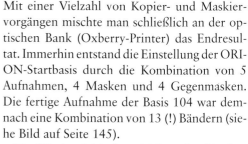

Wissenschaftler Dr. Schiller (Herbert Fleischmann) warnt die Militärs vor der unbeschreiblichen Bedrohung aus dem All

sereinbruchs kann man sehen, wie der Schacht unter der Last des abstürzenden Raumschiffes einknickt.

»Wir haben einfach in Wasser schwimmende Eiswürfel auf das Raumschiff geschüttet«, erinnerte sich Jörg Kunsdorff amüsiert.

Während der Dreharbeiten sind auch einige lustige Dinge passiert. So war durch ein nicht ganz exaktes Timing an der optischen Bank folgende Szenenfolge entstanden:

Die Besatzung geht zum Landelift, steigt ein und das Teleskop zieht sich zusammen und fährt in den Bauch der ORION ein. Aber die Leute stehen nach dem Einfahren noch einen Moment lang da, bis sie plötzlich verschwinden. Zu sehen war dieser unfreiwillige Gag am Dienstag den 05.06.1990 in einer vom Fernsehsender RTL ausgestrahlten Kultursendung (»zehn vor elf«), die ein Portrait von Theo Nischwitz präsentierte.

Als letzte beide Phasen des Raumschiffstarts war eine Szene gefordert, die das Schiff beim Aufsteigen im Wasser und Auftauchen aus dem Strudel zeigt.

Wasserstart I:
Solange die ORION im Wasser nach oben stieg, sollte sie Luftblasen nach unten verströmen. Nun haben diese aber die Eigenschaft, im Wasser nach oben zu steigen ...
Das Nischwitz-Team filmte die Unterwasserfahrt in einem etwa 1,2 m x 0,4 m messenden, vollen Wasserbassin, das in der Trickabteilung aufgebaut wurde.
Zu diesem Zweck klebte man ein auf dem Kopf stehendes Foto der ORION auf eine Glasscheibe. In Höhe des Fotos befestigte man auf der Rückseite eine Holzleiste (verdeckt durch das Raumschiffbild). Drei auf der Holzleiste arretierte Alka-Selzer-Tabletten erzeugten die benötigten Luftblasen, sobald man die Glasscheibe in das Bassin eintauchte.

Durch die Bassinwand filmte das Team mit einer ebenfalls auf dem Kopf stehenden Kamera das Bild der ORION zusammen mit den aufsteigenden Gasblasen. Dadurch gelangte die kopfüber aufgeklebte ORION in die richtige Position, und die Luftblasen strömten drehbuchgerecht nach unten vom Raumschiff weg. Damit der Eindruck von Bewegung entstand, stand hinter dem Wasserbassin ein gemalter Rollhintergrund, der beim Filmen in Bewegung gesetzt wurde und ebenfalls aufgenommen wurde.

Wasserstart II:
Das Auftauchen aus dem Wasserstrudel in Verbindung mit dem Flug ins Weltall war die vierte Einstellung der Startsequenz. Hierzu griff das Nischwitz-Team neben Travelling-Matte auch auf Split-Screen zurück. Bis das Ergebnis die Tricktechniker zufrieden stellte, waren einige Anläufe vonnöten. Der große Strudel wurde in der Versuchsanlage für Wasserdynamik der Technischen Hochschule in München gefunden. Mittels einer Cinemascope-Linse verzerrte man einen solchen, filmte die Bewegung mit 120 Bildern/sec. und gab das Ganze mit normaler Geschwindigkeit wieder. Bezogen auf die ursprüngliche Aufnahmegeschwindigkeit erfolgte die Wiedergabe in Zeitlupe (Slowmotion). Damit hatte man die träge Gleichförmigkeit eines über 200 m durchmessenden, künstlich erzeugten Strudels. Durch die geringe Tiefe der Versuchsbecken leuchte aber der Beckenboden durch. Also färbte man das Wasser schwarz ein, wodurch es wiederum trübe und überhaupt nicht ozeanartig wirkte. Das gewünschte Ergebnis erzielte das Trick-Team mittels starker, auf das eingefärbte Wasser gerichteter Scheinwerfer. Auf das Wasser pustende Ventilatoren gaben dem »Meer« die bis dato fehlende Oberflächenkräuselung. Damit die ORION stilecht aus dem Wasser auftauchen

Oben: Fischtrick zur Verdeutlichung des Unterwasserwohnungsbaus (v.l.: Eva Pflug, Dietmar Schönherr)
Unten: Druckschleuse zur Basis 104

und gen Himmel steigen konnte, bediente man sich zunächst des Travelling-Matte-Verfahrens. Hierfür mußten die entsprechenden Bildteile zunächst maskiert werden, um im Gegenzug – via Gegenmaske – die ORION einzukopieren.

Interessant ist die Information, daß die Masken für die aus dem Strudel auftauchende ORION per Hand gezeichnet waren. Jene Masken, die sicher stellten, daß nach dem Auftauchen das Raumschiff in seiner Gesamtheit zu sehen war, entstanden mit phototechnischen Mitteln auf die bereits geschilderte Art und Weise.

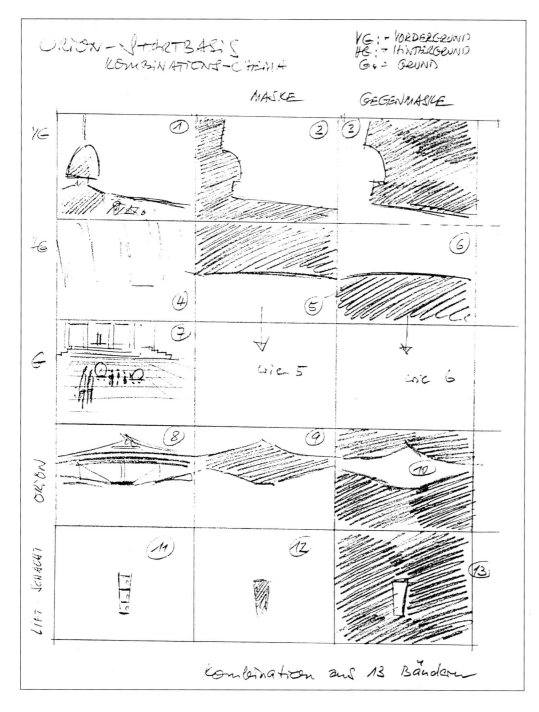

Zur Hintergrundgestaltung des startenden Schiffs setzte man einen relativ alten Trick ein, ähnlich dem »Wandelprospekt«. Der Horizont, die Wolken und das Weltall wurden auf eine große Wand aufgemalt (von Werner Hierl). Das Tüpfelchen auf dem »i« bildeten künstliche (Rauch-) Wolken, die die Wirkung der gemalten Vertreter unterstützten.

Wasser und Horizont kombinierte man per Split-Screen-Verfahren miteinander.

Zunächst wurde nur die untere Negativhälfte mit der Aufnahme des Strudels belichtet, danach die obere mit dem Bild des Horizontes samt Himmel. Dem so entstandenen Bild wurde in einem weiteren Kopiervorgang am Oxberry-Printer die startende ORION hinzugefügt. Im gleichen Maße wie das Raumschiff gen Himmel stieg, schob man das Wasser nach unten aus dem Bild und fuhr das Gemälde mit der Kamera ab. Die Geschwindigkeit, mit der dies erfolgte, entsprach der Startgeschwindigkeit der ORION, die – wie oben angegeben – durch eine Maske-Gegenmaskenkombination einkopiert wurde.

Sieht man genau hin, bemerkt man einen Ruck in der Bewegung. Dies ist kein Fehler, sondern vom Drehbuch vorgegeben. Dort – in Buch B: *Hüter des Gesetzes* – steht nämlich: »Die ORION taucht aus dem Wasser, verharrt einen Augenblick und zieht dann rasch ihrem Ziel entgegen.«

Einmal, nämlich in der dritten Folge (*Hüter des Gesetzes*), kann man die ORION bei der Landung in den Strudel eintauchen sehen. Dies war natürlich die Startsequenz, die zeitverkehrt in den Film einkopiert worden war. Erkennen

Kombinationsschema für die ORION-Startbasis (Zeichnung von Werner Hierl)

kann man dies daran, daß sich sowohl der rotierende Kreisel der ORION als auch der Strudel genau in die entgegengesetzte Richtung wie beim Start drehen.

Lichtsturm

Gleich in der 1. Folge *Angriff aus dem All* gerät McLanes Raumkreuzer in einen Lichtsturm. Die Bewegungen der ORION entstanden vor der Blue-Screen-Wand.

Der Lichtsturm bestand aus Reiskörnern, die mittels Preßluft durcheinandergewirbelt und mit starken Scheinwerfern bestrahlt wurden.

Die tanzenden Reiskörner filmte man wieder mit hoher Bildgeschwindigkeit und gab die Aufnahme im Normaltempo wieder. Beim einkopierten ORION-Modell ließ man zur Unterstützung der dramatischen Vorgänge die Beleuchtung unregelmäßig flackern.

Alles zusammen, ORION, Weltraum und Reis-, pardon, Lichtsturm mischte der Oxberry-Printer zur gewünschten Einstellung.

Funksatellit Sky 77

Auch dieses futuristische Objekt ist in der 1. Folge zu sehen. Die ORION VII begegnet ihm auf ihrem Weg ins Operationsgebiet.

Ein kleines Modell, welches von der Decke herabhing – an den obligatorischen Tungsramdrähten – und sich langsam im Weltraum aus weißen Holz- und Kunststoffkugeln drehte, wurde aufgenommen. Im fertigen Film wurde diese Szene zweimal verwendet. Zunächst erscheinen Weltall und Satellit bildschirmfüllend; danach als Projektion auf der Astroscheibe im ORION-Kommandostand.

Frogs

Die Darstellung dieser unheimlich glitzernden Exoterristen, denen Atan und Hasso erstmalig auf *MZ4* begegnen und die danach nur noch einmal in der 2. Folge zu sehen sind, bereiteten Theo Nischwitz besonderes Kopfzerbrechen. Bei einem späteren Interview in der Fernsehzeitschrift »Funkuhr« sagte er dazu: »Der Mensch ist schon eine gute Einrichtung, nun erfinden sie mal was Besseres...«

Das Ergebnis hat letztendlich wohl jeden überzeugt. Hier die Zutaten:

> 1. Ein oder mehrere Kleindarsteller, die im weißen, engen Trainingsanzug vor einer schwarzen Wand drehbuchgerecht agieren, wurden gefilmt (damit erhält man – auf dem entwickelten Negativ – sofort eine entsprechende Maske für die optische Bank).
> 2. Ein runder, rotierender Zylinder (Durchmesser: ca. 0,4 m, Länge: etwa 0,6 m), auf dessen Außenfläche zahllose Glimmerstücke aufgeklebt waren.
> 3. Der Oxberry-Printer.

Der Münchener Königsplatz wird zur Raumschiffbasis 104

Die aufgenommenen Darsteller wurden – ähnlich wie der Wasserstrudel beim ORION-Wasserstart – mit einer Cinemascope-Linse in die Länge gezogen. In die Aufnahme der *MZ4*-Dekoration wurde dann mittels Wandermaske und Oxberry-Printer der unheimliche Frog eingefügt. Dies erfolgte zeitgleich mit dem Ausfüllen der Frogsilhouette. Diese Füllung, die der Figur ein fremdartiges und bewegtes Glitzern verlieh, erzeugte die Trickabteilung mit der bereits erwähnten Holzrolle. Diese wurde in Rotation versetzt und mit unscharf eingestellter Kameraoptik aufgenommen. Dann änderte man die Drehrichtung der Rolle und filmte das Ganze noch einmal. Die beiden Filme der Holzrolle wurden übereinander und das Resultat in die Gegenmaske des Frogumrisses kopiert.

Wie gut die *Frogs* gelungen waren, davon zeugt die nachfolgende Anekdote:

Die Bild-Zeitung berichtete am 27.01.1967 unter der Schlagzeile »Hilfe, die *Frogs* bedrohen mich!«: Die Hausfrau Henny P. aus Brake fühlte sich nach der Fernsehsendung von den *Frogs* bedroht. Sie nahm die Darstellung für bare Münze.

Laserstrahl

Zu den Kostüm-Accessoires der Raumschiffbesatzung gehört eine Laserwaffe, die *HM4*. In Aktion, d.h. laserstrahlverschießend, tritt selbige in den Folgen 3 (*Hüter des Gesetzes*), 4 (*Deserteure*) und 5 (*Der Kampf um die Sonne*).

Ein Mitarbeiter von Theo Nischwitz deckte am Tricktisch eine Leuchtplatte (Neonlicht) mit fest angebrachten schwarzen Pappmasken derart ab, daß nur noch ein dünner Lichtstreifen übrig blieb.

Diesen Streifen (den späteren Laserstrahl) verdeckte er mit einem weiteren schwarzen Pappkarton, über den wiederum eine in einem Punkt drehbar installierte Glasplatte mit geriffelter Oberfläche (ähnlich wie Milchglas) schwebte. Nun erfolgten mehrere Vorgänge gleichzeitig:

Als erstes wurde der bewegliche Pappkarton immer ein Stück verschoben, so daß stets ein kleines Stück des Lichtstreifens mehr sichtbar wurde. Die Glasscheibe wurde mit jeder Bewegung des Kartons ein wenig verdreht. Die einzelnen Bewegungsphasen nahm man dann mit der Kamera des Tricktisches auf (quasi: Stopmotion) und erzeugte so einen diffusen (durch die Glasplatte leicht in den Konturen verwischten), sich von Bild zu Bild verlängernden Lichtstrahl. Verursacht durch die Bewegungen der Glasplatte erhielt der Strahl neben den verwischten Konturen eine gewisse innere Dynamik, die verhinderte, daß der Laser zu statisch wirkte.

Die Aufnahmen kopierte man (per Oxberry) in das Bild der schießenden Schauspieler, welches zuvor ohne Strahl aufgenommen worden war. An den Auftreffpunkten des Lasers zeichnete man fallweise ein paar dünne Stricheleien ein, um den Effekt des Beschossenwerdens deutlicher hervorzuheben.

Für das Einkopieren des Lasers benötigte man übrigens keine Masken. Begründung: Der Laserstrahl bzw. die Farbe Weiß ist die höchst-

Maskierter Königsplatz mit Aussparmaske für den Landeschacht

mögliche Lichtintensität. Somit kann man ihn ohne weiteres beim Kopieren in ein neues Negativ einbrennen. Natürlich muß er genau ausgerichtet sein, damit der Strahl exakt aus der *HM4* entspringt und geradlinig das anvisierte Ziel trifft.

Für die Szene, in der der Laserstrahl die *Chroma-Lancet* beschädigt (Folge 5: *Der Kampf um die Sonne*), benötigte man zwei Männer, welche die *Lancet* umwarfen, nachdem das Landebein einknickte. Diese Männer kann man im fertigen Film für einen Sekundenbruchteil hinter der *Lancet* hervorlugen sehen.

Gedreht wurde hierfür zunächst der Realfilmanteil. Dafür baute man die *Lancet* auf den Abraumhalden Peißenbergs auf und ließ den Schauspieler drehbuchgerecht davor agieren. Die qualmende Spur des Laserstrahls erzeugte man ebenso vor Ort wie das Umkippen der *Chroma-Lancet*. Im Trick-Studio entstanden dann der kosmische Hintergrund und die eigentlichen Laserstrahlen, die man mit dem optischen Printer wunschgemäß in die Realfilmsequenzen hineinkopierte.

Explosionen, Lichtwerfer und Overkill

In der 1. Folge detoniert der Laborkreuzer *Challenger* über der Raumstation *MZ4*. Die 2. Folge zeigt die explodierende, fremde Leitstelle der *Frogs* und die Supernova.

Folge 4 präsentiert die detonierende Telenosestation, gefolgt von zerberstenden Frograumschiffen. In der *Raumfalle*, der 6. Folge, zerschellt eine *Lancet* an einer Magnetglocke, und die letzte Folge läßt den Planetoiden Gordon in einer Explosion vergehen.

Grundlage der Explosionen waren stets Benzinexplosionen oder abbrennende Feuerwerkskörper, die auf dem Bavaria-Gelände gefilmt wurden. Zu diesem Zweck begab man sich an ein dort eingerichtetes großes Bassin, das nach einer Seite von einer sogenannten Horizontwand begrenzt wird (de facto eine hohe Mauer, auf die bei Bedarf ein künstlicher Horizont gemalt werden kann).

Die Aufnahmen dieser Sprengungen kopierte man dann an der entsprechenden Stelle in das Bild, auf dem eine Explosion vorgesehen war.

Die Zerstörung der fremden Leitstelle (Folge 2: *Planet außer Kurs*) durch die Lichtwerfer der ORION sollte anfangs etwas anders gefilmt werden. Bevor letztlich – wie oben angegeben – eine Explosion über die Station kopiert wurde, experimentierte man mit dem Bunsenbrenner.

Mit diesem wurde das Modell der Frogstation in der futuristischen Landschaft kurz erhitzt, dann fotografierte man die entstandenen Deformationen. Dies wiederholte man so oft, bis das Modell gänzlich in sich zusammengefallen war. Dieser Trick sollte, die Wirkung der mächtigen Lichtwerfer der ORION in Szene setzen, aber offenbar überzeugte diese Aufnahme nicht.

Für den Einsatz des *Overkill*, der in der vierten Folge (*Deserteure*) durch den Beschuß des Mondkraters *Harpalus* ein gigantisches Loch in den Erdtrabanten treibt, erfand man einen anderen Trick.

Ausgedacht hat sich diesen Trick Werner Hierl. Bis er auf diesen Einfall kam, hatte er allerdings ein paar schlaflose Nächte. In dieser

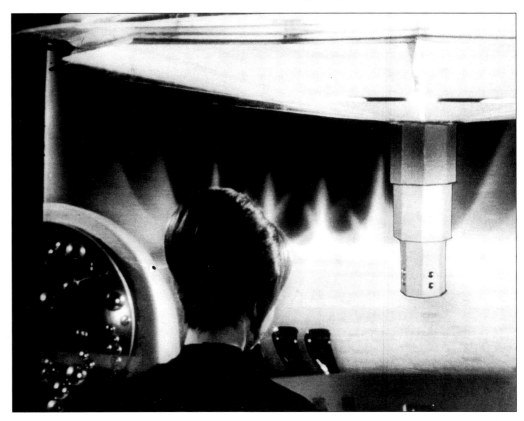

Das Ergebnis einer Kombination aus 13 Bändern, die Basis 104

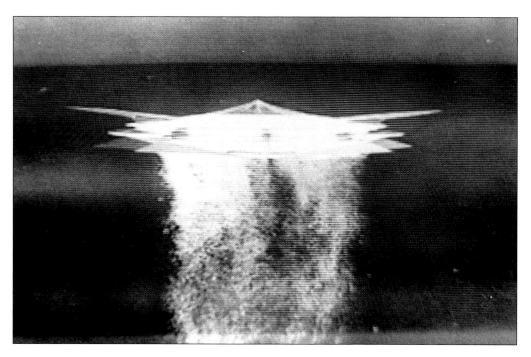

Zeit begab er sich eines abends in den Keller seines Hauses, in dem neben Kartoffel- und Möhrenkisten u.a. eine kleine Werkstatt eingerichtet war. In Gedanken pustete er mit der Preßluftpistole in die Kiste mit den Möhren, die z.T. von einer Schicht Erde bedeckt waren. Mit Freude beobachtete er das Resultat: Die Erde flog davon und ein kegelförmiger Krater blieb in der Erde zurück. Eine unsichtbare Waffe hatte zugeschlagen; der *Overkill* war erfunden.

Im Trickstudio setzte er diesen Einfall sogleich um:

Eine große Gipskugel – ein Modell des Erdmondes – wurde an einer Stelle ausgehöhlt und mit Rosinen, Reis, Kaffeebohnen und Mehl gefüllt und vor eine schwarze Wand gestellt. Diese Füllung der Kugel wurde mit Pressluft angeblasen, die wegfliegenden Partikel mit hoher Bildgeschwindigkeit (High-Speed-Kamera) gefilmt und mit normaler Geschwindigkeit (25 Bilder/sec.) wiedergegeben. Der Effekt war und ist verblüffend: Eine unsichtbare Kraft reißt ein riesiges Loch in den Mond.

Supernova

Die Supernova verdient ebenfalls besondere Beachtung. Im Abschnitt *Interstellare Objekte* wurde ihr grundsätzlicher Aufbau bereits beschrieben. Es war eine mit Brandmasse bestrichene und angezündete Kugel. Damit der Schnelläufer nicht immer gleich aussah, filmte man das brennende Rund von mehreren Seiten.

Der schöne, lange, brennende Supernova-Schweif wurde separat erzeugt, gefilmt und

Oben: Startende Alka-Selzer
Unten: Die ORION auf dem Weg ins All

nachträglich angestückelt. Ein langes, abgewinkeltes Stück Blech wurde mit Brandmasse eingerieben und entzündet. Je nachdem, wie man das Blech vor die Kamera hielt, enstand ein Feuerschweif, der das eigentliche Blech verdeckte.

Das Flammeninferno der herankommenden Supernova, in welches die ORION VII stürzt, entstand dadurch, daß der Trickkameramann Vinzens Sandner in die Flammen eines brennenden Partygrills hineinfilmte und die Flammen gleichzeitig heranzoomte. Das geschah vor dem alten Trickstudio der Bavaria. Vinzens Sandner filmte von der Feuerrettungstreppe (neben dem alten Bavaria-Trickstudio) aus. »Dabei habe ich mir ganz schön die Haare versengt!« erinnert er sich.

Zerstörungen in der ORION
Direkte Explosionen gab es in der ORION nicht, wohl aber eine zerplatzende Verstärkerscheibe im Kampfstand sowie die berstende *Astroscheibe* (beides in der 2. Folge, *Planet außer Kurs*). Eine kleine, auf die betreffende Scheibe geworfene Metallkugel hat diese Zerstörungen angerichtet. Die unverzichtbare optisch-akustische Untermalung der Szene besorgten flackernde Scheinwerfer (als Lichtblitze) und Geräusche (von der Tonkonserve) elektrischer Überschläge (zur Simulation krachender, energetischer Entladungen).

Eine durchgeschüttelte Kamera und effektvoll torkelnde Schauspieler ließen die Kommandostände von ORION, *Hydra* und *Tau* bei Bedarf zittern und beben.

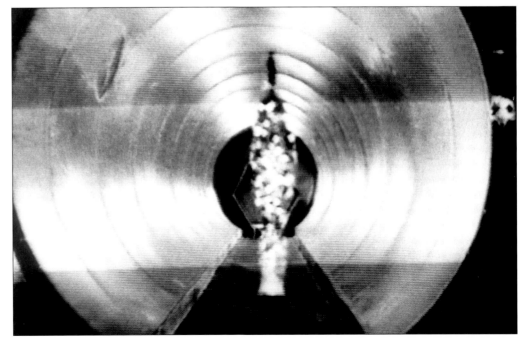

Oben: Der Lichtsturm, ein kosmisches Unwetter
Unten: Unheimliche Exoterristen auf MZ4, die Frogs

Atan Shubashi (Friedrich Georg Beckhaus) wird vor der Chroma-Lancet angegriffen

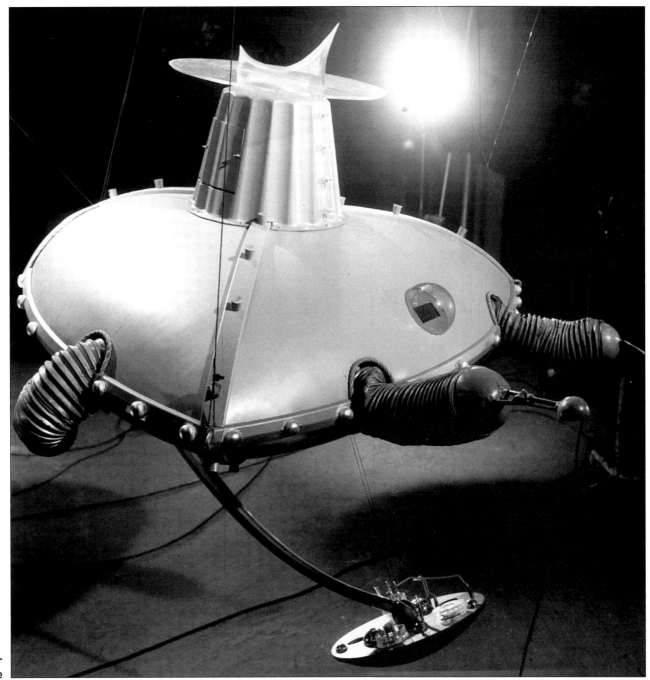
Eines der beiden lebensgroßen Robotermodelle

Laserstrahleinsatz gegen einen angreifenden Roboter des Typs Gamma 7

Hintergrund

Im Abschnitt *Action* kann man lesen, daß man bei den Außenaufnahmen so filmen mußte, daß die Darsteller nicht über den Horizont der Landschaft ragten. Der Horizont wurde im Trickstudio dann schwarz eingefärbt und mit Sternen versehen. Teilweise kopierte man sogar einen Teil neuer Landschaft mit ein.

Hin und wieder erübrigte sich die Notwendigkeit, den Horizont einzudunkeln, indem man schräg von oben filmte, der Horizont demzufolge gar nicht erst ins gefilmte Bild hinein gelangte.

Roboter

Im vorhergehenden Abschnitt (*Interstellare Objekte*) wurde beschrieben, daß mit drei verschiedenen Ausgaben der Roboter gearbeitet wurde: einem hohlen 1:1-Modell, einem 30 cm-Modell und Fotos der Roboter in Originalgröße. Roboterszenen forderten die Drehbücher zu den Folgen 3 (*Hüter des Gesetzes*) und 4 (*Deserteure*). Hier nun die verschiedenen Roboterausführungen mit deren jeweiligem Verwendungszweck:

Die beiden großen Roboter, die innen hohl waren, lagen – je nach Drehbuchvorgabe – entweder auf dem Hallenboden, ruhten auf drei (im Film nicht sichtbaren) Metallstützen oder einem hydraulischen Hubwagen (ein sogenannter »Dolly«) bzw. hingen an dünnen Drahtseilen an der Atelierdecke.

In diese Roboter konnte sich von hinten ein Mensch hineinzwängen und die Greifarme bedienen. Diese bestanden aus flexiblem, geripptem Schlauch mit Gummihandschuhen an den Enden. Zum Beispiel in der 3. Folge (*Hüter des Gesetzes*), als der Roboter im kybernetischen Institut den Sessel zerquetscht oder im Bergwerk von *Pallas* dem Kommandanten die Laserwaffen übergeben werden sowie in der 4. Folge (*Deserteure*), als der Roboter Cliff McLane angreift und mit seinen Armen festhält, bediente man sich dieser Modelle. Wie man erkennt, fand diese Ausführung immer dann Verwendung, wenn man den Roboter nur in einer Teilansicht benötigte und er gleichzeitig irgendetwas mit seinen Armen tun sollte.

Die Bilder der Seiten 154-156 zeigen den großen Roboter und den Mann, der ihn von innen belebte, in Aktion.

So sah der Drehstab die Szene
(Drehort: bei Peißenberg)

Für totale Aufnahmen mit Bewegung kam das kleine Modell zum Einsatz. Waren zwei oder mehr Roboter gefordert, kopierte man den Kleinen in entsprechender Anzahl ein. Die oben geschilderte Szene des Angriffs auf McLane war eine Kombination aus Aktionen des kleinen (Umwenden zum Kommandanten und Schweben in seine Richtung) und großen (Umklammern des Schauspielers) »Maschinenmenschen«.

Sofern die Roboter keine Bewegung auszuführen hatten, sondern nur drohend oder gelähmt im Bild zu sehen sein sollten, setzte die Bavaria entweder die großen Robotermodelle und/oder die Pappkameraden der Modelle ein. Letztgenannte hingen im Einsatz an Tungsramdrähten oder standen in einer anderen Einstellung – von hinten (unsichtbar für den Zuschauer) mit Holzkeilen abgestützt – auf dem Atelierboden.

Die Pappkameraden (im Maßstab 1:1) gab es als stehende und liegende Exemplare. An Drähten aufgehängt war es möglich, mehrere C-Roboter stehend und in voller Größe zu zeigen, ohne diese aufwendig einkopieren zu müssen. In gewisser Weise diente diese Notlösung zum Ausgleich der mangelhaften bzw. nicht vorhandenen Standfestigkeit der Originale. Wenn die Roboter standen, wurde selbstverständlich der zugehörige Fuß anmontiert. Die platten Ausgaben erhielten dann einen Fuß auf Holz-/Fotobasis.

Die liegenden Maschinen zeigte man in der Szene, als die ORION-Crew in der dritten Folge, aus dem Aufzug kommend, mittels ihrer Strahlwaffen die revoltierenden Roboter außer Gefecht gesetzt hatte. Damit die zweidimensionalen Vertreter nicht auffielen, setzte man die beiden großen Originale dazwischen (siehe auch das Bild auf Seite 131).

Die Neutralisation der Roboter per *HM4-Strahler* war natürlich eine (Travelling-Matte)-Kombination aus der Aufnahme des kleinen Roboters und des bereits beschriebenen Laserstrahltricks.

Omikronstrahler

In der 6. Serienfolge (*Die Raumfalle*) machen Commander McLane und Pieter Paul Ibsen die Bekanntschaft eines futuristischen Folterwerkzeuges, der »Omikronstrahlen«. Sie waren nicht nur für Commander Mclane und Pieter Paul Ibsen bedrohlich, sondern auch für den bedauernswerten Menschen, der die kleinen dreieckig geformten Strahlenbündel ins Bild bringen mußte. Ein Mitarbeiter der Trickabteilung ritzte, mit Lupe und Rasierklinge bewaffnet, Bild für Bild die Strahlen in den Film ein. Dazu mußte er 25 Bilder bearbeiten, um eine Sekunde Omikrontätigkeit zu zeigen. Er war also eine Weile beschäftigt. Der Beitrag »Filmtrick und Trickfilm« des Journalisten Robert P. Hertwig, den der Bayrische Rundfunk am 26.07.1969 sendete, erläuterte unter anderem die bei der Produktion der Fernsehserie *Raumpatrouille* verwendeten Filmtricks.

Der Beitrag ist aber leider nach so langer Zeit nicht mehr greifbar, und auch Robert P. Hertwig kann sich nicht mehr an die Einzelheiten der Sendung erinnern.

Zerstörung der fremden Leitstelle durch Lichtwerfer

Sternenhimmel auf N 108a
(v.l.: Winfried van Aacken, Walter Gnilka)

DIE KOSTÜME

Für die Kostüme beauftragte die Bavaria mehrere Kostümbildner mit der Abgabe von Entwürfen. Den Zuschlag erhielt letzlich die Bühnen- und Kostümbildnerin **Margit Bárdy**.

Sie hatte die schwere Aufgabe, die Mode des Jahres 3000 zu entwerfen und diese optisch umzusetzen, d.h. auf Transparenten zu visualisieren. Es gelang ihr, nach einigen – wie Margit Bárdy selbstkritisch äußert – beinahe kitschig wirkenden Versuchen (siehe Seite 158), 31 verwertbare Objekte zu entwerfen.

Unter den geschneiderten Ergebnissen finden sich 13 Damen- und 18 Herrenmodelle. Für die *Raumpatrouille* wurden insgesamt 128 Kostü-

Mr. Robot (Komparse)

me zum Gesamtpreis von ca. 72.100,- DM angefertigt. (Anm.: für die Pfennigfuchser ist die exakte Summe: 72.059,29 DM – d.A.). Es mag zunächst befremden, daß sich diese Zahl nicht mit den 135 Rollen deckt, die im Abschnitt *Die Personen* vorgestellt wurden. Die Lösung ist ganz einfach – wie immer: Einige kleine Rollen kleidete man mit dem Kostüm eines Darstellers ein, der schon abgedreht war (so geschehen u.a. bei der Rolle 19, Raumlotse Hyperion/EAS IV), oder man stellte ein neues Kostüm aus den Bestandteilen eines bereits vorhandenen zusammen (z.B. Rolle 30, Dr. Regwart). In der oben angegebenen Summe sind die Kosten für die zugehörigen Kleinrequisiten wie Broschen, Me-

Auch Roboter machen Pause (v.l.: T. Mezger, D. Schönherr, H. Walter, E. Pflug, C. Holm, W. Völz)

tallrangabzeichen, *HM4*, Arm- und Beinreifen, *ASG* usw. nicht berücksichtigt. Ebenso unberücksichtigt blieben die Unterwäsche, Strümpfe usw., die für die Schauspieler angeschafft wurden. Um die nun fallweise entstehenden Fragen gleich zu beantworten:

HM4	Laserwaffe der Raumfahrer
Arm-/Beinreifen	Kostümteile der Siedler- und Chroma-Anzüge
ASG	**A**rm**s**prech**g**erät (astronaut. Vielzweckarmband)

Die Kosten dieser Teile ließen sich nicht feststellen, da sie entweder in Johann Nothofs Schlosserei oder der Bavaria-Schneiderei angefertigt wurden. Anhand der folgenden Fotos und Zeichnungen (ab Seite 158) sind die Stationen vom ersten Entwurf bis zum fertigen Kostüm zu erkennen. Diese Entwicklungsstufen wurden am Beispiel des Raumfahrer-Overalls optisch dargestellt. Anfangs war eine Version entsprechend dem Bild auf Seite 158 angedacht. Aber sehr schnell kam Margit Bárdy über den Entwurf in dem Bild Seite 159 (oben) zur endgültigen Version, die das Bild Seite 159 (unten) zeigt. Die Versionen im Bild Seite 158 haben sich anscheinend deutlich von der Serie »Perry Rhodan« anregen lassen. Die Kostümentwürfe gelangen so gut, daß man heute – wäre diese Serie nicht in S/W gedreht – kaum mehr sagen könnte, aus welcher Zeit die Produktion stammt. Nach der Fernsehausstrahlung sollte es sogar eine »ORION-Mode« geben, die für ca. 100 – 200 DM im Kaufhaus erhältlich sein sollte. Mehr dazu im Abschnitt *Merchandising*. Gerade die Damenkostüme waren seinerzeit eine Sensation – kniefreie Kleider, das war noch nie da gewesen. »Also, der Witz ist doch der, daß wir mit unseren Damenkostümen die Minimode – Courrèges und Mary Quandt – vorweggenommen haben. Also, Courrèges ist ziemlich genau das, was unsere Damen anhatten. Wir waren damals irrsinnig kühn, indem wir die Röcke zwei handbreit überm Knie aufhören ließen. Da hat die Pflug noch gezittert und sie sagte: ›Meine Beine sind nicht so schön.‹ Und ich hab gesagt: ›Eva, du mußt das mitmachen. Wir können die Frauen nicht so rumlaufen lassen wie heute.‹ ... Zum Beispiel die Frisuren: Das sind Schnitte, die wiederum Sassoon vorwegnehmen. Sie sehen kurze Frisuren, ohne Locken mit einem angeschnittenen Nacken. Das gab es damals nicht. Wir haben damals nicht mit einem Maskenbildner gesprochen, sondern mit der Frau, die für die Ausstattung zuständig war – das war die Bárdy.«

(Michael Braun am 14.04.1991 bei einem Interview mit dem Verfasser)

Geboren wurde Margit Bárdy am 27.08.1929 in Magyarovar (Westungarn). Die Stationen ihrer Laufbahn zeigt diese Aufstellung:

1948-1953	Akademie der bildenden Künste in Budapest; sie studierte in dieser Zeit 8 Semester Malerei bei den Professoren Bernáth Aurél und Bortnyk Sándor.
1953-1956	Erstes Engagement am Theater Madach in Budapest.
1957-1959	Ford-Stipendium an der Akademie der bildenden Künste in München (6 Semester Szenenklasse bei Professor Helmut Jürgens).
1962-1970	Engagement als Kostümbildnerin bei den Bavaria TV-Studios – in dieser Zeit entwarf sie die Kostüme für 70 Filme, so u.a. für *Raumpatrouille* und den Kunstfilm »Triadisches Ballett« (Rekonstruktion) von Oskar Schlemmer.

Kybernetiker Rott (Alfons Höckmann) stoppt eine wildgewordene Maschine

Commander McLane kann es nicht fassen: Er ist Gefangener auf einem Exilstern

1967-1968	suchte sie nach neuen Impulsen und studierte 4 Semester bei Professor Rudolf Heinrich (Akademie der bildenden Künste in München). Das Studium schloß Margit Bárdy mit dem Bühnenbilddiplom ab.
Ab 1970	widmete Margit Bárdy sich ausschließlich der Theaterarbeit (Kostüme und Bühnenbild). Auftraggeber für ihre Künste waren etliche namhafte Häuser. Hier die wichtigsten: Münchener Kammerspiele, Stadttheater Basel und Freiburg, Opernhaus Zürich, Hamburgische Staatsoper, Deutsche Oper Berlin, National Theater Budapest, Staatstheater Kassel und Burgtheater Wien.
1984	errang sie den 2. Preis der internationalen Triennale Novi Sad (Bild Seite 162). Es folgten Arbeiten an der Opera in Brüssel, Volksoper Wien und Covent Garden London.
1988	Die (Ost)Berliner Zeitung verlieh der Künstlerin den Kritikerpreis für ihre Arbeit »Eugen Onegin« (an der Komischen Oper)
1989	Kritikerpreis der Berliner Zeitung
1996	Margit Bárdy-Ausstellung in der Inselgalerie (Berlin)

Verworfener Vorentwurf
(Entwurf und Zeichnung: Margit Bárdy)

Margit Bárdy war bereit, eigens für dieses Buch einige Erinnerungen an die *Raumpatrouille* niederzuschreiben:

Erinnerungen an Raumpatrouille ORION – von Margit Bárdy, September 1990

»... Ich blättere in meinem Kalender vom Jahre 1965 – und suche nach Spuren von meiner Arbeit *Raumpatrouille* ORION. Meine Eintragungen waren eher sporadisch – aber ich finde schon einiges.

Irgendwann zwischen Anfang und Ende Januar 1965 rief mich zu Hause der Bavaria-Herstellungsleiter Lutz Hengst an. Er bat – nur unverbindlich – für die geplante Produktion »ORION« mal Musterblätter von Kostümentwürfen zu zeichnen, er würde mir ein paar Textseiten schicken, allerdings würden noch vier oder fünf Kostümbildner gleichzeitig mit der gleichen Bitte »behelligt«. Die Regisseure Theo Mezger und Michael Braun möchten mehrere Richtungen von Kostümentwürfen sehen, ehe sie sich für einen Kostümbildner entscheiden. Ich bin nicht sehr begeistert, weil ich einerseits sehr viele Aufträge parallel habe und mir das Nur-Kostüme-Entwerfen zum Hals heraushängt (Kostümentwürfe für die Bavaria: 77 TV-Filme und 19 weitere Filme). Ich plane, mich wieder in die Szenenklasse der Akademie der Künste einzuschreiben, um Bühnenbild zu studieren und um mich später endgültig von der TV-Arbeit zu trennen.

Oben: Kostümentwurf Phase 2
(Entwurf und Zeichnung: Margit Bárdy)
Unten: Der endgültige, zur Realisierung taugliche Entwurf (Entwurf und Zeichnung: Margit Bárdy)

Ich erhalte auch nach einigen Jahren mein Bühnenbilddiplom. – Andererseits ist in den nächsten Tagen eine Blinddarmoperation geplant.

Aber ich will Herrn Hengst nicht enttäuschen, sage zu, gehe mit den Textauszügen von *Raumpatrouille* ins Krankenhaus und lese den Text im Bett. Aber der Text ist unverständlich – echte Computersprache. Als ich das den Regisseuren mitteile, trösten sie mich – man muß das gar nicht verstehen ... gut, ich fühle also die Atmosphäre.

So, als ich wieder zu Hause bin mache ich schnell zwei Blätter – kaufe silbergrundierte, billige Kartons in Größe DIN A1. Mit einem Roller mit grauen Temperfarben gehe ich quer und lang durch und schon ist der futuristische Charakter als Hintergrund da. Dann beginne ich ein wenig zu träumen, mit spitzem, hartem Bleistift zeichne ich Silhouetten aufs Pauspapier – Frauen und Männer. Silhouetten genau und realistisch, und so entstehen ca. Mitte bis Ende Januar meine ORION-Figuren. Kopf, Haare, Kleidung, Accessoires bis Schuhwerk im Entwurf.

Die Pauszeichnungen habe ich als Silhouetten ausgeschnitten und mit Tesa auf den Silberkarton geklebt; so ergab sich etwas Technisches und Ungewöhnliches.

Entgegen der später immer behaupteten Meldungen muß ich richtig stellen:

Die von Eva Pflug und den anderen Frauen getragenen Frisuren sind von mir entworfen – die Originalfigurinen haben den Maskenbildnern als Vorlage gedient, die sie recht gut realisiert haben. Das Augen-Make-up ist auch sichtbar auf den Entwürfen.

Fangen wir an beim Kopf:

Auf meinen Entwürfen haben die Frauen auf der Kopfmitte einen Scheitel und davon gehen die Haare vorne in einen tiefen Frou-Frou (bis zu den Augenbrauen). Deshalb mußten die Augen stark geschminkt, Konturen nachgezogen und viel Lidschatten verwendet werden. Vom Scheitel bis hinten in den Nacken stark toupierte, kurze Haare. Allerdings ist der Frou-Frou bis zu den Augenbrauen leider nicht konsequent durchgehalten worden. Selbst bei Eva Pflug reichte er mal bis zu den Augenbrauen, mal endete er höher.

Die Kostüme waren sehr nach der Körperlinie modelliert – komplizierte Schnitte. Röcke überm Knie, dazu Stiefel des gleichen Materials – Wolljersey. Dazu gehörte ein Seidenjersey-Jäckchen im gleichen Schnitt und gleicher Farbe.

Auf den Männerkostümentwürfen ist der Kopf kurz rasiert (dies ist allerdings nur bei wenigen Schauspielern durchgesetzt worden).

Kostümoberteil und Hose nebst Schuhwerk in Einem (aus dunkelblauem Lastex) geschnitten. Dies waren die Grundkostüme. Für diese und die Cocktailkleider suchte ich mit vielen Laufereien die Stoffe in Kaufhäusern zusammen. So, ich schicke die zwei Kartons zu Herrn Hengst und habe die Sache schon fast vergessen – bis Lutz Hengst einige Tage später anruft und mir freudig mitteilt, daß die Regisseure von den eingeschickten Entwürfen meine am treffendsten fanden und ich solle die Serie mit sieben Folgen machen. Ich war gar nicht begeistert. Lutz Hengst wunderte sich.

So hat das damals ausgesehen – beinahe (v.l.: Komparsin, Jörg Reimann, Komparse, Josef Hilger)

Ich dachte aber gleich an den Ärger, die Entwürfe bei den Schauspielern durchzusetzen etc. – und an meinen Plan, das Bühnenbildstudium.

Aber kommen wir zurück zu Lutz Hengsts Anruf. Und da finde ich in meinem Kalender die erste Spur: 17. Februar 1965: »erste Besprechung, Oliver Storz, Michael Braun von 17 bis 22 Uhr«. Die zweite Eintragung finde ich am 19. Februar: »zweite Besprechung im Büro Storz mit Theo Mezger um 9 Uhr«.

Am 20. Februar, Samstag: »dritte Besprechung Mezger, Braun von 10 bis 14 Uhr«.

Nächste Eintragung am Sonntag, 21. Februar: »zeichnen an *Raumpatrouille* von 18 bis 24 Uhr«.

Ich muß ziemlich gut an diesem Sonntag gearbeitet haben, weil schon die nächste Eintragung am Montag ist, den 22. Februar 1965: »Dr. Braun endgültige Figurine zwischen 9 und 11«.

Dann kommt die Eintragung am Freitag, 5. März 1965, und Montag, 8. März, zwischen 18 und 22 Uhr: »Eva Pflug Anprobe bei Frl. Müller.«

Eine frühere Eintragung finde ich am Mittwoch, 24. Februar 1965: »Maskenbesprechung für Eva Pflug 10 Uhr«.

Frl. Müller kommt von der Couture und war sehr begeistert, die ersten Schnitte für Eva Pflug und Frau Lillig machen zu dürfen. Die weitere große Anzahl von Kostümen für alle Schauspieler hat die »Neue Theaterkunst« unter der Leitung von Frau Haeseler gebaut.

Fräulein Müller hat exzellente Arbeit geleistet. Sie war aber von den Anproben mit Frau Pflug so genervt – sie wollte die damals ungewöhnlichen, kniefreien Kleider gar nicht anziehen und hat kein gutes Haar an den entworfenen Kostümen gelassen – daß sie mir für die weiteren Kostümaufträge einen Korb gab.

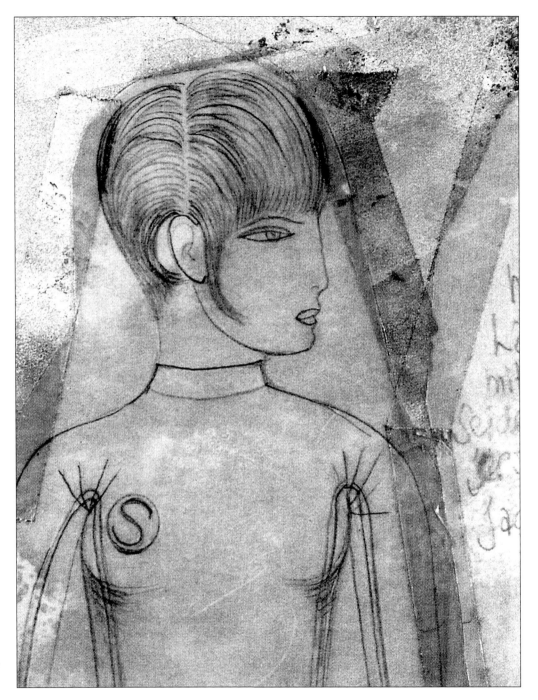

Kostümentwurf Leutnant Tamara Jagellovsk (Entwurf und Zeichnung: Margit Bárdy, Foto: Dieter Neubert)

Frau Vera Otto, eine ältere Kollegin, wurde meine Kostümassistentin, die mit viel Fleiß und Organisationstalent meine Arbeit unterstützte.

Da es damals im TV überwiegend nur schwarz/weiß gab, entschloß ich mich zu hell- und dunkelgrauen Effekten bei der Stoffauswahl.

Die Grundkleider waren in hellgrau und dunkelblauem Stoff genäht. Die Schnitte waren kompliziert und ungewöhnlich. Die »Theaterkunst« mit Frau Haeseler hat fantastische Arbeit geleistet. Sie haben auch unter dem anspruchsvollen Auftrag gelitten.

Die Metallrangabzeichen habe ich nach einer damals üblichen Münchener Straßenbahnfahrkarte entworfen. Die Zahl der in die Quadrate gestanzten Löcher war nach dem Dienstgrad unterschiedlich. Ebenso sind die durchsichtigen Raumfahrerhelme, die Gürtel und das runde Emblem mit dem umgedrehten »S« meine Ideen.

Die Anproben haben sehr lange gedauert, vor allem weil die sieben Folgen im Text erst nach und nach fertig wurden, und so die neuen Rollen erst später entworfen wurden. Eine Eintragung fand ich in meinem Kalender: Montag, 10. Mai 1965, und am Donnerstag, 13. Mai 1965: »Kostümanprobe Trooger 17 Uhr«.

Wann Drehende und sicherlich ein glanzvolles Abschlußfest im Atelier der Bavaria war, kann ich mich schon gar nicht mehr erinnern, und eine Notiz kann ich auch in meinem Kalender nicht finden. Schließlich freue ich mich sehr, daß ich Josef Hilger und Jörg Reimann als Sammler der *Raumpatrouille* ORION nach 25 Jahren kennengelernt habe.

Daß die junge Generation in Kinos mit Begeisterung und Interesse die Serie *Raumpatrouille* ansieht, zeigt, wir haben damals gute Arbeit geleistet.«

Bereits 1965 entwarf Margit Bárdy also diese kurze Mode. 1965 wurde auch gedreht, aber erst 1966 kam es zur Ausstrahlung der sieben Fernsehfolgen.

Inzwischen hatten der französische Designer Courrèges und die Engländerin Mary Quandt tatsächlich eine Mode im – und diese Formulierung erscheint mir angebracht – Bárdy-Stil kreiert.

Dadurch kam es zu der eindeutig falschen Ansicht, die auch durch die Presse geisterte, die ORION-Kostüme seien den Modellen von Courrèges nachempfunden.

Margit Bárdy ist, wie bereits in Dr. Brauns Ausführungen zu den Kostümen zu lesen war, eindeutig früher da gewesen.

Zu den von Margit Bárdy kreierten Weltraum-Frisuren verriet sie in einem Gespräch, daß sie sehr erstaunt war, als die Presse bekannt gab, Hannelore Pollack habe die Schminkmethode für die ORION-Damen entwickelt und sei auch für die Raumfrisuren verantwortlich.

»Frau Pollack hat die Damen geschminkt, das ist richtig – aber die Frisuren wurden nach meinen Angaben umgesetzt!!!« erläutert die Künstlerin. Warum sie die Dinge nicht richtig gestellt habe, wollte ich dann aber doch von ihr wissen. Margit Bárdy erklärt es mit ihrem damaligen starken beruflichen Termindruck, der ihr für derlei Dementi keine Zeit ließ.

»Und später?« – Da wäre es ihr gleichgültig geworden.

Bühnen- und Kostümbildnerin Margit Bárdy

Die Kostüme versah man mit allerlei Accessoires:
- Metallrangabzeichen
- Helme der Druckanzüge
- Gürtel zu den Druckanzügen
- Sauerstoffpatronen
- Armsprechgeräte
- Laserwaffen
- Arm- und Beinreifen der Siedleranzüge
- Gürtel der Chromawissenschaftler und
- Broschen

Die Metallrangabzeichen gehörten zu den Uniformen der Raumflotten- oder *ORB*-Angehörigen. Getragen wurden sie rechts auf der Brustseite der Uniform. Diese Plaketten machten den militärischen Rang ihrer Inhaber erkennbar. So hatte ein Major beispielsweise 12 Löcher in seiner Plakette eingestanzt.

Diese Rangabzeichen bestanden aus 1,2 mm starkem Messingblech, auf dem sich ein Gittermuster und die erforderliche Menge Löcher befand (siehe Zeichnung Seite 166). Die beiden dicken Markierungen, die auf der Zeichnung (Seite 166) erkennbar sind, bestanden aus schwarzem Gewebeband.

Die Helme der Astronauten waren Bestandteil der Raum- oder Druckanzüge. Angefertigt wurden diese aus zwei Halbschalen (Plexiglas). Die hintere Hälfte war mit einem einer halben Ellipse ähnelnden Ausschnitt versehen. Diese Halbschalen ergaben zusammengeklebt den Raumhelm. Der kuriose Ausschnitt fungierte als Atemloch, durch das bei Bedarf, z.B. wenn die Innenseite beschlagen war, per Föhn oder Ventilator Frischluft eingeblasen werden konnte.

Kostümentwurf Commander Cliff A. McLane (Entwurf und Zeichnung: Margit Bárdy, Foto: Dieter Neubert)

Aus der Bavaria-Werkstatt kamen die astronautischen Gürtel. Auf einen 10 cm breiten Träger aus Plexiglas klebte oder schraubte man Telefonbuchsen, CO_2-Patronen, einen Schleifklotz und zwei Kippschalter. Das Ganze (bis auf die Telefonbuchsen und Schalter) verkleidete man mit silberner Tiefziehfolie.

Im vorherigen Absatz wurden bereits die CO_2-Patronen erwähnt. Diese Objekte, üblicherweise zur Unterstützung von Sahnespendern o.ä. eingesetzt, erfüllten in der *Raumpatrouille* ihren Dienst als Sauerstoffbehälter, die einen Raumfahrer 90 Tage (!) mit Sauerstoff versorgen können.

Das astronautische Vielzweckarmband *ASG* (Armsprechgerät) kann diverse Meßwerte der Umgebung (wie Luftdruck, Temperatur) aufnehmen und auch Funkkontakt mit dem Mutterschiff, anderen Astronauten oder der jeweiligen Basis ermöglichen.

Die Reichweite ist auf einige Kilometer begrenzt. Getragen wurde das *ASG*, ähnlich einer Armbanduhr, am linken Arm. Als Material verwendeten die Erbauer Plexiglas, Messing, Schaumgummi, Moosgummi, kleine Plastikgitter (aus Modellbausätzen), Miniaturrelais und Wasserwaagen (natürlich nur deren Libellen). Überdeckt wurde das Ganze wieder mit Tiefziehfolie.

Die Laserwaffen existierten in drei Ausführungen. Bei Version 1 hatte Johann Nothof wieder seine virtuosen Finger im Spiel.

Aus Metallrohren, Blechen, Federn, Schraubendreherklingen, Hülsen, langen Eisenstiften und Dosenausgießern feilte, lötete, schraubte und schweißte er eine funktionstüchtige *HM4* zusammen, deren eingefahrene Spitze per

Kostümentwurf Tamara Jagellovsk und General Lydia van Dyke (Entwurf und Zeichnung: Margit Bárdy, Foto: Dieter Neubert)

Kleine Abkühlung
(v.l.: F. G. Beckhaus, C. Holm, S. Haubold)

Hebeldruck (am Griff) hervorschnellte. Dieses Prachtstück gab es nur zweimal.

Version 2 entsprach optisch dem Original, bestand im Gegensatz dazu aber aus Balsaholz und hatte kein mechanisches Innenleben; also eine unbewegliche Spitze.

Hier begann beinahe eine Serienproduktion. Die genaue Zahl der gebauten Exemplare war nicht zu ermitteln; es waren aber mindestens 10. Die einfachste, 3. Version war nur eine Attrappe, bei der allein der Griff exakt ausgearbeitet war. Auf die klobige Spitze verzichtete

man; statt dessen lief ein flaches Stück Balsaholz vom Griff weg. Diese Variante benutzte man, wenn es so aussehen sollte, als stecke eine *HM4* in der schlanken Hosentasche des Bordanzugs. Hätte man eines der beiden anderen Modelle verwendet, wäre es durch den

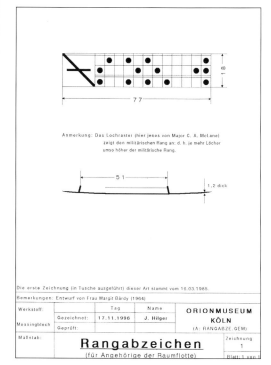

Links: Atan stellt fest, dass auf der Außenbasis MZ4 der Sauerstoff fehlt (v.l.: C. Holm, F. G. Beckhaus)
Unten: Metallrangabzeichen der Raumflottenangehörigen (Entwurf: Margit Bárdy, Zeichnung: Josef Hilger)

klobigen Vorbau der Waffe im Beinbereich zu unschönen Beulen gekommen. Außerdem wäre die Gefahr entstanden, sich mit der Spitze durch den Stoff ins Bein zu stechen.

Eines der einfacher herzustellenden Zubehörteile waren die Arm- und Beinreifen der *Pallas*-Siedler. Hier handelte es sich um ringförmig zusammen geklebte Schaumgummistreifen, die mit silbergrauer Kunststoffolie umringt wurden, die ihrerseits mit einem Stoffnetz umspannt war.

Die breiten Gürtel der Chromawissenschaftler wurden wiederum aus Plexiglas hergestellt, das die Abteilung von Johann Nothof mit aufgeklebten Druckluftschläuchen ummantelt hatte. Real existierender Schmuck in finnischem Design verhalfen Professor Sherkoff und dem Minister für interplanetare Angelegenheiten zu ihren exzentrischen Broschen. Margit Bárdys Erinnerungen verrieten bereits, daß die Kostüme allesamt die »Neue Theaterkunst« in München baute; unter der Leitung von Christa Haeseler. Zum *Raumpatrouille*-Kostümbau befragt, erinnerte sie sich: Auf der Basis von Margit Bárdys Transparentzeichnungen entstand zunächst ein Probeexemplar aus Nessel, einem innenfutterartigen, seidigen Gewebe. Dieses erste Ansichtsexemplar erlaubte einen optischen Gesamteindruck von ihrer Kreation. Nach diversen, zur Optimierung der visuellen Wirkung dienenden Änderungen und Anpassungen arbeiteten 20 Leute der »Neuen Theaterkunst« 4 bis 5 Wochen an der Herstellung der Kostüme. Die Stoffe aller Kostüme wurden übrigens eingefärbt.

Die »Neue Theaterkunst« hatte zur damaligen Zeit (1965) eine Belegschaft von 100 Personen, von denen 40 in München und 60 in Berlin eingesetzt waren.

Auf der folgenden Tabelle sind in einer Art Kassensturz die Kostümentwürfe, die Anzahl der hergestellten Exemplare, das verwendete Material und die Kosten für einen kompletten Entwurf zusammengestellt. Unter einem kompletten Entwurf ist beispielsweise zu verstehen: Ein Cocktailkleid plus der passenden Stiefel oder Stiefeletten, oder der Raumanzug mit Druckhelm, astronautischem Gürtel u.ä.

Die Entwürfe für die 3 Techniker (Entwurf 15 und 17) wurden von der Bavaria selbst hergestellt und fielen daher so kostengünstig aus. Die Plastikreifen zu den Siedler- bzw. *Pallas*-Kostümen, die Chromagürtel als auch die technischen Gürtel zu den Raumanzügen sind ebenfalls Bavaria-Produktionen.

Oben: Laserwaffe HM4 (in Eva Pflugs »Rechter«)
Unten: Armsprechgerät ASG (an Eva Pflugs linkem Arm)
Nächste Seite: 4 Kostüme nach Margit Bárdys Vorgaben (ausgeführt in der Neuen Theaterkunst GmbH)

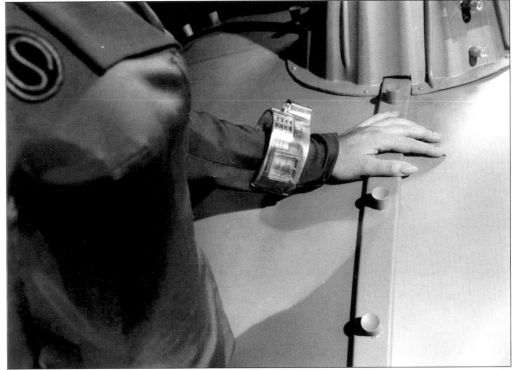

Entwurf Nummer	Bezeichnung	Anz. angef.	Verwendetes Material	Kosten	
01	Raumfahreroverall, Herren	14	dunkelblauer Lastex	750,00	DM
	(GSD-Version)	02	mittelgrauer Lastex	650,00	DM
02	Raumfahrerjacke; passend zu Entwurf 01	07	dunkelblauer Seidenjersey	255,00	DM
	(GSD-Version)	01	mittel(»villa«) grauer Seidenjersey	190,00	DM
03	Druckanzug inklusive Druckhelm	05	schwarze, abgesteppte Seide, silber gespritzt	903,00	DM
04	Raumfahreroverall, Damen (inkl. Stiefeletten);	02	dunkelblauer Lastex	812,00	DM
	(GSD-Version)	01	mittelgrauer Lastex	877,00	DM
05	Bodenuniform, Damen (inklusive Stiefel)	06	dunkelblauer Woll- u. Seidenjersey	1028,00	DM
	(GSD-Version)	03	mittelgrauer Woll- u. Seidenjersey	1028,00	DM
06	Raumfahrer-Bodenuniform, Herren	10	dunkelblaue Seide und Lastex	760,00	DM
07	GSD-Uniform, Herren	07	dunkelgraue Noppenseide	650,00	DM
	Uniform, 2. Wissenschaftler	01	silbergrauer Crêpe-Satin, mittelgrauer Satin	719,00	DM
08	Siedleroverall; davon später 4 als Chromawissenschaftlerkleidung	22	silbergraue, versteifte Glanzseide; Plexiglasgürtel mit Plastikschläuchen; verschieden gearbeitete Arm-, Bein- oder Halsreifen	325,00	DM
09	Kleidung der Murawächter	07	dunkelblauer, mittel- und dunkelgrauer Lastex	420,00	DM
10	Hausanzug von McLane	01	hellgrüne Noppenseide	480,00	DM
11	Casino Zivilanzug McLane	01	Silberlamé, gewaffelt, hellgrauer Lastex	880,00	DM
	Zivilanzug Wissenschaftler Rott	01	grüngrauer Cloque (Perlon), weißgrauer Lastex	699,00	DM
12	Zivilanzug Minister	01	schwarzer Lackcloque, mittel(»villa«-)grauer Lastex	640,00	DM
	Zivilanzug Professor Sherkoff	01	eierschalfarbener Seidencloque	810,00	DM
13	Zivilanzug von Wennerstein	01	mittelgrauer Lastex; silbergraue Rohseide, mausgrauer Lastex	830,00	DM
14	Zivilanzüge, 4 x Starlight-Casino	01	ockergelber Perloncloque und Lastex	699,00	DM
	1 x Wissenschaftler	01	olivbrauner Cloque und Lastex	699,00	DM
		01	eierschalfarbener Perloncloque und weißgrauer Seidenlastex	579,00	DM
		01	weißgrauer glatter Nylon und weißgrauer Seidenrips, grauer Lastex	559,00	DM
15	Technikeranzug (1.Techniker)	01	grauer Leinen und dunkelbraune Wolle	90,00	DM
	Technikeranzug (2.Techniker)	01	grauer Leinen, dunkelbraune Wolle und hellbrauner Gobelin	90,00	DM
		01	schwarzer, silbergespritzter Lackcloque, (»villa«-)grauer Lastex und dunkelgrau melierter Lastex	840,00	DM
	3 x Starlight-Casinogäste	01	grauer Perloncloque, weißgrauer Lastex	699,00	DM
		01	schwarzer, silbergespritzter Lackcloque, ockergelber Lastex	815,00	DM

Entwurf Nummer	Bezeichnung	Anz. angef.	Verwendetes Material	Kosten	
	Zivilanzug Dr. Stass, Wissenschaftler	01	weißgrauer Seidendamast und weißgrauer Lastex	650,00	DM
16	Gefangenenanzug von Tourenne	01	dunkelgrauer Dralon und Lastex	657,00	DM
17	Technikeranzug (3. Techniker)	01	grauer Leinen, olivgrüne Wolle	90,00	DM
18	Cocktailkleid, Helga Legrelle	01	schwarzer Lackcloque	760,00	DM
19	Cocktailkleid, Tamara Jagellovsk	01	schwarz – silberner Lurex Jersey	785,00	DM
20	Bademantel, Tamara Jagellovsk	01	Frottee Crêpe	185,00	DM
21	Cocktailkleid, Ingrid Sigbjörnson	01	grüngrauer Reversible	475,00	DM
		01	schwarzer und weißer Netzstoff	600,00	DM
22	Cocktailkleid mit Stiefeln	01	rötlich grauer Lastex	645,00	DM
		01	weißgrauer Seidenlastex	690,00	DM
23	Cocktailkleid mit Stiefeln	01	schwarzer Bündchenorganza	690,00	DM
		01	silber gespritzter Lackcloque	655,00	DM
		01	hellsilbergrauer Lastex	510,00	DM
24	Cocktailhosenkostüm mit Schuhen	01	schwarzer Lackcloque und Duchesse	520,00	DM
25	Cocktailhosenkostüm mit Schuhen	01	hellrötlichgrauer Lastex	590,00	DM
26	Cocktailhosenkostüm mit Schuhen	01	schwarzer Lack- und Schlangencloque	820,00	DM
27	Cocktailhosenkostüm mit Schuhen	01	schwarzer Schlangencloque	720,00	DM
28	Chromakleid mit Stiefeln (SIE)	02	hellbeiger Wolljersey	788,00	DM
29	Chromakleid ohne Stiefel	03	hellbeiger Wolljersey	650,00	DM
30	Bordanzug Pieter Paul Ibsen	01	dunkelblauer Lastex, hellgrauer Rips	750,00	DM
31	Chromagärtner	02	beige Rupfen, Plastikschürze und Strohhut	554,00	DM

THE NEW ASTRONAUTIC SOUND

»Wie ist die Filmmusik entstanden? Beim Stummfilm hat man den Klavierspieler spielen lassen – nicht damit das Bild schöner wird –, damit das Geräusch des Filmprojektors übertönt wird. Na und den Beruf hab' ich heute. Ich bin also im Grunde der Geräuscheüberbrücker der Maschine. Da aber die Filmapparate nicht mehr Geräusche machen, machen wir jetzt schöne Musik ...«

(Peter Thomas am 25.08.1991 in einem Gespräch mit dem Verfasser)

Der legendäre, selbst in den Hitparaden vertretene Soundtrack der *Raumpatrouille* ist einer der größten »Würfe« des erfolgreichen Komponisten **Peter Thomas**. Er gehört zu einer unverzichtbaren Gruppe von Leuten, die einen gewichtigen Beitrag zur akustischen Gestaltung von Filmen liefern, dabei jedoch meist völlig unbekannt bleiben (bis auf den Namen). Ein kurzes Zitat aus Michael Henkels Bericht »Peter Thomas« beschreibt diesen Umstand sehr treffend: »Er gehört zu denen, die im Hintergrund arbeiten. Keiner verlangt sein Autogramm, das große Publikum weiß nicht, wie er aussieht... Tonsetzer im universalsten Sinne, ein Mann unserer Tage. Ein Kreativer und Macher zugleich, der als Komponist, Arrangeur, Produzent, Talententdecker und -förderer Akzente im Bereich der modernen Unterhaltungsindustrie setzt ...«

Schon sehr früh begann sich der am 01.12.1925 in Breslau geborene Filmkomponist mit der Musik zu beschäftigen, angeregt durch seine beiden Großväter, die ihm das Klavier- und Blasmusikspielen vermittelten.

Derart vorbelastet studierte er nach dem Abitur Blasmusik und begann das Komponieren. Nach den ersten Arrangements, u.a. für RIAS-Orchester, volontierte er beim Filmspezialisten Werner Eisbrenner.

Seine erste große Herausforderung sah Peter Thomas im »Berliner Feuilleton« (einer Sendung zum Zeitgeschehen), für die er allwöchentlich das Leitthema musikalisch umsetzen mußte. Diese Aufgabe brachte ihn letztendlich zur Filmmusik. Im Laufe der Jahre arbeitete er u.a. mit Neven du Mont und Thilo Koch und bekam zunehmend Aufträge für in- und ausländische Filmproduktionen.

Hin und wieder arbeitete er auch für das Fernsehen. Im selben Jahr, in dem Peter Thomas mit der Filmmusik zu »Melissa« seinen Durchbruch feierte, gelang ihm sogleich einer seiner erfolgreichsten Soundtracks: die Musik zur *Raumpatrouille*. »...Meine ersten Gedanken damals, als man mit diesem Angebot an mich herantrat, waren, daß man etwas ganz Anderes als üblich machen mußte. Damals, 1966, gab es noch keine Elektronik in dem Sinne, wie man sie heute in der Musik anwendet; da ließ sich die Musik nur mit den normalen Mitteln erzeugen. Ich versuchte mir also vorzustellen, wie so etwas ein paar Jahre später auszusehen hätte...«

(Peter Thomas in einem frühen Interview mit dem Verfasser)

Einfach machte es sich der heutige (zweifache) Träger des Bundesfilmpreises in Gold nicht. Sein Problem bestand nicht nur in der Kreation der Titel- und Hintergrundmusik, sondern er mußte aufgrund der Handlung in der Serie auch die Musik in 1000 Jahren erahnen, und diese gleich für zwei verschiedene Kulturkreise (*Starlight-Casino*, also Planet Erde, und *Chroma*). In einem Gespräch erinnerte sich der Künstler an einen Teil seiner damaligen Arbeit: »...Bei der Ballettmusik bestand die Notwendigkeit, die entsprechenden Kompositionen schon vorher im Studio zu produzieren, da vom Ballett die Stücke schließlich noch vor Drehbeginn einstudiert werden mußten. Die eigentliche Filmmusik habe ich dann, nachdem die Serie abgedreht gewesen ist, sozusagen auf das Bild komponiert... Für die Aufnahmen zu ›Shub-a-dooe‹ und ›Take sex‹ hatte ich einen Musiker zur Verfügung, der für damalige Zeiten schon ziemlich beknallt war ... und der war ein Vokalistensänger, also so ›dubidubida‹. Daher konnte ich ein Stück wie ›Shub-a-dooe‹ schreiben... Ich war der erste, der einen Vocoder in der Musik einsetzte. Die Verfremdung der Computerstimme mit dem Vocoder, das war einfach meine Stimme zusammen mit einem Celloton aufgenommen.

Das war damals etwas eigenartig...

Da fällt mir ein, bei der Titelmusik auf der Platte ist mir ein Fehler unterlaufen. Das ist mir aber erst viel später aufgefallen.

Ich habe immer, begonnen bei der zehn, rückwärts bis zur null gezählt. Dabei hätte es heißen müssen 10, 9....2, 1 und los...«

Bei den oben angesprochenen Stücken (Shub-a-dooe und Take Sex) handelt es sich um die Musik, die Commander McLane auf dem Planeten *Chroma* (5. Folge: *Der Kampf um die Sonne*) hören konnte. Die Kritiken auf die *Raumpatrouille*-Musik waren eindeutig positiv. Der Soundtrack rangierte bereits vor der Fernsehausstrahlung in der Hitparade von Radio Monte Carlo. Nach dem Fernsehstart belegte Peter Thomas' Leitthema des New Astronautic Sound sogar für 2 Wochen Platz 27 der Deutschen Single-Charts (ab dem 07.01.1967).

In »Deutsches Fernsehen« (40/66) war zu lesen: »Es ist Peter Thomas gelungen, den optischen Erlebnissen gleichrangige akustische Wirkungen gegenüberzustellen. In seinem Astronautik-Sound verbindet er die Rhythmik utopischer Technik mit dem romantischen Flair einer melodiösen Musik zu den Märchen von übermorgen.«

Raumpatrouille wurde zu einer seiner erfolgreichsten Kompositionen. Fragt man den Komponisten, ob er bei einem Kinofilm der *Raumpatrouille* wieder die Musik kreieren würde, so antwortet er spontan: »Na sagen Sie mal! Ist doch klar!!!« Bereits 1966 konnte man die Originalmusik auf Langspielplatte (LP), Audiocassette und Single kaufen. Der LP gönnte man eine besonders ansprechende Aufmachung mit einer aufklappbaren Plattenhülle, deren Außen- und Innenseiten ORION-Szenenfotos zeigten. Zusätzlich war im Innenteil eine weitere Seite eingearbeitet, der einige Zusatzinformationen zur Serie entnommen werden konnten.

Die ursprüngliche Version der LP enthielt 18 Musikstücke, die vom Peter-Thomas-Sound-Orchester gespielt wurden (in Stereo aufgenommen).

Raumpatrouille – (Space Patrol Commando spatial)

A-Seite

Titel	Länge
Space-Patrol (*Raumpatrouille*)	2'00
Shub-a-dooe	1'40
Lancet Bossa Nova	1'57
Love In Space	3'28
Ballet	1'42
Bolero On The Moon Rocks	2'00
Song And Sound The Stars Around	1'30
Landing On The Moon	3'08
Piccicato In Heaven	2'10
Gesamtlänge	19'03

B-Seite

Titel	Länge
Outside Atmosphere	3'12
Take Sex	2'00
Jupiter's Pop Music	3'12
Sky-Life	1'58
Starlight Party	3'00
ORION 2000	1'35
Danger For The Crew	1'56
Position: *Overkill*	2'18
The Space Patrol's Return	3'11
Gesamtlänge	21'50

In den Folgejahren wurden LP und Single mehrfach neu aufgelegt und verkauft. Die LP erhielt man ab dem Zeitpunkt der Neuauflage nur noch in einem Einfachcover.

Inzwischen ist die *Raumpatrouille*-Musik auch auf CD erhältlich; ab 1996 bereits in der zweiten Auflage. Seit 1996 kann man – trotz des allgemeinen Siegeszuges der CD – wieder eine *Raumpatrouille*-Vinyl-LP kaufen. Diese ist ähnlich angelegt wie jene von 1966, d.h. mit einem aufklappbaren Plattencover. Auf dem Cover finden sich originale Schwarzweiß-Szenenfotos und einige Zusatzinformationen zur Serie. Als Kaufanreiz enthalten die aktuellen Auflagen von CD und LP drei Bonus-Tracks – »Mars Close Up«, »Hedono« und »Moontown« – mit futuristisch klingender Musik, die jedoch keinen direkten Bezug zur *Raumpatrouille* aufweist. Entnommen hat man die Bonus-Tracks einer 1975 erschienenen Peter-Thomas-LP mit dem Titel »ORION 2000«, die allerdings keinerlei *Raumpatrouille*-Bezug hat.

Der neuen CD liegt zudem ein ausführliches Booklet bei, dem interessante Details zur Struktur des Peter-Thomas-Sound-Orchesters entnommen werden können. Zusammen mit der neu aufgelegten LP und CD bot das Plattenlabel »Bungalow Records« eine 10-inch-Platte an, deren Cover Farbfotos zeigten. Auf dieser findet man neben der Titelmusik drei weitere Stücke der alten ORION-2000-LP; »Under Control«, »Rockin' Computer« und »Malaparte Sinus«. Auf der Single, die – wie erwähnt – auch mehrere Auflagen erlebte, hatten naturgemäß nur zwei Stücke Platz. Man wählte für die A-Seite – natürlich – das Titelthema »Space-Patrol«. Bei der B-Seite entschied man sich für den *Chroma*-Song »Shub-a-dooe«. Die Aufnahme auf der ersten Single war übrigens in Mono, obwohl die 1966er LP bereits eine Stereoaufnahme enthielt.

Für den französischen Markt produzierte die Firma Philips eine eigene Single-Variante, die in einem ansprechenden Hardcover vertrieben wurde. Vorder- und Rückseite des selbigen waren mit Schwarzweiß-Szenenfotos bedruckt. Entsprechend dem französischen Serientitel der *Raumpatrouille* wurde die Single unter dem Namen »Commando Spatial« (»Les aventures fantastiques du vaisseau spatial ORION«) veräußert. Im Gegensatz zu der deutschen Single waren gleich 5 Musikstücke auf die französische Ausgabe gepreßt. Von der A-Seite ertönte »Space-Patrol« (*Raumpatrouille*), »Shub-a-dooe« und »Lancet Bossa Nova«, die B-Seite präsentierte »Take Sex« und »Jupiter's Pop Music«. Die zugehörige Bestellnummer lautete 423.581 BE. Die beschriebenen Auflagen der erwähnten Tonträger waren bzw. sind unter folgenden Daten zu erhalten:

Komponist Peter Thomas

> **LP (Erstausgabe im Klappcover):**
> 843 796 PY, PHILIPS TON GmbH
> **LP (1. Neuauflage im Einfachcover):**
> 64 34 261, bei Fontana special
> **LP (2. Neuauflage im Klappcover):**
> RTD 3460009.1 32, bei Bungalow Records
> **LP (3. = akt. Neuauflage im Einfachcover):**
> bung 009 bei Bungalow Records
> **Single (Erstausgabe):**
> 346 018 PF, PHILIPS TON GmbH
> **Single (2. Auflage):**
> 346 018 PF, PHILIPS TON GmbH
> **Single (3. Auflage):**
> 870353 – 7, PHILIPS TON GmbH
> **10-inch-Platte:**
> RTD 346008.0 22, Bungalow Records
> **Audio-Musikcassetten (Erstausgabe):**
> AB 843796.11-19, AB 843796.21-29, PHILIPS TON GmbH
> **Audio-Musikcassette (Neuauflage):**
> 74240 445, Fontana special
> **CD (Erstausgabe):**
> 838227 – 2, Polyphon
> **CD (1. = aktuelle Neuauflage):**
> RTD 3460009.9 43, Bungalow Records

Die Originale von 1966, insbesondere die LP mit dem Klappcover und die Audiocassetten, sind nur noch als Rarität zu entsprechend hohen Preisen auf Flohmärkten, LP-Börsen oder in entsprechenden Antiquariaten erhältlich. Im Jahr 1975 erschien bei der Frankfurter Plattenfirma »Ring Music« eine LP mit dem Titel »ORION 2000«. Sowohl der Titel der LP als auch die Musik selbst erweckten den Eindruck, als ob ein starker Bezug zur *Raumpatrouille* besteht. Wie bereits ausgeführt, gelangten einige dieser Stücke im Jahr 1996 zu neuen Ehren. In diesem Jahr fanden sie auf den Neuauflagen von LP und CD als Bonus-Tracks Verwendung. Erhältlich ist diese Scheibe unter folgenden Daten:

Bestellnummer: A 30024, bei der Firma: Josef Weinberger GmbH, Oeder Weg 26, 60318 Frankfurt am Main. Hier ein Inhaltsverzeichnis der »ORION 2000«-LP:

ORION 2000	
A-Seite	
Titel	Länge
Under Control	2'39
Power Boost	2'22
Hedono	3'05
Mars Close up	2'31
Pozzolicco	1'48
Flash Point	2'34
Gesamtlänge	14'59
B-Seite	
Titel	Länge
Rockin' Computer	2'08
Moontown	3'32
Gamblin' Ostinato	2'38
Katachi	2'01
Malaparte Sinus	2'54
Meeting: Palermo	2'39
Gesamtlänge	15'52

Nach Angaben von Peter Thomas handelt es sich bei diesen Stücken trotz aller scheinbaren Verwandtschaft zu Titel und Musik des Originals von 1966 definitiv nicht um unverwendete oder geplante Musik zur *Raumpatrouille*.
»... Das hatte keine Nabelschnur dazu ...«
(Peter Thomas am 25.08.1991 in einem Gespräch mit dem Verfasser)

Musik, die eigens für die *Raumpatrouille* geschrieben, aber nicht verwendet wurde, bietet (laut zugehörigem Booklet) die CD »twenty easy listening classics« (529 491-2 bei Polydor). Das betreffende Stück heißt »Till The Blue Moon«. Eine kaum noch überschaubare Anzahl Coverversionen des *Raumpatrouille*-Titelthemas (Space-Patrol – *Raumpatrouille*) sind bis heute eingespielt worden. Je eine Interpretation spielten die Rundfunkorchester des NDR und WDR. Viele davon – speziell die von Popgruppen kreierten – erschienen auf Schallplatte oder CD. Zu einigen dieser Versionen wurden sogar Videoclips produziert. Hierzu zählen: »The Bullfrog Hip« der Aachener Popgruppe XY (1989), »ORION« von F1 for help (1996) und »*Raumpatrouille*« von Kosmonova (1996).

Beinahe ebenso unüberschaubar sind die weiteren Anlässe, zu denen »Space-Patrol« gespielt wurde und wird. Beispiele hierfür sind: Ankündigung und/oder Hintergundmusik von Radio-/TV-Sendungen bzw. Beiträgen, die dort ausgestrahlt werden. Manchmal wird eine bearbeitete Version auch in einen Film eingebaut; zuletzt geschehen in dem Kinofilm »Kleines Arschloch«. Immer wenn die Titel »Ballet«, »Piccicato In Heaven«, »Jupiter's Pop Music« oder ein weiteres, namenloses Stück im *Starlight-Casino* erklangen, konnte der Zuschauer die utopischen, heute komisch wirkenden Tänze beobachten. »Der Modetanz von übermorgen ist reichlich unbequem und heißt Knieknick. Die Partner umarmen sich zärtlich in der Beuge und kraulen sich dabei zärtlich in der Kniegegend«, schrieb der »Stern« in einem frühen Artikel über die Dreharbeiten (22/65). An den Namen »Knieknick« konnte sich kein Mitglied des Drehstabes erinnern. Erfunden hat die Tänze der Choreograph William Miliè, der 1929 in Pittsburgh geboren wurde und im August 1987 im Alter von 57 Jahren in Paris verstarb. Er war gleichzeitig Tänzer, Choreograph und Pädagoge, dem die Förderung des Nachwuchses besonders am Herzen lag. 1959 kam er nach Europa. In München gründete er eigene Compagnien, das »Broadway Jazz Ballet« und sein »Depot Dance Studio« in Schwabing. Einer seiner größten Erfolge war 1973 die Choreographie zu »Kiss me Kate« am Münchener Gärtnerplatz. Bernsteins »Mass« gehörte 1981 zu seinen letzten choreographischen Werken.

Oben: Die Soundtrack-Ausgaben im Überblick
Rechts: Vom Komponisten Peter Thomas handgeschriebene Notenzeilen

KAPITEL VI – DIE DREHARBEITEN: TECHNIK UND ABLAUF

ACTION

Bild- und Tonequipment

Zu Beginn dieses Kapitels sei zunächst der wesentliche Teil der für die *Raumpatrouille* verwendeten Ausrüstung an Bild- und Tonaufzeichnungsgeräten nebst Zubehör beschrieben.

Hinsichtlich der Bildaufzeichnungsgeräte profitieren wir vom Erinnerungsvermögen des damaligen Chefkameramanns, Kurt Hasse, der die Geräte und ihre Verwendung noch sehr gut in Erinnerung hatte:

a) Bildaufzeichnungsgerät

Die Schwarz-/Weiß-Studioaufnahmen erfolgten mit einer 35mm Spiegelreflex-Film-Kamera des Münchner Herstellers ARRI (Arnold & Richter KG), die unter der Bezeichnung ARRI 35 BII vertrieben wurde. Bestückt mit 300 m-Filmkassetten (35 mm) und völlig geräuschisoliert durch ein Schallschutzgehäuse, genannt Blimp, wurden im Verlauf der Dreharbeiten etwa 63 km Schwarzweißfilm belichtet. Obwohl es sich beim eingelegten Film um Lichttonfilm handelte und die ARRI diese Tonspur auch nutzte, verwendete man den extern aufgenommenen Ton, den Werner Seth mit seiner Crew auf Magnetband speicherte.

Auf die Arriflex 300 war ein sogenanntes Blimp-Vorderlicht montiert. Drei verspiegelte 250 Watt-Lampen spendeten Zusatzlicht in direkter Aufnahmerichtung.

Seitlich angebracht hatte man zusätzlich ein sogenanntes »Augenlicht« eine 150 Watt-Lampe. »Das war besonders bei den Damen wichtig«, erinnerte sich Kurt Hasse. Das Augenlicht war seine Idee.

Als zusätzliche Ausrüstung für die ARRI stand Kurt Hasse ein Transfokator (mit 25 bis 250 mm Brennweite) zur Verfügung. Hinter dieser Bezeichnung verbirgt sich de facto eine Art Zoomobjektiv. Kurt Hasse berichtete in diesem Zu-

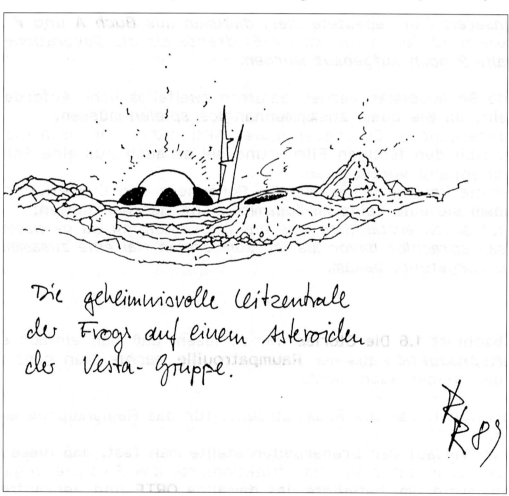

Planet außer Kurs (gezeichnet von Ralf Zeigermann)

sammenhang, daß die Transfokatoren hinsichtlich ihrer kontinuierlichen Schärfe über die gesamte Brennweite sehr unterschiedlich ausfielen. Daher hatte er seine Transfokatoren stets selbst ausgesucht.

In der Regel hatte man die Aufnahmekamera auf der hydraulisch höhenverstellbaren Befestigungsmechanik eines fahrbaren Kamerawagens montiert.

»Dolly« heißt dieses praktische Zubehör. Es erlaubt dem Kameraschwenker hinter seinem Aufnahmegerät Platz zu nehmen und ggf. am Set gefahren zu werden, z.B. wenn Kamerafahrten gefordert sind.

Im vorherigen Kapitel (Abschnitt *Die Tricks*) wird beschrieben, daß die Dollys fallweise anstatt einer Kamera einen Roboter nebst darin steckendem Komparsen fuhren.

An 18 Drehtagen filmte man mit 3 ARRI-Kameras im EC-(Electronic Cam)- Verfahren.

Das EC-Verfahren wurde seinerzeit in Zusammenarbeit zwischen der Firma Siemens AG und der Bavaria Atelier GmbH entwickelt. Es ermöglicht Aufnahmen, bei denen eine Szene mit drei Kameras gleichzeitig gefilmt wird. Die aufgenommenen Bilder werden zum Bildregietisch (einem elektronischen Schneidetisch) übertragen und dort auf drei Monitoren angezeigt. Der Regisseur und der Schnittmeister können von diesem Schneidetisch aus die Stellen markieren, an denen ein Kamerawechsel vorgenommen werden soll. Dabei wird an die Kameras ein elektronisches Signal übermittelt, welches mit aufgezeichnet wird. So kann beim körperlichen Schnitt des aufgenommenen Filmmaterials direkt auf diese Markierungen zurückgegriffen werden. Zu diesem Zweck wurden die verwendeten ARRI-Kameras zusätzlich mit einer elektronischen Sucherbildübertragung ausgerüstet. Beim EC-Verfahren bestand die besondere Schwierigkeit darin, 3 Lichtrichtungen gleichzeitig auszuleuchten, da – wie erwähnt – zeitgleich mit mehreren Kameras gefilmt wurde.

Bezüglich der Blende mußte daher berücksichtigt werden, daß beim letztgenannten Verfahren der Hellsektor lediglich 120 anstatt 180 Grad betrug. Dies war stets durch 1/3 mehr Blende zu kompensieren. Der Vorteil von EC-Aufnahmen besteht darin, daß man die ge-

Kameramann Kurt Hasse (links) und sein Assistent Udo Drebelow

wünschten Aufnahmewinkel und Ausschnitte gleich beim ersten Drehdurchgang aufzeichnen kann. Wiederholungen für Gegenschüsse usw. können dadurch entfallen. Das ermöglicht wiederum lange Takes und erfordert eine besonders gute Vorbereitung der Darsteller, da mehr Text als üblich in einem Aufnahmevorgang gesprochen werden muß.

Für die nachzusynchronisierenden (Außen-) Aufnahmen in Höhenried und Peißenberg gelangte eine stumme, unverblimpte ARRI 35 mit 120 m-Filmkassetten zum Einsatz. Bei dieser war sowohl eine Bedienung auf einem Stativ als auch freihand möglich.

In den Produktionsunterlagen ist ihr Einsatz an 7 Tagen erwähnt.

Ein Mitchell-Projektor, der an 8 Tagen eingesetzt war, sorgte für großflächige Projektionen (z.B. den Hintergrund auf *Chroma*).

Immer wenn Farbaufnahmen – wegen des Blue-Screen-Verfahrens – unumgänglich waren (*Starlight-Casino*, *Satellitenfeld*), griff Kurt Hasse auf die Pavo Super Color »L« (Andre de Brie) zurück. Diese Kamera wurde wegen ihres exakten Bildstandes eingesetzt und wurde an insgesamt 4 Tagen benötigt. Licht ist beim Film sehr wichtig. Für die korrekte Ausleuchtung der Dekorationen (Sets) sorgen Scheinwerfer zwischen 500 und 2000 Watt.

Größere als die oben angegebenen 2 kW-Scheinwerfer konnte man aus Platzgründen nicht einsetzen. Die Kommandokanzel war sehr eng und schwierig auszuleuchten.

Um spezielle Lichteffekte zu erreichen, z.B. ein etwas kälteres Hintergrundlicht, kombinierte Kurt Hasse normales mit Neonlicht.

Die Beleuchtung war überhaupt sehr aufwendig, und es gab Spitzentemperaturen von 40 – 50 Grad in der Halle.

»Die Maskenbildner mußten aufpassen, daß die Schminke nicht weglief.

Daher hab' ich bei Drehpausen immer den Hauptschalter rumgeworfen um die Lampen auszuschalten.«

(Kurt Hasse am 30.03.1993 in einem Gespräch mit dem Verfasser)

Oben: Eine komplizierte Blue-Screen-Szene wird in Halle 4/5 vorbereitet
Unten: Einsaz des EC=Electronic-Cam-Verfahrens

Einsatzübersicht von Kameras und Mitchell-Projektor

Die normale, verblimpte ARRI 35 BII ist hier nicht erfaßt, da sie ständig benutzt wurde.

Einem aufmerksamen Betrachter der ORION-Abenteuer ist folgender Lichteffekt sicher nicht entgangen: Immer wenn McLane mit seiner Mannschaft durch die großen röhrenförmigen Gänge wandelte, folgte ihnen das Licht. Das heißt, vor der Besatzung flammte Licht (hinter den Wänden der röhrenförmigen Hauptverbindungsgänge) auf, während es hinter ihnen wieder erlosch. Auch dieser Effekt war eine Idee von Kurt Hasse, der zu diesem Zweck die Beleuchtung »auf Widerstand« schalten ließ. Er erinnert sich, daß dieser Vorgang, da er nicht elektronisch mit Lichtschranken o.ä. gesteuert werden konnte, von Hand durchgeführt wurde und also sehr oft geprobt werden mußte, bis das Timing stimmte. An diese aufwendige Abstimmungsarbeit erinnerte sich auch Brigitte Liphardt, die Regieassistentin von Dr. Braun, noch genau.

Als Filmmaterial verwendete die Bavaria 35 mm S/W-Rohfilm (KODAK) mit einer Empfindlichkeit von 21 DIN = 100 ASA (Typ: K.D.X.), von dem 62.550 m (!) belichtet wurden. Für besondere Lichtempfindlichkeit sorgte in seltenen Fällen der K.D.X.X.-Film (Verbrauch: 2940 m), der für die Aufnahmen mit Rückprojektion und die Peißenberger Außenaufnahmen in die Kamera eingelegt wurde.

Wie bereits bei der »DeBrie« erwähnt, wurde auch ein gewisser Anteil Farbfilm (EASTMAN COLOR, 5.350 m – davon 3.000 m für die Trickabteilung) belichtet.

b) Tonaufzeichnungsgerät

Nach Angaben des Tonmeisters Werner Seth lieferte die Tonabteilung in der Hauptsache den Tonwagen und die NAGRA-Tonband-Maschine.

Die NAGRA – übrigens die in Insiderkreisen als legendär geltende NAGRA III – wurde jedoch nur in Reserve gehalten und selten eingesetzt, z.B. für kleinere Geräuschaufnahmen, sogenannte »Nurtöne«.

Damals wurden in der Hauptsache Tonwagen für die Tonaufnahmen innerhalb und außerhalb der Ateliers verwendet. Ein Tonwagen ist eine in einem Fahrzeug untergebrachte, fahrbare

Einsatzzeitraum (Drehtag)	Nutzungs-dauer		Dekoration
EC-Einsatz (Electronic-Cam)			
Di., 20. (24.) bis Mo., 26.04.65 (28.)	5	Tage	Büro Wamsler
Fr., 07. (37.) bis Mo., 19.05.65 (45.)	9	Tage	ORB-Führungsstab, ORB-Sitzungssaal, GSD – Büro Villa und Mura – kahler Raum
Di., 01. (53.) bis Fr., 04.06.65 (56.)	4	Tage	Kabine Tamara und McLane, ORION-Kommandokanzel
Gesamteinsatz der EC-Anlage:	18	Tage	
Mitchell-Projektor:			
Di., 27.04.65 (29.)	1	Tag	Kommandokanzel
Fr., 30.04.65 (32.)	1	Tag	Amt für Kybernetik, Konferenzsaal
Mo., 03.05.65 (33.)	1	Tag	Amt für Kybernetik, Konferenzsaal
Di., 06. (76.) bis Sa., 10.07.65 (80.)	5	Tage	Basis 104 / Peißenberg
Gesamteinsatz der Mitchell-Anlage:	8	Tage	
ARRI (stumm):			
Mo., 28. (70.) bis Di., 29.06.65 (71.)	2	Tage	
Fr., 02.07.65 (74.)	1	Tag	Chroma
Mi., 07.07.65 (77.)	1	Tag	Chroma
Fr., 09. (79.) bis Sa., 10.07.65 (80.)	2	Tage	Peißenberg
Gesamteinsatz der stummen ARRI-Anlage	6	Tage	Peißenberg
Pavo Super Color »L« (Farbkamera des Herstellers: Andre de Brie):			
Do., 24. (68.) und Fr., 25.06.65 (69.)	2	Tage	
Mi., 30.06.65 (72.)	1	Tag	Satellitenfeld
Fr., 02.07.65 (74.)	1	Tag	Chroma-Dachgarten
Gesamteinsatz der DeBrie-Anlage:	4	Tage	Chroma, innen

Tonregie mit einem großen 12-Kanal-Mischpult sowie entsprechendem Zubehör wie Verstärker, Entzerrer, Filter und zwei Telefunken M5 1/4-Zoll-Bandmaschinen. Als Fahrzeug diente damals ein Mercedes-Kleinbus.

Weitere Tonaufnahmegeräte wurden von Werner Seth nicht verwendet. Die gesamte Tonaufzeichnung erfolgte mit einer Bandgeschwindigkeit von 38 cm/s auf Magnetband (und Lichtton).

Die niedrige Deckenhöhe der Kommandokanzel (2,5 m) machte natürlich auch dem Tonmeister Seth einiges Kopfzerbrechen.

Ein Mikrophongalgen ließ sich aufgrund der engen Raumverhältnisse in der ORION-Kommandokanzel nicht einsetzen. Bei diesem Gerät handelt es sich um einen dreirädrigen Wagen, auf den ein bis zu 10 m ausfahrbarer Teleskoparm montiert ist. Zur Bedienung sind zwei Assistenten nötig. Der eine bedient den Teleskoparm, der andere schiebt den gesamten Wagen in die vorher bestimmte Position.

Aufgrund der engen Raumverhältnisse in der ORION-Kommandokanzel war es nicht möglich, ein so großes sperriges Gerät darin zu verwenden.

Also arbeitete man ersatzweise mit einer sogenannten Mikroangel. Je nach Bedarf wurden eine oder mehrere dieser Mikroangeln von Werner Seths Assistenten gehalten. Wenn auch keine Mikroangeln verwendet werden konnten, z.B. wegen einer noch niedrigeren Decke, mußten die Mikrophone, unsichtbar für die Kamera, in die Dekoration eingebaut werden.

Bei offenen Dekorationen hingegen, wie z.B. dem *Starlight-Casino*, wurden sowohl der Galgen als auch Mikrofonangeln benutzt.

BAU- UND DREHFOLGE

In Rahmen von Dreharbeiten fällt nebenher eine Menge Papierkram an. Drei wesentliche Unterlagen seien hier kurz dargestellt, da der Folgetext mehrfach darauf Bezug nimmt.

Der Drehplan soll als erstes beleuchtet werden. Diese Unterlage fand sich im Büro des Aufnahmeleiters Manfred Kercher; er hing dort an der Wand. Es handelt sich dabei um einen gigantischen Terminplan, der für alle an der Produktion Beteiligten bindend ist. Er vereinigt in übersichtlicher Form für jeden Drehtag die Elemente Drehort(e), zu benutzende Dekoration(en), disponierte Darsteller(innen), Komparsenbedarf und zu drehende Drehbuch-

Dreharbeiten im Schloß Höhenried, das in der Serie als Chroma-Regierungsgebäude fungierte

seite(n). Bei Terminverzögerungen wird der Plan angepaßt. Kurz vor Drehbeginn wird die erste Disposition bekannt gegeben. Sie wird ab dann vor jedem einzelnen Drehtag erstellt und repräsentiert im Prinzip einen Drehplanauszug mit Ergänzungen. So findet man darin die geplanten Arbeitszeiten für den Drehstab, die abzudrehenden Drehbuchseiten, das Motiv (Set), die vorgesehenen Rollen (Darsteller) und die Garderoben-/Schminktermine (Maske) der Schauspieler. Wenn nötig enthalten die Dispositionen weitere Zusatzinformationen wie z.B. Anfahrtsbeschreibungen zu Außendrehorten.

Die Dispositionen sind also Vorabinformationen für den Drehstab und die Darsteller. Mit ihrer Hilfe setzte man diesen Personenkreis im voraus über den geplanten Verlauf eines Drehtages in Kenntnis.

Nach jedem Drehtag ist der tatsächliche Verlauf der Arbeiten genau zu dokumentieren. Hierzu erstellt man Tagesberichte. Sie spiegeln detailliert wieder, was und mit welchem Aufwand tatsächlich gedreht wurde. Neben den Angaben zum Set und den Darstellern sind darin die abgedrehten Buchseiten (inklusive aller evtl. Wiederholungsklappen), der sonstige Personalbedarf (Bühne, Beleuchter usw.), Film- und Tonbandverbrauch, die Anzahl der aufgenommenen Szenenfotos, gedrehte Filmminuten, Besonderheiten/Probleme und eine Kurzdisposition für den Folge(dreh)tag erfaßt. Die Tagesberichte werden vom Aufnahme- und vom Produktionsleiter unterschrieben.

In der Regel bekommt man diese Unterlagen nicht zu sehen. Damit man sich diese besser vorstellen kann, ist auf den Seiten 182 und 183 je ein Exemplar dieser Unterlagen abgebildet.

Am Mittwoch, den 28.10.1964 – also etwa ein Jahr vor dem offiziellen Drehstart – führte man mit den Darstellern Ellen Umlauf und Peter Neusser im Keller der Halle 4/5 Probeaufnahmen (4 Einstellungen) durch. Dem Fachmann sind diese Aufnahmen als »Nullklappen« bekannt. Im zugehörigen Tagesbericht ist diese frühe Klappe sogar als »Doppelnullklappe« (00) bezeichnet. Ausgeführt wurde dies von den Regisseuren Dr. Michael Braun und Theo Mezger, dem Kameramann Herrmann Gruber, dem Kamera-Assistenten Führbringer sowie dem Tonmeister Storr (mit dem NAGRA-Gerät). 6 Wochen (vom 15.02. bis zum 29.03.1965) benötigte der Dekorationsbau, um in den beiden Bavaria-Hallen 2 und 4/5 die Zukunftsphantasien von Rolf Zehetbauer und seinem Team Realität werden zu lassen. Noch während in Halle 2 ge-

Werner Seth, der Tonmeister

Links: Tamara, Professor Sherkoff und Commander McLane sind entsetzt über die falsche Programmierung (v.l.: Eva Pflug, Erwin Linder, Dietmar Schönherr)
Oben: Ein Maler streicht die Tunnelelemente goldfarben

Die Dekoration »MZ4-Landeschacht« wird drehfertig gemacht

baut wurde, begannen in Halle 4/5 die Dreharbeiten zur *Raumpatrouille*. Eine Woche vor dem offiziellen, im Drehplan fixierten Drehstart, d.h. am Dienstag, den 09.03.65, erfolgten Aufnahmen (Nullklappen) im Rahmen von Maskenproben. Disponiert hatte der Drehstab dafür die Darsteller Ursula Lillig, Wolfgang Völz und F. G. Beckhaus. Vom Drehstab fanden sich hierzu Michael Braun, Theo Mezger, Kurt Hasse und Udo Drebelow am Set ein. Obschon laut Drehplan Montag, der 15.03.65 als Drehbeginn disponiert war, erfolgten an diesem Tag aber Testaufnahmen und technische Proben. Die erste Klappe fiel schließlich am Dienstag, den 16.03.1965 um 10.20 Uhr in der Dekoration *MZ4-Landeschacht*. Laut Drehplan waren 76 Drehtage vorgesehen. Beendet waren die Dreharbeiten nach 17 Wochen = 80 Drehtagen, am Samstag, den 10.07.1965 um 14.45 Uhr. Die letzte Aufnahme wurde in Peißenberg für die fünfte Folge (*Der Kampf um die Sonne*) aufgenommen.

Es wurde offenbar nicht kontinuierlich, d.h. nicht in der Reihenfolge gedreht, wie es der Ausstrahlungsfolge und Handlung der einzelnen Abenteuer entspricht. Dies war und ist nichts Ungewöhnliches und dient im Interesse der Kostenreduzierung einem rationellen Ablauf der Dreharbeiten.

Jede wirtschaftlich geplante Filmproduktion erfordert eine präzise koordinierte Terminierung der Bau- und Drehzeiten. So muß u.a. die Hallenbelegung so kurz wie möglich terminiert sein, um Folgeproduktionen nicht zu blockieren. Auch sind die Terminpläne der Schauspieler so auszulegen, daß man diese nicht zu lange ans Haus bindet. Dabei sind eventuelle weitere Engagements (am Theater o. ä.) derselben ebenfalls zu berücksichtigen.

Disposition vom 25. März 1965

Dem muß die Struktur des Drehplans Rechnung tragen. Daraus resultiert, daß, wie erwähnt und in den Bau- und Drehplänen erkennbar ist, in Halle 4/5 schon gedreht wurde, während in Halle 2 noch emsig an den Dekorationen gebaut wurde. Umbauten in Halle 4/5 wurden erledigt, während das Team in der Halle 2 filmte. Im Fall der *Raumpatrouille* bedeutete dies, daß bis zu dem Zeitpunkt, an dem die Dekorationen in Halle 2 fertig aufgebaut waren, aus Buch A und F bereits insgesamt 83 Seiten (in Halle 4/5) abgedreht waren. Eine Folge dieser Vorgehensweise ist, daß eben nicht chronologisch gedreht wird. Die Schauspieler spielen quasi zusammenhanglos.

Ein Beispiel soll dies verdeutlichen:
Die erste Szene der 1. Folge (*Angriff aus dem All*) wurde erst am 8., die letzte Szene der 7. und letzten Folge (*Invasion*) bereits am 40. Drehtag aufgenommen.

Als unbefangener Zuschauer dieser Aktivitäten wäre man nicht in der Lage, sich den fertigen Film – und sei es auch nur eine Folge – im Zusammenhang vorzustellen. Es sei denn, man kennt die Drehbücher.

Sogar die Hauptdarsteller Dietmar Schönherr und Eva Pflug bemerken, nachdem sie eine Folge im Zusammenhang gesehen hatten: »Es ist schon erstaunlich, was die Trickabteilung da geleistet hat. Ich saß sprachlos davor, als ich zum ersten Mal eine zusammenhängende Folge vorgeführt bekam.«

Im ersten Kapitel wurde berichtet, daß in 4 Folgen einzelne Akte in 2 Versionen gedreht wurden; eine deutsche und eine französische. Unterschiede waren, außer in der Sprache, lediglich in der Besetzung einiger Rollen vorhanden. Während der Paralleldrehs sprachen die deutschen Darsteller deutsch, die französischen

Ein Tagesbericht protokolliert den Verlauf des Drehtags

Von links oben nach rechts unten:

- Astrogator Atan Shubashi (F. G. Beckhaus) und Raumüberwacherin Helga Legrelle (Ursula Lillig) an ihren Kontrollen im ORION-Kommandostand

- Atan (F. G. Beckhaus) hält Ausschau nach MZ4

- Da die Helme von innen beschlugen, musste immer wieder Frischluft zugeführt werden (v.l.: C. Holm, S. Haubold, F. G. Beckhaus, E. Hofstetter)

- Kameramann Kurt Hasse prüft die korrekten Lichtverhältnisse (v.l.: F. G. Beckhaus, W. Völz, K. Hasse, U. Lillig)

französisch. Amüsiert erinnert sich Michael Braun an diesen Umstand:

»Ein Beispiel war diese Geschichte mit *Chroma*. Da hat Margot Trooger die SIE gespielt und die Französin Frau Minazolli hat dasselbe auf französisch gespielt. Ich habe damals immer gesagt: ›So, meine Damen, wer möchte heute als erste ran? Also spielt die Minazolli zuerst und die Trooger paßt auf und spielt's dann nach, oder umgekehrt?‹

Es wurde abgewechselt, wobei natürlich im selben Licht und mit denselben Positionen gearbeitet werden mußte. Man kann also nicht mit zwei Schauspielern ein neues Arrangement machen. Eine mußte genau an dieselben Positionen kommen wie die andere; und das war manchmal nicht ganz einfach.«

Der damalige Produktionsleiter, Michael Bittins, erinnerte sich in einem Artikel der »Hamburger Rundschau« (Nr. 16 vom 9. April 1987):

»...von der Logistik her war ›ORION‹ nicht einfach. Denn wir hatten zwei Regisseure und mußten viele Sequenzen und Dekorationen chronologisch drehen. Wir sprangen zwischen den Folgen hin und her, und oft gaben sich die Regisseure die Klinke in die Hand. Michael Braun war ein zügig drehender Regisseur, Theo Mezger dagegen war schwieriger. Wenn nun Braun für den Nachmittag disponiert war, mußte er schon mal mehrere Stunden auf die Übergabe warten. Das war nicht ganz einfach...«

Michael Bittins war auch der »Bösewicht«, der auf die kostensparende und von der damaligen Geschäftsleitung (der Bavaria) mit einem großen Lob honorierte Idee kam, den Drehort Island gegen Peißenberg einzutauschen.

Oben: Die Maskenbildnerin bei der Arbeit
Unten: Der 11. Drehtag (30.03.1965)

Trotz hartem Drehplan bleibt Platz für ein bisschen Spaß

Von links oben
nach unten rechts:

- Drehpause auf Schloss Höhenried (v.l.: Vivi Bach, Dietmar Schönherr, Regisseur Michael Braun)

- Regisseur Theo Mezger geht mit F.G. Beckhaus die nächste Szene durch (v.l.: Theo Mezger, Günther Richardt, F. G. Beckhaus)

- Ein Küsschen in Ehren ... (Vivi Bach, Dietmar Schönherr)

- Besuch vom andern Stern (v.l.: Karl-Michael Vogler, Eva Pflug, Dietmar Schönherr, Ursula Lillig, F. G. Beckhaus, Wolfgang Völz)

Dort wurden dann *Pallas, N116a, N106* und *Mura* gedreht. Ab Seite 188 ist die Bau- als auch die komplette Drehfolge abgedruckt. Letztere wurde anhand der Tagesberichte und Dispositionen für die einzelnen Drehtage exakt rekonstruiert. Noch in der letzten (5.) Fassung des Drehplans (vom 05.03.1965) war für die Fälle, in denen außerirdische Planetenoberfläche gefordert war, vorgesehen, die Außenaufnahmen in Island zu tätigen.

Der Drehplan war derart eng gehalten, daß sich die beiden Regisseure Theo Mezger und Dr. Michael Braun oft am gleichen Tag abwechselten. Rechnet man die Probeaufnahmen mit ein, so errechnen sich exakt 21 Tage, an denen die beiden Regisseure den Set dem jeweils anderen übergaben.

Der Schauspieler Dietmar Schönherr war der Einzige, dem (an insgesamt 55 Tagen) der Luxus eines sogenannten Lichtdoubles vergönnt war. Diese Aufgabe übernahm, wie bereits im Abschnitt *Die Personen* angedeutet, zunächst Georg Strauss (23 Tage) und später Michael Czischka (32 Tage). In dieser Funktion mußten sie die Positionen einnehmen, die Dietmar Schönherr bei der eigentlichen Aufnahme inne haben sollte. Dort hatten sie dann so lange zu verharren, bis die Ausleuchtung stimmte.

»Der Dietmar war ja der Hauptdarsteller und mußte daher andauernd ausgeleuchtet werden; der wär' ja wahnsinnig geworden.«
(Ursula Lillig am 03.04.1993 in einem Gespräch mit dem Verfasser)

Einem alten Schreiben von Dietmar Schönherr an die Bavaria kann man entnehmen, daß sich alle Schauspieler nach den 19 sehr harten Wochen noch gerne mochten. Mit seinem »Chef-Kapitän« Wolfgang Völz, schrieb Dietmar Schönherr, verbinde ihn seither eine wohl kaum lösbare Freundschaft.

Apropos Wolfgang Völz. Er ist einer der wenigen Schauspieler, mit denen Michael Braun befreundet ist. Von ihm weiß Braun eine kleine Anekdote zu erzählen:

»Wir drehten in Peißenberg gerade die Szenen, in denen Schönherr und Völz eine bisher unberührte Planetenoberfläche betreten und Pflanzen- und Gesteinsproben nehmen sollen.

Die Aufnahmen gestalteten sich sehr schwierig, weil wir so filmen mußten, daß die Köpfe der Darsteller nicht über den Horizont ragten, da dort später der Weltraum eingetrickt werden mußte.

		BAUFOLGE
DATUM	**HALLE**	**DEKORATION**
15.02.1965 - 12.03.1965	4/5	MZ4: Landeschacht; Gang; Funkraum; Kontrollraum; Nebenraum Laserstation M8/8-12 ORION-, Hydra-, Tau-Kommandokanzel; Abschußbasis 104 ORION-Maschinenraum Pallas: 1. Stollengang; 2. Stollengang; Kreuzung; 3. Felsenhalle; 4. Fahrstuhl; 5. Stollen; 6. Seitenstollen Mura: 1. Kahler Raum; 2. Gänge; 3. Gefängniszelle Lancetabschußkammer; Satellitenfeld; Lancet (auch innen) ORION-Kabine: McLane, Tamara, Ibsen; ORION-Kampfstand Erdaußen- und Jupiteraußenstation Chroma: 1. Büro von IHR (außen, Licht Halle 4/5); 2. Privatraum, 3. Korridor; 4. Dienstzimmer; 5. Gefängniszelle
09.03.1965 - 29.03.1965	2	Bungalow McLane; Bungalow Pallas; Starlight-Casino Büro Wamsler und Nebenraum Amt für Kybernetik, hier: Hörsaal und Gang Oberste Raumbehörde; Galaktischer Sicherheitsdienst
Anmerkung: Die Dekorationen sind – bezogen auf die Halle – in der Reihenfolge aufgelistet, in der sie erstmals Verwendung fanden.		

Nachdem also Schönherr, gefolgt von Völz, einige Sekunden durch den Schlamm gewatet war, schrie Wolfgang Völz plötzlich völlig angsterfüllt los. Er dachte, daß er in Treibsand geraten sei, was natürlich völliger Unsinn war; Schönherr war doch direkt vor ihm gegangen.

Nachdem er sich beruhigt hatte, erklärte ich ihm, was er angerichtet hatte. Schlimm genug, daß die Aufnahme geschmissen war, aber der Boden, in denen die Schritte der Darsteller tiefe Fußabdrücke hinterlassen hatten, mußte für die Wiederholung der Aufnahme wieder geglättet werden; wie gesagt, es handelte sich um unberührte Planetenoberfläche.

Wir mußten ganz schön tricksen, um den Boden wieder hinzukriegen, schließlich konnten wir auch nicht mit einem Rechen arbeiten.

Nun ja, Wolfgang ist eben ein kleiner Hasenfuß, aber das soll kein Manko sein. Wir sind eben beide keine Helden....«

Rückblickend meint Michael Braun noch: »Die Arbeit war schön und aufregend. Gut, daß damals der Kubrik-Film ›2001-Odysee im Weltraum‹ noch nicht raus war. Das hätte uns sehr gehemmt. Wenn wir den vorher gesehen hätten, hätten wir uns gar nicht getraut, ORION zu drehen.«

Darüber hinausgehende Besonderheiten sind im Nachfolgenden stichwortartig dokumentiert und entstammen allesamt den Dispositionen und Tagesberichten. Die häufigsten Klappen (Anzahl in Klammern) für eine einzelne Szene wurden bei den Aufnahme zur 5. Folge (*Der Kampf um die Sonne*) geschlagen.

A) Nur deutsch = D101b (13)
   (Szene in der Chroma-Gefängniszelle)
B) Deutsch und Französisch = D75 (16)
   (Szene im Chroma-Dachgarten).

Mit dem Abschluß der Realfilmdreharbeiten war die Produktion noch nicht beendet. Neben

DREHFOLGE					
DREHTAG	TAG	DATUM	DEKORATION	FOLGE(N)	HALLE
Woche 1					
1.	Di.	16.03.1965	MZ4: Landeschacht + Gang	1	4/5
2.	Mi.	17.03.1965	MZ4: Gang, Funk- und Nebenraum	1	4/5
3.	Do.	18.03.1965	MZ4: Kontrollraum	1	4/5
4.	Fr.	19.03.1965	MZ4: Kontrollraum + Gang	1	4/5
Woche 2					
5.	Mo.	22.03.1965	Laserstation M8/8-12	4	4/5
6.	Di.	23.03.1965	Laserstation M8/8-12	4	4/5
7.	Mi.	24.03.1965	Laserstation M8/8-12	4	4/5
8.	Do.	24.03.1965	ORION-Kommandokanzel	1	4/5
9.	Fr.	25.03.1965	ORION-Kommandokanzel	1	4/5
Woche 3					
10.	Mo.	29.03.1965	ORION-Kommandokanzel	1	4/5
11.	Di.	30.03.1965	ORION-Kommandokanzel	1	4/5
12.	Mi.	31.03.1965	Bungalow McLane	2	2
13.	Do.	01.04.1965	Bungalow McLane	5, 7	2
14.	Fr.	02.04.1965	Bungalow Pallas; ORION-Kommandokanzel	3	2, 4/5
Woche 4					
15.	Mo.	05.04.1965	ORION-Kommandokanzel	3	4/5
16.	Di.	06.04.1965	Starlight-Casino	1, 5, 7	2
17.	Mi.	07.04.1965	Starlight-Casino	4, 7	2
18.	Do.	08.04.1965	Starlight-Casino	1, 4, 7	2
19.	Fr.	09.04.1965	Starlight-Casino	3, 4, 7	2
Woche 5					
20.	Mo.	12.04.1965	Pallas: Stollengang und Felsenhalle	3	4/5
21.	Di.	13.04.1965	Pallas: Felsenhalle und Fahrstuhl	3	4/5
22.	Mi.	14.04.1965	Pallas: Stollen	1, 3, 4	4/5
23.	Do.	15.04.1965	Pallas: Stollen und Seitenstollen	3	4/5
	Fr.	16.04.1965	!!!Kein Drehtag!!! (Karfreitag)		

DREHTAG	TAG	DATUM	DEKORATION	FOLGE(N)	HALLE
			Woche 6		
	Mo.	11.04.1965	!!!Kein Drehtag!!! (Ostermontag)		
24.	Di.	20.04.1965	Pallas: Seitenstollen;		
			Büro Wamsler	3, 1	4/5, 2
25.	Mi.	21.04.1965	Büro Wamsler	1, 7	2
26.	Do.	22.04.1965	Büro Wamsler	3, 6, 7	2
27.	Fr.	23.04.1965	Büro Wamsler und		
			Vorzimmer	3, 6	2
			Woche 7		
28.	Mo.	26.04.1965	Vorzimmer Wamsler, Büro Dr.		
			Regwart, ORION-Kommandokanzel	2, 7, 2	2, 4/5
29.	Di.	27.04.1965	ORION-Kommandokanzel	1	4/5
30.	Mi.	28.04.1965	ORION-Kommandokanzel	3	4/5
31.	Do.	29.04.1965	ORION-Kommandokanzel	2	4/5
32.	Fr.	30.04.1965	Amt für Kybernetik: Hörsaal	3	2
			Woche 8		
33.	Mo.	03.05.1965	Amt für Kybernetik: Hörsaal und		
			Gang; ORION-Kommandokanzel	3, 2	2, 4/5
34.	Di.	04.05.1965	ORION-Kommandokanzel	5	4/5
35.	Mi.	05.05.1965	ORION-Kommandokanzel	5	4/5
36.	Do.	06.05.1965	ORION-Kommandokanzel	1, 2, 3, 5, 7	4/5
37.	Fr.	07.05.1965	Oberste Raumbehörde	1, 2	2
			Woche 9		
38.	Mo.	10.05.1965	Oberste Raumbehörde	2, 6	2
39.	Di.	11.05.1965	Oberste Raumbehörde	2, 4, 6	2
40.	Mi.	12.05.1965	Oberste Raumbehörde	4, 7	2
41.	Do.	13.05.1965	Galaktischer Sicherheitsdienst:		
			Büro Villa	2, 4	2
42.	Fr.	14.05.1965	Galaktischer SD: Büro Villa	1, 6, 7	2
			Woche 10		
43.	Mo.	17.05.1965	Galaktischer Sicherheitsdienst:		
			Büro Villa, Gang, Raum	7	2
44.	Di.	18.05.1965	Galaktischer Sicherheitsdienst:		
			Büro Villa, Gang, Raum	7	2
45.	Mi.	19.05.1965	Mura: Kahler Raum	6	4/5

der tricktechnischen Be- und Nachbearbeitung, auf die im vorigen Kapitel ausführlich eingegangen wurde, mußten diverse Außenaufnahmen nachsynchronisiert werden. Einer dieser Termine war

Mi. 14.07.65 (-): Studio A, Nachsynchronisation: SIE, McLane, Sigbjörnson, de Monti, 1. und 2. Dame, Legrelle und Tamara.

Wie bereits im Abschnitt *Die Personen* beschrieben, wurde Vivi Bach (1. Dame) von Heidi Treutler, Rosemarie von Schach (2. Dame) durch Rosemarie Kirstein synchronisiert.

Ob die Rolle von Emil Stöhr (von Wennerstein) ebenfalls in dieser Zeit synchronisiert wurde oder früher, ließ sich nicht mehr ermitteln.

Auch konnte sich niemand mehr daran erinnern, wer Emil Stöhr nachsynchronisiert hatte. Als einziger Grund für die Tatsache, daß er überhaupt neu vertont wurde, lassen sich lediglich die Vielzahl der Änderungen im Buch C heranziehen. Eventuell stand Emil Stöhr nicht mehr zur Verfügung, um sich selbst neu zu sprechen.

Veröffentlichungen und Meinungen darüber, daß damals kaum jemand an einen Erfolg der Serie glaubte, sind offensichtlich reine Hirngespinste.

»Sie glauben doch nicht im Ernst, daß ein Autorenteam und eine Firma mit allem, was drum und dran hängt und mit einem riesigen finanziellen Aufwand etwas herstellen würde, wenn man nicht an den Erfolg der Serie glauben würde. Wir waren natürlich begeistert und auch stolz auf das, was wir da machen konnten – was ja absolutes Neuland war. Andernfalls wären wir doch gar nicht motiviert gewesen, uns Tag und Nacht zusammen hinzusetzen.

Regenschirme gab es natürlich nur während der Proben

Zudem wird niemand dreieinhalb Millionen ausgeben, wenn er nicht der Meinung ist, daß das akzeptiert wird.«

Wir haben uns natürlich gefreut, daß die Akzeptanz groß war.

(Dr. Michael Braun am 14.04.1990 in einem Gespräch mit dem Verfasser)

Nach dem Drehende bewahrte man die Requisiten der *Raumpatrouille* erstaunlich lange auf – für eine eventuelle Fortsetzung. Dann fällte man die Entscheidung, daß alles, was nicht unmittelbar benötigt würde, zu vernichten sei. Sofern man die Dinge wieder braucht, müßten diese neu gebaut werden.

Durch diese Maßnahme sollten die Beschäftigung der Arbeiter sichergestellt und Lagerkosten reduziert werden. Doch die Natur hatte dem bereits vorgegriffen, denn ein Großteil der im Freien abgestellten Dekorationsteile waren zu diesem Zeitpunkt schon verrottet.

DREHTAG	TAG	DATUM	DEKORATION	FOLGE(N)	HALLE
46.	Do.	20.05.1965	Mura: Kahler Raum, Gänge	6	4/5
47.	Fr.	21.05.1965	Mura: Gang, Gefängniszelle, ORION-Kommandokanzel	6	4/5
Woche 11					
48.	Mo.	24.05.1965	ORION-Kommandokanzel	6	4/5
49.	Di.	25.05.1965	ORION-Kommandokanzel	6	4/5
50.	Mi.	26.05.1965	ORION-Kommandokanzel	6	4/5
	Do.	27.05.1965	!!!Kein Drehtag!!! (Christi Himmelf.)		
51.	Fr.	28.05.1965	ORION-Kommandokanzel	6	4/5
Woche 12					
52.	Mo.	31.05.1965	ORION-Kommandokanzel, ORION-Kabine: Ibsen	6	4/5
53.	Di.	01.06.1965	ORION-Kommandokanzel, ORION-Kabine: Tamara und McLane	1, 4, 6	4/5
54.	Mi.	02.06.1965	ORION-Kommandokanzel	4	4/5
55.	Do.	03.06.1965	ORION-Kommandokanzel	2, 4	4/5
56.	Fr.	04.06.1965	ORION-Kommandokanzel	4	4/5
Woche 13					
	Mo.	07.06.1965	!!Kein Drehtag!! (Pfingstmontag)		
57.	Di.	08.06.1965	ORION-Kabine: Tamara, ORION-Kommandokanzel	4, 6	4/5
58.	Mi.	09.06.1965	ORION-Kommandokanzel	5, 7	4/5
59.	Do.	10.06.1965	ORION-Kommandokanzel	7	4/5
60.	Fr.	11.06.1965	ORION-Kommandokanzel	7	4/5
Woche 14					
61.	Mo.	14.06.1965	ORION-Kommandokanzel	2, 6, 7	4/5
62.	Di.	15.06.1965	ORION- und Hydra-Kom.kanzel	3, 4, 7	4/5
63.	Mi.	16.06.1965	ORION-Kommandokanzel, Erdaußenstation	2, 3	4/5
	Do.	17.06.1965	!!!Kein Drehtag!!! (Tag der Einheit)		
64.	Fr.	18.06.1965	ORION-, TAU-, Hydra-Kommandokanzel	2, 7	4/5
Woche 15					
65.	Mo.	21.06.1965	ORION-Kampfstand	1, 3, 4, 5, 6	4/5

DREHTAG	TAG	DATUM	DEKORATION	FOLGE(N)	HALLE
66.	Di.	22.06.1965	ORION-Kampfstand	1, 2, 3, 5	4/5
67.	Mi.	23.06.1965	ORION-Lancetabschußkammer	1, 2, 3, 5	4/5
68.	Do.	24.06.1965	Satellitenfeld + Lancet innen	3, 6	4/5
69.	Fr.	25.06.1965	Satellitenfeld + Lancet innen	1, 3	4/5
			Woche 16		
70.	Mo.	28.06.1965	Chroma: Garten (*in Höhenried*)	5	außen
71.	Di.	29.06.1965	Chroma: Büro SIE (*in Höhenried*)	5	außen
72.	Mi.	30.06.1965	Chroma: Dachgarten	5	4/5
73.	Do.	01.07.1965	Chroma: Privatraum und Gefängniszelle	5	4/5
74.	Fr.	02.07.1965	Chroma: Gefängniszelle, Korridor, Dienstzimmer	5	4/5
			Woche 17		
75.	Mo.	05.07.1965	Lancet innen, ORION-Maschinenraum	1, 2, 3, 4	4/5
76.	Di.	06.07.1965	ORION-Maschinenraum, Basis 104	1 – 7	4/5
77.	Mi.	07.07.1965	Planetoid N116a, Pallas (*in Peißenberg*)	3, 6	außen
78.	Do.	08.07.1965	Pallas, Mura (*in Peißenberg*)	3, 6	außen
79.	Fr.	09.07.1965	Planetoid N108 (*in Peißenberg*)	5	außen
80.	Sa.	10.07.1965	Planetoid N108 (*in Peißenberg*)	5	außen

»Man hat die Requisiten damals aufgehoben. Ja, warum hat man die aufgehoben? Heute gibt es die Bavaria Tour. Das gab es damals nicht, sonst hätte man natürlich das mit eingearbeitet.

Man hob die Dinge damals wohl auf, weil man vielleicht doch dachte, es würde weitergemacht.

ABER – weitermachen wäre für uns alle sehr problematisch gewesen.

Ich sag Ihnen warum: Wir haben alle von Science-Fiction keine Ahnung gehabt. Der Einzige, der eine Ahnung hatte, war der Honold. Wir haben uns total einarbeiten müssen; was nun nicht heißt, daß wir jetzt erst mal ein Vierteljahr lang Science-Fiction gelesen haben, sondern haben die Bücher von Honold als reine Fachliteratur genommen und ein vollkommen neues Vokabular kennengelernt usw. usw.

So haben wir also versucht, unsere Schularbeiten dabei zu machen. Das war sehr, sehr mühsam.

Das war so mühsam, daß wir froh waren, als diese sieben Bücher dann endlich standen. Wir haben dann schwer durchgeatmet und gesagt:

Huch! So, das haben wir jetzt hinter uns!

Aber es hat keiner von uns gesagt:

Kaffeepause auf PALLAS
(v.l.: **Michael Bittins**,
Theo Mezger, **Günther Richardt**,
Dietmar Schönherr)

Links oben: Regisseur Michael Braun in Aktion
(v.l.: C. Holm, U. Lillig, W. Völz, Michael Braun)
Links unten: Was ist auf MZ4 los? Auf Atan und
Hasso wartet ein entsetzliches Geheimnis
(F. G. Beckhaus, dahinter: Claus Holm)
Rechts: Das Kamerateam beim Außendreh
(nur hintere Reihe, 2. v.l.: Kurt Hasse, 4. v.l.:
W. P. Hassenstein, 5. v.l.: Udo Drebelow)

Relaxende Tanzpaare im Starlight-Casino

Bitteschön, jetzt um Gottes Willen bitte weitermachen und sich dann weiter mit Science Fiction beschäftigen zu müssen...

Haben Sie das Stück von Menge gesehen, das vor ein paar Tagen lief, über die Uranforschung in Deutschland?

Eine dolle Sache, ich bewundere den Fleiß der daran Beteiligten. Das war für die Herrschaften, auch für Herrn Menge nicht einfach. Auch da ist natürlich ein technischer Berater genannt; aber Menge mußte auch wahnsinnig Schularbeiten machen. Herr Menge, wenn er jetzt gefragt würde, ob der da nochmal weitermachen würde... Da würd' der wahrscheinlich auch sagen: ›Nee, schönen Dank, also von Uran will ich jetzt nüscht mehr hören.‹«

(Michael Braun am 14.04.1990 in einem Gespräch mit dem Verfasser)

Ein Blick ins Drehbuch der zweiten Fernsehfolge (Buch C): Planet Außer Kurs

Die Urfassungen aller sieben Drehbücher umfassen 808 Seiten, die sich, wie angegeben, auf die einzelnen Folgen verteilen:

(Buch A)	Angriff aus dem All	124 Seiten
(Buch C)	Planet außer Kurs	103 Seiten
(Buch B)	Hüter des Gesetzes	115 Seiten
(Buch F)	Deserteure	110 Seiten
(Buch D)	Kampf um die Sonne	103 Seiten
(Buch E)	Die Raumfalle	124 Seiten
(Buch G)	Invasion	129 Seiten
	Gesamt	808 Seiten

Insbesondere in Buch C (*Planet außer Kurs*) erfolgten jede Menge nachträglicher Änderungen. Diese dienten in erster Linie zur Optimierung der Dialoge – speziell der Wortgefechte in der *ORB* und der ORION-Crew in *Lancet* II (Cliff, Tamara und Hasso).

DREHTAG	Tag, Datum	Besonderheit(en)
-	Mi. 10.03.65	19.00 bis 21.00 Uhr; Studio A: Beginn der Sprachaufnahmen, 2 Sprecher und 2 Sprecherinnen. Regie: Dr. Braun, Mezger; Ton: Gisela Holzapfel Fiedler.
4.	Fr. 19.03.65	Nach Drehschluß Beleuchtungsproben in der ORION-Kommandokanzel. 5. Mo. 22.03.65 Kameraschaden (Mittagspause vorverlegt). Nach Drehschluß Beleuchtungsproben in der ORION-Kommandokanzel.
7.	Mi. 24.03.65	Wegen Tonausfall F35/1 wiederholt. 8. Do. 25.03.65 Auf der Disposition zu diesem Drehtag steht: Die Herren Architekten bitten, grundloses hantieren an den Schaltpulten im Raumschiff zu unterlassen.
14.	Fr. 02.04.65	09.00 Uhr: Musikaufnahmen in der Schornstraße, für Starlight-Casino.
-	Sa. 03.04.65	10.00 Uhr: Musikaufnahmen im Elektrostudio der Geschwister-Scholl-Stiftung, Oscar-von-Miller-Ring 8, mit Peter Thomas und Hans Endrulat. 13. 00 Uhr: Beginn der Ballettproben in Halle 9, für Starlight-Casino; Leitung: W. Millié
15.	Mo. 05.04.65	1350 – 1435 Uhr: Schaden am Rückprokabel
22.	Mi. 14.04.65	09.00 Uhr: Beginn der Sprachaufnahmen für Raumpatrouille (Studio A); Leitung: Dr. Michael Braun
41.	Do. 13.05.65	2 Stunden Verzögerung wegen Bau
45.	Mo. 19.05.65	Da es Vormittags stark auf das Atelierdach regnete, besteht die Möglichkeit, daß die Tonqualität gelitten hat.
55.	Do. 03.06.65	Auf der Disposition zu diesem Drehtag steht: Die Drehsessel der Orionkommandokanzel sind wichtige Dekorationsteile. Wir bitten deshalb, die Drehsessel während der Pausen nicht als Aufenthaltsplätze zu benutzen. Danke.
55.	Do. 03.06.65	08.30 – 09.15 Uhr: Aufenthalt durch Fahrstuhlreparatur
57.	Di. 08.06.65	14.35 – 15.00: Tonausfall
64.	Fr. 18.06.65	Der längste Drehtag mit 14:50 Stunden (!).(Anm.: Es handelte sich um Takes mit EC = Electronic-Cam).
66.	Di. 22.06.65	15.15-17.25: Aufenthalt, da Abschußkammer nicht funktionierte.
67.	Mi. 23.06.65	Auf der Disposition steht: Nach Drehschluß Einrichten und Einleuchten der Dekoration Satellitenfeld und Lancet für Travelling-Matte.
77.	Mi. 07.07.65	Auf der Disposition zu diesem Drehtag steht: Es ist ratsam, derbes Schuhwerk anzuziehen! (Anm.: Wenn man weiß, daß dies der erste Außendrehtag auf den Abraumhalden Peißenbergs war, und es an diesen Tagen stark geregnet hatte (siehe auch Folgenotizen), erkennt man anhand dieses Hinweises den aufmerksamen Aufnahmeleiter Manfred Kercher.)
78.	Do. 08.07.65	Wiederholt Aufenthalt durch starken Regen.
80.	Sa. 10.07.65	Unterbrechung wegen starkem Regen.

Original (links)

31. Bild — C 71 —

Weltenraum

TRICK
(wie 22.Bild)

Der Planet kommt näher —
wird größer und größer —

SCHNITT

Orion -   INNEN
Kampfstand   EFFEKTLICHT

de Monti drückt eine Anzahl
roter Knöpfe durch.
                               / Aufschrei der Maschinen /
Eine Mattglasscheibe und
mehrere Zielkontrollbänder
flammen auf und zerplatzen.
                               / Glas und Metall zerplatzen /
Ein Relais fetzt aus der
Schaltwand quer durch den
Raum und zerschellt am Boden.

Im selben Moment zerplatzt
eine Kontrollampe und trifft
de Monti ins Gesicht.

de Monti faßt sich mit beiden
Händen an den Kopf und sinkt
vornüber.
                               SHANES STIMME (über Visio):
                               Zünden!
de Monti reagiert nicht.
                               Mario Zünden! Verdammt nochmal
de Monti richtet sich mit
letzter Kraft auf und nimmt
die Hände vom Gesicht.
Ein klaffender Riß zieht sich
von seiner Schläfe bis zum
Halsansatz.
Seine rechte Hand schiebt sich
zitternd zu einem Knopf.

                                              — C 73 —
Er drückt nieder.
Ein Donnerschlag durchtobt   / Donnerschlag /
den Kampfstand.

SCHNITT

**Das Original-Drehbuch zur Raumpatrouille (links)
und zur besseren Übersicht nachempfunden (rechts)**

Nachempfunden (rechts)

1. Bild   — C 71 —
Weltenraum

TRICK
(wie 28.Bild)

Der Planet kommt näher -
wird größer und größer -

SCHNITT

32. Bild   — C 72 —
ORION -   INNEN
Kampfstand   EFFEKTLICHT

de Monti drückt eine Anzahl
roter Knöpfe durch.
                               / Aufschrei der
                               Maschinen /
Eine Mattglasscheibe und
mehrere Zielkontrollbänder
flammen auf und zerplatzen.
                               / Glas und Me-
                               tall zerplatzen/
Ein Relais fetzt aus der
Schaltwand quer durch den
Raum und zerschellt am Boden.

Im selben Moment zerplatzt
eine Kontrollampe und trifft
de Monti ins Gesicht.

de Monti faßt sich mit beiden
Händen an den Kopf und sinkt
vornüber.
                               SHANES STIM-
                               ME (über Visio):
                               Zünden!
de Monti reagiert nicht.
                               Mario! Zünden!
                               Verdammt
                               nochmal!

de Monti richtet sich mit
letzter Kraft auf und nimmt
die Hände vom Gesicht.
Ein klaffender Riß zieht sich
von seiner Schläfe bis zum
Halsansatz.
Seine rechte Hand schiebt sich
zitternd zu einem Knopf.

                               — C 73 —
Er drückt nieder.
Ein Donnerschlag durchtobt   / Donnerschlag /
den Kampfstand.

SCHNITT

33. Bild   — C 74 —
ORION -   INNEN
Kommandokanzel   EFFEKTLICHT
In ihre Sessel gepresst:
Tamara, Legrelle, Shubashi.
                               / Höllenlärm der
                               Maschinen /
Shane führt unter Aufbietung
aller Kräfte ein Steuermanöver
aus. Glühende Helligkeit aus
der Sichtscheibe überschüttet
sein Gesicht:
Er wartet auf das Resultat des
Angriffs.
Als seine Armaturen durchzu-
glühen beginnen, ruft er ver-
zweifelt:

                               SHANE:
                               Maschine:
                               ›Montor‹ weg -
                               ›Schlafende‹
                               weg - schnell,
                               Hasso, oder
                               das Schiff fliegt
                               auseinander!
SCHNITT

Major McLane (Dietmar Schönherr) an der Astroscheibe (Foto: Röhnert)

General Lydia van Dyke (Charlotte Kerr) hofft in der zerstörten Hydra-Kommandokanzel auf Rettung

KAPITEL VII –
DIE REAKTIONEN AUF DIE ORION BIS HEUTE

DIE SERIE IN DEN AUGEN DER KRITIKER UND FERNSEHZUSCHAUER

Anders als bei den vielen TV-Serien, die damals auf bundesdeutschen Bildschirmen zu sehen waren, wurde vor allem *Raumpatrouille* von den Medien mit besonderer Aufmerksamkeit verfolgt; handelte es sich hierbei doch um den ersten großen Versuch einer SF-Fernsehserie in der Bundesrepublik. Noch größer war das Interesse der Zuschauer, bekam er doch solche Serien bisher nur in Form ausländischer Produktionen zu sehen. Um einen möglichst objektiven und repräsentativen Querschnitt der Reaktionen zu garantieren, sollen neben den professionellen Kritikern auch die Zuschauermeinungen berücksichtigt werden. Letztgenannte wurden den Leserbriefseiten diverser Zeitungen und Zeitschriften entnommen.

1966

»... es sind die alten Geschichten, die da aufgetischt werden, bekannt aus Groschenheften und Comic Strips: von Raumschiffen, die auf fremden Planeten fremden, verhutzelten Gestalten begegnen, die natürlich ihre Feinde sind; von Aggressionen dieser Lebewesen auf die Erde; von Robotern, die sich zu Beherrschern der Menschen aufgeschwungen haben; von alten Landserspäßchen, die sich anscheinend seit den vierziger Jahren des 20. Jahrhunderts nicht geändert haben; vom Tarzan-Kampf mit Amazonen, die schließlich vor den Männern fallen; von Bewährung, Ordnung, Tapferkeit, Humor und Liebe, von Technik, Trick und Licht...«

(WOLF DRESP, FILMREPORT)

»...Man sieht, die Muster sind bekannt, Western und Krimi, SF und Operette treten als Bestandteile dieser Mixtur deutlich hervor. Vom Heldenmut der männlich-humorvollen Kerle, die mit Sauerstoffbomben die All-Wesen killen, bis zum Gegentyp des Mannweibchens mit dem russischen Namen waren die Grundstrukturen durchschaubar. Die Akteure hatten ihren Spaß daran, vertraute Gesichter lächelten freundlich: ›Paß auf, es gibt Leute, die nehmen das ernst...‹«

(MOMOS, DIE ZEIT)

»...Die Inszenierung ist sehr gut, der technische Aufwand für den Laien überzeugend. Ja, man wird sich sogar überlegen können, ob nicht einige Neuerungen bereits heute eingeführt werden sollten – etwa der Dreh-Ohrensessel der Raumfahrer, der schick und bequem aussieht...«

(ROLF DÖRRLAMM, DIE WELT)

»...die ORION bleibt im Magnetfeld des 20. Jahrhunderts. Kommandos werden vorzugsweise gebrüllt, locker sitzt der Strahlencolt. Roboter sorgen für hausbackene Krimispannung...«

(OLIVER HASSENCAMP, HÖR ZU)

»...Man bemerke den hintergründigen Regieeinfall mit den Namen. Cliff Allister McLane, was ist er wohl für ein Landsmann, dieser whiskytrinkende, saloppe Sonnyboy, he? Tamara Jagellovsk, die sibirisch unterkühlte Tamara aber, der die Menschenleben ›wurscht‹ sind, ein weiblicher Apparatschik, stur wie ein T34: Wo mag denn wohl ihre Wiege gestanden haben?...«

(HORST S. VETTEN, HÖR ZU)

»...Ein Rückblick auf die gesamte Serie läßt jedoch erkennen, daß die Fernsehunterhaltung ein überdurchschnittliches Maß an Spaß und Spannung enthielt...«

(RHEINISCHE POST)

»...Man sage nicht, nur mit Mord und Totschlag ließe sich Spannung erzeugen. Gewiß, wenn die Phantasie und die Ideale der Landserhefte-Verfasser am Werk sind. Unsere Zukunft bietet technische und phantastische Faszination im Überfluß; der ahnungsvolle Zeitgenosse, beschäftigt mit Kirchtumspolitik, schaut doch begierig aus nach den Abenteuern des kommenden Jahrtausends. Diese Neugier wird hier mißbraucht, es wird mit ihr das Geschäft unmoralischer Aufrüstung betrieben...«

(PEER, B.Z.)

Von den ausländischen Kritikern (vornehmlich Frankreich oder Holland) wurde die *Raumpatrouille* noch kräftiger zerrissen. Zum Abschluß dieses Überblicks noch zwei (übersetzte) Zitate ausländischer Kritiker:

»...Diesmal war es bestimmt angsterregend.«

(HED PAROOL, 1966)

»...Schade, daß es sich de facto um eine bärbeißige deutsche Erdichtung handelt, die in ihrer ungewollten Realität allzu sehr an eine noch nicht gänzlich vergessene, abscheulich-bürgerliche ›Befehl ist Befehl‹-Vergangenheit erinnert.«

(DE TIJD, 1966)

Der ablehnenden Tendenz der Berufsfikritiker stehen die beinahe gegenteiligen Zuschauermeinungen gegenüber, die sich nicht zuletzt auch in der Gründung von Fanclubs niederschlugen. Eine deutliche Sprache der Zuschauer waren selbstverständlich die Einschaltquoten, die 1966 zwischen 37 und 56 % lagen.

»...So stellt man sich doch wohl normalerweise die Zukunft vor...«

(AXEL P., BERLIN)

»... Der Ideenreichtum, die Schauspielerbesetzung und die eigenwillige Zukunftsmusik begeisterte mich jedesmal aufs neue. Es gibt andere Fernsehsendungen, die man wirklich ›eliminieren‹ sollte...«

(NORBERT D., BERLIN)

»Bitte nicht wiederholen!«

(EGON Z., BERLIN)

»Die Sendung über die phantastischen Abenteuer des Raumschiffs ORION ist ein Meilenstein in der Geschichte des deutschen Fernsehens. Seit Fritz Langs Kinofilm ›Fahrt zum Mond‹ gab es nichts Vergleichbares...«

(SEBASTIAN T., HAMBURG)

»Ein Lob für das deutsche Fernsehen. Es war spannender als Hitchcock und Stahlnetz...«

(ROLF SCH., BAD HOMBURG)

»Auch im Jahr 3000 wird also Krieg geführt: nicht interkontinental, sondern interstellar.«

(HORST B., HAMBURG)

»In höchstem Grade kitschig und albern. Schade um die Millionen, die diese Serie gekostet hat, und schade um die guten Schauspieler, die sich dafür hergegeben haben.«

(HEINZ S., BIELEFELD)

»Die ausgefeilte, brillante Tricktechnik in der Sendung ›Raumschiff ORION‹ kann sich jederzeit mit ausländischen Filmen dieser Art messen.«

(WOLFGANG W., WENTORF)

»Es ist doch wirklich ein Witz, über diese Serie zu polemisieren. Hier wird von den ›gründlichen Deutschen‹ bei einer Fernsehserie, die nur Unterhaltung sein soll, wissenschaftlicher Tiefgang verlangt.«

(CHRISTEL G., BERLIN)

»Ich kann mir nicht helfen – mir gefällt sie, die *Raumpatrouille*! Ein unterhaltsames Märchen für Erwachsene (und Kinder!).«

(RENA M., BERLIN)

1967

Obwohl 1967 die *Raumpatrouille* nicht im deutschen Fernsehen gezeigt wurde, erschienen dennoch – sozusagen Nachzügler in puncto Kritik – weitere Veröffentlichungen in diversen Zeitschriften.

Besonders hart zog Klaus Polkehn in der Ost-Berliner »Wochenpost« (17.02.67) mit der ORION-Serie vor Gericht. Hier die wichtigsten Auszüge:

»...Wenn weder die vertrottelte Weltregierung des Jahres 3000 noch der Kommandeur der ›Galaktischen Flotte‹ – einer Art kosmischen ›Strategic Air Command‹ – weiter wissen und wenn selbst die kosmische Super-Gestapo, genannt ›Galaktischer Sicherheitsdienst‹, keinen Ausweg mehr sieht, dann erscheint der kosmische Supermann, der James Bond von übermorgen, Commander McLane...

...doch dieser James Bond hat andere Feinde zur Hand, die bösen ›Frogs‹, in denen der an der BILD-Zeitung geschulte Zuschauer unschwer ›Russen‹ oder ›asiatische Untermenschen‹ entdeckt...

...Wer in der Denkweise des imperialistischen Systems gefangen ist, kann sich eine Begegnung zwischen Fremden nur als eine schlimme Sache vorstellen. So führt Commander McLane dann viele Abende lang Krieg gegen die ›Frogs‹, ohne Rücksicht auf Verluste...

Wer sich an *Overkill* gewöhnt – dank des westdeutschen Fernsehens – dem erscheinen die modernen Massenvernichtungswaffen so harmlos wie die Keule eines Neandertalers.«

(KLAUS POLKEHN, OSTBERLIN)

Währenddessen fielen die Zuschauerreaktionen uneingeschränkt positiv aus:

»Die Musik ist sehr gut und die Szenenbilder ebenfalls. Mit den reizvollen Tricks zählt die Sendung zu den besten, die je ausgestrahlt wurden...«

(GÜNTER P., OBERAUDORF)

1968

»Gesamturteil: Sehr empfehlenswert!«

(SCHORSCH, BILD ZEITUNG)

1975

»...Auch heute noch recht spannend mit seiner diffusen Unheimlichkeit der Gänge und Geräte ließ sich der Entscheidungskampf mit den ›Frogs‹ an, der schnell in ein Happy End umgemodelt wurde...«

(L.L., DER ABEND)

»...Die Zukunft erweist sich hier als unverhohlene Projektion unserer jüngeren Vergangenheit... ...Die Technik wird zum Fetisch erhoben und als reiner Schauwert präsentiert...«

(GH, ALLGEMEINE ZEITUNG)

»...Die *Raumpatrouille* hat sich soweit vorgewagt, daß sie bis heute nicht eingeholt wurde...«

(M. HAMERLA, RHEINISCHE POST)

»Das war ein Volltreffer. Warum machen Dietmar Schönherr und das Team nicht weiter?«

(J. VEHRS, BUXTEHUDE)

»Das Interessanteste an der Fernsehserie ›Raumschiff ORION‹ ist die Anfangs- und Schlußmelodie...«

(B. U. B. MAURER, FRANKENBERG)

Die Sendung 1975 ereicht Einschaltquoten zwischen 35 und 40 %.

1989
Anläßlich der Wiederaufführung der *Raumpatrouille* in den deutschen Kinos fanden sich in den vergangenen Jahren erneut viele Meinungen zur Serie in verschiedenen Zeitschriften. Mittlerweile – sofern man diversen Fanaussagen Glauben schenken kann – gehört die *Raumpatrouille* zu den »Kultfilmen« und wird daher positiv beurteilt. Hier einige Beispiele:

»...Rückhaltlose Bewunderung verdient natürlich nach wie vor besonders die Dekoration...
...mit dem ›sagenumwobenen‹ Bügeleisen an zentraler Position im Maschinenraum...«

(ABATON, PROGRAMMZEITUNG)

»...Wer diese Serie heute im Kino unter die Lupe nimmt, entdeckt zudem ein Mode- und Lifestyle-Environment, wie es das deutsche Fernsehen seit Jahren nicht mehr auf die Reihe bekommen hat...«

(G. MEIERDING)

»...Das absolute Highlight im Mai ist die Aufführung aller Teile der legendären deutschen Science-Fiction-Serie ›Raumpatrouille ORION‹...«

(M. RENDER, MOVIE UND DIANA)

Auch das Kinopublikum war begeistert. Die Fernsehzuschauer konnten dies anhand von gesendeten Interviews mit Kinobesuchern erkennen.

Alles in allem war die *Raumpatrouille* bei jeder Wiederholung ein Publikumsmagnet und fand dazu noch neue Freunde. Bei der Bavaria vergeht kaum ein Tag, an dem nicht ein Brief mit Fragen oder positiven Äußerungen eingeht.

Wie beliebt die Abenteuer von Commander McLane und seiner Crew sind, davon zeugt auch, daß die Serie bis heute (Redaktionsschluß) 20 (!) mal im deutschen Fernsehen wiederholt worden ist.

Ein weiteres, aktuelles Indiz der ungebrochenen Begeisterung für die *Raumpatrouille* ist die kontinuierliche Existenz der Fanclubs und diverse Aktivitäten im Internet. Gleich mehrere Freunde der Serie haben umfangreiche Homepages zu diesem Thema eingerichtet. Im Internet existiert seit einiger Zeit sogar ein virtueller Fanclub – mehr dazu im Abschnitt *Die Fans und Fanclubs*.

Professor Sherkoff verfolgt interessiert die Vorgänge am Leitstand der ORION VIII (v.l.: W. Völz, E. Linder, E. Pflug, D. Schönherr)

MERCHANDISING

Unter Merchandising versteht man im Filmgeschäft die kommerzielle Sekundärauswertung eines Films oder einer Fernsehserie. Diese erfolgt in der Regel dadurch, daß man dessen Titelmusik auf Platte bzw. CD preßt, Bücher, Modelle, Fanmagazine, Spielzeug oder sonstige Fanartikel dazu produziert und verkauft.

Verglichen mit den Gepflogenheiten in Amerika oder England war dies bei der *Raumpatrouille* zu Beginn ein wahres Trauerspiel, obwohl das Merchandising bei unserer Serie im Jahre 1966 schon recht beachtlich und für damalige Zeiten ziemlich einmalig war. Aber man hätte seinerzeit schon mehr von den Amerikanern abschauen sollen.

Obwohl nicht zum Merchandising gehörend, soll an dieser Stelle ein Produkt erwähnt werden, das interessanterweise einen indirekten Bezug zur *Raumpatrouille* erlangte.

Die Modeschöpfer der bekannten Strumpffabrik Hudson kreierten 1966 eine neue Strumpfmarke, die mit dem futuristischen Markennamen Astro Look vertrieben wurde. Die ansprechende, futuristisch orientierte Verpackung zeigt das Bild auf Seite 204.

Nach der Ausstrahlung der *Raumpatrouille* versuchte Hudson im November 1966, die Bavaria für die Idee einer Public-Relation-Aktion zu begeistern, an der sich auch die Firma Bölkow-Werke beteiligen sollte.

Da diese PR-Aktion nicht als Werbeveranstaltung aufgefaßt werden durfte, schlug Hudson vor, sie auf der Diskussionsebene »Utopie, Wissenschaft und Wirtschaft in einer Beeinflussung durch die Weltraumforschung« darzubieten. In diesem Zusammenhang war u.a. ein Vortrag der Firma Hudson (Werbewirksame Nutzung der Anziehungskraft der Weltraumfahrt durch die Wirtschaft) geplant. Während diesem sollten die *Raumpatrouille*-Hauptdarsteller das Astronauten-Kostüm der Firma Hudson vorführen. Mit dem Hinweis auf »rechtliche Gründe« erteilte die Bavaria Atelier GmbH der Firma Hudson eine Absage. Das erste echte Merchandising-Objekt gab es direkt nach der Erstausstrahlung im Jahr 1966. Dabei handelte es sich um den Soundtrack, die Platte »New Astronautic Sound« mit der Musik von Peter Thomas, erschienen bei Philips. (Siehe dazu den Abschnitt *The New Astronautic Sound*)

Zu den Coverversionen, die im Abschnitt *The New Astronautic Sound* kurz angesprochen wurden, fällt es schwer, sowohl den kompletten Überblick zu behalten als auch stets up to date zu sein. Über Geschmack läßt sich bekanntlich (nicht) streiten, insbesondere auch über Musikgeschmack. Es wäre daher müßig, jede einzelne Coverversion zu besprechen, sie werden im Anhang aufgelistet.

Hervorzuheben sind drei Coverversionen zu denen Videoclips produziert worden sind:

1989	XY	Bullfrog Hip
1996	F1 for help	Raumpatrouille ORION
1996	Kosmonova	Raumpatrouille (Space Patrol).

Zusätzliche Beachtung verdient die Kreation der Space Pilots, »Trip to ORION«, die sich dadurch auszeichnet, daß sie – wie einige wenige andere – nicht auf dem Peter-Thomas-Original (Space-Patrol) basiert. Deren einzige Verbindung zur *Raumpatrouille* bestand in der Verwendung des Namens ORION und einiger eingebauter Originaldialoge. Die Nürnberger Spielwarenfirma TRIX interessierte sich bereits unmittelbar nach der Ausstrahlung der 1. Folge der *Raumpatrouille* (am 17.09.1966) für den lizenzsierten Nachbau einiger Sujets aus den Fernsehfolgen. Die entsprechende Anfrage der Firma TRIX an die Bavaria Atelier GmbH ist datiert vom 20.09.1966. Eine Anfrage bei der Firma TRIX ergab, daß innerhalb des Unternehmens keine Details mehr zu ermitteln sind, aber hergestellt hat man damals nichts, sondern lediglich zur Bavaria erste Kontakte aufgenommen. Die zwischen 1966 und 1967 vom Bastei-Verlag (Bergisch Gladbach) vertriebene, 38-teilige Science-Fiction-Heftromanserie »Rex Corda« verwendete neben einigen anderen Fotos aus Science-Fiction-Filmen auch solche, die aus der *Raumpatrouille* stammten. Zwischen Dezember 1966 und März 1967 erschienen 7 Hefte (Nr. 5, 6, 8, und 17 bis 20), deren hintere Umschlagseiten ein *Raumpatrouille*-Motiv zeigten. In einer Ausgabe (Heft 9) wurde ein kurzer Bericht, der die *Raumpatrouille* streifte, abgedruckt. Gleich zwei Starpostkartenverlage (F. J. Rüdel, Hamburg und E. Huber, München) produzierten Anfang 1967, also kurz nach der Erstausstrahlung, Bildpost- und Autogrammkarten der ORION-Helden. Leider liegen weder Restexemplare vor, noch ist ein Nachdruck möglich. ORION-Mode – dieses Stichwort beschreibt u.a. einen für die Kostümbildnerin, Margit Bárdy, recht ärgerlichen Umstand. Nicht nur, daß die modische Entwicklung ihre Entwürfe von 1965 einholte – der französische Modeschöpfer Courrèges entwarf (1966) die entsprechenden, stark der ORION-Mode gleichenden Kreationen – nein, auch die geplante Vermarktung der ORION-Kostüme blieb dadurch aus. Seinerzeit erwarb die Schuster KG die Rechte an dieser Mode und entwarf modische Kleidung im Stil von *Raumpatrouille*. Diese Modelle sollten in Kaufhäusern vertrieben werden. Als Preis für ein solches Objekt waren damals 100,- bis 150,- DM anvisiert.

Es hatte sogar eine offizielle Vorstellung und Modenschau vor Film, Fernsehen und Presse gegeben. Diese Präsentation futuristischer Mode fand am Freitag, dem 20.01.1967, um 20.30 Uhr im »TABU« in München-Schwabing statt.

Die angesprochene Mode wurde seinerzeit (1967) in einem eigens dafür hergerichteten Schaufenster der Firma Karstadt (Filiale Celle) ausgestellt.

Firmen wie Karstadt (Celle), Pelze Wehrmeier (Braunschweig) und das Schuhhaus Stiller (Berlin) planten 1966/67, Blickfangaktionen in ihren Schaufenstern durchzuführen. Bei diesen sollten großformatige *Raumpatrouille*-Szenenfotos eingesetzt werden. Aus diesem Grund baten die Firmen um die Überlassung von *Raumpatrouille*-Fotomaterial. Zumindest die Firma Karstadt setzte diesen Plan in die Tat um. Ob die anderen beiden Firmen die Aktion ebenfalls starteten, ist unklar. Jedenfalls wurde aus der Markteinführung der ORION-Mode dann doch nichts.

Ein weiterer, früher Fanartikel war das Quartettkartenspiel RAUMPATROUILLE ORION. Herausgegeben hatte es 1967 der bekannte Spielkartenverlag ASS unter der Nummer 657.

Hier konnte der Serienbegeisterte zwischen einer »Luxusausführung« mit 36 Karten und einer »Standardausführung« mit 32 Karten wählen. Beide Quartette zeigten Farbfotos (!) aus den Serienfolgen. Bei einzelnen Bildern, insgesamt 9 an der Zahl, hat man offensichtlich etwas geschummelt und S/W-Trickfotos nachcoloriert. Das tut der Qualität des Spiels jedoch keinerlei Abbruch.

Während das kleinere Spiel in einer einfachen Plastikschachtel aufbewahrt wurde, konnte die Luxusausführung mit einer doppelreihigen Geschenkpackung aufwarten. In der großen Version lag eine zusätzliche, beidseitig bedruckte Spielkarte bei, die ein kleines Weltraumlexikon enthielt.

Hudsons »Astro Look«

Als Entschädigung für die kleinere Verpackung, die 4 fehlenden Spielkarten und das nicht enthaltene Weltraumlexikon fand der Käufer der Standardversion einen sogenannten Weltraumpolizeiausweis in seinem Spiel.

Von diesen Quartetten druckten die bekannten Atlenburger und Stralsunder Spielkartenfabriken Anfang 1967 genau 20.000 Exemplare in Lizenz. Bereits Mitte 1967 waren fast alle verkauft. Also wurden beide Ausführungen noch einmal nachgedruckt. Das Unterscheidungsmerkmal zwischen Erst- und Nachdruck findet man auf der Rückseite der Spielkarten. Das Original zeigt eine stilisierte ORION beim Auftauchen aus dem Strudel, der Nachdruck ein klassisches Karomuster.

Heute bekommt man diese Raritäten leider nur noch auf dem Flohmarkt oder in Antiquariaten, und dies meist zu einem sehr hohen Preis. Man zahlt, je nach Zustand und Ausführung, ca. 50,- bis 80,- DM für ein ordentlich erhaltenes Spiel.

Erwähnenswert an diesem Quartett ist noch, daß es lt. Rolf Honold nach dessen Angaben überarbeitet worden ist. Das zeichnet dieses Objekt zusätzlich aus, verleiht ihm sozusagen mehr Authentizität.

Ein sehr interessantes Objekt zur Vermarktung war (natürlich) der schnelle Raumkreuzer ORION.

In diesem Punkt schaltete der bekannte Spielwarenhersteller Arnold und schloß im Dezember 1966 einen entsprechenden Lizenzvertrag mit der Bavaria Atelier GmbH. Er sicherte sich damit die erforderlichen Rechte und baute ein kleines Blechmodell der ORION VII, welches auf einem dreibeinigen Ständer stand und innerhalb seiner durchsichtigen, oberen Kappe Funken versprühen konnte (Bild Seite 208). Um in den Genuß dieses Feuerwerks zu gelangen, mußte man an einer kleinen Kurbel drehen, die durch einen Bowdenzug mit dem Modell verbunden war. Arnold plante zusätzlich den Nachbau der furchterregenden Roboter; leider wurde dieses Vorhaben nie verwirklicht.

Ein ORION-Spiel war bei den Ravensburger Spielen in Vorbereitung. Nachforschungen ergaben, daß weder das geplante Layout existiert noch ein Mitarbeiter der Firma heute eine Erinnerung an dieses Projekt hat.

Der Kauka-Verlag druckte 1967/68 die ORION-Abenteuer 1-4 als Fotofortsetzungsstory im Comic »Tip-Top« (Nr. 57 – 80). Pro Comic fand man zwei mit Original-Szenenfotos reich garnierte Seiten. Die letzten drei Folgen wurden dem Leser in geballter Form präsentiert. In der Reihe »Super-Tip-Top« erschien mit Heft Nr. 6 ein ORION-Sonderheft, welches die Folgen 5-7 noch einmal Revue passieren ließ.

Die Firma Edition B&K legte auf der Basis der Tip-Top-Hefte die ersten vier Abenteuer in einem Band neu auf und brachte diesen im Mai 1997 auf den Markt. Geplant war, auch die restlichen drei Geschichten in einem zweiten Band zu publizieren, was bis zur Drucklegung dieses Buches nicht erfolgt ist. In Frankreich gab es Ende 1967 ein mit 61 Original-Szenenfotos reich bebildertes Buch mit dem Titel »Commando Spatial«. Es handelte sich um die Nacherzählung der sieben von Rene Barjavel für das französische Fernsehen adaptierten Fernsehfolgen der *Raumpatrouille*. Als Autor dieses 318 Seiten starken Buches zeichnete Pierre Lamblin verantwortlich. Nicht aus der Feder von Peter Thomas stammt der 1968 veröffentlichte Eva-Pflug-Song (von Ch. Bruhn und G. Loose) »Das Mädchen vom Mond«.

Das Orchester Christian Bruhn sorgte für die musikalische Untermalung von Eva Pflugs Gesang. Am 13.03.1969 trat Eva Pflug damit in Peter Frankenfelds »Vergißmeinnicht«-Sendung als »Das Mädchen vom Mond« auf. Auf ihrer Single mit dem gleichen Titel (Länge: 2:31 min) hörte man sie singen:

Raketen fliegen kreuz und quer, im Weltenall
Wenn ich sie sehe wünsche ich mir jedesmal:
Ja, so ein Raumschiff, das wär mein Traumschiff.
Und er steigt aus und lacht mir zu.

Ich bin das Mädchen vom Mond,
und bin noch immer allein.
Und schau voll Sehnsucht auf die
gute alte Erde.
Ich denke immer daran,
wann kommt der richtige Mann,
der es mal wagt und sich was traut,
und nicht nur in die Sterne schaut.
Mein Astronaut.

Man schießt von unten soviel Männer
in die Bahn.
Hier oben kommen stets nur Instrumente an.
Ich mach mich täglich schön.
Doch frag' ich mich: Für wen?
Bisher hat keiner mich gesehn.

Ich bin das Mädchen vom Mond,
und bin noch immer allein.
Und schau voll Sehnsucht auf die
gute alte Erde.
Ich denke immer daran,
wann kommt der richtige Mann,
der es mal wagt und sich was traut,
und nicht nur in die Sterne schaut. Ich wär
so gerne deine Braut — mein Astronaut.

Abdruck mit freundlicher Genehmigung:
Christian Bruhn und Musikverlage Hans Wewerka.

Auf der B-Seite der Single findet man – ohne jeglichen futuristischen Touch – »Du siehst mich an« (Länge: 2:13 min). Die Plattenhülle zieren zwei Farbfotos aus der *Raumpatrouille*. Diese Single vertrieb die Plattenfirma Liberty unter der Bestellnummer 15068 A. Zwei Jahre später, im März 1970, hat Eva Pflug ihre erste Langspielplatte (DU) mit 12 anspruchsvollen Chansons aufgenommen. Doch das ist eine Geschichte für ein anderes Buch ...

Zwischen März 1968 und Dezember 1970 konnte man sowohl die Fernseh- als auch neue Abenteuer als Taschenbuch nachlesen. Im Moewig-Verlag erschienen Romane unter dem Serien-Titel »ORION«.

Der Verlag ging als Einziger weiter! Er beauftragte Hanns Kneifel, nachdem er zunächst die sieben Drehbücher der *Raumpatrouille* in Romane umgesetzt hatte, Fortsetzungen dazu zu schreiben. Der Autor brachte es auf respektable 34 Taschenbücher; d.h. er erfand 27 Fortsetzungsstories. Ein Roman (Nr. 16: »Revolte der Puppen«) dieser Reihe stammt aus der Feder von Ernst Vlcek.

Die Taschenbücher waren ausgezeichnet aufgemacht. So stattete man diese Exemplare mit silberfarbenen Umschlagseiten aus, die vorn und hinten mit je einem Originalszenenfoto bedruckt waren. Der Leser bekam so 64 schöne Erinnerungsfotos (einige Motive verwendete man zweimal) aus den Fernsehfolgen frei Haus mitgeliefert. Die Geschichten wurden bis heute immer wieder neu aufgelegt.

»Befehl an Raumschiff ORION: Rettet die Erde!«, so lautete der Titel eines BOJE-Buchs, in dem 1969 das ORION-Abenteuer *Planet außer Kurs* von Hanns Kneifel nacherzählt wurde. Es war ein kleines, kompaktes Werk im Stile der vorstehend beschriebenen Taschenbücher. Nur zeigen die Umschlagseiten keine Originalfotos, sondern eine Zeichnung. Das Buch war nicht zum Verkauf, sondern ausschließlich zur Präsentation in Leihbüchereien vorgesehen.

Zwischen August 1972 und November 1976 erschien die erste Neuauflage der Taschenbuch-Abenteuer in Form von Heftromanen. In leicht gekürzter Form und unter dem Namen ORION ließ der Moewig-Verlag den schnellen Raumkreuzer wieder starten. Darüber hinaus gab es zu den 35 bereits bekannten Abenteuern aus den Taschenbüchern 6 neue Geschichten. Diese Romane erschienen innerhalb der sogenannten Terra Astra-Reihe, welche nach dem 46. ORION-Abenteuer (»Kristall des Todes«) endete. Leider verschwanden die schönen Originalszenenfotos von den Umschlagseiten. Statt dessen fand der Leser dort – mitunter sehr frei interpretierte – Zeichnungen von *Raumpatrouille*-Motiven vor.

Mit der zweiten Neuauflage im November 1976 hob die ORION im Pabel-Verlag als eigenständige Serie ab, wieder bei Abenteuer 1, *Angriff aus dem All*, beginnend. Anstatt mit hübschen Fotos präsentierte man die vordere Umschlagseite auch hier wieder mit teilweise simplen Zeichnungen. Mit Heft 28 (Bohrstation Alpha) führte der Verlag eine Leserkontaktseite (LKS) in den Romanen ein. Dort erschienen: 27 Rißzeichnungen, Autogrammadressen, 14

Cover der Eva-Pflug-Single
»Das Mädchen vom Mond« (Liberty Records)

Fan-Geschichten, Hintergrundinformationen/-berichte, sehr viele Leserbriefe, ein ORION-Modellbaubogen, Rezensionen, Titelvorschauen und die Bekanntgabe von Clubgründungen. Besondere Leckerbissen für die Fans waren ein vierteiliger, bebilderter Bericht über die ORION-Filmtricks (Heft 33, 34, 35 und 37), Szenenfotos (Heft 33, 34, 35, 37, 70 und 114), Reminiszenzen von Wolfgang Völz (Heft 93) und eine mehrseitige Riesenrißzeichnung der ORION« (Heft 110 und 111). Ab Heftroman-Abenteuer Nr. 47 (Titel: »Erbe des Infernos«) schrieb nicht mehr Hanns Kneifel allein an der Serie, sondern ein vom Verlag eingesetztes Team. Dieses wurde später unter dem Namen 4H-Team gehandelt. Dahinter verbargen sich vier, mit der Weiterführung der Serie betraute Autoren, deren Vornamen allesamt mit H begannen:

Hanns Kneifel (70 Romane)
Horst Hoffman (30 Romane)
H. G. Ewers (?1 Romane) und
Hans Peschke (20 Romane) alias (Harvey Patton).

Die restlichen vier Romane gehen auf das Konto von Ernst Vlcek (1 Roman) und H. G. Francis (3 Romane). Diese Autorenmannschaft ersann zu den 46 bereits veröffentlichten Geschichten weitere 99, so daß nun 145 Romane, sprich 138 Fortsetzungen zur einstigen *Raumpatrouille* existieren.

Leider blieb dabei Rolf Honolds und »W. G. Larsens« Geist völlig auf der Strecke. Von Roman zu Roman näherte man sich im äußeren Erscheinungsbild und der Handlung immer mehr den »Perry Rhodan«-Abenteuern. Ob das den ORION-Fans gefiel....?

Immerhin hielt sich diese Serie vom November 1976 bis zum Januar 1984. Sie endete mit Heft 145 »Zeitblockade«. Im Anhang sind alle Titel dieser ORION-Abenteuer aufgelistet. Ein

Teil der ORION-Heftromane wurde auch in Schweden und Brasilien verkauft.

Der dritte Start war ein Flop! Er erfolgte im Sommer 1983, noch während die ORION-Heftromanreihe lief. Zu dieser Zeit erschienen im Tosa-Verlag (Wien) die Abenteuer 1 – 15 und 17 – 19 in Form von 6 gebundenen Hardcover-Büchern (je 3 Geschichten in einem Buch). Leider war die Aufmachung so ungünstig (gemalte Titelbilder aus der Enterprise-Serie usw.), daß das oberflächliche Machwerk unter den verbliebenen ORION-Fans regelrechte Verärgerung auslöste. Daran änderten auch die Überarbeitungen und neuen, überleitenden Texte zwischen den einzelnen Abenteuern nichts. So endeten die Tosa-Bücher nach kurzer Zeit zu Schleuderpreisen (1,00 DM je Buch) auf den Grabbeltischen der Kaufhäuser.

1990/91 erschienen die erfolgreichen Stories wieder in Taschenbuchform. Gleich zwei Verlage, der Haffmans-Verlag (Zürich) und der Goldmann-Verlag (München), druckten ORION-Taschenbücher. Während sich der Haffmans-Verlag auf die Abenteuer 1 – 7 beschränkte, kümmerte sich der Goldmann-Verlag um die Abenteuer 10, 14, 19 bis 25 (Insidern als der »Dara-Zyklus« bekannt) und 26 bis 30. Weitere Goldmann-Ausgaben waren zunächst in Vorbereitung, sind letztlich aber doch nicht mehr erschienen.

Konnte Haffmans noch mit sehr authentischen Zeichnungen, die an Fotos aus dem ORION-Quartett erinnern, antreten, griff der Goldmann-Verlag auf Titelbilder aus den Heftromanen oder Illustrationen im Stil derselben zurück.

Als besonders sammlerfreundlich erwies sich der passende Pappschubkasten, in dem man alle sieben Taschenbücher des Haffmans-Verlags archivieren konnte. Ein großes Reklameposter, auf dem u.a. eine wenig realistische und laienhaft ausgeführte Rißzeichnung der ORION abgebildet ist, rundete das Angebot aus der Schweiz ab.

Zwei weitere Veröffentlichungen präsentierten die ersten sieben (Fernseh-)Abenteuer in kompakter Form, d.h. zusammengefaßt in einem Buch. Der Haffmans-Verlag (1992) und der Heyne-Verlag (München, 1994) zeichneten dafür verantwortlich. Beide Verlage benutzten für die Umschlagvorderseite eine ansprechende Zeichnung mit einem *Raumpatrouille*-Motiv.

»Aller guten Dinge sind drei«, sagte sich offenbar der Bechtermünz-Verlag (Augsburg) und gab im Jahr 1996 den kompakten Haffmans-Band mit den sieben nacherzählten Fernsehfolgen im leicht geänderten Outfit heraus.

Nachdem der Berliner Filmverleih Sputnik die ORION 1989 in die Programmkinos gebracht hatte, erhielt das ORION-Merchandising deutlichen Aufwind. Die Firma Sputnik ließ Postkarten, Plakate und Fotosätze mit Standfotos der *Raumpatrouille* drucken und verkaufte diese an Interessierte. Plakate und Fotos waren gleichzeitig für die Schaukästen der Kinos vorgesehen.

James S. Linder aus Mannheim, eigentlich James-Bond-Fan, aber eben auch ORION-interessiert, gab zum Start der *Raumpatrouille*-Kinotour die Anfertigung eines Stempels in Auftrag. Damit kann man ein sauber gearbeitetes und dem Original ungewöhnlich exakt nachempfundenes Bild der ORION drucken (Preis: 35,- DM).

»Dietmar Schönherr benutzte diesen Stempel bei seinen Autogrammstunden vor oder nach den Kinoaufführungen, um dem Ganzen mehr Wirkung zu geben.« (Originalzitat von James S. Linder)

1989 entstand die erste *Raumpatrouille*-Coverversion, zu der ein passender Videoclip produziert wurde. Hergestellt hat beides die Aachener Popgruppe XY. »Bullfrog Hipp« lautete der Titel des Stücks, das man auf Single, Maxi-Single und CD kaufen konnte. Verlegt hat es die Firma Coconut, ein Label der BMG-Ariola. Das Stück gelang derart gut, daß es als ungekürztes Video am 25.05.1989 in der Musiksendung »Formel I« gezeigt wurde.

Der Eigner des Hamburger Merchandising-Shops »Andere Welten«, Richard Meyer, kennt einen Tiefziehexperten, der (1989/90) in sehr geringer Auflage ein ORION-Modell aus Tiefziehfolie herstellte. Wartezeiten um zwei Jahre mußte man schon in Kauf nehmen. Leider fand man empfindliche Abweichungen in den Proportionen des Raumschiffes. Das Gleiche galt für das später auch dort erhältliche und vor allem schneller lieferbare Nachfolgemodell.

Etwa zur gleichen Zeit war der sehr exakte Nachbau der Laserwaffe *HM4* (Bestellname: HMX) greifbar.

Pünktlich zum 25. Jahrestag der *Raumpatrouille*-Erstausstrahlung erschien im Juni 1991 im Goldmann-Verlag das 223 Seiten starke »Große ORION Fanbuch« (Autor: Jörg Kastner).

Es befaßt sich größtenteils mit der ORION-Romanserie. Obwohl die Fernsehserie gleich am Anfang des Buches behandelt wird, erfolgt dies im Vergleich zur Gesamtstärke des Buches dennoch nur am Rande. 1994 erschien im Tilsner-Verlag eine leicht überarbeitete Neuauflage dieses Werks, im neuen (Hardcover-)Gewand, das aber heute bereits vergriffen ist.

Seit April 1993 gibt es eine langersehnte Sensation im Bereich der Merchandisingartikel: ORION erschien als Kaufvideo!

Die Firma EuroVideo, eine Bavariatochter, verkauft seitdem die legendäre Serie auf 3 Videokassetten. Das Standardangebot umfaßt eben diese Kassetten, die zusammen in einem Schuber geliefert werden.

Für einen begrenzten Kreis der Fangemeinde gab es eine limitierte und numerierte Sammler-edition, die mit viel Glück heute noch erhält-

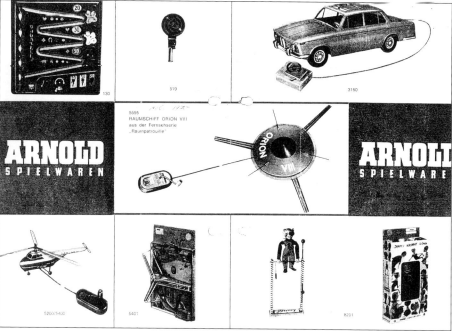

lich ist. Sie enthält, sorgfältig in einem großen, schwarzen Karton archiviert, die drei Videokassetten, die CD mit dem Originalsoundtrack, das große ORION Fanbuch, ein schwarzes ORION-T-Shirt und ein großes Werbeplakat. Die beschriebene Attraktion ist auf 2300 Exemplare begrenzt.

Als Ausgangsbasis zur Herstellung dieser Videoeditionen dienten die Originalnegative. Mittels des sogenannten »Colormatching« wurden diese neu ausgeleuchtet und dann ein Zwischennegativ gezogen. Danach erfolgte eine Überspielung auf ein 1-Zoll-MAZ-Band, was fortan als Masterband diente.

Die Auflage der Videokassetten vom 01.01. 1993 bis zum 30.11.1999 betrug bei ORION I (Folgen 1 bis 3) 18.495 Videokassetten, bei ORION II (Folge 4 und 5) 18.016 Videokassetten und bei ORION III (Folgen 6 und 7) 18.099 Videokassetten. Modern Times, ein Poster- und Postkartenvertrieb im norddeutschen Northeim, vertreibt seit Oktober 1995 ein 16-teiliges Postkartenset. Darauf abgedruckt findet man S/W-Standfotos aus den sieben Serienfolgen. Die Rückseite trägt einige die Bildseite erläuternde Worte. 1997 wurde das Set um eine weitere Postkarte ergänzt.

Ebenfalls seit Oktober 1995 sind die Noten des *Raumpatrouille*-Titelthemas erhältlich. Beim Frankfurter Musikverlag Ring Musik kann man diese zum Preis von 10 DM ordern. Man erhält dann eine kartonstarke, auf DINA4-Format gefaltete DINA3-Karte zugesandt. Auf der silber und blau gestylten Vorderseite ist ein Foto des Raumschiffes ORION abgebildet. Klappt man die Karte auf, so zeigt die Innen-

Oben: Die breite Palette der Raumpatrouille-Merchandiseprodukte
Unten: Das Blechspielzeug »ORION VII« der Firma Arnold (Bild in der Mitte)

seite die gedruckten Noten der Titelmusik in einer für das Klavier bearbeiteten Fassung.

Außerdem erschien im Oktober 1995 eine ORION-Telefonkarte. 50 Jahre Deutschland – dieses geschichtsträchtige Datum veranlaßte die Firma Borek (Braunschweig) zur Herausgabe derselben. Sie trägt sowohl auf der Vorder- als auch Rückseite ein S/W-Motiv aus der Fernsehserie *Raumpatrouille*. Zu der Telefonkarte (Wert 6 DM) gibt es eine Sammelkarte, auf der einige Informationen zur *Raumpatrouille* niedergeschrieben sind. Leider hat man dort die Erstausstrahlung der Serie in das ZDF verlegt, obwohl sie bekanntermaßen in der ARD erfolgte. Wer die Telefonkarte erwerben wollte, mußte fast das Sechsfache des Wert-Betrages aufbringen, nämlich 34,50 DM. Ausgeliefert wurde die Karte erst ab Januar 1996. Ihre Auflage betrug 3600 Stück.

Das nächste ORION-Merchandisingprodukt hatte seinen Verkaufsstart am 30.12.1996. Auf 250 Exemplare für Deutschland limitiert, gab es *Raumpatrouille* nunmehr auf Bildplatte (Laserdisc) bei der Firma Astro-Records (Vellmar). Insgesamt wurden 500 Sets hergestellt, von denen 250 für das deutschsprachige Ausland (Österreich, Schweiz, Liechtenstein) bestimmt waren. Damit die 4 Bildplatten optimale Qualität bieten können, wurden die Kopien von einem verbesserten und entrauschten 1 Zoll-Videoband gezogen.

Der »Tag der Briefmarke 1997« bescherte dem Merchandisingsektor zwei Briefumschläge, auf deren linker, unteren Hälfte je ein *Raumpatrouille*-Szenenfoto verewigt war. Gleichzeitig gab es einen sogenannten Superfrankator (ein großer Poststempel), in dessen Mitte stilisiert die *Chroma-Lancet* und die ORION zu sehen waren.

Einem außerordentlich ungewöhnlichen Projekt begegnete man im Herbst des Jahres 1997. Das Tonstudio an der Ruhr (Mülheim an der Ruhr) – namentlich Tom Täger und A. J. Weigoni – benutzten die Original-Dialoge der *Raumpatrouille* zur Erstellung einer Hörspielcollage. Dieses Produkt ist als CD erschienen und trägt den Namen »Raumbredouille Replica«. Die Frage: Was ist eine Hörspielcollage? soll ein Originalzitat eines der Produzenten, Tom Täger, beantworten: »Ein Hörspiel als Pop-Song, ein Pop-Song als Hörspiel, ein Hörspiel das sich tanzen läßt ...«

De facto haben die beiden (Täger und Weigoni) versucht, mit den verfügbaren Original-Dialogen und eigener, dezent untermischter Musik eine eigene Geschichte im Stil der *Raumpatrouille* zu erzählen. In dieser geht es lt. Tom Täger um alles: Die Bedrohung der Erde, einen gesteuerten Schnelläufer, eine Invasion und natürlich die Rettung der Erde. Mehr sei hier nicht verraten. 1999 erschien von der Firma EuroVideo (München), die zur Bavaria Film Gruppe gehört, die *Raumpatrouille* auf DVD. (DVD 1: Folge 1-4, DVD 2: Folge 3-7, Preis als Doppelpack: 79,95 DM). Informationen darüber findet man im Internet unter www.bavaria-film.de. Um heute die frühen, begehrten Merchandising-Produkte (ausgenommen die Materialien aus der neueren Zeit) zu beschaffen, benötigt man Geduld und einen detektivischen Spürsinn. Das Angebot ist verschwindend gering. Die Nachfrage steigt durch das ORION-Comeback kontinuierlich an. Das hat Auswirkungen auf die Preise.

Die Vielzahl der Merchandising-Produkte der *Raumpatrouille* ist im Anhang IV in Tabellenform zusammengestellt.

DIE FANS UND FANCLUBS

Die Aktivitäten der Fans und Fanclubs orientieren sich – wie bei jeder anderen Sache, die Fans und Clubs hervorruft – oft stark am Merchandising. Je mehr es zu kaufen gibt, umso größer ist die Zahl der Interessenten. Ebbt das Angebot ab, verschwindet auch der größte Teil der Anhänger. Ähnlich verhielt es sich auch bei der *Raumpatrouille*. Hier war es nur indirekt das Merchandising, welches die Fans zusammenführte und einige Jahre (Mai 1977 bis Januar 1978) bei der Stange hielt. Der Katalysator war die Leserkontaktseite der ORION-Heftromane.

Der erste bekannte ORION-Club war der Club »*Raumpatrouille* ORION 8«. Dieser wurde 1966 in der Nähe von Karlsruhe gegründet. Er klopfte auch bei der Bavaria an und bat um Starpostkarten. Der Wunsch wurde großzügig erfüllt. Man übersandte dem Club 21 Karten, auf denen die ORION-Besatzung, und 15 Karten, auf denen der Kommandant abgelichtet war. Von weiteren Aktivitäten ist nichts bekannt. So ist auch unklar, wie lange der Club existiert hat.

Eine regelrechte Gründungswelle von Fanclubs setzte im Jahr 1977 mit der zweiten Auflage der ORION-Fortsetzungsromane ein (siehe Abschnitt *Merchandising*). Im Mai diesen Jahres führte der Pabel-Verlag (der inzwischen mit dem Moewig-Verlag fusionierte) ab Heft 28 (»Bohrstation Alpha«) in den Heften eine sogenannte Leserkontaktseite (von den Lesern kurz LKS genannt) ein.

In kürzester Zeit tummelten sich Clubs, die sich direkt oder indirekt mit der Serie befaßten, in der Szene.

Die meisten der Clubs fristeten ein ruhiges Schattendasein. Jene, die aus eben diesem Schatten heraustraten und demzufolge häufig auf der Leserkontaktseite vertreten waren, sollen an dieser Stelle kurz näher beleuchtet werden.

Da war zunächst der in Stuttgart ansässige ORION-Club (OC) Galaxis (später neu gegründet als OC-Hydra). Gegründet hatte ihn

Detlef Eckhardt, ein ORION-Fan der ersten Stunde, der zudem bereits die Erstausstrahlung der *Raumpatrouille* hatte mitverfolgen können. Der Club vermittelte und intensivierte sorgfältig die Kontakte zwischen den Clubs und Fans. Außerdem sorgte er selbst für Merchandisingprodukte wie Puzzles, Fotokalender und Poster. Eine Zeit lang gab es sogar einen Fotobestellservice. Herstellung und Vertrieb erfolgten aus reinem Spaß an der Freude, die Artikel waren ausnahmslos zum Selbstkostenpreis erhältlich. Detlef Eckardt war auch einer der ersten, der – bereits 1975! – über einen Videorecorder und Aufzeichnungen der *Raumpatrouille* verfügte. Leider sind seine Aktivitäten mittlerweile völlig eingeschlafen. Detlef Eckardt hat seine Sammlung bis auf wenige Restbestände verkauft und den Club aufgelöst.

Sensationelles versprach der HMFC, als er Anfang 1978 Baupläne für ein großes (1,5 m durchmessendes) ORION-Modell ankündigte. Kurz danach stellte man ein weiteres Projekt in Aussicht: die *Lancet*-Modellbaupläne. Obschon dieser Club kein ORION-, sondern in erster Linie ein Modellbauclub war, hatte er seinerzeit eine Art ORION-Abteilung geschaffen. Aber – aus keinem seiner raumpatrouillespezifischen Vorhaben ist je etwas geworden.

Wirkliche Leistung zeigte das »Kosmische Inferno«. Das erste brauchbare Fanzine (Fan-Magazin) geht auf sein Konto. Es nannte sich »Raumschiff ORION« und brachte es auf 6 Ausgaben (Stückpreis zwischen 1,50 DM und 1,80 DM). Das mit Informationen vollgepackte Werk erschien zwischen dem 25.08.1979 und dem 12.07.1980. Leider wurde es ohne Vorwarnung eingestellt. Den ORION-Club »Kosmisches Inferno« gibt es nicht mehr.

Das interessanteste Ergebnis dieses Clubs, namentlich seines Mitglieds Wilfried Buchholz, war eine große Risszeichnung der ORION, die 1979 in Zusammenarbeit mit dem Verfasser des vorliegenden Buches entstand (Siehe die Seiten 212-213). Wilfried Buchholz verdichtete die erforderlichen Raumschiffdaten, einschließlich der Skizzen der Schaltpulte, Räume etc., skizzierte, zeichnete, verwarf und konstruierte in tagelanger Arbeit den »Schnellen Raumkreuzer ORION«. Dies war nicht leicht, da die im Fernsehen gezeigten Räumlichkeiten der ORION (Kommandostand, Kampfstand, Lancetabschußkammer, Kabine, Maschinenraum und Landeschacht) nur ca. 5 % des Raumschiffinneren bildeten. Den Rest des Raumkreuzers mußte Wilfried Buchholz erfinden und anschließend zu Papier bringen.

Der Pabel-Verlag, dem Wilfried Buchholz diese Zeichnung zum Abdruck auf der LKS vorschlug, griff zu. Aufgrund ihrer Größe und ihres Detailreichtums entschloß man sich, die Veröffentlichung auf zwei Hefte zu verteilen. Es waren dies die Hefte 110 (»Die Saat des Drachen«) und 111 (»Unnfayers Geheimnis«), die im August und September des Jahres 1980 erschienen. Einer der Clubs, der sich seit Einführung der LKS bis heute hielt, ist der ORION-Club »*Raumpatrouille*-ORION-Club Uraceel«. Hier eine Beschreibung durch den Club selbst:

Gegen angreifende Roboter hilft nur noch die HM4 (v.l.: Dietmar Schönherr, Erwin Linder)

Gegründet am: 20.August 1982. Clubleiter: Ralf Kramer. Mitglieder: über 160. Harter Kern: 5 Mitglieder.

Aufgabe: *Raumpatrouille* ORION in seiner Grundidee zu erhalten und Neuem aufgeschlossen gegenüberzustehen. Dieses betrifft Ideen zu einem Kinofilm, Sammeln alter Requisiten und Fotos, TV-Artikel und Modelle; Gespräche mit Schauspielern, Autoren u. den Bavaria Film Studios; Do-it-yourself-Modelle nach Fotos aus der TV-Serie (*Frogs*, ORION usw.); Schriftverkehr unter Mitgliedern oder Telefonanrufe.

Ziel: ORION als Kinofilm & neue Folgen (in Farbe). In Ralf Kramers Clubraum stößt man auf sehr schöne, der *Raumpatrouille* nachempfundene Zeichnungen (der Mitglieder Daniela de Moll und Holger Delfs) und diverse Nachbauten von Raumschiffmodellen (von Clubmitglied Ralf Schmidt). Seit Jahren gibt dieser Club in mehr oder minder regelmäßigen Abständen ein Fanzine heraus.

Der Erscheinungsmodus ist seit 1998 auf eine Ausgabe pro Jahr beschränkt. Darüber hinaus veranstaltet Ralf Kramer im Abstand von ein bis zwei Jahren ORION-Conventions in seiner Heimatstadt Dorsten. Diese Events finden regelmäßig Beachtung in der Presse und bieten ein gemütliches Beisammensein unter dem Zeichen der *Raumpatrouille*. Ein kleines Programm sorgt regelmäßig für die nötige Kurzweil. Im Durchschnitt finden sich bei diesen Veranstaltungen ca. 30 bis 40 Personen zusammen, die aus allen Himmelsrichtungen Deutschlands anreisen.

Etwa im Jahr 1988/89 betrat ein weiterer ORION-Fan, Michael Lange aus Duisburg, die Szene. Zunächst beschäftigte er sich in der Hauptsache mit der Realisation eines Fanzines, das er unter dem Namen »TRAV« vertrieb. Später taufte er es um in »R.d.M.«, was für *Raumpatrouille das Magazin* steht. Aufgrund diverser widersprüchlicher Äußerungen von Michael Lange ist bis dato unklar, ob es sich auch um einen Fanclub handelt. Fakt ist zumindest, daß er sein Fanmagazin regelmäßig (d.h. 3x im Jahr) herausgab. Michael Lange gelang es, u.a. eine Geburtstagsfeier zum 30. Jahrestag der *Raumpatrouille*-Erstausstrahlung zu organisieren – mehr im Abschnitt *Das ORION-Comeback*. Michael Lange ist häufig auf SF-Conventions anzutreffen. Dort hält er kurze Vorträge zum Thema *Raumpatrouille*. Kurz vor Redaktionsschluß teilte er mit, daß er sein Magazin mit der September-Ausgabe 1999 einstellt.

Inzwischen hat die *Raumpatrouille* auch das Internet erobert. Eine Reihe ORION-Begeisterter hat Homepages zur Serie kreiert und in das Internet gestellt.

Die derzeit größte Homepage nennt sich »Starlight-Casino« und wird federführend von Michael Höfler betreut. Ihm zur Seite steht u.a. Karl-Josef Adler, der 1998 einen virtuellen Fanclub mit Namen F.R.O.G. gegründet hat. Dieser Club erfreut sich eines regen Zulaufs.

Im »Starlight-Casino« können Interessierte eine Menge ordentlich recherchierter, download-fähiger Daten und Fakten zur *Raumpatrouille* nachlesen.

Durch die weltweite Vernetzung stellten die Internet-Surfer rasch fest, daß auch im Land der unbegrenzten Möglichkeiten eine Menge *Raumpatrouille*-Freunde leben. Wie Margit Bárdy, die Kostümbildnerin, mitteilte, gab es sogar in Ungarn ORION-Clubs. In den Niederlanden soll es heute noch ORION-Freunde geben, die sich in Fanclubs zusammengeschlossen haben. Gerüchten zufolge existiert sogar ein Club in den USA und ein weiterer in Ostfrankreich.

Erfahrungsgemäß gab oder gibt es in jedem Land, in dem die Abenteuer aus dem Jahr 3000 zu sehen waren, viele Begeisterte, die sich von Rolf Honolds Phantasien einer fernen Zukunft fesseln und dorthin entführen lassen.

Zusammenfassend kann gesagt werden, daß es nur wenige ORION-Fans gibt, die auch in »Dürrezeiten« bei der Sache bleiben. Seit einigen Jahren lebt alles wieder auf, da ORION in den Programmkinos läuft (siehe *Das ORION-Comeback*), zudem zur Kultserie erklärt wurde und nicht zuletzt durch die Internetaktivitäten.

Clubname	Gründer/Leiter	Gründungsjahr (soweit ermittelbar)
ATO = ArbeitsTeam ORION	Hans Tilp	?
Beteigeuze	Norbert Raasch	?
Glanskis	Michael Dengler	02.04.1978
Galaxis (wurde zu Hydra)	Detlef Eckardt	bis 1980
Hydra (ging aus "Galaxis" hervor)	Detlef Eckardt	1980 (bis 1994)
HMFC (= Hamburger Modell Fan Club)	Uwe D. Haun	?
Kosmisches Inferno	Wilfried Buchholz	?
Laurin	Marc Heinrichs	?
van Dyke	Uwe Kolb	?
ORION-Briefclub	Alwin Landsell	?
Rigel	Klaus Fechner	01.12.1977
Uraceel	Ralf Kramer	20.08.1982

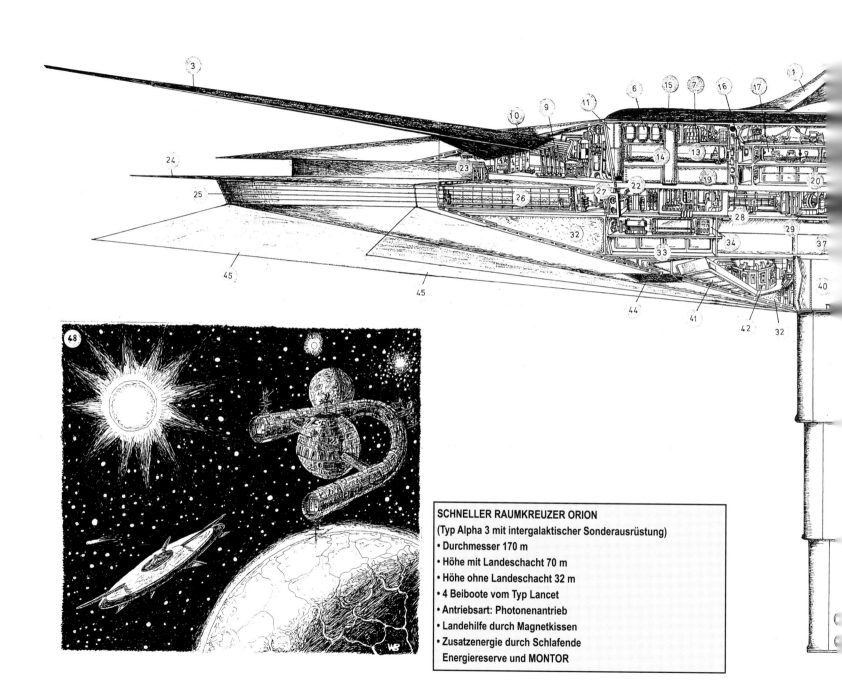

SCHNELLER RAUMKREUZER ORION
(Typ Alpha 3 mit intergalaktischer Sonderausrüstung)
- Durchmesser 170 m
- Höhe mit Landeschacht 70 m
- Höhe ohne Landeschacht 32 m
- 4 Beiboote vom Typ Lancet
- Antriebsart: Photonenantrieb
- Landehilfe durch Magnetkissen
- Zusatzenergie durch Schlafende Energiereserve und MONTOR

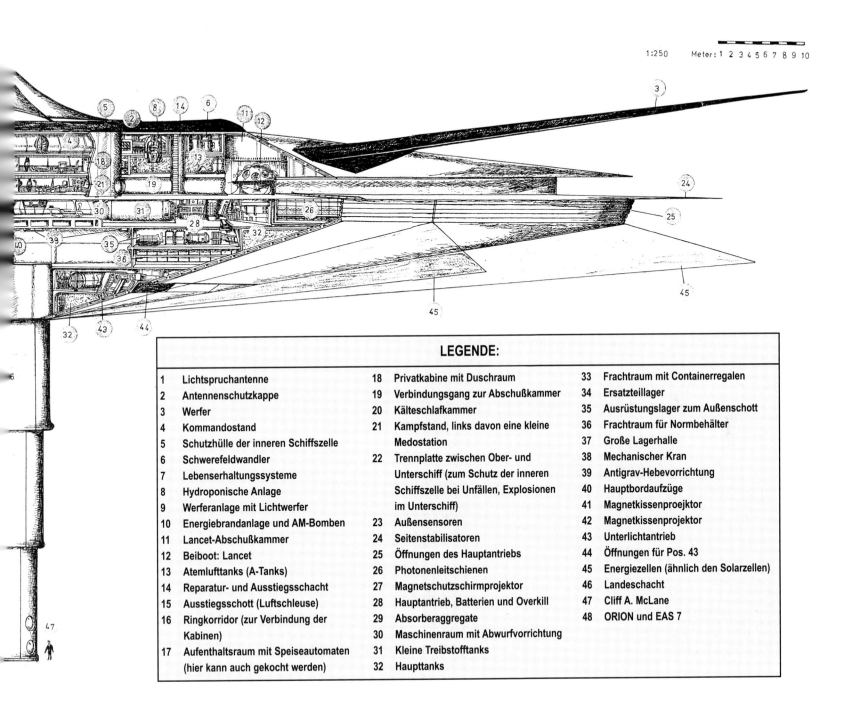

DAS ORION-COMEBACK

Es gibt immer wieder Aktivitäten um die ORION, die aber in den vergangenen Jahren einen gewissen Höhepunkt erlangten. Seit geraumer Zeit spricht man von der *Raumpatrouille* als Kultserie. Trotzdem: Das einzig vorstellbare, wirkliche Comeback kann natürlich nur die Produktion neuer Fernsehfolgen oder eines Kinofilms sein; was seit vielen Jahren immer wieder eifrig diskutiert wird.

Die zahlreichen – mittlerweile 20 – Wiederholungen (Stand: August 1999) der Serie im deutschen Fernsehen für sich betrachtet sind mit Sicherheit bereits einzigartig. Ungeachtet dessen soll in diesem Abschnitt aufgezeigt werden, daß darüber hinaus immer wieder deutliche, oft unerwartete Lebenszeichen der *Raumpatrouille* wahrzunehmen sind.

Aufgrund der Vielzahl der Gelegenheiten/Sendungen, in denen die *Raumpatrouille* erwähnt oder auf sie Bezug genommen wird, ist es nicht möglich, sie alle abzuhandeln. So war eine repräsentative Auswahl zu treffen, die die Geschehnisse nach der Erstausstrahlung im Jahr 1966 dokumentiert.

ORION lebt

Am 10.12.1966 sendete die ARD die letzte Folge der ersten deutschen Science-Fiction-Serie, die den Titel *Invasion* trug. Bereits im Oktober 1966 gab es einen Ansturm auf die Leserbriefredaktionen der Programmzeitschriften. Nach Angaben der HÖR ZU gingen in der Redaktion die Anfragen nach Fortsetzungen der *Raumpatrouille* gleich waschkörbeweise ein, und die verschiedenen Merchandising-Produkte (LP, Single, Quartett, Fotostories) verkauften sich rasend schnell. Man könnte fast meinen, daß die 1968er Wiederholung im Nachmittagsprogramm der ARD den aufgeregten Zuschauern Rechnung tragen sollte.

Kurz vor dem Start derselben veröffentlichte Rolf Honold ab Februar 1968 5 Kurzgeschichten in der Zeitschrift Praline (siehe Abschnitt *Die Fortsetzungen der Fernsehfolgen*). Dies blieb den meisten Fans zunächst verborgen. Erst in den achtziger Jahren sollte man diese Geschichten neu entdecken.

Im März 1968 erschien das erste ORION-Taschenbuch (*Angriff aus dem All*) im Moewig-Verlag, dem bis 1970 weitere 34 folgen.

Nachdem am Nachmittag des 16.06.1968 das letzte von McLanes 7 Abenteuern in der ersten Wiederholung über die Mattscheibe geflimmert war, kam – außer den monatlichen ORION-Taschenbüchern – nichts mehr. Und auch die gab es nur bis Ende 1970.

Zwei Jahre nach der Einstellung der ORION-Taschenbuchreihe startete die Heftromanserie ORION. Bis Band 46 erschien im Moewig-Verlagshaus jeden Monat ein neues Abenteuer der ORION-Besatzung.

Da kam die 2. Wiederholung der Serie im Jahr 1973 gerade recht. In diesem Jahr erwirkten die Fernsehzuschauer eine Wiederholung der beliebten Science-Fiction-Reihe. Im Rahmen der WDR-Aktion »Wunsch der Woche« wurden nachmittäglich alle sieben Folgen im dritten (Regional-)Programm des WDR ausgestrahlt. Einige Jahre später (1975) erfolgte eine bundesweite Ausstrahlung im ersten Programm. Sendebeginn war jeweils Donnerstag um 21.00 Uhr. 1979/80 folgten die Sender SWF, HR, BR sowie NDR, die der *Raumpatrouille* in ihrem dritten Programm ein Sendefenster einräumten. Im Anschluß an die Ausstrahlung des WDR (1975) erdachte Rolf Honold weitere 8 Kurzgeschichten zur *Raumpatrouille*, die aber (wie die ersten 5) relativ unbemerkt blieben. Diesmal druckte die Illustrierte »Freitag« die neuen Abenteuer der ORION-Besatzung ab.

Noch immer lief die ORION-Heftromanserie und präsentierte neue Abenteuer des Jahres 3000. 1976, die Heftromanserie war gerade mit Band 46 beendet, legte man wieder bei Nummer 1 los. Diesmal sollten es 145 Romane werden.

Die Bavaria-Film-Tour

Die erste Wiederbelebung der *Raumpatrouille*, die nicht in einer erneuten Fernsehausstrahlung oder neuen Romanabenteuern bestand, erfolgte im Jahr 1981. Zu dieser Zeit richtete die Bavaria Atelier GmbH die sogenannte Bavaria-Film-Tour ein. Ab dem 01.08.1981 ermöglichte diese Tour dem interessierten Zuschauer einen kleinen Einblick in die Vorgänge im »Hollywood an der Isar«.

Die Bavaria-Film-Tour archiviert interessante Requisiten aus abgedrehten Produktionen und bereitet diese publikumswirksam auf. Dadurch erhält der Besucher die Möglichkeit, eine Art Museum der neuzeitlichen Bavaria-Filmgeschichte zu besuchen. Begleitet werden die Gäste von einem kundigen Führer. In den ersten Jahren des Bestehens der Film-Tour stieß man auf Relikte längst vergangener ORION-Zeiten. Eine einem gigantischen, liegenden und bis zur Hälfte eingegrabenen Zylinder ähnelnde Halle beherbergte in dieser Zeit Kostbarkeiten aus der Produktion *Raumpatrouille*. Der Innenraum dieser Halle diente in der Hauptsache als Dekoration zu »Enemy Mine«, und zwar als Inneres der dort vorkommenden Raumstation. Später setzte man sie auch in verschiedenen anderen Science-Fiction-Filmen ein (z.B. »EUREKA«).

Zurück zur ORION! Bei den oben angegebenen Kostbarkeiten handelte es sich um zwei Originalkostüme, genauer Kleider der Tänzerinnen aus dem *Starlight-Casino* (Entwurf 23 und 24) und eine Fotocollage, bestehend aus 18 geschickt angeordneten Trickfotos.

Das nebenstehende Bild ermöglicht einen Blick auf die »Trickfotowand« und die Plexiglasröhre mit den beiden Kostümen, die ihr Dasein neben der Uniform von Johann (die Wolfgang Völz in »Graf Yoster gibt sich die Ehre« trug) und Schimanskis Jacke fristeten. Bei der ausgestellten Waffe handelte es sich übrigens um eine Attrappe, auf die im Abschnitt *Die Kostüme* bereits eingegangen wurde.

Mit den aufgezählten Gegenständen erschöpfte es sich auch schon – immerhin, der Anfang schien gemacht. Bedauerlich, welch kümmerlichen Reste von so einer gigantischen Produktion übrigbleiben, aber aus Platzgründen mußte man wohl die meisten Requisiten der Serie vernichten.

Nach mehreren Renovierungen der Bavaria-Film-Tour verschwanden leider auch diese Reste der *Raumpatrouille* unauffindbar.

ORION im Kino
Während der Berliner Filmfestspiele im Februar 1985 veranlaßte Dr. Rolf Giesen, der bekannte Special Effects- und Film-Experte, daß die ORION-Folgen eins und sieben (im Auftrag der Constantin) im Kino Astor gezeigt wurden.

Zu dieser Gelegenheit besorgte Jörg Michael Kunsdorff zwei Raumschiffmodelle (ORION und *Hydra*) sowie das kleine Robotermodell, welche ebenfalls dort ausgestellt wurden.

Im Anschluß an diese Ausstellung (im März 85) gelangten zwei Modelle (*Hydra* und Roboter) nach Frankfurt in das dort ansässige Film- und Fernsehmuseum. Auf dem Rücktransport zur Bavaria verschwanden diese Modelle auf ungeklärte Art und Weise. In München angekommen sein müssen sie, aber dann ...???

Die ORION-Ecke der Bavaria Film-Tour

Einige Zeit später zeigte man in Hamburg im Kino Magazin zwischen dem 24.04. und 25.04.1987 die 1. und die 7. Folge.

1989 sichert sich der Berliner Sputnik-Filmverleih von der Bavaria die Verwertungsrechte (zunächst für 5 Jahre, mit der Option auf eine Verlängerung).

Seither tingeln die Filme quer durch Deutschland und das deutschsprachige Ausland (Österreich und Schweiz). Begleitet wurden die Filme eine Zeit lang von einer kleinen Wanderausstellung. Sputnik ließ Poster und eine Fotoserie drucken, die man als Begleitmaterial erstehen kann.

Auch an T-Shirts wurde gedacht, die es im Bavaria Souvenir Shop oder später in der limitierten Sammleredition der Kaufvideos gab (siehe Abschnitt *Merchandising*).

Die Wanderausstellung

Der größte Teil der vorstehend erwähnten Ausstellung ist auf Seite 219 abgelichtet. Insgesamt umfaßte die Ausstellung die nachstehenden Kostüme/Requisiten:

Ein Bordoverall, durchgehend mit angenähten Schuhen
Ein Cocktailkleid mit rückseitiger Lochattraktion
Ein GSD-Hosenanzug und
das Hemd von Professor Sherkoff
Eine GSD-Uniformhose mit
angenähten Schuhen
Cliffs Freizeithose mit
angenähten Holzschlappen
ca. 60 – 80 S/W-Szenenfotos
2 Berichte, die um 1968 erschienen
und 1 Farbfotokopie eines Farbfotos

Folgende Kleinrequisiten waren vertreten:

1 metallene HM4 (ist inzwischen einem Diebstahl zum Opfer gefallen)
1 hölzerne HM4 und 1 ASG (wurde leider in der Schweiz gestohlen)
1 Sauerstoffpatrone (zum Raumanzug gehörend)

Illusionspolitik oder »Die Rückkehr der ORION«

Bereits im Jahre 1985, als Dietmar Schönherr mit Vorträgen zu seiner Arbeit als Entwicklungshelfer in Nicaragua durch Deutschland reiste, gab es Signale für einen neuen Anfang.

Ein eifriger, aufmerksamer ORION-Fan (Detlef Eckardt) bat Dietmar Schönherr in Stuttgart (06.12.1985) um ein Privatinterview vor laufender Videokamera. Bei dieser Gelegenheit erfuhren die erstaunten Fans, daß der Darsteller des ORION-Commanders McLane mit der Idee zu einem Kinofilm liebäugelte – nein, es schien sogar mehr zu sein.

Dietmar Schönherr sprach davon, daß der geplante Titel des Films »Die Rückkehr der ORION« bereits beim Titelschutzregister eingereicht sei. Weiter habe er diesbezüglich bereits den »Rest der Crew« kontaktiert, der sich spontan zur Mitwirkung einverstanden erklärte.

Diese Informationen führten bei manch einem zu der Mutmaßung, daß die 1987er Wiederholung der *Raumpatrouille* (WDR III) eine Art Testballon für die geplante Fortsetzung sei. Die Vorfreude war enorm, aber dann geschah lange Zeit doch nichts mehr, was eine Fortsetzung andeutete. Eine weitere Wiederholung im dritten Programm des Bayerischen Rundfunks 1988 war das einzige Lebenszeichen der *Raumpatrouille*. Die Fans, die von dem Plan erfahren hatten, begannen, sich verulkt zu fühlen.

Ein Kinoaushangfoto der Verleihfirma Sputnik

Das änderte sich schlagartig mit einem 1989 geführten Interview von Rainer Holbe mit Dietmar Schönherr, das im Programm des RTL PLUS ausgestrahlt wurde. Hier wiederholte der Schauspieler seine bis dahin nur Insidern bekannte Äußerung bezüglich eines Kinofilms in aller Öffentlichkeit.

Kurz darauf bestätigte auch Wolfgang Völz (Mario de Monti) diesen Plan bei einem Auftritt in einer ZDF-Hitparade. Wiederholt hat er diese Äußerungen auch in der »Gesucht-Gefunden«-Sendung vom 06.06. 1990 (siehe unten: *Gesucht-Gefunden*), in der er als Gaststar auftrat. Rolf Zehetbauer teilte dazu mit, daß tatsächlich derartige Fortsetzungsüberlegungen im Gange seien. Er selbst halte aber nicht viel davon: »Nicht mehr zeitgemäß...« Last but not least unterrichtete Renate Honold den Verfasser telefonisch von dem Vorhaben, die *Raumpatrouille* wieder aufleben zu lassen. Ein Anfang 1990 geführtes Telefongespräch mit Dietmar Schönherr verschaffte scheinbare Klarheit. Er hat – nach eigenen Angaben – ein Drehbuch für den Film »Die Rückkehr der ORION« geschrieben. Als Regisseur für die neue Raumpatrouille wurde Doris Dörrie gehandelt. In dieser Zeit häuften sich die Pressemeldungen zu einem solchen Film. VIVA, eine Frauenzeitschrift, die Dietmar Schönherr interviewte, befragte ihn auch zu diesem Vorhaben. Hier der diesbezüglich Passus dieses Interviews:

VIVA: ...Und Sie kümmern sich um eine mögliche Fortsetzung Ihrer legendären *Raumpatrouille*...
Schönherr: Ja, noch bevor diese ORION-Geschichte so ein Kulterfolg im Kino wurde, hatte ich die Idee zu einer Neuauflage. Aber uns fehlt noch ein Drehbuch.
VIVA: Mit der alten Crew, nur 25 Jahre älter?
Schönherr: Genau. Die Idee ist dabei, daß das Raumschiff im Weltall verschollen war. Und dann kommt so ein galaktischer Zeitsprung, und durch einen Solarsturm landet die ORION als eine Art fliegende Untertasse auf der Erde. In Bonn tritt dann der Krisenstab zusammen, Grenzschutz und Polizei riegeln alles ab.
VIVA: Und was macht Commander McLane?
Schönherr: Ich? Ich verglühe mit einem Laserstrahl einen Panzer und sage: »Haut bloß ab!« Jedenfalls habe ich mit der Skizzierung der Idee angefangen. Vielleicht klappt's ja.

Die offiziellen Stellen der vorgesehenen Produktionsfirma Bavaria bzw. deren Pressestelle hüllten sich bei Anfragen in Schweigen.

Bedauerlicherweise verlief letztlich alles im Sande. Erst 1996 sollten die Bestrebungen um ein Remake oder eine Fortsetzung wieder ernsthaft diskutiert werden.

Der Bullfrog-Hipp

Mitten in die Planungen und Diskussionen zum Raumpatrouille-Remake entstand 1989 der erste Videoclip zu einer Coverversion der Raumpatrouille-Titelmusik. Damit gelang der 4-köpfigen Aachener Pop-Gruppe XY ein großer Wurf.

Videoclip und Musik produzierte die Band Ende 88/Anfang 89 mit Genehmigung und Unterstützung von Peter Thomas und der Bavaria. Das Ergebnis präsentiert sich als amüsante Hommage an die Raumpatrouille.

Der Clip erzählt die Geschichte von vier jungen Männern (bei denen es sich natürlich um die Mitglieder von XY handelt), die gebannt die Fernsehabenteuer der Raumpatrouille verfolgen und dabei jede Menge »Space Chips« verspeisen. Bis hier hören wir den Originalsoundtrack der Raumpatrouille. Urplötzlich verändert sich die Umwelt, und die vier werden nacheinander in das Fernsehgerät gesaugt. An dieser Stelle setzt die musikalische Eigenkomposition, der »Bullfrog-Hipp«, ein. Dort tauchen sie unvermittelt in der Szenerie der ORION-Abenteuer auf und verunsichern auf unterhaltsame Weise die Gegend. Bei ihren Aktivitäten tragen sie die Originalkostüme und benutzen *ASG* und *HM4*. Der ganze »Spuk« endet mit Cliff McLanes Worten: »Das war die ORION. Ich schalte jetzt ab!«

Die Produktion gefiel den Machern der »Formel I« so gut, daß sie als ungekürztes Video am 20.05.1989 um 15.00 Uhr ausgestrahlt wurde. Rechtzeitig zum Fernsehstart des »Bullfrog-Hipp« erschienen Single, Maxi-Single und CD.

Die Popgruppe XY wurde von Ralf Justin, einem gelernten technischen Zeichner, gegründet. Ralf hatte auch die Grundidee zu dem Vi-

Impressionen der Wanderausstellung

deoclip, schrieb die Musik, das Drehbuch, führte Regie bei den Dreharbeiten und war zugleich der Leadsänger der Band. Die weiteren Mitglieder von XY sind José Alvarez (Leadgitarre), Ralf ›Gento‹ Bindels (Synthesizer) und Jürgen ›Janek‹ Jahnke (Schlagzeug).

Trotz des erfolgreichen Starts war XY nur ein kurzes Leben beschieden. Etwa ein Jahr nach ihrem erfolgreichen »Bullfrog-Hipp« brach die Band auseinander.

Den »Bullfrog-Hipp« erhielt man von Coconut (einem Ariola-Ableger) einige Monate lang als Single, Maxi-Single und Maxi-CD. Die Bestellnummern Single: 112 359, Maxi-Single: 612 359, 5"-Maxi-CD: 662 359.

Gesucht-Gefunden

Vom 15.03.1981 bis zum 17.03.1993 strahlte der WDR Köln in seinem dritten Fernsehprogramm einmal monatlich insgesamt 111 von Sonja Kurowsky und Rainer Nohn (Redakteur) moderierte Sammlersendungen (»Gesucht – Gefunden«) aus. Im Verlauf derselben wurden ca. 600 verschiedene Themen aufgegriffen und behandelt.

In der Sendung vom 06.06.90 hatte das ORION-Museum Köln (Josef Hilger und Jörg Reimann) nach etlichen Vorgesprächen mit den Moderatoren, der Kostümbildnerin und Regieassistentin die Möglichkeit, sich der breiten Öffentlichkeit zu präsentieren.

Das Ganze spielte sich in einer eigens dafür (vom Bühnenbildner Thomas Armster) aufgebauten Dekoration im ORION-Look ab (Bild Seite 160). Zu Beginn spielten die Vertreter des ORION-Museums zusammen mit Sonja Kurowsky eine leicht modifizierte Sequenz der zweiten Serienfolge (*Planet außer Kurs*) nach. Die ganze Szene wurde in Originalkostümen gespielt. Im Anschluß daran unterhielten wir uns über die mitgebrachten Originalrequisiten, unterbrochen von zwei eingespielten Filmausschnitten, die wir vor der Sendung aussuchten, anhand derer wir unsere Aussagen belegten und diverse Filmtricks erläuterten.

Im Verlauf der Sendung erschien als Stargast Wolfgang Völz (alias Mario de Monti). Sein Auftritt begann damit, daß wir mit ihm und einer Komparsin eine kurze, frei erfundene ORION-Szene (nach einem Drehbuch von Josef Hilger) spielten. Wolfgang Völz erzählte dann Anekdoten aus den Tagen der Dreharbeiten und betonte, daß die Kostüme sehr, sehr unbequem und heiß waren. Aus diesem Grund hatte man auch zwei Kostüme für die Herren angefertigt (siehe Auflistung der Kostüme im Abschnitt *Die Kostüme*). Wörtlich sagte er: »... das war alles sehr schön, aber man muß einmal sagen, daß ich entsetzlich gelitten habe in den Kostümen...« Den Abschluß bildete ein kurzer Ausblick auf die Zukunft der ORION. Hier bestätigte Wolfgang Völz das Gerücht um eine Fortsetzung der Serie oder einen Kinofilm; er wisse aber noch nichts genaues. Er jedenfalls würde sich freuen und mitmachen.

25 Jahre Raumpatrouille

Im Juni 1991 erschien im Goldmann-Verlag »Das große ORION-Fanbuch«. Autor dieses ersten Sekundärwerkes zur *Raumpatrouille* war Jörg Kastner. Fans der Romanserie sind bei diesem Buch sicher auf ihre Kosten gekommen.

Wenige Monate nach dem Erscheinen des »Großen ORION-Fanbuches« – am 17. September 1991 – war es 25 Jahre her, daß die *Raumpatrouille* zum ersten Mal ausgestrahlt wurde. Angeregt durch die »Gesucht-Gefunden«-Sendung mit der *Raumpatrouille*, plante Karl-Heinz Rees, der Moderator einer Sendung im »Offenen Kanal« der Stadt Dortmund, eine 90-minütige Geburtstagssendung zur *Raumpatrouille*. Terminiert hatte er die Sendung auf Samstag, den 06.04.1991.

Auch der Titel der Sendung stand bereits fest: »25 Jahre *Raumpatrouille* Space Party bei Moviestar«. Als Gäste waren u.a. Ralf Justin, der »Erfinder« der Popgruppe XY, und Ralf Kramer, der Leiter des ORION-Clubs »Uraceel« (siehe Abschnitt *Die Fans und Fanclubs*), vorgesehen. Karl-Heinz Rees plante die Präsentation des XY-Videos, ein Interview mit dem Leadsänger (siehe oben), eine Erörterung der ORION-Entstehungsgeschichte, Nachrichten aus dem Jahr 3000, eine Modenschau und eine Beschreibung der Dekorationen und Trickverfahren.

Als Auflockerung stand eine kleine Spielszene à la ORION im avisierten Sendeablauf.

Ein Ausblick auf die Zukunft der *Raumpatrouille* wie das obligatorische Anstoßen auf das Geburtstagskind ORION sollten den Abschluß der Sendung bilden. Als Hintergrundmusik für den Abspann der Sendung war das Eva-Pflug-Lied: »Das Mädchen vom Mond« vorgesehen. Die ganze Angelegenheit scheiterte kurz vor der Realisierung aus rechtlichen Gründen.

ORION II und ein Jointventure

»Hinter Kirchhellen ist ein Raumschiff gelandet« – auch mit diesem Slogan warb die BavariaFilmPark GmbH ab 1992 für ihren Freizeitpark in Kirchhellen.

Kirchhellen liegt bei Bottrop und dort, auf dem ehemaligen Gelände des Traumlandparks, hatte die Bavaria einen Freizeitpark der Superlative (ca. 350. 000 qm) errichtet. Der Park war in Aktions- und Ruhezonen (Parkanlagen, Gastronomie) unterteilt. Die Aktionszonen waren:

Schimanski-City (Stunt Arena),
FX-Halle (Exponate aus 50 Jahren Film),
Goldmine »Höllentrip« (eine Fahrtsimulation)
Rolli-Kinderpark (Kinderparadies),
die Wasserfälle Phantasiens und
ORION II.

Die offizielle Eröffnung des Parks war am 06.06.92 (09.00 Uhr). Die Eröffnungsfeier, die unter dem Namen »Rolli's FilmPark Taufe« firmierte, erfolgte mit ansehnlichem, medienwirksamem Aufwand sieben Tage später, am 13.06.1992. Moderiert von Desiree Nosbusch wurden zahlreiche namhafte Gäste begrüßt: NRW-Ministerpräsident Johannes Rau, Götz George, Rolf Zehetbauer, Tina Ruland, Ray Harryhausen, Wolfgang Völz, Eva Pflug u.v.a.

In der ORION II konnte der Besucher eine spannungs- und aktionsgeladene Weltraumreise unternehmen, im Verlauf derer sein Raumschiff – die ORION II – von den *Frogs* angegriffen wurde. Laserprojektoren, Rüttelplattformen, Rauchentwickler, Lautsprecherbatterien, Lichtkaskaden und Geruchsspender sollten die ca. 30 minütige Fahrt (über ca. 70m) in dem 7 Millionen DM teuren Raumkreuzer so realistisch wie möglich gestalten.

Verantwortlich für das Design der ORION II zeichneten hauptsächlich: Rolf Zehetbauer (der bereits die ORION von 1965 entworfen hatte), Wolf-Rüdiger Seufert und Cornelia Ott. Letztgenannte waren Mitarbeiter des Bavaria-Design-Center. Die Computeranimationen in ORION II schuf Jörg Krauthäuser von tv mobil.

Das Äußere der ORION II wich in erheblichem Maße von dem der Fernseh-ORION ab. War die letztgenannte ein ca. 170 m durchmessender Diskus, so handelte es sich bei ORION II um ein aus 8 Kugeln (zwischen 5 und 10 m Durchmesser), 10 Röhren (3m Durchmesser) und zwei halbrunden, flachen Anbauten bestehendes Gebilde. Im Ausgangsbereich installierte man eine kleine Merchandisingabteilung.

Der Kommandostand wurde nicht in Kirchhellen aufgebaut. Der stand in Babelsberg, wo man die Realfilmsequenzen des Aktionsvideos für ORION II drehte. Das Betreten desselben ist während der simulierten Raumfahrt ohnehin nicht vorgesehen. Zwei der acht Kugeln sowie die beiden Anbauten entziehen sich ebenfalls dem Zuschauer. In einer dieser Kugeln ist die Klimatechnik, in der anderen die Leitzentrale eingebaut.

Ein Anbau zeigt eine futuristische Modelllandschaft, in der die ORION – hierbei handelt es sich um ein Modell (ca. 40 cm Durchmesser), das der Fernseh-ORION nachempfunden wurde – landet. Sie schwebt von rechts oben ein und landet, an drei Fäden hängend, mitten in der Modellstadt.

Auch ein Frogangriff ist vorgesehen.

Die »technischen Daten« der ORION II, wie sie dem Besucher auf einem der zahlreichen Monitore präsentiert wurden: Länge: 274 m; Breite: 62 m; Besatzung: 64 Personen; Zentralrechner: neuronales Netzwerk der IV. Generation (Typ Further 4000); Energiequellen: 2 Fusionsgeneratoren plus »Schlafende Energiereserve«; Triebwerke: 2 Photonenaccelleratoren mit insgesamt 60 Terawatt Lichtdruckleistung; Bewaffnung: 8 positronengepumpte Hochenergielaser (20 MW), 4 Antimaterietorpedos.

Bezüglich einer Fortsetzung der alten Serie äußerte Norbert Altenhöhner, der Geschäftsführer der BavariaFilmPark GmbH, daß dies durchaus möglich sei und dann sicher unter Verwendung von ORION II erfolgen würde.

Ab April 1993 begann der Verkauf der *Raumpatrouille* auf Videokassette, und ab dem 09. Oktober 1993 strahlte der Fernsehsender SAT1 im Rahmen seiner Science-Fiction-Reihe die *Raumpatrouille* aus. Zum zehnten Mal raste der schnelle Raumkreuzer ORION nun über bundesdeutsche Bildschirme. Einziger Wermutstropfen: Die Serienfolgen wurden von Werbepausen unterbrochen und zudem um einige Minuten gekürzt. Der Vollblutfan wird sich glücklich schätzen, die vollständige Version auf Video zu besitzen.

Kurze Gastauftritte mit ORION-Bezug der Schauspieler Wolfgang Völz und Eva Pflug in den Sendungen »Meine Show« (27.05.1993) und »Brennende Herzen« (24.07.1993) förderten die Hochstimmung im Kreis der ORION-Fans.

Zum Fernsehstart in SAT.1 realisierte der Sender eine große »ORION-Session« im mittlerweile errichteten BavariaFilmPark in Kirchhellen, einem Jointventure. Mit der Organisation war die Kölner PR-Firma Barbarella Entertainment GmbH beauftragt. Hauptverantwortlich zeichnete Michael Draeggert.

Umrahmt von einer großen ORION-Ausstellung, in der u.a. repräsentative Objekte des Kölner ORION-Museums gezeigt wurden, gab es eine Reihe interessanter Programmpunkte.

Nachdem sich die Pforten des Filmparks am Samstag, den 02.10.1993 für die Öffentlichkeit geschlossen hatten, fanden sich zwei ORION-Clubs (aus Dorsten und Duisburg) und das ORION-Museum-Köln in der Special-Effect-Halle ein und richteten die Ausstellung her.

Nach der offiziellen Eröffnung des Jointventures (18.00 Uhr), zu der bereits viele Vertreter der Medien anwesend waren, trafen drei Veteranen der *Raumpatrouille* ein: Claus Holm (alias Hasso Sigbjörnson), Hans Gottschalk (der damalige Produktionschef) und Dr. Michael Braun (Regisseur und Drehbuchautor).

Natürlich waren diese drei Herren die Stars des Abends und ständig von den Medien und Fans umringt. Mit Engelsgeduld und viel Verständnis erfüllten sie Autogrammwünsche und beantworteten die Fragen, die sich oft wiederholten.

An der folgenden Exkursion durch die ORION II beteiligten sich auch die drei ORION-Veteranen. Unglücklicherweise verletzte sich Hans Gottschalk durch einen Sturz in der ORION II an Kopf und Hand.

Höhepunkt und zugleich Abschluß des Abends bildete eine Podiumsdiskussion über SF allgemein und die *Raumpatrouille*. Auf dem Podium fanden sich neben den ORION-Stars drei weitere, teilweise bekannte Herren ein. Es waren dies: Dr. Rolf Giesen, der Special-Effects- und Filmexperte, Dr. Herbert W. Franke (SF-Autor) und Jörg Kastner (Autor des »ORION-Fanbuchs«). Moderator war Michael Draeggert von der Firma Barbarella.

Kurz nach der Oktober/November-Ausstrahlung brachte SAT.1 die *Raumpatrouille* wieder ins Programm. Zwischen dem 27. und 31.12.1993 kamen aber nur 5 Sendungen. Die Folgen 5 und 6 wurden nicht gezeigt. Als Grund dafür sind Differenzen mit dem Sender NDR anzusehen, dem die Rechte an diesen beiden Folgen gehören. Inzwischen gehört der vielversprechende Park der Vergangenheit an. Er hat nur zwei Saisons erlebt. 1993 fiel für ihn die letzte Klappe. Das Gelände wurde von der Firma Warner Bros. aufgekauft, die ORION II abgerissen und ein völlig neuer Freizeitpark errichtet, der im Frühjahr 1996 öffnete.

Der Traum von der neuen *Raumpatrouille* war erneut ausgeträumt.

Nach dem Desaster oder »Der zweite Versuch«

Nach dem Aus für den BavariaFilmPark Kirchhellen fielen die Fans in ein »schwarzes Loch«. Die letzte Hoffnung auf ein echtes ORION-Comeback schien begraben zu sein.

Die Bavaria steckte jedoch nicht den Kopf in den Sand, sondern begann neue Projekte. Eines davon war die Gründung einer neuen Firma, der Colonia Media. Sie stellt de facto eine Kölner Filiale der Bavaria dar. Begleitet war dieses Ereignis von einer großen Feier, die am 09.08.1994 auf einer Etage des Kölner Cinedom stattfand.

Kurz danach gastierte vom 21.07. bis zum 20.08.1994 eine opulente Wanderausstellung im Cinedom. Organisiert hatte sie die Bavaria, die damit die Feiern zum 75. Firmengeburtstag begann. In der Ausstellung war neben vielen anderen großartigen Bavaria-Produktionen auch die *Raumpatrouille* vertreten. Einige großformatige Fotos und zwei Kostüme repräsentierten diese Fernsehserie. Die ausgestellten Kostüme waren ein dunkelblauer Bordoverall der Raumfahrer und das Cocktailkleid von Tamara Jagellovsk (Eva Pflug).

Happy Birthday Bavaria

Am 21.11.1994 hieß es in Halle 9 der Bavaria Film GmbH: Happy Birthday Bavaria. An diesem Tag fand dort mit über 600 prominenten Gästen eine Geburtstagsfeier in Form einer Galaveranstaltung statt. Die Veranstaltung dauerte etwa 2,5 Stunden und wurde aufgezeichnet. Fernsehgerecht geschnitten blieben 75 Minuten Sendematerial, getreu dem Motto: 75 Jahre in 75 Minuten. Diese Fassung strahlte das 1. Programm der ARD am (Samstag) 26.11.1994 aus.

Beinahe alle großen Stars, die einmal für die Bavaria Filme produziert hatten – unabhängig, ob vor oder hinter der Kamera – waren anwesend. Hier nur ein paar Namen, die stellvertretend für die zahlreichen Gäste stehen. Eine vollständige Übersicht würde den Rahmen dieser Abhandlung sprengen:

Lucas Amann, Eddi Arent, Muriel Baumeister, Karl Baumgartner, Meret Becker, Senta Berger, Kai Böcking, Victoria Brahms, Ivan Desny, Helmut Dietl, Veronica Ferres, Helmut Fischer, O. W. Fischer, Thomas Freytag, Götz George, Joel Grey, Marie Gruber, Haddaway, Peter Illmann, Hildegard Knef, Günther Lamprecht, Gudrun Landgrebe, Michaela May, Mary (Georg Preuße), Inge Meysel, Uwe Ochsenknecht, Jürgen Prochnow, Liselotte Pulver, Bill Ramsey, Ralph Richter, Maria Schell, Roswitha Schreiner, Hanna Schygulla, Martin Semmelrogge, Jutta Speidel, Wolfgang Stumph, Wolfgang Vierek, Fritz Wepper, Barbara Wussow, Michael York, Rosel Zech, Rolf Zehetbauer usw. Natürlich traf man dort eine Menge der Leute, die der *Raumpatrouille* hinter der Kamera zum Leben verhalfen. Hierzu gehörten: Hans Gottschalk, Lutz Hengst, Michael Braun, Hannes Nikel und Götz Weidner.

Ein schön verkleidetes Space-Ballett läutete eine der Sensationen des Abends ein. Anschließend zeigte die Bavaria einen *Raumpatrouille*-Trailer und dann geschah es – übergangslos:

Erstmals nach Drehschluß vor 29 Jahren betrat die gesamte ORION-Besatzung – Dietmar Schönherr, Eva Pflug, Claus Holm, Wolfgang Völz, F. G. Beckhaus und Ursula Lillig – über eine lange Show-Treppe die Bühne.

In der Hand trugen sie Original-Kleinrequisiten, die dem ORION-Museum-Köln entstammten. Ansonsten traten die Darsteller in Abendgarderobe auf. Liebenswürdig vom Moderator des Abends, Gerhard Schmidt-Thiel, aufgefordert, stellte Dietmar Schönherr kurz seine ehemalige Mannschaft vor. Im Anschluß daran erläuterte jeder einzelne die Funktion der Originalrequisite, die er in Händen hielt. Amüsant war Friedrich Georg Beckhaus' Kommentar; er hielt – wie damals in der *Raumpatrouille* – das legendäre Bügeleisen in Händen: »Böse Zungen behaupten, das wäre ein Bügeleisen! In Wirklichkeit handelt es sich um ein Navigationsinstrument, damit wir hierher finden konnten.«

Die ersten Worte, mit denen die Sendung begann und der Moderator angekündigt wurde, sprach übrigens auch Friedrich Georg Beckhaus, der Darsteller des Atan Shubashi.

Nach der Aufzeichnung gab es eine Riesenparty mit Musik von einer Band, Sekt und ausgezeichneten Gaumenfreuden des Meisterkochs Alfons Schuhbeck. Natürlich feierte man unter Ausschluß der Öffentlichkeit, d.h. dieser Teil der Galafeier wurde nicht aufgezeichnet.

Auch das Bonner »Haus der Geschichte« nahm sich der *Raumpatrouille* an. In der Wechselausstellung »Spiel^ZeitGeist« waren über einige Wochen hinweg ein *Raumpatrouille*-Quartett und Ausschnitte aus der *Raumpatrouille* zu besichtigen. Eröffnung dieser Ausstellung war am 08.12.1994. Vom 25. bis zum 31.12.1994 wurden (wieder nur) 5 Folgen *Raumpatrouille* von SAT.1 gesendet. Diese hatte der Sender auch noch geringfügig gekürzt.

Ein neuer Anfang!?

Im September 1995 sorgte eine Nachricht im Videotext des Fernsehsenders PRO7 für Furore! »Die deutsche Science-Fiction-Serie *Raumpatrouille* wird fortgesetzt!« Pro7 produziert einen Pilotfilm und zwölf neue Folgen!

Das Unglaubliche schien wahr zu werden. Das Warten hatte offenbar ein Ende gefunden. Nach und nach wurden Details bekannt. Roland Emmerich, selbst ORION-Fan, war als Regisseur beauftragt. Ein Pilotfilm und zwölf Folgen à 50 Minuten sollten produziert werden. Im Sommer 1996 waren die Dreharbeiten in Los Angeles und München terminiert. Tree-House-Films war der Name der Produktionsfirma.

Bald darauf war es auch in den Printmedien zu lesen: Die ORION würde in Kürze wieder neuen Abenteuern entgegenfliegen. Die Fanclubs überschlugen sich in den Veröffentlichungen ihrer Fanzines mit aktuellen Meldungen. Beinahe als Bestätigung erhielt man ab Oktober 1995 bei der Firma Modern Times einen Postkartensatz mit S/W-Fotos aus der Serie. Im Januar 1996 lieferte Borek zum 50jährigen Bestehen Deutschlands Telefonkarten mit *Raumpatrouille*-Motiv aus.

Für die Berliner gab es zwischendurch noch eine Nonstop-Ausstrahlung der *Raumpatrouille*. In der Nacht vom 06. auf den 07.April 1995 zeigte der »Sender Freies Berlin« (B1) alle sieben Folgen – ein echter ORION-Marathon für Hardcore-Fans der Serie. Derweil schienen die Vorbereitungen für das *Raumpatrouille*-Remake auf vollen Touren zu laufen. In München hatte sich die Firma Tree-House-Films niedergelassen, eine Zweigstelle von Roland Emmerichs Filmfirma in Amerika. Aus deren Reihen war zu hören, daß die Original-*Raumpatrouille* mit englischen Untertiteln versehen den amerikanischen Drehbuchautoren vorgespielt werden sollte, damit sie sich in die Atmosphäre und den Handlungsrahmen hineinversetzen konnten. Weitere Details ließ man jedoch nicht verlauten. Offiziell hieß es am 17.10.1995 in einem Telefax, daß man sich noch in der Developmentphase (Entwicklungsphase) befände und daher nichts Neues sagen könne. Im März 1996 gab es ein letztes Lebenszeichen der Firma Tree-House, das keinerlei neue Informationen mit sich brachte; dann war Funkstille.

30 Jahre Raumpatrouille

Am 17. September 1996 feierte die *Raumpatrouille* den 30. Jahrestag der Erstausstrahlung.

Just in diesem Jahr veranstaltete Margit Bàrdy eine Vernissage mit repräsentativen Exponaten ihres Schaffens. Vom 28.03. bis 20.04.1996 zeigte die Inselgalerie in Berlin »Kostümentwürfe der 60er Jahre, Raumschiff ORION und andere Arbeiten«.

Wohl auch unter dem Eindruck der kurz bevorstehenden Neuverfilmung gelang diesmal auch die Ausrichtung einer *Raumpatrouille*-Geburtstagsfeier. In der Gelsenkirchener Kaue begann am Samstag, den 21.09.1996 um 19.00 Uhr diese Veranstaltung, die einige Highlights beinhaltete. Da wären zunächst die prominenten Gäste zu erwähnen: Michael Braun, der Regisseur von 3 Folgen *Raumpatrouille*, Peter Thomas, der Komponist der Filmmusik, und Hanns Kneifel, der Autor der ORION-Taschenbücher, sowie Jörg Kastner, der Verfasser des »Großen ORION-Fanbuchs«.

Einer der Hauptorganisatoren, der Leiter des Duisburger ORION-Clubs, Michael Lange, begrüßte die prominenten Gäste und führte durch die Programmpunkte des Abends. Mit großer Freude nahmen die Gäste die erste Vorstellung der 2. Neuauflage der *Raumpatrouille*-LP zur Kenntnis, die Michael Lange vornahm. Die Anwesenden erfuhren, daß die LP im Originalcover der Erstauflage veröffentlicht werden sollte. Darüber hinaus seien 3 zusätzliche Stücke darauf vorhanden. Zeitgleich wurde eine Neuauflage der Soundtrack-CD angekündigt und eine limitierte 10-Inch-Platte mit der Titelmusik und Stücken der LP »ORION 2000«.

Schließlich eröffnete Michael Lange eine Podiumsdiskussion, in deren Verlauf das interessierte Publikum allerlei Details um die *Raumpatrouille* erfahren konnte. Kurz darauf überschattete ein trauriges Ereignis diese Geburtstagsveranstaltung. Claus Holm, der Darsteller des ORION-Bordingenieurs Hasso Sigbjörnson, war am Abend der ORION-Geburtstagsfeier gestorben. Drei Monate später, ab Dezember 1996, strahlte der Privatsender SAT.1 – beinahe traditionsgemäß – erneut 5 der 7 Raumpatrouille-Folgen aus. Damit erreichte diese Serie die 14. Wiederholung im deutschen Fernsehen. Ebenfalls im Dezember lieferte die Firma Astro Records einen echten Leckerbissen: *Raumpatrouille* auf Laserdisc. In allerbester Bild- und Tonqualität startete am 30.12.1996 der Verkauf dieser limitierten Auflage.

Ebenfalls noch im Jahr 1996 entdeckten einige *Raumpatrouille*-Fans das Internet. Im Sommer 1997 zählte ein Mitglied des *Raumpatrouille*-Fanclubs »Uraceel« (Dorsten) bereits 6 Homepages im Internet – Tendenz steigend.

Der Traum vom Sehen,
Holgers Tankstelle und eine Hörspiel-Collage

Im Jahr 1997 ebbte die Begeisterung langsam wieder ab. Ernüchterung machte sich breit, denn die Neuverfilmung hatte noch immer nicht begonnen. Anstatt sich um die *Raumpatrouille* zu kümmern, hatte Roland Emmerich zunächst den SF-Kassenschlager »Independence Day« realisiert. Dennoch hielt er offenbar an seinem Plan fest, die ORION wieder starten zu lassen; zumindest äußerte er sich dementsprechend in einem Fernseh-Interview.

Der ORION-Club aus Dorsten kümmerte sich ganz intensiv um Roland Emmerichs ORION-Projekt und hielt sogar Kontakt nach Amerika. Von dort lobte ein gewisser Marco Weber die Ausdauer dieses Clubs und versprach, ihn im Herbst 1997 zum offiziellen Fanclub der neuen Serie zu erklären.

Die Firma Tree-House war inzwischen Geschichte. Unter der Münchner Adresse war niemand mehr zu erreichen. In Oberhausen, auf dem Gebiet einer stillgelegten Zeche, steht unter anderem ein gigantischer Gasspeicher, ein sogenanntes Gasometer. Seit einiger Zeit wird dies benutzt, um ausgefallene und/oder spektakuläre Ausstellungen zu beherbergen. Eine dieser Ausstellungen war »Der Traum vom Sehen« ausgerichtet von der Berliner Firma TRIAD. Zwei Jahre präsentierte diese Ausstellung »eine multimediale Zeitreise durch die Geschichte des Fernsehens« – so der offizielle Text des Werbeprospektes. Die Eröffnungsfeier war am 30.05.1997. Dank einer Leihgabe des Autors war auch die *Raumpatrouille* dort vertreten.

Für die SAT.1-Sportsendung »ran« stellte ein Student für Kommunikationsdesign Anfang 1997 einen Werbespot her, der mehrfach in den SAT.1-Werbeblöcken ausgestrahlt wurde. Da diese Arbeit gleichzeitig seine Diplomarbeit war, existiert hierzu eine 83-seitige theoretische Abhandlung. »Die Rückkehr des Balles« lautete der Titel des Trailers, dessen Inhalt die Diplomarbeit wie folgt beschrieb: »Durch die Verknüpfung von Bildern und O-Tönen aus der Serie *Raumpatrouille* ORION mit realen Fußballbildern soll die Geschichte von der Wiederkehr des Balles in Form einer auf die Erde zurasenden Supernova erzählt werden. Dabei werden Schwarzweiß-Bilder des ORION-Materials mit Fußballbildern gemischt.«

In der Dokumentation erörterte er die grundsätzlichen Überlegungen zum Verbraucherverhalten sowie die Zielgruppen, Zielsetzung und Aufgabe eines Werbetrailers bis hin zur Konzeption und praktischen Umsetzung der Idee hin zum fertigen (Werbekurz-)Film.

Im Oktober desselben Jahres griff die ZDF-Talkshow »Holgers Tankstelle« in ihrer 2. Sendung (31.10.1997) das Thema *Raumpatrouille* auf. Als Gäste für diesen Part der Sendung war ein Teil der ORION-Besatzung eingeladen: Dietmar Schönherr, Wolfgang Völz und Eva Pflug. In einer eigens hergerichteten Ecke der Dekoration fanden sich Originalrequisiten und Kostüme aus der *Raumpatrouille*, die das ORION-Museum-Köln zur Verfügung gestellt hatte. Dort veranstaltet der Moderator der Sendung, Holger, ein kurzes *Raumpatrouille*-Quiz mit den ORION-Darstellern. Von einer Neuverfilmung der Serie war zu diesem Zeitpunkt schon keine Rede mehr.

Zum Tag der Briefmarke 1997 erhielt man Briefumschläge mit 2 verschiedenen *Raumpatrouille*-Motiven. Diese konnte man bei Bedarf mit einem großen Poststempel versehen lassen, der ebenfalls ORION-Motive trug.

Das Tonstudio an der Ruhr produzierte gegen Ende des Jahres 1997 ein ungewöhnliches Tondokument, das bald darauf auf CD erhältlich war: eine Hörspiel-Collage namens »Raumbredouille«. Musiksequenzen sind in geschickter Art und Weise mit Originaldialogen und -geräuschen zusammengemischt worden. Dem beigefügten Booklet kann man entnehmen, daß versucht wurde, mit den verfügbaren Tonkonserven der Originalserie eine neue Geschichte zu basteln.

In den Monaten November und Dezember 1997 erfolgte die 15. Wiederholung der *Raumpatrouille*. Wieder strahlte SAT.1 die Serie aus, erneut nur 5 Folgen. Gibt es noch Hoffnung? Inzwischen glaubt kein ORION-Fan mehr ernsthaft an den Neustart der *Raumpatrouille*.

Das soll aber nicht bedeuten, daß damit auch die Begeisterung für den schnellen Raumkreuzer zum Erliegen kam. Im Gegenteil, der ORION-Club »Uraceel« richtete in Dorsten eine ORION-Convention aus. Am Samstag (20.06.1998) trafen sich eine Reihe ORION-Fans aus ganz Deutschland zu einem gemütlichen Beisammensein unter dem Leitthema *Raumpatrouille*.

Außerdem hat dieser Club nunmehr selbst die Initiative ergriffen; ganz unter dem Motto: »Selbst ist der Mann« wurden von den Clubmitgliedern 5 Fortsetzungsromane zur *Raumpatrouille* geschrieben. Diese schließen nahtlos an die im Januar 1984 eingestellte Heft-Romanserie ORION an und sind – dem Multimediazeitalter angepaßt – als Diskettenromane erhältlich. Auch der zweite Club – aus Duisburg – ließ sich nicht entmutigen und gab bis September 1999 weiterhin regelmäßig sein Fan-Magazin heraus.

Zum Jahresausklang 1998 war es endlich wieder möglich, die *Raumpatrouille* ungekürzt und sogar mit allen sieben Folgen am Fernsehschirm genießen zu können. Der NDR sendete die 16. Wiederholung der Serie und hatte hierfür im dritten Programm einen Sendeplatz zwischen Weihnachten und Neujahr reserviert. Ein Vorab-Beitrag zu dieser Sendereihe war für die Sendung »Die aktuelle Schaubude« am 18.12.1998 geplant, wurde aber kurzfristig storniert.

Goldene Kamera 1999

Seit dem Jahr 1966 verleiht die Programmzeitschrift HÖR ZU in jedem Jahr die »Goldene Kamera«. Damit werden Personen für besondere Leistungen in den Bereichen »Film, Fernsehen, Musik« und »Medien« ausgezeichnet. Am 04.02.1999 (Ausstrahlungstermin: 09.02.1999) erhielt u.a. Dietmar Schönherr eine »Goldene Kamera« für seine Darstellung des Commanders Cliff Allister McLane in der Fernsehserie *Raumpatrouille*.

Ursprünglich sollte er diese Ehrung in Anwesenheit von 10 Fans der Serie erhalten, die den Akt der Preisverleihung mit entsprechendem Beifall begleiten sollten.

Nichelle Nichols, die die Rolle des Leutnant Uhura in der amerikanischen Konkurrenz (Star Trek / Raumschiff Enterprise) spielte, bekam dafür ebenfalls eine »Goldene Kamera«. Um ihr auch eine entsprechende Ehrung durch Fans zuteil werden zu lassen, sollten 10 Star-Trek-Fans anwesend sein.

Zuvor – so war es geplant – sollten Modelle der ORION und der Enterprise durch den Saal schweben. Bedauerlicherweise wurde der Plan mit Beteiligung der Fans eine Woche vor der Aufzeichnung gekippt.

Interessanterweise wurde bei dieser Gelegenheit auch ein echter Raumfahrer geehrt: Neil Armstrong, der erste Mensch, der seinen Fuß auf den Mond setzte, am 21. Juli 1969. Im Jahr 1999 folgten vier weitere *Raumpatrouille*-Wiederholungen, eine im HR III (April/ Mai), eine weitere im ORB (Mai/Juni), eine im WDR III und die vierte in B1 (August 1999).

Raumpatrouille lief im HR III neben einigen anderen alten TV-Serien im Rahmen der Reihe »**late lounge**«. Vorankündigungen und einige Hintergrundinformationen waren im Internet abrufbar. Zwischen den »late-lounge«-Filmen/Serien gab es immer einen Gesprächspart. Diesen moderierte Roberto Cappelutti. An zwei Tagen lud er Gäste aus dem *Raumpatrouille*-Bereich ein und interviewte sie zur Serie.

Mittlerweile wurde die *Raumpatrouille* auch auf DVD veröffentlicht.

RAUMPATROUILLE, DIE KULTSERIE

Spätestens seit 1989, seit die sieben Folgen in den deutschen und schweizerischen Programmkinos zu sehen sind, kann man von Deutschlands Kultserie *Raumpatrouille* sprechen.

Es dürfte jedem klar sein, daß die exorbitante Verehrung einer Fernsehserie durch einen großen Teil der Zuschauer die Grundvoraussetzung dafür ist, sie zur Kultserie werden zu lassen. Dieses Interesse, diese Verehrung war die Basis für die äußerst erfolgreiche Vermarktung der Serie durch die Firma Sputnik (siehe Abschnitt *Das ORION-Comeback*) und die Merchandisingindustrie (siehe Abschnitt *Merchandising*).

Um heutzutage zu Recht von einer *echten* Kultserie zu sprechen braucht es etwas mehr, nämlich, daß diese über mehrere Generationen eine Vielzahl von Anhängern und begeisterten Zuschauern findet.

Diese Voraussetzungen finden wir bei dieser Serie. Nicht ohne Grund haben die TV-Anstalten die Serie bis heute 20mal (!) wiederholt.

Weshalb ein Film oder eine Serie überhaupt zum Kult wird, darüber streiten sich die Gelehrten. Fest steht, daß das Kultobjekt etwas haben muß, das die Massen anhaltend oder immer wieder aufs Neue begeistert.

Was die *Raumpatrouille* so einzigartig (kultig) macht, kann an dieser Stelle nur subjektiv beantwortet werden:

Die Abenteuer von Cliff und seiner Crew sind quasi zeitlos. Das gilt für die geschliffenen, teilweise witzigen Dialoge ebenso wie für die Kostüme, Dekorationen und Musik. Wären die Folgen nicht in Schwarz-Weiß gedreht, könnte niemand so recht sagen, aus welcher Zeit sie stammen – abgesehen von der Tricktechnik, in der heute andere Maßstäbe gelten. Die Geschichten könnte man ohne größere Abstriche heute wieder genau so verfilmen.

Der Bavaria ist es gelungen, ein einzigartiges und unvergleichbares Zukunftsmärchen im Zerrspiegel der damaligen Zeit zu erzählen. Befehl und Gehorsam wurden genauso ad absurdum geführt wie blinder Fortschrittsglaube oder Unfehlbarkeitsdenken.

Peter Thomas, der Komponist der *Raumpatrouille*-Musik, hat es in seiner unverwechselbaren Art einmal auf den Punkt gebracht, als er sagte: »... Kult ist schön und Status ist schön ... es hat zusammen gegriffen ...« (25.08.1991).

Leider haben die Medien in den letzten Jahren immer wieder die sekundären Attribute der Serie in den Vordergrund gespielt und so versucht, die Serie ins Lächerliche zu ziehen. Regelmäßig ist von Trash und vom Bügeleisenraumschiff, von den Bleistiftspitzern und Wasserhähnen zu hören oder zu lesen.

Viele, die sich nicht einfach nur ins Jahr 3000 entführen lassen können, versuchten und versuchen, in die Serie mehr hinein zu interpretieren, als tatsächlich dahinter stand. Da ist/war vom damaligen Zeitgeist die Rede, von gesichtslosen Außerirdischen, die dem kommunistischen Feindbild entsprungen sein sollten usw. Sogar faschistoide Tendenzen wurden der *Raumpatrouille* unterstellt.

Rolf Honold hat Recht, wenn er zur *Raumpatrouille* sagt:

»... *Raumpatrouille* sollte auf andere Weise ›unterhalten‹. Nichts anderes... Uns kam es lediglich auf ›die Optik‹ an. Die Wirkung auf den Zuschauer. Wie gesagt, es war eine Unterhaltungssendung.«

Ende gut, alles gut (Eva Pflug und Dietmar Schönherr)

ANHANG

ANHANG I – DIE SENDETERMINE

Grundsätzliche Erläuterungen:

Alle Daten wurden – sofern möglich – gegengeprüft; d.h. es wurden die Angaben der Sendeanstalten mit jenen aus den Programmzeitschriften verglichen. Außerdem sind in einigen Fällen zusätzlich die Daten aus den Archiven der führenden Programmzeitschriften hinzugezogen worden.
Der in Klammern stehende Buchstabe hinter den Folgenbezeichnungen kennzeichnet die ursprüngliche Reihenfolge der Serie entsprechend den Produktionsnummern der *Raumpatrouille* (7312 A bis G).
Sofern eine Messung der Einschaltquote vorgenommen wurde – was in manchen Fällen nicht erfolgte – und die Daten überhaupt (noch) greifbar waren, sind die zugehörigen Werte angegeben. Die Tabellen beinhalten folgende Kriterien: Folge (Buch), Datum der Ausstrahlung, Uhrzeit der Ausstrahlung, Wochentag, Zuschauerzahl und die Einschaltquote.

A. Deutschland

Erstsendung (ARD):

Folge	Datum	Uhrzeit	Tag	Zuschauer	Quote
1 (A)	17.09.1966	20:15 Uhr	Samstag		37 %
2 (C)	01.10.1966	20:15 Uhr	Samstag		43 %
3 (B)	15.10.1966	20:15 Uhr	Samstag		53 %
4 (F)	29.10.1966	20:15 Uhr	Samstag		56 %
5 (D)	12.11.1966	20:15 Uhr	Samstag		40 %
6 (E)	26.11.1966	20:15 Uhr	Samstag		51 %
7 (G)	10.12.1966	20:15 Uhr	Samstag		39 %

1. Wiederholung (ARD):

Folge	Datum	Uhrzeit	Tag	Zuschauer	Quote
1 (A)	24.03.1968	17:15 Uhr	Sonntag		09 %
2 (C)	07.04.1968	17:20 Uhr	Sonntag		15 %
3 (B)	21.04.1968	17:00 Uhr	Sonntag		12 %
4 (F)	05.05.1968	17:15 Uhr	Sonntag		14 %
5 (D)	19.05.1968	16:55 Uhr	Sonntag		17 %
6 (E)	02.06.1968	17:15 Uhr	Sonntag		15 %
7 (G)	16.06.1968	17:15 Uhr	Sonntag		14 %

Bei vorgenannter Ausstrahlung ist zu berücksichtigen, daß zeitgleich im ZDF ein weiteres Zugpferd (»Bonanza«) gesendet wurde, was mit Sicherheit die Einschaltquote zu Ungunsten der *Raumpatrouille* beeinflußt haben dürfte.

2. Wiederholung (WDR III, »Wunsch der Woche«):

Folge	Datum	Uhrzeit	Tag	Zuschauer	Quote
1 (A)	30.09.1973	17:00 Uhr	Sonntag		ohne
2 (C)	07.10.1973	17:00 Uhr	Sonntag		ohne
3 (B)	14.10.1973	17:00 Uhr	Sonntag		ohne
4 (F)	21.10.1973	17:00 Uhr	Sonntag		ohne
5 (D)	28.10.1973	17:00 Uhr	Sonntag		ohne
6 (E)	04.11.1973	17:00 Uhr	Sonntag		ohne
7 (G)	11.11.1973	17:00 Uhr	Sonntag		ohne

Wiederholung 2 (Wunsch der Woche) weist keine Sehbeteiligungsangaben auf, da diese bei der Ausstrahlung nicht ermittelt worden waren (Angabe des WDR Köln).

3. Wiederholung (ARD):

Folge	Datum	Uhrzeit	Tag	Zuschauer	Quote
1 (A)	25.09.1975	21:00 Uhr	Donnerstag		35 %
2 (C)	02.10.1975	21:00 Uhr	Donnerstag		39 %
3 (B)	09.10.1975	21:00 Uhr	Donnerstag		40 %
4 (F)	16.10.1975	21:00 Uhr	Donnerstag		39 %
5 (D)	23.10.1975	21:00 Uhr	Donnerstag		37 %
6 (E)	30.10.1975	21:00 Uhr	Donnerstag		38 %
7 (G)	06.11.1975	21:00 Uhr	Donnerstag		38 %

4. Wiederholung (SWF III):

Folge	Datum	Uhrzeit	Tag	Zuschauer	Quote
1 (A)	10.06.1979	19:15 Uhr	Sonntag	0,58	14 %
2 (C)	17.06.1979	19:15 Uhr	Sonntag	1,02	24 %
3 (B)	24.06.1979	19:15 Uhr	Sonntag	1,12	27 %
4 (F)	01.07.1979	19:15 Uhr	Sonntag	0,90	21 %
5 (D)	08.07.1979	19:15 Uhr	Sonntag	0,47	16 %
6 (E)	15.07.1979	19:15 Uhr	Sonntag	0,78	17 %
7 (G)	22.07.1979	19:15 Uhr	Sonntag	0,75	17 %

5. Wiederholung (HR III):

Folge	Datum	Uhrzeit	Tag	Zuschauer	Quote
1 (A)	17.12.1979	21^{15} Uhr	Montag		16 %
2 (C)	07.01.1980	21^{15} Uhr	Montag		17 %
3 (B)	14.01.1980	21^{15} Uhr	Montag		23 %
4 (F)	21.01.1980	21^{15} Uhr	Montag		17 %
5 (D)	28.01.1980	21^{15} Uhr	Montag		17 %
6 (E)	04.02.1980	21^{15} Uhr	Montag		15 %
7 (G)	11.02.1980	21^{15} Uhr	Montag		16 %

6. Wiederholung (BR III):

Folge	Datum	Uhrzeit	Tag	Zuschauer	Quote
1 (A)	18.07.1980	19^{45} Uhr	Freitag		ohne
2 (C)	01.08.1980	19^{45} Uhr	Freitag		ohne
3 (B)	22.08.1980	19^{45} Uhr	Freitag		ohne
4 (F)	05.09.1980	19^{00} Uhr	Freitag		ohne
5 (D)	19.09.1980	19^{00} Uhr	Freitag		ohne
6 (E)	03.10.1980	19^{45} Uhr	Freitag		ohne
7 (G)	17.10.1980	19^{45} Uhr	Freitag		ohne

7. Wiederholung (NDR III; »Das Fernsehmuseum«):

Folge	Datum	Uhrzeit	Tag	Zuschauer	Quote
1 (A)	08.11.1980	18^{30} Uhr	Samstag		17 %
2 (C)	15.11.1980	18^{30} Uhr	Samstag		13 %
3 (B)	22.11.1980	18^{30} Uhr	Samstag		15 %
4 (F)	29.11.1980	18^{30} Uhr	Samstag		15 %
5 (D)	06.12.1980	18^{30} Uhr	Samstag		16 %
6 (E)	13.12.1980	18^{30} Uhr	Samstag		13 %
7 (G)	10.01.1981	18^{30} Uhr	Samstag		12 %

Wiederholung (Kabel Dortmund):
(hier: Unterhaltungskanal 10)

Folge	Datum	Uhrzeit	Tag	Zuschauer	Quote
1 (A)	.11.1985				ohne
2 (C)	.11.1985				ohne
3 (B)	.11.1985				ohne
4 (F)	.11.1985				ohne
5 (D)	.11.1985				ohne
6 (E)	.11.1985				ohne
7 (G)	.11.1985				ohne

Kabel Dortmund strahlte die Serie nur auf regionaler Ebene aus. Sie ist eshalb nur der Vollständigkeit halber aufgeführt. Aufgrund der vorstehend beschriebenen Unzulänglichkeiten können nur der Ausstrahlungsmonat und das Ausstrahlungsjahr angeben werden.

(Folgende Sendetermine stehen lt. Programmvorschau der HÖR ZU definitiv fest: Sa., 09.11. um 20^{00} Uhr; Mo., 11.11. um 20^{00} Uhr und Do., 14.11.1985 um 20^{00} Uhr)

8. Wiederholung (WDR III):

Folge	Datum	Uhrzeit	Tag	Zuschauer	Quote
1 (A)	18.07.1987	20^{45} Uhr	Samstag		4 %
2 (C)	25.07.1987	20^{45} Uhr	Samstag		4 %
3 (B)	01.08.1987	20^{45} Uhr	Samstag		4 %
4 (F)	08.08.1987	20^{45} Uhr	Samstag		4 %
5 (D)	22.08.1987	20^{45} Uhr	Samstag		4 %
6 (E)	29.08.1987	20^{45} Uhr	Samstag		4 %
7 (G)	05.09.1987	20^{45} Uhr	Samstag		4 %

Bei den Wiederholungen 7 und 8 handelt es sich bei der Einschaltquote um die Durchschnittswerte.

9. Wiederholung (BR III):

Folge	Datum	Uhrzeit	Tag	Zuschauer	Quote
1 (A)	25.12.1988	16^{45} Uhr	Sonntag		6 %
2 (C)	26.12.1988	16^{45} Uhr	Montag		6 %
3 (B)	27.12.1988	16^{45} Uhr	Dienstag		6 %
4 (F)	28.12.1988	16^{45} Uhr	Mittwoch		6 %
5 (D)	29.12.1988	16^{45} Uhr	Donnerstag		6 %
6 (E)	30.12.1988	16^{45} Uhr	Freitag		6 %
7 (G)	31.12.1988	16^{45} Uhr	Samstag		6 %

Wiederholung (Eins Plus):

Folge	Datum	Uhrzeit	Tag	Zuschauer	Quote
1 (A)	1991				ohne
2 (C)	1991				ohne
3 (B)	1991				ohne
4 (F)	1991				ohne
5 (D)	1991				ohne
6 (E)	1991				ohne
7 (G)	1991				ohne

Auch diese Ausstrahlung wird hier nicht als offizielle Wiederholung gezählt. Sie ist ebenfalls nur der Vollständigkeit halber angegeben. Aufgrund der vorstehend angegebenen Unzulänglichkeiten kann hier lediglich das Ausstrahlungsjahr angeben werden. Es ist jedoch bekannt (Quelle: Hör Zu Bildarchiv), daß eine Folge am Dienstag, den 01.10.1991 gesendet wurde.

10. Wiederholung (SAT.1):

Folge	Datum	Uhrzeit	Tag	Zuschauer	Marktanteil
1 (A)	09.10.1993	14 ^{45} Uhr	Samstag	1,45	2 %
1 (A)	10.10.1993	10 ^{25} Uhr	Sonntag	0,80	1 %
2 (C)	16.10.1993	14 ^{50} Uhr	Samstag	1,30	2 %
2 (C)	17.10.1993	10 ^{50} Uhr	Sonntag	0,76	1 %
3 (B)	23.10.1993	14 ^{40} Uhr	Samstag	1,21	2 %
3 (B)	24.10.1993	11 ^{40} Uhr	Sonntag	0,72	1 %
4 (F)	31.10.1993	13 ^{55} Uhr	Sonntag	1,17	2 %
4 (F)	01.11.1993	00 ^{15} Uhr	Montag	0,50	1 %
5 (D)	06.11.1993	12 ^{25} Uhr	Samstag	0,66	1 %
5 (D)	07.11.1993	13 ^{25} Uhr	Sonntag	1,32	2 %
6 (E)	13.11.1993	14 ^{35} Uhr	Samstag	0,88	1 %
6 (E)	14.11.1993	08 ^{45} Uhr	Sonntag	0,31	0 %
7 (G)	21.11.1993	12 ^{50} Uhr	Sonntag	1,35	2 %
7 (G)	23.11.1993	00 ^{35} Uhr	Dienstag	0,29	0 %

Ein Wermutstropfen trübte diese vorweihnachtliche Ausstrahlung: Sie wurde, wie beim Privatfernsehen üblich, von Werbung unterbrochen. Wesentlich schwerer wiegt jedoch die Tatsache, daß diese und alle weiteren Ausstrahlungen im Programm des SAT.1 mit Kürzungen der Folgen einhergingen.

11. Wiederholung (SAT.1):

Folge	Datum	Uhrzeit	Tag	Zuschauer	Marktanteil
1 (A)	27.12.1993	14 ^{34} Uhr	Montag	0,83	2 %
1 (A)	28.12.1993	01 ^{01} Uhr	Dienstag	0,14	1 %
2 (C)	28.12.1993	14 ^{41} Uhr	Dienstag	0,74	2 %
2 (C)	29.12.1993	01 ^{02} Uhr	Mittwoch	0,08	1 %
3 (B)	29.12.1993	14 ^{33} Uhr	Mittwoch	0,78	2 %
3 (B)	30.12.1993	02 ^{00} Uhr	Donnerst.	0,11	1 %
4 (F)	30.12.1993	14 ^{39} Uhr	Donnerst.	0,53	2 %
4 (F)	31.12.1993	01 ^{01} Uhr	Freitag	0,19	1 %
5 (D)		Nicht gesendet!			
6 (E)		Nicht gesendet!			
7 (G)	31.12.1993	11 ^{50} Uhr	Freitag	0,50	1 %

Zur 7. Folge erfolgte keine Zweitausstrahlung! Dennoch gab der Fernsehsender SAT.1 auf Anfrage die untenstehenden Daten bekannt.

7 (G) 01.01.1994 01 ^{03} Uhr Samstag 1,03 0,14 %)

Im Rahmen der 11. Wiederholung wurden lediglich 5 Fernsehfolgen gezeigt. Ursache hierfür waren Differenzen, in die der NDR (Norddeutscher Rundfunk) verwickelt war. Die 5. und 6. Folge ist dem NDR zugeordnet, und dieser versagte dem Sender SAT.1 die Genehmigung zur Ausstrahlung dieser beiden *Raumpatrouille*-Folgen.
Eigenartigerweise führte dies in jüngster Zeit dazu, daß einige Programmzeitschriften von der *Raumpatrouille* als fünfteilige SF-Serie schreiben.

12. Wiederholung (SAT.1):

Folge	Datum	Uhrzeit	Tag	Zuschauer	Marktanteil
1 (A)	25.12.1994	11 ^{31} Uhr	Sonntag	0,68	8,2 %
1 (A)	26.12.1994	04 ^{38} Uhr	Montag	0,12	27,8 %
2 (C)	27.12.1994	14 ^{47} Uhr	Dienstag	0,91	9,4 %
2 (C)	28.12.1994	02 ^{55} Uhr	Mittwoch	0,06	9,2 %
3 (B)	28.12.1994	14 ^{48} Uhr	Mittwoch	0,81	9,8 %
3 (B)	29.12.1994	02 ^{55} Uhr	Donnerst.	0,08	15,7 %
4 (F)	29.12.1994	14 ^{47} Uhr	Donnerst.	0,77	10,1 %
4 (F)	30.12.1994	03 ^{25} Uhr	Freitag	0,10	20,8 %
5 (D)		Nicht gesendet!			
6 (E)		Nicht gesendet!			
7 (G)	30.12.1994	14 ^{47} Uhr	Freitag	0,76	8,6 %
7 (G)	31.12.1994	04 ^{57} Uhr	Samstag	0.08	17,9 %

Wie bei der 11. Wiederholung wurden auch bei der 12. lediglich die Fernsehfolgen: (I) Angriff aus dem All, (II) Planet außer Kurs, (III) Die Hüter des Gesetzes, (IV) Deserteure und (VII) Invasion gezeigt.

13. Wiederholung (B I; »Gernsehabend«):

Folge	Datum	Uhrzeit	Tag	Zuschauer	Marktanteil
1 (A)	06.04.1996	20 ^{16} Uhr	Samstag	0,01	0 %
2 (C)	06.04.1996	21 ^{14} Uhr	Samstag	0,02	0,1 %
3 (B)	06.04.1996	22 ^{14} Uhr	Samstag	0,03	0,1 %
4 (F)	06.04.1996	23 ^{17} Uhr	Samstag	0,02	0,1 %
5 (D)	07.04.1996	00 ^{16} Uhr	Sonntag	0,02	0,3 %
6 (E)	07.04.1996	22 ^{32} Uhr	Sonntag	0,06	0,3 %
7 (F)	07.04.1996	23 ^{33} Uhr	Sonntag	0.06	0,5 %

14. Wiederholung (SAT.1):

Folge	Datum	Uhrzeit	Tag	Zuschauer	Marktanteil
1 (A)	14.12.1996	13^{52} Uhr	Samstag	1,05	12,6 %
1 (A)	15.12.1996	07^{06} Uhr	Sonntag	0.18	11,0 %
2 (C)	21.12.1996	13^{53} Uhr	Samstag	1,02	12,1 %
2 (C)	22.12.1996	06^{55} Uhr	Sonntag	0,13	10,2 %
3 (B)	28.12.1996	13^{56} Uhr	Samstag	1,07	10,4 %
3 (B)	29.12.1996	08^{17} Uhr	Sonntag	0,20	7,1 %
4 (F)	04.01.1997	13^{54} Uhr	Samstag	0.82	5,8 %
4 (F)	05.01.1997	07^{12} Uhr	Sonntag	0.08	8,5 %
5 (D)		*Nicht gesendet!*			
6 (E)		*Nicht gesendet!*			
7 (G)	11.01.1997	13^{53} Uhr	Samstag	0,89	7,7 %
7 (G)	12.01.1997	06^{52} Uhr	Sonntag	0,11	9,3 %

15. Wiederholung (SAT.1):

Folge	Datum	Uhrzeit	Tag	Zuschauer	Marktanteil
1 (A)	29.11.1997	10^{01} Uhr	Samstag	0,45	11,9 %
1 (A)	30.11.1997	05^{56} Uhr	Sonntag	0,27	13,3 %
2 (C)	06.12.1997	11^{02} Uhr	Samstag	0,83	16,3 %
2 (C)	07.12.1997	04^{44} Uhr	Sonntag	0,12	13,7 %
3 (B)	13.12.1997	09^{58} Uhr	Samstag	0,45	10,1 %
3 (B)	14.12.1997	05^{33} Uhr	Sonntag	0,11	13,4 %
4 (F)	20.12.1997	09^{59} Uhr	Samstag	0,39	8,5 %
4 (F)	21.12.1997	05^{46} Uhr	Sonntag	0,14	14,7 %
5 (D)		*Nicht gesendet!*			
6 (E)		*Nicht gesendet!*			
7 (G)	27.12.1997	07^{49} Uhr	Samstag	0,20	11,2 %
7 (G)	28.12.1997	05^{48} Uhr	Sonntag	0,09	12,2 %

16. Wiederholung (NDR III):

Folge	Datum	Uhrzeit	Tag	Zuschauer	Marktanteil
1 (A)	27.12.1998	23^{00} Uhr	Sonntag	0,19	5,6 %
1 (A)	28.12.1998	14^{30} Uhr	Montag	0.06	3,7 %
2 (C)	28.12.1998	22^{55} Uhr	Montag	0,16	5,1 %
2 (C)	29.12.1998	14^{45} Uhr	Dienstag	0,06	3.8 %
3 (B)	29.12.1998	23^{00} Uhr	Dienstag	0,26	9,0 %
3 (B)	30.12.1998	14^{45} Uhr	Mittwoch	0,06	3,6 %
4 (F)	30.12.1998	23^{00} Uhr	Mittwoch	0,21	7,1 %
4 (F)	01.01.1998	14^{20} Uhr	Freitag	0,09	2,9 %
5 (D)	01.01.1999	23^{00} Uhr	Freitag	0,16	4,8 %
5 (D)	02.01.1999	14^{55} Uhr	Samstag	0,07	3,3 %
6 (E)	02.01.1999	23^{00} Uhr	Samstag	0,18	4,5 %
6 (E)	03.01.1999	14^{45} Uhr	Sonntag	0,09	2,9 %
7 (F)	03.01.1999	23^{00} Uhr	Sonntag	0,22	8,0 %
7 (F)	04.01.1999	13^{00} Uhr	Montag	0,03	2,4 %

17. Wiederholung (HR III; »Late lounge«):

Folge	Datum	Uhrzeit	Tag	Zuschauer	Marktanteil
1 (A)	07.04.1999	00^{10} Uhr	Mittwoch	0,05	2,99 %
1 (A)	10.04.1999	17^{30} Uhr	Samstag		
2 (C)	15.04.1999	00^{48} Uhr	Mittwoch	0,03	3,17 %
2 (C)	17.04.1999	17^{30} Uhr	Samstag		
3 (B)	22.04.1999	00^{23} Uhr	Donnerst.	0,05	4,55 %
3 (B)	24.04.1999	17^{30} Uhr	Samstag		
4 (F)	29.04.1999	00^{12} Uhr	Donnerst.	0,02	1,55 %
4 (F)	01.05.1999	17^{30} Uhr	Samstag		
5 (D)	06.05.1999	00^{24} Uhr	Donnerst.	0,03	0,66 %
5 (D)	08.05.1999	17^{30} Uhr	Samstag		
6 (E)	13.05.1999	00^{18} Uhr	Donnerst.	0,02	0,63 %
6 (E)	15.05.1999	17^{30} Uhr	Samstag		
7 (F)	20.05.1999	00^{05} Uhr	Donnerst.	0,05	0,92 %
7 (F)	22.05.1999	17^{30} Uhr	Samstag		

18. Wiederholung (ORB *):

Folge	Datum	Uhrzeit	Tag	Zuschauer	Marktanteil
1 (A)	08.05.1999	21^{50} Uhr	Samstag		
2 (C)	15.05.1999	21^{40} Uhr	Samstag		
3 (B)	29.05.1999	21^{55} Uhr	Samstag		
4 (F)	05.06.1999	21^{50} Uhr	Samstag		
5 (D)	12.06.1999	21^{35} Uhr	Samstag		
6 (E)	19.06.1999	21^{40} Uhr	Samstag		
7 (F)	26.06.1999	22^{05} Uhr	Samstag		

* ORB = Ostdeutscher Rundfunk Brandenburg

19. Wiederholung (WDR III):

Folge	Datum	Uhrzeit	Tag	Zuschauer	Marktanteil
1 (A)	26.06.1999	14^{00} Uhr	Samstag		
2 (C)	03.07.1999	14^{00} Uhr	Samstag		
3 (B)	10.07.1999	14^{00} Uhr	Samstag		
4 (F)	17.07.1999	14^{00} Uhr	Samstag		
5 (D)	24.06.1999	14^{00} Uhr	Samstag		
6 (E)	31.06.1999	14^{00} Uhr	Samstag		
7 (F)	07.08.1999	14^{00} Uhr	Samstag		

Folge	Datum	Uhrzeit	Tag	Zuschauer	Marktanteil
1 (A)	14.08.1999	2016 Uhr	Samstag	0,04	0,1
1 (A)	15.08.1999	0442 Uhr	Sonntag	0,00	0,4
2 (C)	14.08.1999	2117 Uhr	Samstag	0,04	0,2
2 (C)	15.08.1999	0541 Uhr	Sonntag	0,00	0,3
3 (B)	14.08.1999	2214 Uhr	Samstag	0,04	0,2
3 (B)	16.08.1999	0417 Uhr	Montag	0,00	0,2
4 (F)	14.08.1999	2332 Uhr	Samstag	0,03	0,3
4 (F)	17.08.1999	0411 Uhr	Dienstag	0,00	0,0
5 (D)	21.08.1999	2016 Uhr	Samstag	0,02	0,1
5 (D)	22.08.1999	0543 Uhr	Sonntag	0,00	0,3
6 (E)	21.08.1999	2115 Uhr	Samstag	0,01	0,1
6 (E)	23.08.1999	0419 Uhr	Montag	0,00	0,2
7 (F)	21.08.1999	2216 Uhr	Samstag	0,02	0,1
7 (F)	24.08.1999	0411 Uhr	Dienstag	0,00	0,4

B. AUSLAND
Sendetermine in Frankreich

In Frankreich hieß die Serie »Commando spatial«. Das 1. Programm des O.R.T.F. in Frankreich zeigte die *Raumpatrouille* unter folgenden Titeln und zu folgenden Zeiten:

Folge	Datum	Uhrzeit	Tag	Titel
1 (A)	13.03.1967	22^{45} Uhr	Montag	L'attaque de l'espace
2 (C)	20.03.1967	21^{55} Uhr	Montag	Planète en dérive
3 (B)	27.03.1967	22^{15} Uhr	Montag	Les gardiens de la loi
4 (F)	03.04.1967	22^{25} Uhr	Montag	Les déserteurs
5 (D)	10.04.1967	unbekannt	Montag	La lutte pour le soleil
6 (E)	17.04.1967	unbekannt	Montag	La piège de l'espace
7 (G)	20.04.1967	unbekannt	Montag	L'invasion

Anmerkung:
Es handelt sich um Versionen, in denen teilweise andere Besetzungen als in der deutschen Fassung spielten. Betroffen sind hiervon einzelne Akte der Folgen: 2 (C), 4 (F), 5 (D) und 7 (G). Die französischen Parallelversionen sind ausschließlich für den französischen Markt gedacht. Alle anderen Auslandsverkäufe betreffen stets die deutsche Version. Die zugehörigen Einschaltquoten und eventuell wiederholte Ausstrahlungen der Serie konnten trotz wiederholter Anfrage bei der Nachfolgeorganisation des O.R.T.F. nicht ermittelt werden.

Sendetermine in Österreich

In Österreich startete die ORION im technischen Versuchsprogramm von ORF II. Der Vertragsabschluß mit dem ORF datiert lt. Bavaria von Mai und September 1967.

Folge	Datum	Uhrzeit	Tag	Zuschauer	Marktanteil
1 (A)	28.06.1967	20^{15} Uhr	[1] Mittwoch		
2 (C)	04.07.1967	20^{15} Uhr	Dienstag		
3 (B)	12.07.1967	20^{15} Uhr	Mittwoch		
4 (F)	17.07.1967	20^{15} Uhr	Montag		
5 (D)	26.07.1967	20^{15} Uhr	Mittwoch		
6 (E)	02.08.1967	20^{15} Uhr	Mittwoch		
7 (G)	09.08.1967	20^{15} Uhr	Mittwoch		

[1] Ausstrahlungsbeginn lt. HÖR ZU 26/1967 (Ausgabe für Österreich) und Schreiben des ORF (17/03/10,gr) vom 17.03.1998

Kurz nach der vorstehend dokumentierten Ausstrahlung erfolgte die Wiederholung der Sendungen:

Folge	Datum	Uhrzeit	Tag	Zuschauer	Marktanteil
1 (A)	15.11.1967				
1 (A)	Nicht wiederholt!				
2 (C)	22.11.1967				
2 (C)	Nicht wiederholt!				
3 (B)	29.11.1967				
3 (B)	Nicht wiederholt!				
4 (F)	06.12.1967				
4 (F)	08.12.1967				
5 (D)	13.12.1967				
5 (D)	Nicht wiederholt!				
6 (E)	20.12.1967				
6 (E)	Nicht wiederholt!				
7 (F)	27.12.1967				
7 (F)	29.12.1967				

Bislang erfolgte lediglich eine weitere Wiederholung im Programm des ORF:

Folge	Datum	Uhrzeit	Tag	Zuschauer	Marktanteil
1 (A)	13.09.1996	15^{45} Uhr	Freitag		
1 (A)	16.09.1996	10^{25} Uhr	Montag		
2 (C)	16.09.1996	15^{50} Uhr	Montag		
2 (C)	17.09.1996	10^{30} Uhr	Dienstag		

Folge	Datum	Uhrzeit	Tag
3 (B)	17.09.1996	15 ^{45} Uhr	Dienstag
3 (B)	18.09.1996	10 ^{30} Uhr	Mittwoch
4 (F)	18.09.1996	15 ^{45} Uhr	Mittwoch
4 (F)	??.09.1996	?? $^{??}$ Uhr *)	
5 (D)	*??.09.1996*	*?? $^{??}$ Uhr* *)	
5 (D)	*??.09.1996*	*?? $^{??}$ Uhr* *)	
6 (E)	*23.09.1996*	*?? $^{??}$ Uhr* *)	*Montag*
6 (E)	24.09.1996	10 ^{25} Uhr	Dienstag
7 (F)	09.08.1996	15 ^{55} Uhr	Dienstag
7 (F)	25.09.1996	10 ^{00} Uhr	Mittwoch

*) Diese Sendetermine wurden zunächst unterstellt; sie fehlten in der Anlage zum ORF-Schreiben (17/03/10,gr) vom 25.03.1998. Eine entsprechende Nachfrage wurde nicht beantwortet.

Sendetermine in Schweden

Nach Angabe des Bavaria-Weltvertriebes wurde der Vertrag mit der schwedischen Fernsehgesellschaft im Oktober 1966 abgeschlossen.

Folge	Datum	Uhrzeit	Tag	Titel
1 (A)	26.12.1966	19 ^{10} Uhr		Hotet fron Rymden
2 (C)	29.12.1966	19 ^{30} Uhr		Planet ur Kurs
3 (B)	03.01.1967	19 ^{30} Uhr		Robotarnas uppror
4 (F)	09.01.1967	19 ^{30} Uhr		Dödsstrahlen
5 (D)	17.01.1967	19 ^{30} Uhr		Striden om solen
6 (E)	31.01.1967	20 ^{35} Uhr		Rymdkapoma
7 (G)	06.02.1967	19 ^{30} Uhr		Invasion uti fron

Im Rahmen des dortigen »Wunsch der Woche« (!) erfolgte die Ausstrahlung der 2. Folge (C): Planet ur Kurs im Mai 1973.

Sendetermine in Italien

Folge	Datum	Uhrzeit	Tag	Ausländischer Titel
1 (A)	??.??.1967			Attaco dallo spazio
2 (C)	??.??.1967			Pianeta fuori orbita
3 (B)	??.??.1967			Custodi della legge
4 (F)	??.??.1967			Disertori
5 (D)	??.??.1967			Battaglia per il sole
6 (E)	??.??.1967			La trappola spaziale
7 (G)	??.??.1967			Línvasione

Lt. Angabe des Bavaria Weltvertriebes erfolgte der Vertragsabschluß mit dem italienischen Fernsehsender RAI erst im Mai 1974. Eventuell gab es zwei Ausstrahlungen, nämlich 1967 und 1974.

Sendetermine in der Schweiz

Der Vertrag mit der SRG wurde lt. Bavaria im Juni 1970 abgeschlossen. Die Erstausstrahlung erfolgte im Sommer 1969 oder 1970 (In Verbindung mit dem o. a. Vertragsabschlußdatum erscheint der Termin Sommer 1970 als wahrscheinlicher). Eine Wiederholung erfolgte an folgenden Terminen:

Folge	Datum	Uhrzeit	Tag	Zuschauer	Marktanteil
1 (A)	14.02.1995	15 $^{??}$ Uhr	Dienstag		
2 (C)	21.02.1995	15 $^{??}$ Uhr	Dienstag		
3 (B)	28.02.1995	15 $^{??}$ Uhr	Dienstag		
4 (F)	07.03.1995	15 $^{??}$ Uhr	Dienstag		
5 (D)	14.03.1995	15 $^{??}$ Uhr	Dienstag		
6 (E)	21.03.1995	15 $^{??}$ Uhr	Dienstag		
7 (F)	28.03.1995	15 $^{??}$ Uhr	Dienstag		

Der Sendebeginn lag zwischen 15 ^{15} und 15 ^{20} Uhr.

Sendetermine in Südafrika

In Südafrika (Marokko, Zaire usw.) strahlte man ab dem 01.01.1976 die sieben Folgen in Afrikaans synchronisiert aus. Die Sendung erfolgte zum Start des dortigen Staatsfernsehens.

Zu den übrigen Auslandsausstrahlungen (siehe Abschnitt *Die FilmeStories*) waren keine Sendetermine in Erfahrung zu bringen. Der Firma Trans-Tel, welche die Serie zur Ausstrahlung in den Entwicklungsländern kaufte, lagen aus dieser Zeit keine Unterlagen mehr vor.

ANHANG II – DAS WELTRAUMLEXIKON

Angaben in Klammern geben die Folgen wieder, in denen der Begriff vorkam. Die Erläuterungen entstammen teilweise dem Weltraumlexikon des Spielkartenquartetts der Firma ASS und/oder der Bavaria Atelier GmbH. Wenn Klammerangaben fehlen, wurden wesentliche Begriffe aus den Drehbüchern erläutert.

A

A-Tank (2)
Kurzbezeichnung für den Sauerstofftank.

A.C. 1000 (4)
Koordinaten eines *Asteroiden*, auf dem die *Frogs* eine *Telenose*station eingerichtet haben.

Abschußcomputer (2)
Rechner, der die Fluglage mit dem Einsatz der Bewaffnung koordiniert.

Abschußkammer (2, 6)
Start-/Landekammer der *Lancet* mit zugehörigem Schleusensystem.

Abschußkanal (1, 3)
siehe *Abschußkammer*.

Absorber (2, 3, 4, 6)
Abwehrfeld (Schutzschirm); mögliche Variante: *Hitzeabsorber* o. ä.

Alarmstart (1, 2 ,5, 6)
Schnellstart unter Aufbietung aller Energiereserven.

Alarmstartbereitschaft (3)
Betriebszustand eines gelandeten oder stillstehenden Raumschiffs. Dabei bleibt selbiges voll unter Energie, um notfalls, ohne Vorbereitungen, einen Alarmstart durchführen zu können. *Alarmstartbereitschaft* darf nach Vorschrift maximal 16 Stunden vorgehalten werden, da andernfalls die Gefahr des Durchbrennens der *Wandler*kristalle besteht.

Alpha 21 (1)
Irdische Kolonie, auf der auch Roboter eingesetzt sind.

Alpha III (6)
Raumschifftyp, zu dem u.a. die ORION und die *Hydra* gehören. Er wird auch ORION-Klasse genannt.

Alpha-Alarm (7)
Höchste, denkbare Alarmstufe.

Alpha-Anweisung III/B (1)
Wichtige Vorschrift für Kreuzerkommandanten. Sie lautet: »Jede Raumbasis ist im Falle eines plötzlichen Zugriffs durch außerirdische Kräfte oder Lebewesen, ohne Rücksicht auf etwaige eigene Verluste, sofort zu eliminieren.«

Alpha/Ce/Fe (3)
Robotertypenbezeichnung einer mittelschweren Arbeitsmaschine.

Alpha/CO-Serie (3)
Roboter, die als mittelschwere Arbeits- oder Kampfmaschinen eingesetzt werden.

Alphadurchsage (1)
Militärische Durchsage höchster Priorität.

Alphaorder (1, 3, 5, 7)
Höchster Befehl, der alle anderen außer Kraft setzt.

Android (1)
Maschinenmensch. (Anmerkung: In der Serie kommen keine echten Androiden vor. Die Roboter werden fälschlicherweise als Androiden bezeichnet, obwohl diese definitiv kein menschliches Aussehen haben.)

Anlaufbahnen (3)
Kursfolge beim Anflug mehrerer Ziele.

Anpassung (3)
Rechnergesteuerter Kursangleich beim Anflug bewegter Ziele (z.B. im Zuge von Rendezvousmanövern o. ä.).

Antimaterie (2)
Materie mit Elementarteilchen, die eine entgegengesetzte Ladung zu jener der Materie aufweisen. So sind z.B. die Elektronen der Antimaterie positiv geladen, die der Materie negativ.

Antimateriebomben (2)
Auf dem Prinzip der gegenseitigen Zerstrahlung von Materie und Antimaterie funktionierende Bombe.

ARGUS (4)
1) Beobachtungssatellit im *VESTA-Gebiet*. Er befindet sich auf dem Asteroiden VESTA 531.
2) Name eines Raumschiffs.

ARION (3)
Name eines Kadettenschulschiffes.

Armierungsoffizier (5)
Besatzungsmitglied, das für die Bedienung der Waffensysteme verantwortlich ist.

ARTAX (4)
Manöverplan zur Vernichtung eigener Verbände.

ASG (2, 4)
Abkürzung für: Armsprechgerät; Teil der Grundausrüstung der Astronauten.

Asteroid (3, 6)
Kleinplanet, *Planetoid*.

Asteroidengürtel
Gegend zwischen Mars und Jupiterumlaufbahn, in der Asteroiden um die Sonne kreisen.

Astro-Radar (5)
Auf dem Prinzip der *Lichtspruch*anlage basierendes Fernortungssystem.

Astrogator (1, 2, 4, 6)
Navigationsoffizier eines Raumschiffes, verantwortlich für Raumpositionen und Ziel-(Lande) Koordinaten.

Astroscheibe
Elektronische Impulsplatte im Kommandostand, die Vorgänge außerhalb der Raumschiffe übermittelt, zeichnet und verfolgen läßt.

Auffangschleusen (3)
Verschlußsystem der *Lancet*-Abschußkammer zum Weltraum.

Außenbordvisiophon (6)
Visiophon eines Raumschiffs, das zur Bild-Ton-Übertragung nach außen benutzt wird.

Außenstation 45 (4)
Bezeichnung einer *Erdaußenbasis*.

B

Beta-X (5)
Geheimcode des *GSD*; ein anderer Geheimcode ist der sogenannte Interkosmos-Code. Beispiel für eine codierte Nachricht: »Beta X 27/8/4/10/8 (x) CHROMA 84/37/4/11/56/1/ Beta x«. Die Übersetzung: Präventivschlag gegen *Chroma* erfolgt in 6 Stunden irdischer Zeit.

Bordbuch (1, 2, 3)
Elektronisches Aufzeichnungssystem in Raumschiffen (eine Art Flugschreiber).

Bordregistrator (6)
Bordbuch der *Lancets*.

Bordvisio
Bild-Ton-Übertragungsanlage an Bord eines Raumschiffes.

BSA (1)
Abkürzung für: Bordsprechanlage.

C

C-Roboter (1)
Arbeitsroboter, der speziell in Erzbergwerken zum Einsatz kommt.

c.d. minus 10 (1)
Countdown minus 10

Challenger (1)
Automatisch gesteuerter Laborkreuzers.

Chiffrierkonverter (7)
Dekodiereinrichtung der *Lichtspruch*anlage.

Chroma (5, 7)
Von Frauen regierter Planet, dessen Bevölkerung sich aus den Nachkommen der ehemaligen Neptunkolonie zusammensetzt. Der Planet umkreist die Sonne *XUN I*.

Chromosphäre (5)
Sonnenschicht unmittelbar über dem sichtbaren Sonnenrand.

Credit (1)
Währung im Jahr 3000.

D

Daniel (6)
Unwirtlicher Planet, auf dem Phosphorsümpfe zu finden sind.

Deimos (2)
Einer – der kleinere – der beiden Marsmonde (auf ihm befindet sich ein Ausweichstützpunkt des Obersten Rats).

Deklination (2)
Abweichung, Winkelabstand eines Gestirns oder Objektes vom Himmelsäquator.

Delta-Plan (7)
Einsatzplan für Sabotagefälle.

Diamagnetische Sperre (3)
Teil eines Robotergehirns.

Disrupterstrahlen (4)
Strahlung, die das Energiefeld der Absorber auflöst; wird von den *Frogs* benutzt.

Dragon (1)
Name einer Solarwetterstation.

DX 17 (2)
Strategieplan für Katastrophenfälle, durch die die Erde existentiell bedroht ist.

E

EAS I (3, 6)
Abkürzung für: Erdaußenstation I.

EAS III (1, 6)
Abkürzung für: Erdaußenstation III.

EAS IV (1; 3, 5, 7)
Abkürzung für: Erdaußenstation IV.

Eintauchschwingung
Pendelschwingung der Raumschiffe um deren Querachsen beim Atmosphäreneintritt.

Elimination, eliminieren (1, 7)
Beseitigung oder Zerstörung von Lebewesen oder Himmelskörpern.

Energiebrand (1)
Materiezerstrahlung durch *Energiebrandanlage*.

Energiewerfer (1, 2)
Projektoren zur Entfesselung d. Energiebrandes.

E-Stelle (1)
Abkürzung für: Einsatzstelle zur Instandhaltung von technischem Gerät im Weltraum.

Erdaußen VII (7)
Kurzbezeichnung für: Erdaußenstation VII.

Euphorin (3, 6)
Rauschgift auf Tranquilizerbasis.

Exoterristen (1, 5)
Außerirdische Lebewesen.

F

Frogs (1, 2, 4, 5, 6, 7)
Feindliche Exoterristen, deren Heimatplanet nach den Vermutungen des *GSD* in den Sternnebeln der Jagdhunde zu finden ist.

G

Galaxis, Galaktisches System (1, 2)
Milchstraßensystem, Anhäufung von schätzungsweise 100.000 Millionen Fixsternen (Sonnen), zu denen unter anderem auch unsere Sonne gehört.

Gamma 7 (4)
Aus hochwertiger Hard- und Software bestehende, zuverlässige Roboter (in der Serie fälschlich *Androiden* genannt), die nur zu schwierigen Aufgaben herangezogen werden.

Gordon E1 (7)
Name einer Erdaußenbasis, die sich in einem Nachbarsektor des *VESTA-Gebietes* befindet. In der 7. Folge benutzen die *Frogs* ihn als Aufmarschbasis für ihre Invasion.

GSD (1, 2, 3, 4, 5, 6, 7)
Abkürzung für: Galaktischer Sicherheitsdienst.

H

H5 (4)
Erdaußenstation.

Harpalus (4)
5300 m tiefer Mondkrater.

Hermes IV (3)
Asteroid im Asteroidengürtel; auf diesem befindet sich ein Raumschiff-Friedhof.

Hitzeabsorber (4)
Abwehrfeld mit spezieller Ausrichtung zur Abwehr von Hitzeeinwirkungen.

HM 3 (7), HM 4
Typenbezeichnungen von Handlaserwaffen. (Hinweis: In den Fernsehfolgen werden lediglich Waffen des Typs HM3 erwähnt; die Bezeichnung *HM4* entstammt dem Drehbuch)

Hydra (2, 4, 7)
Flaggschiff der schnellen Raumverbände.

Hydro-Tanks (1)
Kurzbezeichnung für hydroponische Tanks (auch *A-Tanks*).

Hydroponische Anlage (1, 2, 4)
Sauerstoffversorgungsanlage in einem Raumschiff oder auf einer Raumstation.

Hydroponische Tanks (1)
Sauerstofftanks in einem Raumschiff; auch *A-Tanks* genannt.

Hyperion 29 (3)
Erdaußenstation auf dem 7. Saturnmond.

Hyperspace (1, 2, 3, 4, 5, 7)
Überlichtgeschwindigkeit.

I

IGs (1)
Abkürzung für *Isotopengeneratoren*, Teil des Raumschiffantriebs, zur Energieerzeugung.

Impulsatoren (4)
Ein weiteres, sehr sensibles Ortungssystem zur Erfassung im All befindlicher Objekte.

Impulsplatte (3)
Magnetplatte, die sehr hohe, impulsförmige Magnetfelder erzeugen und damit elektronische Schaltkreise blockieren kann.

Impulswellen (2)
Impulsförmige Energiestrahlen.

Indigo
Codewort des Interkosmos-Codes.

Instellar
Der scheinbar leere Raum zwischen den Fixsternen der Milchstraße.

Interkosmos-Code (7)
Neben dem *Beta X-Code* ist dies ein weiterer Geheimcode des *GSD*. Beispiel für eine codierte Nachricht: »01-00-2/3-Algol Vesta-Interkosmos-U/Indigo.«

J

Jupiter-(Außenstelle) 1 (3)
1. Erdaußenbasis in der Nähe des Planeten Jupiter.

Jupiter-Außen IV (2)
4. Erdaußenbasis in der Nähe des Planeten Jupiter.

Jupiter-Außen-Basis (1)
Erdaußenbasis in der Nähe des Planeten Jupiter.

K

K 16 (4)
Bezeichnung einer Lichtwerferbatterie.

Kälteschlafkammer (1, 2, 6)
Räumlichkeit in einem Raumschiff, die es ermöglicht, in einer Art Tiefschlaf zu verweilen.

Kaskadenprinzip (1)
Strukturierter Aufbau der Abschirmfelder.

Kontraterrene Energie (2)
Anderer Begriff für Antimaterie.

Korrelationszentren (3)
Elektronische Schaltung im Robotergehirn.

Kosmische Strahlung (3)
Auch Ultra-Strahlen genannt. Quelle dieser Strahlung sind die Eruptionen der Sonnen. Es handelt sich dabei um die Beschleunigung ionisierter Materie in starken elektrischen Feldern.

Kosmos (7)
1.) Das Weltall 2.) Zeitplan bei strategischen *GSD*-Operationen/Plänen.

Kosmoskontrolle (7)
Überwachung des »*Kosmos*«-Zeitplans (s.o.).

L

Lancet (1, 2, 3, 5, 6, 7)
Satellitenboot der Raumschiffe.

Landekammer (2)
Räumlichkeit, die zur Aufnahme eines Raumschiffes vorgesehen ist. In Raumschiffen handelt es sich z.B. um freigehaltene oder freigewordene (*Lancet-*) *Abschußkammern*.

Landekissen (6)
Alternative Bezeichnung für das *Magnetkissen*.

Landeschacht (6)
Austiegsteleskoplift der terrestrischen Raumschiffe.

Laser
abgekürzte Wortbildung aus »Light amplification by stimulated emission of radiation«, d.h. Lichtverstärkung durch induzierte Strahlungsemission. Erzeugung von kohärentem Licht, also Licht einer einzigen Wellenlänge mit stets gleichbleibender Phase, hier als Waffe und zur Kommunikation (*Lichtspruch*) verwendet.

Laura (4)
Name eines Aufklärungskreuzers.

Laurin (3)
Tarnname für ein Verfahren, mit gesammelter Lancetenergie die Energiemasse des Mutterschiffs nachzubilden und somit die *Ortungsstrahlen* der Erdaußenstationen zu täuschen.

Leitbild (2)
Bereich der Vorausortungssysteme.

Leitfunksatellit (5)
Eine Art »Funkfeuer« im Weltraum.

Leitstand (2, 3)
Kombination aus *Astroscheibe* und den zugehörigen Kontrollen und Bedienelementen.

Leitstrahl (1, 3, 6, 7)
Außerordentlich energiehaltiger Strahl, der Raumschiffe mit Energie versorgt und dabei gleichzeitig als »Funkfeuer« fungiert.

Lichtbatterie (4)
Auf einem Himmelskörper installierte Raumstation mit enormer (*Laser-*) *Feuerkraft*, zur Abwehr feindlicher Objekte eingerichtet.

Lichtjahr
Kosmisches Entfernungsmaß; entspricht einer Strecke von ca. 9,4 Billionen Kilometern.

Lichtspruch (1, 2, 3, 4, 5, 6, 7)
Ein sich mit *Hyperspace* bewegender *Laser*, der zur Kommunikation dient.

Lichtsturm (7)
Durch Sonneneruptionen hervorgerufenes kosmisches Unwetter.

Lichtteilchenbeschleuniger (6)
Teil des Überlicht-(*Hyperspace-*)Antriebs der ORION.

Lichtwerfer (4)
Höchstleistungslaserstrahler – dient zur Verteidigung.

Lichtwerferbatterie (4, 7)
Siehe *Lichtbatterie*.

Lichtwerfergürtel (7)
Eine gedachte Strecke, gebildet aus der Verbindungslinie diverser *Lichtwerferbatterien*.

Lupus XII (7)
Raumschiff, das von Commander Spira befehligt wird.

M

M8/8-12 (4)
Von 2 Robotern besetzte Lichtwerferbatterie, die als erste mit *Overkill* ausgerüstet wurde. Die Station liegt im *VESTA-Abschnitt* und gilt als die vorgeschobenste Außenbasis.

Magnetkissen (1, 5)
Hochleistungsmagnetfeld, welches zur stabilen Verankerung der Raumkreuzer nach deren Landung sorgt.

Magnetschirm (4)
Kurzwort für: *Magnetschutzschirm*.

Magnetschutzschirm
energieablenkendes Magnetfeld zum Schutz des Raumkreuzers.

Mars-Außen (1, 2)
Erdaußenstation in der Nähe des Planeten Mars.

Marsrelais A1 (3)
Erdaußenstation in unmittelbarer Marsnähe.

Meteorit
Gesteinsbrocken, der durch den Weltraum treibt.

Montor (2)
Teil des Raumschiffantriebes, erzeugt Zusatzenergie.

Mura (6, 7)
Exilstern für Strafgefangene (Schwerstverbrecher).

MZ4 (1, 2, 7)
Relais- und Fernmeldestation im Randbezirk des terrestrischen Einflußbereiches.

N

N108, N116a (5)
Planetoiden des *N-Planetoidengürtels*.

N-Planetoidengürtel (5)
Kurz auch »N-Gruppe« genannt. Eine bestimmte, durch den Kennbuchstaben N näher spezifizierte Gruppe von Planetoiden.

Negative Materie (2)
Anderer Begriff für Antimaterie oder kontraterrene Energie.

Nova (2)
Explodierende (sterbende) Sonne.

O

OB (6)
Abkürzung für: Oberbefehlshaber.

Oberster Rat (2)
Höchstes Gremium der terrestrischen Regierung.

Olaf I (4)
Name einer Erdaußenstation.

Omikronstrahlen (6)
Haut und Nervenenden reizende Strahlung.

ORB (1, 2, 3, 4 ,7)
Abkürzung für: Oberste Raumbehörde.

Ortungsstrahl (3, 7)
Ermöglicht eine beinahe *Echtzeit*peilung auch Lichtjahreweit entfernter Objekte.

Overkill (4, 7)
Materieauflösender Energiestrahl; die neueste Abwehrwaffe der Raumflotte.

Oxygentank (1)
Sauerstofftank (*A-Tank*).

P

Pallas (3)
Kleiner Planet (ca. 480 km durchmessend) im *Asteroidengürtel*, auf dem Germanicum abgebaut wird, bewohnt von 70 Siedlern und 21 Arbeitsrobotern.

Panspermietheorie (6)
Theorie, daß das Leben im Weltraum entstanden ist und durch Sporen von anderen Planeten zur Erde gelangte.

Paralyser (6), Paralyserpistole (1)
Lähmungsstrahlwaffe, die durch Umschaltung gleichzeitig ein Gerät zur Verhinderung körperlichen Unbehagens bei Überlichtgeschwindigkeit im Raum wird.

Parsec
Abkürzung für Parallaxensekunde, entspricht der Entfernung von 3,26 Lichtjahren.

Phobos (2)
Einer – der größere – der beiden Marsmonde (beherbergt einen Ausweichstützpunkt des Obersten Rats).

Photonenstrahlantrieb
Kurz »Photonenantrieb« bezeichnet. Auf dem von Professor Eugen Sänger beschriebenen

Prinzip entwickelter Raumschiffantrieb. Der Rückstoß entsteht durch den Ausstoß von Lichtteilchen, den Photonen.

Photonenzellen (3)
Weiterentwicklung der *Solarzellen*; wandeln jede Lichtform in elektrische Energie um.

Planetoid (5)
Kleinstplanet, *Asteroid*.

Protuberanz (5)
Teils ruhende, teils aus dem Sonneninnern aufschießende glühende Gasmasse.

Q

Quasar
Ein sehr weit entferntes Objekt unerhörter Helligkeit, das nicht nur Licht, sondern auch Radiowellen aussendet.

R

R X 2 714 (3)
Bezeichnung eines Roboters, Typ: *Alpha/CO*.

Raumkoller (3, 4)
In einsamen Situationen auftretender Angstzustand im Weltraum (Gegenteil von *Platzangst*).

Raumstation XIII (1)
Name einer Raumstation.

Rektaszension (2)
Zeitliche Nachführung eines angepeilten Objektes zur Kompensation der Eigenbewegung.

Resonanzkontakt (1, 4, 5, 6, 7)
Ein exakt angepeiltes Objekt gibt über die *Impulsatoren* ab einer best. Entfernung *Resonanzkontakt*, d.h. es kann voll identifiziert werden.

RETUCA 1781 (5)
Position in der Nähe des Planeten *Chroma*.

Rhea (1)
5. Saturnmond (Ø ca. 800 km) mit wüster Oberfläche, auf dem Major McLane landete.

Rücksturz (1, 2, 4, 6, 7)
Schnellstmögliche Rückkehr zu einem vorbestimmten Ziel.

RXQ (2)
Eine der *Alphadurchsage* ähnliche Meldung, die mit höchster Priorität zu übermitteln ist.

S

Schlafende Energie (2, 4, 6)
Gespeicherte, sofort zuschaltbare Reserveenergie, die meist dem Antrieb zugeführt wird.

Sinus Iridum (4)
Region auf dem Erdmond. Übersetzt bedeutet dieser Name: Regenbogenbucht.

SIK XII (3)
Frachtraumschiff zum Erztransport. Sein Kommandant ist Commodore Ruyther.

Sirus 29 (6)
Name eines Raumschiffs.

Sky 77 (1)
Bestimmter Typ eines Funksatelliten. Sein geschätzter Wert beträgt 12000 *Credite*.

Stellare Kriege (1)
Kampfhandlungen im Milchstraßensystem.

Subraumfunk (2, 7)
Kommunikationssystem auf der Basis der Lichtspruchanlage, welches die Verständigung eines *überlichtschnellen* mit einem unterlichtschnellen Raumschiff ermöglicht.

Suchbildstrahl (4)
Ein bei geringer Entfernung wirksames, optisches Ortungssystem.

Suchstrahl (1, 3)
Teil der Waffenanlage – sucht das Ziel selbsttätig aus – auf der Basis des *Suchbildstrahls* wird der Abschußcomputer programmiert. Er kann auch zur Ortung genau definierter Objekte eingesetzt werden – ohne den anschließenden Einsatz der Waffen.

Supernova (2)
Explodierende Sonne. Eine Supernova-Explosion hat etwa die zehnfache Helligkeit einer herkömmlichen Nova-Explosion. Die freiwerdende Energie reicht aus, die äußeren Teile des Sterns auf 3000 km/sec zu beschleunigen. Der Stern strahlt 200 Millionen mal mehr Licht aus als vorher. Bei einer Supernova wird 10 mal soviel Energie ausgestoßen wie bei einer Nova.

T

Tau (7)
Name eines *GSD*-Kreuzers, der von Commander Lindley befehligt wird.

Telenose (4, 7)
Die Hirntätigkeit kontrollierende und beeinflussende elektromagnetische Strahlung.

TORB (1, 5)
Abk. der Prüfpunkte beim Kurzcheck der Systeme vor einem *Lancetstart*. Überprüft werden: Treibstoff – Oxygen – Radio – Batterien.

TORR IV (5)
Name einer Außenbasis des Planeten *Chroma*.

Trabant 166 (3)
Name einer Erdaußenstation.

Transpluto 0/3 (7)
Erdaußenstation in Nähe des Planeten Pluto.

TRAV (1, 3, 5, 6, 7)
Abkürzung für: *Terrestrische Raumaufklärungsverbände*.

U

Übergang
Verzögerungsphase von überlichtschnellen auf unterlichtschnellen Raumflug.

Übergangsellipse (4)
Flugbahn bei gleichzeitigem *Übergang* und Angriffsflugmanöver.

Überpulsion (6)
Kritischer (Über-)Ladungszustand d. Flugkörpers.

UFO
Abkürzung für: Unbekanntes Flugobjekt.

ULG (3)
Abkürzung für: Umlaufgeschwindigkeit.

Ultraimpuls (4, 7)
Betriebsart des Antriebs bei *Hyperspace*.

Umbriel (6)
Saturnmond mit 500 km Durchmesser.

V

Vargo-Strahler (7)
schwere Betäubungs- und Laserstrahler.

VESTA-Abschnitt/-Gruppe (2, 4, 7)
Bestimmte Gruppe von Asteroiden.

Visiophon, Visio (1, 6)
Bild- Ton-Übertragungsanlage.

W

Wandler (2, 3, 6, 7)
Zur Energieumformung dienende, mit speziellen Kristallen bestückte Einrichtung des Raumschiffantriebs.

Werfer (2, 4)
Kurzbezeichnung für *Energiewerfer*.

X

Xerxes 9 (1, 4)
Raumschiff, das von Commander Stein (Folge 1) und später (Folge 4) von Commander Alonzo Pietro kommandiert wird.

XUN I (5)
Sonne von *Chroma*.

Z

264 (1)
Name eines der letzten 376 Pudel, die es im Jahr 3000 noch auf der Erde gibt. Sein Eigentümer ist Atan Shubashi, der ORION-*Astrogator*.

Z R 3 184 (3)
Bezeichnung eines Roboters, Typ: *Alpha*/CO.

Zenitdistanzen (3)
Abstände vom Scheitelpunkt des Himmels.

Zephier (7)
Raumschiffname.

Zielvisio (2)
Auf das anzufliegende oder anzugreifende Objekt ausgerichtete *Visiophon*. Das *Zielvisio* hält das Ziel während des Anfluges unverrückbar im *Leitbild* fest.

ANHANG III – TITEL DER ERSCHIENENEN ORION-TASCHENBÜCHER UND -HEFTROMANE

Abenteuer Nr.	Titel	Autor
001	Angriff aus dem All	Hanns Kneifel
002	Planet außer Kurs	Hanns Kneifel
003	Die Hüter des Gesetzes	Hanns Kneifel
004	Deserteure	Hanns Kneifel
005	Der Kampf um die Sonne	Hanns Kneifel
006	Die Raumfalle	Hanns Kneifel
007	Invasion	Hanns Kneifel
008	Die Erde in Gefahr	Hanns Kneifel
009	Planet der Illusionen	Hanns Kneifel
010	Wettflug mit dem Tod	Hanns Kneifel
011	Schneller als das Licht	Hanns Kneifel
012	Die Mordwespen	Hanns Kneifel
013	Kosmische Marionetten	Hanns Kneifel
014	Die tödliche Ebene	Hanns Kneifel
015	Schiff aus der Zukunft	Hanns Kneifel
016	Revolte der Puppen	Ernst Vlcek
017	Verschollen im All	Hanns Kneifel
018	Safari im Kosmos	Hanns Kneifel
019	Die unsichtbaren Herrscher	Hanns Kneifel
020	Der stählerne Mond	Hanns Kneifel
021	Staatsfeind Nummer Eins	Hanns Kneifel
022	Der Mann aus der Vergangenheit	Hanns Kneifel
023	Entführt in die Unendlichkeit	Hanns Kneifel
024	Die phantastischen Planeten	Hanns Kneifel
025	Gefahr für Basis 104	Hanns Kneifel
026	Die schwarzen Schmetterlinge	Hanns Kneifel
027	Das Eisgefängnis	Hanns Kneifel
028	Bohrstation Alpha	Hanns Kneifel
029	Das Team der Selbstmörder	Hanns Kneifel
030	Der Raumpirat	Hanns Kneifel
031	Der Königspfad	Hanns Kneifel
032	Die träumende Erde	Hanns Kneifel
033	Spirale zur anderen Welt	Hanns Kneifel
034	Wikinger der Sterne	Hanns Kneifel
035	Der Todesmarsch	Hanns Kneifel

Die vorgenannten Abenteuer erschienen als Taschenbuch, und bei jeder Neuauflage als Heftroman.

Abenteuer Nr.	Titel	Autor
036	Training für die Sterne	Hanns Kneifel
037	Unternehmen Phönix	Hanns Kneifel
038	Jäger zwischen den Sternen	Hanns Kneifel
039	Tödlicher Sternentraum	Hanns Kneifel
040	System der tausend Rätsel	Hanns Kneifel
041	Hüter der Menschheit	Hanns Kneifel
042	Kreuzweg der Dimensionen	H. G. Ewers
043	Der Mordroboter	H. G. Ewers
044	Gefahr vom Jupiter	Hanns Kneifel
045	Erbe des Infernos	H. G. Francis
046	Kristall des Todes	H. G. Ewers

Mit ORION-Roman Nr. 46 endete die erste Auflage der Heftromanserie ORION

Abenteuer Nr.	Titel	Autor
047	Die Hypnobasis	Hanns Kneifel
048	Duell der Körperlosen	H. G. Francis
049	Invasionsbasis Roter Planet	Horst Hoffmann
050	Fluchtburg im Weltraum	Hanns Kneifel
051	Die Kinder der blauen Blume	H. G. Francis
052	Stimmen vom Jupiter	Hanns Kneifel
053	Goldener Käfig Saturn	Hanns Kneifel
054	Phantom Baby	Hanns Kneifel
055	Der Transmitterkreis	Harvey Patton
056	Invasion aus dem Meer	Horst Hoffmann
057	Zeitfestung Titan	H. G. Ewers
058	Der Killersatellit	Hanns Kneifel
059	Die magischen Spiegel	Harvey Patton
060	Das Planetenmonstrum	Horst Hoffmann
061	Erbe der Uminiden	Harvey Patton
062	Raumrelais Theta schweigt	Horst Hoffmann
063	Söldner der toten Götter	Horst Hoffmann
064	Kosmisches Wespennest	Hanns Kneifel
065	Spukschloß im All	H. G. Ewers
066	Botschaft aus dem Jenseits	Hanns Kneifel
067	Welt der Vulkane	Harvey Patton
068	Planet der Amazonen	Harvey Patton
069	Bote des Infernos	Horst Hoffmann
070	Der Amnesie-Faktor	Hanns Kneifel
071	Die Könige von Mu	Hanns Kneifel
072	Magnetische Sterne	Horst Hoffmann
073	Wächter im Weltall	Harvey Patton
074	Welt für Anfänger	Horst Hoffmann
075	Kosmische Parasiten	H. G. Ewers

076	Sieben Siegel zum Nichts	Hanns Kneifel
077	Sternenstadt	Hanns Kneifel
078	Katakomben der Götter	Harvey Patton
079	Sonnenwalzer	Horst Hoffmann
080	Projekt Achterbahn	Harvey Patton
081	Fürst der Dunkelwelt	Hanns Kneifel
082	Sternenkind	Horst Hoffmann
083	Signale vom Transpluto	Horst Hoffmann
084	Tore zur Hölle	Hanns Kneifel
085	Nacht über Terra	Hanns Kneifel
086	Schicksalskreis Stonehenge	Harvey Patton
087	*Operation Alpha Centauri*	Horst Hoffmann
088	Quarantänewelt	H. G. Ewers
089	Brücke ins All	Hanns Kneifel
090	Lagrangepunkt L 5	Horst Hoffmann
091	Zeitreisende wider Willen	Harvey Patton
092	Projekt Göttersaga	Horst Hoffmann
093	Tödliche Programmierung	H. G. Ewers
094	Allein im Weltraum	Harvey Patton
095	Komet aus der Vergangenheit	Hanns Kneifel
096	Welt im Nirgendwo	Hanns Kneifel
097	Traum-Party	H. G. Ewers
098	*Planet der Rätsel*	Horst Hoffmann
099	Im Zeichen der Götter	Harvey Patton
100	Zeitfaktor unbekannt	H. G. Ewers
101	Galaxis der toten Sterne	Horst Hoffmann
102	Fischer der Sternenwüste	Horst Hoffmann
103	Bewohner des Hades	Horst Hoffmann
104	Wächter des kosmischen Rätsels	Hanns Kneifel
105	Heimstatt des goldenen Eies	Horst Hoffmann
106	Feind aus dem Dunkel	H. G. Ewers
107	Kampfstation Baratha	Harvey Patton
108	Agenten auf Atlantis	Hanns Kneifel
109	*In Sklavenketten*	Horst Hoffmann
110	Die Saat des Drachen	Hanns Kneifel
111	Unnfayers Geheimnis	Harvey Patton
112	Festung im Hyperraum	Horst Hoffmann
113	*Tod von Saturn*	Horst Hoffmann
114	Spieleinsatz Erde	Hanns Kneifel
115	Welt der Gespenster	H. G. Ewers
116	Thors Hammer	Harvey Patton
117	*Welt der Zombies*	Horst Hoffmann
118	Die Sicherheitsschaltung	H. G. Ewers
119	Ring des Verderbens	H. G. Ewers
120	König Kenukai	Harvey Patton
121	Wrack von Magellan	Hanns Kneifel
122	Winterplanet	Horst Hoffmann
123	Langzeitwaffe Todeskristall	Harvey Patton
124	Schiff des Satans	Hanns Kneifel
125	Sirenengesang	H. G. Ewers
126	*Verschollen auf Swamp*	Horst Hoffmann
127	*Station des Satans*	Horst Hoffmann
128	Zuflucht im All	Harvey Patton
129	Nandur, das Raubtier	Hanns Kneifel
130	Aufbruch nach M33	H. G. Ewers
131	Nandurs Geheimnis	H. G. Ewers
132	*Entdeckung auf Dusty*	Horst Hoffmann
133	Kinder der Parallelwelt	Harvey Patton
134	Die Erde verschwindet	Hanns Kneifel
135	Die Eroberer	H. G. Ewers
136	*Der Weg nach Amalh*	Horst Hoffmann
137	Mission im Mikrokosmos	Harvey Patton
138	Ein Hauch von Zukunft	Hanns Kneifel
139	Ruf aus Praespe	H. G. Ewers
140	*Der Fünferrat*	Horst Hoffmann
141	Expedition	H. G. Ewers
142	Im Gedankennetz	Hanns Kneifel
143	Nova	Horst Hoffmann
144	Die Überlebenden	Hanns Kneifel
145	Zeitblockade	H. G. Ewers
xxx	**Experimente auf Jargon -II-**	Horst Hoffmann

Abenteuer xxx wurde nicht mehr veröffentlicht, da die Serie mit Heft 145 auslief. Aber es gab einen weiteren Roman aus dieser Reihe, der im November 1984 als **Terra Astra-Roman** Nr. 164 – inkognito – erschien. Sein Titel lautete »Fallen im Nichts«, der Autor war Hans Peschke alias Harvey Patton. Die Vokabel ›inkognito‹ ist gerechtfertigt, da das Raumschiff in dieser Geschichte zwar *Beagle* und der Kommandant desselben *Clint Mulloy* hieß, der ORION-erfahrene Leser jedoch unschwer die *Beagle* als ORION und Commander *Mulloy* als Cliff McLane identifizieren konnte.

Bei den *kursiv* und **fett** gedruckten Titeln handelt es sich um die sogenannten »Jugendabenteuer« der ORION-Crew. Sie berichten von Erlebnissen der (späteren) ORION-Besatzung während ihrer Kadettenzeit.

ANHANG IV – ÜBERSICHT DER MERCHANDISINGPRODUKTE

Die hier aufgelisteten Merchandising-Produkte sind in drei Gruppen aufgeteilt: Tonträger, Literatur und Sonstiges.

A. Tonträger

Die Tonträger wurden nach folgenden Kriterien sortiert: 1. Art (des Tonträgers), 2. Interpret(en) und 3. Name des Tonträgers.

Nr.	Art	Interpret(en)	Tonträgertitel	Hersteller, Bestelldaten	Jahr	Bemerkungen
1	CD	AGE	The orion years	EFA, EFA 00653-2	?	RP-Bezug nur durch die Titelnamen
2	CD	Busters, The	Coach potatoes	Weserlabel, 2449	1989	Titel der CV.: Space Patrol ORION
3	CD	Fantastischen Vier, Die	Die 4. Dimension	Song, 4748952	1993	Im Stück »Die 4. Dimension« wurde ORION 2000 als Sample unterlegt.
4	CD	Funky Space Orch.u.a	Film Collection	Delta, 11816	1994	Titel der CV: *Raumpatrouille* ORION
5	CD	G.S.O.	Film-Musik	Laserlight (Delta), 15021	1987	Titel der CV: *Raumpatrouille* ORION
6	CD	G.S.O.	Science-Fiction-Movie-Themes	Laserlight (Delta), 15153	1991	Titel der CV: *Raumpatrouille* ORION
7	CD	G.S.O. und Diverse	At The Movies	United Sounds (Delta), 11 816	1994	Titel der CV: *Raumpatrouille* ORION
8	CD	Henko, Wolfgang von	Das kleine Arschloch	EMI, 724385625923	1997	Titel der CV: Space Patrol
9	CD	Paramounts,The	One Before Closing	Subphonie Records	1997	Titel der CV: Space Patrol
10	CD	PT und Diverse	Warp back to Earth, 66/99	Bungalow Records, bung 048.2	1998	RP-Bezug nur durch Verw. v. O-Tönen
11	CD	PTSO	Futuremuzik	SCAMP, SCP 9724-2	1998	Enthält Titelthema u. 2 RP-Musikstücke
12	CD	PTSO	Peter Thomas Filmmusik	Polydor, 845 872-2	1991	Titelthema u. 6 weitere RP-Stücke
13	CD	PTSO	*Raumpatrouille*	Polyphon, 838 227- 2	?	CD-Erstausgabe; Titel wie Original-LP
14	CD	PTSO	*Raumpatrouille*	Bungalow Records, RTD 346.0009.9 43	1996	1. Neuauflage der CD; enthält 3 Bonus-Tracks
15	CD	PTSO	Space Hits	Spectrum, 516630-2	1993	Enthält Titelthema u. 3 RP-Musikstücke
16	CD	PTSO	Twenty easy listening Classics	Polydor, 529491-2	1995	Enthält Titelthema u. 1 RP-Musikstück
17	CD	Täger & Weigoni	Raumbredouille	Tonstudio an der Ruhr, TTT 1.03	1997	Hörspielcollage
18	CD-S.	Combustible Edison	Bluebeard	Bungalow Records, bung 003	1996	Titel der CV: Space Patrol 2000 Mix
19	CD-S.	F1 for help	*Raumpatrouille* ORION	Pikosso, 74321354692	1996	Titel der CV:ORION
20	CD-S.	Kosmonova	*Raumpatrouille*	DOSORDIE, 8800613	1996	Titel der CV:*Raumpatrouille*
21	CD-S.	Kosmonova	*Raumpatrouille* Remixes	DOSORDIE, 8800884	1997	Titel der CV:Dream Mix
22	CD-S.	Kosmos	*Raumpatrouille*	Sony, 12-663444-14	1996	Titel der CV:*Raumpatrouille*
23	CD-S.	Koto	Koto plays SF-Movie-Themes	ZYX, 20242-2	1995	Titel der CV: Space patrol ORION
24	CD-S.	M.A.D.	*Raumpatrouille* ORION	WEA, 9031-76538-2	1992	Titel der CV: *Raumpatrouille* ORION
25	CD-S.	Mauakea (Caravatti, M.)	*Raumpatrouille* 1997	?	1998	Titel der CV: *Raumpatrouille* 1997
26	CD-S.	Mr. Moon	*Raumpatrouille* ORION 7	ZYX, 7177-8	1993	Titel der CV: *Raumpatrouille* ORION 7
27	CD-S.	Space Pilots	Trip to ORION	Intercord, 825894	1995	RP-Bezug nur durch Verw. v. O-Tönen
28	CD-S.	XY	The Bullfrog Hipp	Coconut, 662 359	1989	Titel der CV: Space Patrol

Nr.						
29	EP	PT und Diverse	Warp back to Earth, 66/99	Bungalow Records, bung 052	1998	RP-Bezug nur durch Verw. v. O-Tönen
30	EP	PTSO	ORION 2000	Bungalow Records, RTD 346.0008.0 22	1996	Enthält das Titelthema und 3 Tracks der LP ORION 2000
31	LP	Fenton Wellis	Cavalcade	?	1988	Titel der CV: *Raumpatrouille*
32	LP	Funky space orchestra	Sounds of the universe	Capriole, 405662	?	Titel der CV: *Raumpatrouille* (ORION)
33	LP	Orchestra Peter Thomas	ORION 2000	Ring Music, A 30024 RM	1975	Musik im *Raumpatrouille*-Stil; aber ohne Bezug zur Serie
34	LP	PT und Diverse	Greatest TV-Themes	Konzert Hall, SVS 2720	?	LP-Sampler; enthält die Titelmusik
35	LP	PT und Diverse	Hits 67	Philips, 843 962 PY	?	LP-Sampler; enthält die Titelmusik
36	LP	PT und Diverse	Warp back to Earth, 66/99	Bungalow Records, bung 048.1	1998	RP-Bezug nur durch Verw. v. O-Tönen
37	LP	PTSO	*Raumpatrouille*	Philips, 843 796 PY	1966/67	Original-LP im Klappcover; 18 Titel
38	LP	PTSO	*Raumpatrouille*	Fontana Special, 6 434 261	?	1. LP-Neuauflage (im Einfachcover)
39	LP	PTSO	*Raumpatrouille*	Bungalow Records, RTD 346.0009.1 32	1996	2. LP-Neuauflage (im Klappcover)
40	Max.S	XY	The Bullfrog Hipp	Coconut, 612 359	1989	Titel der CV: Space Patrol
41	MC	PTSO	*Raumpatrouille*	Philips, AB 843 796.11-19, AB 843 796.21-29	1966/67	Compact-Cassette mit der Filmmusik
42	MC	PTSO	*Raumpatrouille*	Philips, 346 018	1967	2. Auflage der MC
43	Single	PTSO	Commando Spatial	Philips, 423.581 BE	1966	Vertrieb nur in Frankreich
44	Single	Eva Pflug	Das Mädchen vom Mond / Du siehst mich an	Liberty, 15068 A	1968	Kein direkter Raumpatrouille-Bezug
45	Single	Janine D. und d. Land Z.	(McLane)	?	1970	CV mit nachempfundenen *Raumpatrouille*-Dialogen
46	Single	Mr. Moon	*Raumpatrouille*	ORION 7 ZYX, 7177-12	1993	Titel der CV.: *Raumpatrouille* ORION 7
47	Single	PTSO	*Raumpatrouille* / Shub-a-dooe	Philips, 346 018 PF	1966	Erstausgabe
48	Single	PTSO	*Raumpatrouille* / Shub-a-dooe	Philips, 346 018 PF		1. Nachdruck der Single
49	Single	PTSO	*Raumpatrouille* / Shub-a-dooe	Philips, 870 353-7		2. Nachdruck der Single
50	Single	XY	The Bullfrog Hipp	Coconut, 112 359	1989	Titel der CV: Space Patrol

Bei den angegebenen Coverversionen handelt es sich ausschließlich um solche, die auf Tonträger in den Handel gelangten. Daneben existieren eine Vielzahl weiterer Coverversionen, die in den Medien (Rundfunk, TV) gespielt wurden, aber nie im Handel auftauchten.

B. Literatur

Nr.	Bezeichnung des Artikels	Hersteller, Bestelldaten	Jahr	Bemerkungen
1	Befehl an Raumschiff ORION: Rettet die Erde!	Boje-Verlag, 3975	1969	Taschenbuch zur 2. Folge
2	Commando Spatial	RK	1967	Französische Taschenbuchausgabe (TV-Folgen)
3	Das große ORION-Fanbuch	Goldmann-Verlag, 23642	06/1991	Erstausgabe im Taschenbuchformat

Nr.	Bezeichnung des Artikels	Hersteller, Bestelldaten	Jahr	Bemerkungen
4	ORION	Goldmann Verlag, 23644, 23645, 23631, 23630, 23632, 23633, 23634, 23635, 23636, 23637, 23639, 23640, 23643, 23646	1990/91	14 Taschenbücher
5	ORION	Haffmanns Verlag, 1072, 1073, 1079, 1080, 1090, 1091, 1092	1990	7 Taschenbücher
6	ORION	Haffmanns Verlag, 1177	1992	Sammelband im Taschenbuchformat
7	ORION	Heyne-Verlag, 8947 (ISBN 3-453-07411-4)	1994	Sammelband im Taschenbuchformat
8	ORION	Moewig-Verlag	08/1972 bis 11/1976	46 Heftromane
9	ORION	Moewig-Verlag	3/1968 bis 12/1970	35 Taschenbücher
10	ORION	Moewig/Pabel-Verlag	11/1972 bis 01/1984	145 Heftromane
11	ORION	Tosa-Verlag	1983	6 Hardcover-Bücher
12	ORION	Weltbild-Verlag, 259 200	1996	Taschenbücher 1-7 in einem Hardcover-Band
13	Raumpatrouille	Schwarzkopf & Schwarzkopf	2000	Buch zur Entstehungsgeschichte der Serie
14	Raumpatrouille ORION	Tilsner-Verlag, ISBN 3-910079-53-9	1995	1. Neuauflage des »Großen ORION-Fanbuchs«; im Hardcover-Taschenbuchformat
15	Raumpatrouille ORION (Band 1)	Edition B&K, ISBN 3-930646-05-6	Mai 1997	Neuauflage der Fotostories (TV-Folgen 1 – 4)
16	Rex Corda	Bastei-Verlag, Roman Nr. 5, 6, 7, 8, 9, 17, 18, 19, 20	1966/67	Szenenfoto auf der hinteren Umschlagseite
17	Super Tip-Top	Kauka-Verlag. Heft Nr. 6	1968	Fotostories zu den TV-Folgen 5 bis 7
18	Tip-Top	Kauka-Verlag, Heft Nr. 57 bis 80	1967/68	Fotostories zu den TV-Folgen 1 bis 4

C. Sonstiges

Nr.	Bezeichnung des Artikels	Hersteller, Bestelldaten	Jahr	Bemerkungen
1	Autogrammkarten	Huber (München) und Rüdl (Hamburg)	1967	
2	Blechspielzeug: ORION VII	Arnold, 5555	1966	
3	Briefumschlagset mit *Raumpatrouille*-Stempel	Modern Times	1998	2-tlg. Schmuckumschlagset
4	DVD »*Raumpatrouille*«	Euro Video, 26634	1999	
5	HM X	Andere Welten, Hamburg	1989	Resinmodell der ORION-Laserwaffe HM4
6	Laserdisc-Set	Astro-Records, 34	30.12.1996	
7	Notenblatt »*Raumpatrouille*«	Ring Musik	ab 10/1995	Faltblatt mit den Noten des Titelthemas
8	ORION-Kunststoffmodell	Andere Welten, Hamburg	1989	
9	ORION-Kunststoffmodell	Andere Welten, Hamburg	1989	wie vor. nur anderes Material
10	Poster-/Fotosatz	Sputnik Film	ab 1989	Poster und Kinoaushangfotos
11	Postkartensatz	Modern Times	10/ 1995	17-tlg. Bildpostkartenset
12	*Raumpatrouille*	ASS (Altenburger und Stralsunder Spielkartenfabriken), Nr.657	1967-69	Nachdruck des Quartettkartenspiels mit 32 Karten

13	Raumpatrouille	ASS (Altenburger und Stralsunder Spielkartenfabriken),Nr.657	1967-69	Nachdruck des Quartettkartenspiels mit 36 Karten
14	Raumpatrouille	ASS (Altenburger und Stralsunder Spielkartenfabriken),Nr.657	1967	Quartettkartenspiel mit 32 Karten
15	Raumpatrouille	ASS (Altenburger und Stralsunder Spielkartenfabriken),Nr.657	1967	Quartettkartenspiel mit 36 Karten
16	Stempel	Universal-Exports, Mannheim	1990	Stempel mit stilisierter ORION
17	Telefonkarte	Borek, 39370-109 10/	1995	Auflage 3600 Stück
18	VHS-Videoedition	EuroVideo, 1 bis 2300	April 1993	Limitierte Luxusausgabe (2300 St.)
19	VHS-Videoedition	EuroVideo, 16629 bis 11631	April 1993	Schuber mit 3 Cassetten

ABKÜRZUNGSVERZEICHNIS

CD	Compact-Disc		Maxi-S.	Maxi-Single (Vinyl)
CD-S.	CD-Single		MC	Musik-Compact-Cassette
CV	Coverversion		OT	Originaltöne (Dialoge und/oder Musik)
EP	10-inch-Platte (Vinyl)		PT	Peter Thomas
G.S.O.	Galactic Sound Orchester		PTSO	Peter Thomas Sound Orchester
LP	Langspielplatte		RP	Raumpatrouille

ANHANG V – ERSTE STATIONEN DER ORION-FILMTOUR

1. Quartal 1989

Kino	Stadt
Sputnik	Berlin

2. Quartal 1989

Abaton	Hamburg
Atlantis	Mainz
Schauburg	Bremen
Brazil	Schwäbisch Gmünd
Schloß Theater	Esslingen
Cinema	Münster
Camera	Dortmund
Broadway	Braunschweig
Delphi	Berlin

3. Quartal 1989

Docks	Hamburg
Broadway	Essen
Movie	Aachen
Brennessel	Hemsbach
Leinwand	Bad Salzuflen
Filmwelt	Detmold
Koki	Esslingen
Brotfabrik	Bonn
Theater a. Hasentor	Osnabrück
Luxor	Schwetzingen
Capitol	Mannheim
Corso	Stuttgart
Provinz 80	Enkenbach
Filmladen	Kassel
Mondpalast	Brechen
Guckloch	Villingen

4. Quartal 1989

Metropol	Düsseldorf
Scala	Ludwigsburg
AFK	Karlsruhe
Schauburg	Karlsruhe
Cinema	Bremen
Scala	Weitersen
VHS	Essen
Camera	Dortmund
Kinoforum	Bad Urbach
Filmclub	Witten
Heavens Gate	Mühlheim
Cinema	Wuppertal
City	München
Arsenal	Tübingen
Apollo	Koblenz
Filmclub	Marburg
Zebra	Konstanz

ANHANG VI – ALPHABETISCHE AUFSTELLUNG ALLER SCHAUSPIELER, KLEINDARSTELLER UND KOMPARSEN DER FERNSEHSERIE »RAUMPATROUILLE«

Die fett gedruckten Rollennummern entsprechen jenen aus dem Drehplan und reichen demzufolge von 1 bis 58. Rollennummern in Klammern kennzeichnen die französische Parallelbesetzung. Die übrigen Rollennummern decken sich mit jenen aus dem Abschnitt *Die Personen*. So kann leicht vom Schauspieler auf die Rolle oder umgekehrt geschlossen oder entsprechendes nachgesehen werden.

I. Männliche Darsteller

Rolle Nr.	Darsteller	Rolle
94	Aktum, Horst	2. Siedler auf Pallas
73	Albrecht, ?	3. Gast im Starlight-Casino
118	Amerseder, ?	6. Wächter auf Mura
49	**Asner, Hans-Dieter**	Leutnant (Fähnrich) Becker
74 + 63	Baumgartner, ?	4. Gast im Starlight-Casino und 3. GSD-Mitarbeiter
27	**Becker, Günter**	1. GSD-Beamter
28	**Beck, Heinz**	Beamter des Amtes für Raumrüstung
4	**Beckhaus, Friedrich Georg**	Leutnant Atan Shubashi
62	Bittins, Michael	Visiostimme im GSD-Hauptqaurtier
16	**Brasch, Helmut**	Commodore Ruyther
78	Bucher, Fritz	1. männlicher Gast in Uniform (Wamsler-Typ)
122	Budzalski, Joh.	2. Gärtner auf Chroma
41	**Büttner, Wolfgang**	(verstorben) Tourenne
64	**Cosel, Siegfried von**	Regierungssprecher (Folge 5)
11	**Cossy, Hans**	(verstorben) General Kublai Krim
79	Cramer, ?	2. männlicher Gast in Uniform (Wamsler-Typ)
115	Dändler, ?	3. Wächter auf Mura
44	**Dietzel, Erwin**	2. Techniker (Mura)
98	Dohar, ?	6. Siedler auf Pallas
70	Dyson, ?	4. Mann (tote Besatzung MZ4)
72 + 101	Eggenhofer, Alois	2. Gast im Starlight-Casino und 9. Siedler auf Pallas
40	**Epskamp, Hans**	Minister für interplanetare Angelegenheiten.
102	Escola, Josè	10. Siedler auf Pallas
19	**Fetscher, Siegfried**	Raumlotse Hyperion
42	**Fitzek, Sigurd**	1. Wächter auf Mura
29	**Fleischmann, Herbert**	(verstorb.) Dr. Schiller
68	Frank, ?	2. Mann (tote Besatzung MZ4)
54	**Fritze, Erich**	2. GSD-Mitarbeiter
24	Gastell, Norbert	Hydra-Raumüberwacher
21	Gensichen, Kunibert	Abschnittsleiter der TRAV
30	Georg, Konrad	Dr. Regwart
53	Glawion, Paul	1. GSD-Mitarbeiter
39	Glemnitz, Reinhard	Pieter Paul Ibsen
35	Gnilka, Walter K.	Valan, 1. Chromawissenschaftler
104	Göse, Alb.	12. Siedler auf Pallas
94	Gruza, Gottlieb	3. Siedler auf Pallas
59	Greilich, Ernst	2. GSD-Beamter; Bungalow McLane
55	**Harnisch, Wolf**	(gestrichen) Chefingenieur Kranz
37	Hegarth, Alexander	(verstorben) 1. Wissenschaftler
56	**Hehn, Albert**	Commander Lindley
69	Herrmann, ?	3. Mann (tote Besatzung MZ4)
15	Höckmann, Alfons	Kybernetiker Rott
3	Holm, Claus	Leutnant Hasso Sigbjörnson
35	Honold, Rolf	1. Gärtner auf Chroma
96	Hopf, ?	4. Siedler auf Pallas
111	**Ise, ?**	19. Siedler auf Pallas
23	Jentsch, Gerhard	Hydra-Astrogator (deutsche Fassung)
9	Joloff, Friedrich	(verstorben) Oberst Villa
71	Jost, ?	1. Gast im Starlight-Casino
76	Kalkowski, ?	6. Gast im Starlight Casino
38	**Kern, Hans**	2. Wissenschaftler
107	Kiesel, Otto	15. Siedler auf Pallas
114	Klinke, ?	2. Wächter auf Mura
47	**Korda, Nino**	GSD-Stabschef
45	**Krüger, Klaus**	3. Techniker
125	Kleindarsteller	1. Raumfahrer (Verhaftung Villa)
126	Kleindarsteller	2. Raumfahrer (Verhaftung Villa)
50	**Linder, Erwin**	(verstorben) Professor Sherkoff
66	Leu, ?	1. Chroma-Sicherheitsbeamter
112	**Maurerern, ?**	20. Siedler auf Pallas
99	Meyer, Robert	7. Siedler auf Pallas
93	Musil, A.	1. Siedler auf Pallas
58	**Nauckhoff, Rolf v.**	GSD-Beamter im Visio

Rolle Nr.	Darsteller	Rolle
97	Nordhorst, Willi	5. Siedler auf Pallas
48	**Petersen, Wolf**	Commander Alonzo Pietro
75	**Piegeler, ?**	5. Gast im Starlight Casino
105	Raschlik	13. Siedler auf Pallas
52	**Rathjen, Wolf**	Oberst Mulligan
13	**Reiner, Thomas**	Ordonnanzleutnant Spring-Brauner
(23)	**Riberolles, Jaques**	Hydra-Astrogator (franz. Fassung)
60	Richardt, Günther	GSD-Beamter
116	Ronekamp, ?	4. Wächter auf Mura
106	Sadettzian, ?	14. Siedler auf Pallas
77	Saxinger, ?	7. Gast im Starlight- Casino
57	**Schäfer, Willi**	Tau-Astrogator
10	**Schafheitlin, Franz**	(verstorben) Sir Arthur
103	Scheuer, Walter	11. Siedler auf Pallas
110	Schimmel, Franz	18. Siedler auf Pallas
113	Schönfelder, ?	1. Wächter auf Mura
1	**Schönherr, Dietmar**	Commander Cliff Allister McLane
100	Sonnenschein, ?	8. Siedler auf Pallas
43	**Steiger, Albert**	2. Techniker
31	**Steiner, Siegfried**	Dr. Stass
108	Stephan, Wilh.	16. Siedler auf Pallas
8	**Sterzenbach, Benno**	(verstorben) General W. W. Wamsler
22	**Stöhr, Emil**	Staatssekretär von Wennerstein
80	Strauss, ?	3. männlicher Gast in Uniform (Raumfahrer-Typ)
55	**Teynac, Maurice**	Chefingenieur Kranz
117	Thalmeyer, ?	5. Wächter auf Mura
36	**van Aacken, Wilfried**	2. Chromawissenschaftler
2	**Völz, Wolfgang**	Leutnant Mario de Monti
17	**Walter, Herwig**	Richard Hall
109	Weingartner, Jos.	17. Siedler auf Pallas
18	**Wengefeld, Hans**	Sprengmeister auf Pallas
67	Wiese, ?	Clarence, 1. Mann
25	**Zinkl, H. Günther**	1 Junge
121	?	1. Gärtner auf Chroma
122	?	2. Gärtner auf Chroma

II. Weibliche Darsteller

Rolle Nr.	Darsteller	Rolle
(33)	Almeida, Eliane d'	1. Dame auf Chroma (franz. Fassung)
33	**Bach, Vivi**	1. Dame auf Chroma (deut. Fassung)
88	Baumgartner, ?	8. ziv., weibl. Gast im Starl.-Casino
85	Boelke, ?	5. ziv., weibl. Gast im Starl.-Casino
87	Cosiol, Doris	7. ziv., weibl. Gast im Starl.-Casino
84	Dangschat, ?	4. ziv., weibl. Gast im Starl.-Casino
119	Eichmüller, ?	1. GSD-Mitarbeiterin
90	Gröschel, ?	10. ziv., weibl. Gast im Starl.-Casino
14	**Herwig, Ursula**	Weiblicher Kadett (WI)
83	Honneg, ?	3. ziviler, weibl Gast im Starl.-Casino
82	Horn, Ursel	2. ziv., weibl. Gast im Starl.-Casino
20	**Isensee, Christine**	Raumlotse Jupiteraußen 1
89	Kaltenegger, ?	9. ziv., weibl. Gast im Starl.-Casino
7	**Kerr, Charlotte**	General Lydia van Dyke
26	**Kreuzeder, Angelika**	1 Mädchen
5	**Lillig, Ursula**	Leutnant Helga Legrelle
81	Mangold, Irene 1.	ziv., weibl. Gast im Starl.-Casino
(32)	**Minazolli, Christina**	Sie (franz. Fassung)
6	**Pflug, Eva**	Leutnant Tamara Jagellovsk
65	Pielmann, Arlette	1. Chroma-Sicherheitsbeamtin
12	**Quilling, Liselotte**	Ingrid Sigbjörnson
61	Reger, Gertraud	Weiblicher Ordonnanzoffizier
46	**Règnier, Carola**	Weibliche Ordonnanz
91	Stegmüller, ?	1. weiblicher Gast in Uniform (Kadett)
32	**Trooger, Margot**	Sie (deutsche Fassung)
120	unbekannt	2. GSD-Mitarbeiterin
34	**von Eitzert-Schach, Rosemarie**	2. Empfangsdame auf Chroma
92	v. Haaken, ?	2. weiblicher Gast in Uniform (Kadett)
86	Völz, Roswitha	6. ziv., weibl. Gast im Starl.-Casino

Wie deutlich zu sehen, dominierten zahlenmäßig die Männer. Neben den 27 engagierten Damen spielten 96 Herren. Die französische Doppelbesetzung beschränkte sich auf 1 Herrn und 2 Damen. Ungeklärt ist bis heute ein Umstand bezüglich des Darstellers Wolf Harnisch. Mit ihm wurde von diversen Szenen der 7. Folge (*Invasion*) eine zweite Variante gedreht, in der er – wie sein französischer Kollege Maurice Teynac – den Chefingenieur Kranz spielte. Dies belegen u.a. eine Reihe Standfotos von den Dreharbeiten. Verwendet wurden aber sowohl für die deutsche als auch die französische *Raumpatrouille* die Sequenzen mit Maurice Teynac. Selbst eine Rückfrage beim zuständigen Regisseur, Dr. Michael Braun, führte zu keiner Antwort, warum die Aufnahmen mit Wolf Harnisch doch nicht verwendet wurden.

LEXIKON IMPRINT VERLAG

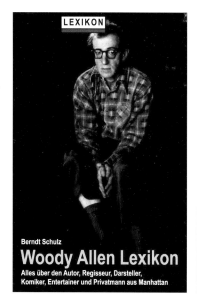

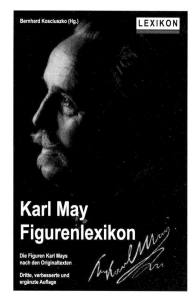

Umfang je Band 200 – 800 Seiten, DM 19,80 bis 49,80

LEXIKON IMPRINT VERLAG

Umfang je Band 200 – 800 Seiten, DM 19,80 bis 49,80

LEXIKON IMPRINT VERLAG

Reggae-Lexikon
Rastas, Riddims, Roots & Reggae:
Vom Ska zum Dancehall – Die Musik, die aus Jamaika kam

Von Rainer Bratfisch

Lexikon Imprint Verlag

Graffiti-Lexikon
Vollständig überarbeitete und umfassend aktualisierte Neuausgabe.

Von Bernhard van Treeck

Lexikon Imprint Verlag

Das große Lexikon über Stephen King
Das Kompendium des King of Horror – die Romane und Filme, Orte und Figuren.

Von Marcel Feige

Lexikon Imprint Verlag

Lexikon der Filmkomiker
Ihr Leben, ihre Rollen, ihre Filme – über 300 Filmkomiker: Rowan Atkinson, Zasu Pitts, Buster Keaton, Charlie Chaplin, Jim Carrey, Leslie Nielsen, Laurel & Hardy und viele mehr.

Von Rainer Dick

Lexikon Imprint Verlag

Umfang je Band 200 – 800 Seiten, DM 19,80 bis 49,80

LEXIKON IMPRINT VERLAG

Lexikon der Country Music
Ein Jahrhundert Country Music: Die Künstler und ihre Platten, die Stilrichtungen und die Geschichte der Country Music

Von Werner W. Frick

Lexikon Imprint Verlag

Das Lexikon rund ums Blut
Der rote Lebenssaft in Mystik und Mythologie, Magie und Medizin, Religion und Volksglaube, Legende und Literatur

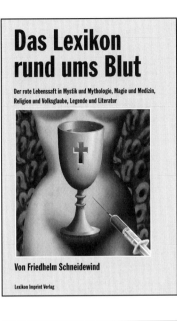

Von Friedhelm Schneidewind

Lexikon Imprint Verlag

Horror-Lexikon
Von Addams Family bis Zombieworld: Die Motive des Schreckens in Film und Literatur

Von Christian v. Aster

Lexikon Imprint Verlag

Beat-Lexikon
Vom Mersey-Beat bis zum Bubblegum – Die Sound-Invasion der Sixties

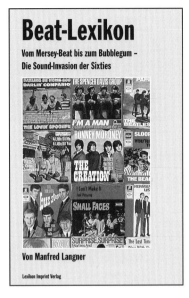

Von Manfred Langner

Lexikon Imprint Verlag

Techno-Lexikon
Alles über House, Trance, Dancefloor, Breakbeat, Gabber, Ambient, Drum & Bass und Triphop.

Herausgegeben vom Raveline-Magazin

Lexikon Imprint Verlag

Lexikon der Rockgitarristen
Von Ritchie Blackmore bis Frank Zappa.

Von Michael Rudolf & Frank Schäfer

Lexikon Imprint Verlag

Alien-Lexikon
E.T., die Gremlins, Alf, Spock & Co. Das große Buch der Außerirdischen

Von Marcel Feige

Lexikon Imprint Verlag

Hippie-Lexikon
Psychedelic, Peace & freie Liebe – Das ABC der Flower-Power-Ära

Von Michael G. Symolka

Lexikon Imprint Verlag

Umfang je Band 200 – 800 Seiten, DM 19,80 bis 49,80

SCHWARZKOPF & SCHWARZKOPF

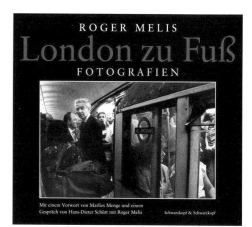

Umfang je Bildtextband 200 – 350 Seiten, DM 39,80 bis 49,80

SCHWARZKOPF & SCHWARZKOPF

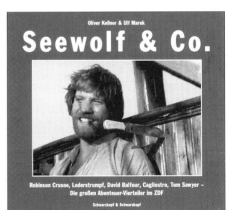

Umfang je Bildtextband 200 – 350 Seiten, DM 39,80 bis 49,80

DANKSAGUNG

Hiermit sei allen herzlich gedankt, die einem so intensiven Sammler mit genügend Verständnis und Hilfsbereitschaft entgegenkamen.

Stellvertetend für die vielen freundlichen Menschen, die oft und gern halfen und ohne die dieses Buch in der vorliegenden Form nicht möglich gewesen wäre, seien die nachfolgenden Personen genannt: Rolf Honold, Renate Honold, Margit Bárdy, Dr. Michael Braun, Hans Gottschalk, Werner Hierl, Brigitte Huthmacher, Jörg-Michael Kunsdorff, Theodor Nischwitz, Johann Nothof, Peter Thomas, Götz Weidner, Gustav Witter, Rolf Zehetbauer – und last but not least – Ralf (Reed Richards) Zeigermann.

Jeder einzelne lieferte notwendige Hintergrundinformationen aus seinem Arbeitsbereich, erzählte manch lustige Anekdote aus der Zeit der Dreharbeiten oder komplettierte die mir vorliegenden Unterlagen. Wieder andere kramten in feuchten, schmuddeligen Kellern nach Antiquitäten, gaben Tips und nannten weitere Personen, die bei der Suche bzw. beim Sammeln behilflich sein konnten. Einige machten sich sogar die Mühe des Lesens der Rohfassungen einzelner Abschnitte dieses Buches, um Ungereimtheiten oder Falschmeldungen auszumerzen. Ralf Zeigermann schuf die netten, kleinen Illustrationen, die in den Kapiteln I, IV, V und VI zu sehen sind.

Nicht vergessen werden sollen die Damen und Herren der Leserbriefredaktionen der verschiedenen Programmzeitschriften und Illustrierten. Viele Tips und Anregungen entstammten ihrem – von verständnisvoller Haltung geprägten – Einfallsreichtum.

Ganz besonderer Dank gilt: meiner Frau, die mit mir auch das Raumschiff ORION geheiratet und sich als Lektorin dieses Buchs betätigt hat; meiner Schwester, die als Kind immer ORION mit mir spielen und dieses Buch mehrfach Korrektur lesen mußte; und meinem langjährigen Freund und (Raumpatrouille-) Sammelgenossen Jörg Reimann.

Ganz spezieller Dank gebührt meiner Mutter, ohne die ich diese Raumpatrouille-Begeisterung nie hätte entwickeln können.

ABBILDUNGEN

Arnold: 208 unten • Margit Bárdy: 162 • Bavaria Film GmbH: Buchumschlagseite vorn, Seite 7, 8, 12, 14 - 18, 19 rechts, 20 - 31, 33, 34, 36 - 46, 48, 49, 51, 52, 54 - 59, 61 - 63, 65, 67, 69, 70, 73, 75, 76 unten, 77, 78, 80 - 90, 93, 94, 95 - 97, 99, 100 oben und unten links, 101, 102, 103 - 120, 123, 124, 126, 127 oben, 129, 134, 136 - 140, 143 - 145, 146 unten, 148 - 153, 156, 157, 165, 166 links, 175, 176, 178 - 184, 187, 191, 193, 196, 197, 199, 202, 210, 224 Bavaria/Hilger (TV-Aufnahme) 141, 146 oben, 147 • Wilfried Buchholz/ J. Hilger: 212 - 213 • Werner Hierl: 133, 135, 142 • J. Hilger, Privatarchiv: Seite 19 links, 76 oben, 92, 98, 100 unten rechts, 128, 131, 154, 155, 158 - 160, 166 rechts, 167, 168, 173, 185, 186, 192, 194, 208 oben, 215, 217 • Hudson: 204 • Liberty Records: 206 • Dieter Neubert: 161, 163, 164 • Röhnert: 198 • Sputnik, Berlin: 216 • Peter Thomas: 172 • Götz Weidner, München: 125, 127 unten, 130 • Ralf Zeigermann, London: Seite 9, 72, 79, 174

IMPRESSUM

Josef Hilger: RAUMPATROUILLE – Die phantastischen Abenteuer des Raumschiffes Orion
ISBN 3-89602-334-9
© dieser Ausgabe bei Schwarzkopf & Schwarzkopf Verlag GmbH, Berlin 2000.
Das Buch entstand mit freundlicher Genehmigung der BAVARIA FILM GmbH. Licensed by Bavaria Sonor, Bavariafilmplatz 8, 82031 Geiselgasteig. Alle Rechte vorbehalten.
Dieses Werk ist urheberrechtlich geschützt. Jede Verwendung, die über den Rahmen des Zitatrechtes bei vollständiger Quellenangabe hinausgeht, ist honorarpflichtig und bedarf der schriftlichen Genehmigung des Verlages.

KATALOG

Wir senden Ihnen gern unseren Katalog.
Schwarzkopf & Schwarzkopf Verlag GmbH / Abt. Service, Kastanienallee 32, 10435 Berlin.
Telefon: 030 – 44 11 778. Fax: 030 – 44 11 783

INTERNET / E-MAIL

www.schwarzkopf-schwarzkopf.de
info@schwarzkopf-schwarzkopf.de

DER AUTOR

Josef Hilger

Geboren 1957, gebürtiger Kölner und über 30 Jahre ORION-Fan (seit 1968), ist von Beruf Diplomingenieur für allgemeine Elektrotechnik und seit 1980 in der Kommunikationstechnik tätig. Sein um 1968 gewecktes Interesse an der Raumpatrouille beschränkte sich anfangs mehr auf die technischen Dinge. Über die Jahre hinweg sammelte er dann alles Greifbare zu dieser Serie; behelligte sämtliche Sendeanstalten, Zeitungsredaktionen und Bavaria-Mitarbeiter mit Gesuchen zur Erweiterung seiner Sammlung.

Über die Leserkontaktseite (LKS) der ORION-Heftromane lernte er im Jahr 1978 Jörg Reimann kennen. Heute besitzen Jörg Reimann und der Autor gemeinsam die wohl größte ORION-Sammlung. Seit einigen Jahren ist sie unter dem Begriff ORION-Museum-Köln bekannt. Ab 1990 war Josef Hilger mit der Raumpatrouille wiederholt als Talk-Gast in verschiedenen Radio- und Fernsehsendungen vertreten. 1995 konnte er eine Fotoreportage (über 1000 Aufnahmen) zu den Dreharbeiten der Raumpatrouille erwerben; inklusive aller Verwertungsrechte. Erste Aktivitäten in den Printmedien waren 1996 ein vierseitiger Artikel über die Fernsehserie Raumpatrouille in dem Science-Fiction-Magazin »Space-View« (Heft 3, Mai/Juni 1996) und 1997 das 13seitige, bebilderte Vorwort zur Neuauflage der Raumpatrouille-Fotostories (im Band 1 des Heftes »Raumpatrouille ORION«).